James McClure

wurde 1939 in Johannesburg geboren. Er lebte als Lehrer, Fotograf und Gerichtsreporter bis 1965 in Südafrika und siedelte dann mit seiner Familie nach London über, wo er als Verlagsmanager arbeitete. Gleich sein erster Kriminalroman, «Begräbnis inklusive», wurde mit dem Gold Dagger der Crime Writers' Association ausgezeichnet, ein weiterer Roman erhielt den Silver Dagger.

Für den englischen Krimi-Autor H. R. F. Keating gehört der vorliegende Roman zu den hundert besten Kriminalromanen der Welt: «*Kalte Revanche* ist eine Zusammenschau all dessen, was McClure am besten kann. Er zeichnet ein Bild von der südafrikanischen Gesellschaft. Er bietet Humor. Er führt uns eine Galerie von glaubwürdigen und tiefgründigen Charakteren vor.»

«Sogar die Leichen bei James McClure sind lebendiger beschrieben als viele lebende Charaktere in anderen Büchern.»
Sunday Telegraph

James McClure

Kalte Revanche

Deutsch von
Erika Ifang

rororo

Rowohlt

rororo thriller
Herausgegeben von Bernd Jost

Deutsche Erstausgabe
Veröffentlicht im
Rowohlt Taschenbuch Verlag GmbH,
Reinbek bei Hamburg,
Dezember 1997

Die Originalausgabe erschien unter dem Titel
«The Artfull Egg» 1984 bei
Macmillan London Ltd.

Redaktion Wolfram Hämmerling
Umschlaggestaltung Walter Hellmann
(Foto: G + J Fotoservice / Lars Matzen)
Foto des Autors auf Seite 2:
George Reszeter
Satz Bembo (Linotronic 500)
Gesamtherstellung Clausen & Bosse, Leck
Printed in Germany
1290-ISBN 3 499 43304 4

1

Für ein Ei stellt eine Henne die Möglichkeit dar, ein neues Ei zu produzieren.

Das war der zentrale Gedanke im Kopf von Ramjut Pillay, indischer Postbote 2. Klasse, zu Beginn des entsetzlichen Dienstagmorgens, der sein Leben veränderte. Er versuchte sich jeden Morgen einem zentralen Gedanken zu widmen, aus Angst, intellektuell zu veröden durch die Art der Lektüre, die seine Arbeit ihm abverlangte:

Mrs. W. M. Truscott
Jan-Smuts-Weg 4
Morningside
Trekkersburg
Natal, Südafrika

Nicht, daß auf den meisten Briefen, die am Ort aufgegeben wurden, überhaupt soviel stand. Deswegen war dieser – ein Luftpostbrief aus Cincinnati – so etwas wie eine Alltagsversion von *Krieg und Frieden* für ihn. Nicht, daß überhaupt je wirklich die Notwendigkeit bestanden hätte, mehr zu lesen als die ersten zwei Zeilen, denn in sein Fach kam ohnehin nur das, was schon für Morningside vorsortiert war. Aber er bildete sich etwas darauf ein, gewissenhaft zu sein.

Ramjut Pillay steckte Mrs. Truscotts Luftpostbrief in den Schlitz an ihrer Haustür, wich mit gekonnter Geringschätzung ihrem Dackel aus und setzte seinen Weg fort. Heute war nichts dabei für die Familie Van der Plank in Nummer 6 und nur ein paar Rechnungen und ein Urlaubsgruß für die Trenchards in Nummer 8.

Längst las er die Postkarten nicht mehr; die Albernheit der hingekritzelten Worte war mehr, als er mit seinem beachtenswerten Verstand ertragen konnte.

«Denken wir also», murmelte er vor sich hin, während er das Tor zum Jan-Smuts-Weg Nr. 8 aufmachte, «von neuem und gründlicher über die teuflische Lust des zuvor erwähnten Eis und deren Folgen für das besagte arme Federvieh nach ...»

Ramjut Pillay benutzte immer den Plural, wenn er mit sich selbst sprach, denn er war sich überdeutlich der Tatsache bewußt, daß erheblich mehr in ihm steckte, als zu sehen war – was zugegebenermaßen nicht eben viel war.

Bebrillt, 1,58 groß, etwas o-beinig und so mager wie ein Spatzenkeulchen, informierte er seine weltweiten Brieffreunde «in aller Aufrichtigkeit» darüber, daß er seinem Äußeren nach «ganz und gar gandhiähnlich» sei bis auf ein «Haupt voller herrlich gesunder Haare». Was er seinen Brieffreunden verschwieg, war, daß die Leute oft einfach durch ihn hindurchsahen, als sei er gar nicht da, und daß ihn seine Mutter, als er noch ein Kind war, oft im Bus, in Läden oder im Hindutempel am Ende der Harber Road verloren hatte.

Einmal, als er etwa zwölf Jahre alt war, hatten ihn sein Vater und seine Mutter nach verzweifeltem Suchen bis ins entlegenste Viertel der Stadt mitten zwischen den Tempelältesten unter einem heiligen Feigenbaum sitzend gefunden. «Ramjut», hatte seine Mutter ausgerufen, «weißt du denn nicht, welche Sorgen dein Vater und ich uns gemacht haben? Was machst du bloß hier bei den weisen alten Männern, Junge?» Worauf er erwiderte: «Feigen essen.»

Die Haustür vom Jan-Smuts-Weg 8 öffnete sich, bevor er die Post durch den Briefschlitz hineinwerfen konnte.

«Ich habe mich nur gefragt, ob –», hob die rotgesichtige Mrs. Trenchard an, während ihre grünen Augen die Post in seiner rechten Hand durchbohrten.

Er wußte, worauf sie wartete. Die ganze letzte Woche war es so gewesen, immer hatte sie gehofft, ihr Sohn hätte ihr vom Militärlager geschrieben. «Man hört ja dauernd diese Geschichten», hatte sie ihm erklärt, «kaum haben sie ihre Stiefel bekommen, werden sie auch schon in den Busch nach Namibia geschickt.» Gewiß hätte ihre mütterliche Angst wieder einmal sein Mitleid erregt, wenn Ramjut Pillay ihr auch nur die geringste Aufmerksamkeit geschenkt hätte.

Er warf jedoch lieber einen verstohlenen Blick auf die siebzehnjährige Suzie Trenchard – der er erst vor kurzem in lauter unverschlossenen Umschlägen die Geburtstagskarten gebracht hatte –, wie sie langsam, in ein Hochglanzmagazin vertieft, die Treppe herunterkam. Die Beine des weißen Mädchens waren nackt bis hinauf zu dem mit Krausen besetzten Höschen, das sie unter einem kurzen Nachthemd trug. Was für Beine! Üppige Schenkel, samtige Knie und Waden von wahrhaft himmlischem Schwung. Die vollen Brüste waren ebenfalls exquisit, ein Paar runde süße Melonen, die den hauchdünnen Stoff spannten und bei jedem ihrer Schritte sanft zitterten. Es dauerte einige Sekunden, bis er zögernd seine Fassung wiedergewonnen hatte.

«Sie haben sich gefragt, Madam?» sagte Ramjut Pillay, fächerte die Post in seiner Hand auf wie ein Zauberer und wies auf die Postkarte hin.

«Pfff», machte Mrs. Trenchard und sah kaum hin. «Was Besseres haben Sie wohl nicht.»

«Das Bild ist doch sehr hübsch und informativ», sagte Ramjut Pillay nachdrücklich.

«Werden Sie nicht frech!» schimpfte Mrs. Trenchard. «Was ich wissen will, ist, ob Sie sonst nichts für mich haben!»

Sie hatte eigentlich keinen Grund, so grob zu sein, und deshalb gönnte er sich die kleine Freude, ihr die Rechnungen eine nach der anderen zu reichen. Dann warf er einen letzten unerlaubten Blick auf Suzie Trenchard mit ihrem köstlichen Hinterteil, die ein sattes Kichern von sich gab, während sie in Richtung Küche im Flur verschwand, wandte sich ab und setzte seinen Weg fort.

«Suzie!» hörte er Mrs. Trenchard rufen, einen Augenblick bevor die Haustür zuschlug. «Suzie, komm bitte sofort zum Frühstück herunter! Und sieh zu, daß du anständig angezogen bist, hörst du? Denk an die Hausangestellten!»

Zwei Briefe, eine Stromrechnung und ein kleines Päckchen Farbfotos glitten durch den Briefschlitz auf den Teppich im Eingangsflur vom Jan-Smuts-Weg 10.

«Für ein Ei stellt eine Henne die Möglichkeit dar ...»

Aber sein zentraler Gedanke hatte sich verändert.

So war es immer, wenn Ramjut Pillay ein Kribbeln in den Lenden verspürte, ein Zustand, der seinen Geist im allgemeinen zu noch größeren Höhenflügen anregte und ihn an seine tiefe Wesensverwandtschaft mit dem Mahatma erinnerte.

«Brahmacharya ...», flüsterte er ehrfürchtig, ohne zu bemerken, daß er die Post für die Hausnummern 14 und 16 alle beim Jan-Smuts-Weg 12 eingeworfen hatte, so stark war er in diesem Augenblick von Höherem eingenommen.

Die Brahmacharya-Experimente hatten, wie jeder Anhänger Mohandas Karamchand Gandhis sehr wohl wußte, darin bestanden, daß der Mahatma die ganze Nacht lang neben nackten jungen Mädchen lag und damit seinen Willen zur Enthaltsamkeit prüfte. Wie es hieß, war Gandhi nie schwach geworden, und Ramjut Pillay war sich sicher, es ebensowenig zu werden, wenn er einmal die Gelegenheit zu einer ähnlichen Feuerprobe bekommen sollte.

«Die Sache hat einen Haken», sagte er zu sich selbst, während er den Weg entlangeilte. «Einen abscheulichen Haken ...»

Der Haken war einfach der, daß Ramjut Pillay trotz aller Anstrengungen erst noch ein junges Mädchen in Trekkersburg finden mußte, das bereit war, die ganze Nacht nackt neben ihm zu liegen. Einmal hatte er es fast geschafft, es dem Mahatma gleichzutun, daran bestand kein Zweifel – obwohl ihr Vater es immer noch anders sah und Ramjut seitdem einen Umweg von zwei Blocks machen mußte, wenn er zufällig in jenen Stadtteil kam. Und nachdem er zu dem Schluß gekommen war, daß zarte Jugend keine absolut notwendige Voraussetzung für ein Brahmacharya-Experiment war, hatte er es einmal eine Nacht mit Sophia, einer Tamilendame mittleren Alters, versucht, die allseits bekannt war für ihre Gefälligkeit. Die erste Stunde war es sehr gut gegangen; doch dann war Sophie unruhig geworden, hatte einen tiefen Seufzer von sich gegeben und sich plötzlich auf ihn gehievt.

«He», rief der alte Major MacTaggart von seiner Veranda am Jan-Smuts-Weg 14 herab, «zum Kuckuck noch mal, ich erwarte heute morgen meine Ausgabe der Clubzeitung. Sie wollen doch nicht etwa vorbeilatschen, oder?»

«M-Major?»

«Ein großer brauner Umschlag.»

Ramjut schien es, als könne er sich an einen großen braunen Umschlag in seinem Bündel für den Jan-Smuts-Weg erinnern, doch bei schneller Durchsicht stellte er fest, daß sein Gedächtnis, das sonst in jeder Hinsicht perfekt funktionierte, ihm einen Streich gespielt haben mußte. «Tut mir sehr leid, Major», sagte er, «heute kann ich nichts für Sie tun.»

«Ha», schnaubte Major MacTaggart unfreundlich, «ich habe so meine Zweifel, was Sie als Postkuli taugen, Pillay, *ernste* Zweifel. Und jetzt stehen Sie nicht so beleidigt da herum, Sie alter krummbeiniger Gauner – Sie sind spät genug dran.»

Zutiefst empört, aber ebensowenig in der Lage zu protestieren wie damals, als Sophia ihm den Mund mit der Hand zugehalten hatte, ehe sie energisch zur Sache ging, setzte Ramjut Pillay seine Runde durch den Jan-Smuts-Weg fort.

Unglaublich, wie die Welt mit einem eingeschworenen Pazifisten umsprang!

«Eine verdammte Henne», sagte er ärgerlich, «stellt für ein Ei die Möglichkeit ...»

Es ging nicht. Man konnte einfach nicht von ihm erwarten, sich zu konzentrieren, zumindest nicht unter diesen Umständen. *Postkuli?* Was für eine unverschämte Gemeinheit! Konnte man so mit einem hochgebildeten Mann sprechen, der auf vielen Gebieten versiert war? Dem der Direktor des *Easiway*-Ferncolleges ewig gratulierte zu der Vielzahl von Ehrenurkunden, die ihm verliehen worden waren für seine Kenntnisse von Kraftfahrzeugtechnik (Theorie) bis zu den Grundlagen der Philosophie, dem Karikaturenzeichnen für Zeitungen, Umgangsafrikaans und vielem mehr?

«Das ist eine hübsche Briefmarke», bemerkte Miss Simson am Jan-Smuts-Weg 20, während sie die Unterschrift für ein Einschreiben leistete. «Auf dem rahmfarbenen Umschlag dort, der halb aus Ihrer Tasche herausguckt.»

Ramjut Pillay schaute hin. Großer Gott, an diese bevorstehende Freude hatte er gar nicht mehr gedacht. «Ja, das ist die neue aus England, Madam», sagte er, «und die erste, die ich sehe.»

«Werden Sie fragen, ob Sie sie bekommen können?» erkundigte sich Miss Simson und lächelte, als sie ihm den Kugelschreiber zurückgab. «Für Ihre Sammlung?»

«Ganz sicher», erwiderte Ramjut Pillay und nickte.

Aber erst, als er das obere Ende des Jan-Smuts-Weges erreicht hatte, war er wieder in der richtigen Stimmung, um die Schönheit des Morgens zu genießen und die Vorfreude voll auszukosten, bald der stolze Besitzer eines so schönen Exemplars britischer Briefmarkenkunst zu sein.

«Na, dann wollen wir mal sehen ...», sagte er und blieb stehen, um den rahmfarbenen Umschlag und die übrige Post für Woodhollow hervorzuholen.

Es war nicht wenig, das meiste von Übersee und an Naomi Stride adressiert. Ja, einfach nur «Naomi Stride», ohne Mrs. oder Miss davor, was daran lag, wie sie ihm erklärt hatte, daß das ihr «Pseudonym» sei, was immer das hieß. Die Sache wurde dadurch noch komplizierter, daß sie auch Post für Mrs. Naomi Kennedy, Mrs. N. G. Kennedy und Mrs. W. J. Kennedy erhielt, obgleich nie etwas für einen Mr. Kennedy ankam.

Ramjut Pillay fügte zu dem rahmfarbenen Umschlag noch sechs Privatbriefe hinzu, vier Geschäftsbriefe und eine Drucksache, dann bog er in die lange Einfahrt ein. Woodhollow beziehungsweise Jan-Smuts-Weg 30, wie es eigentlich heißen mußte, war im Grunde genommen gar kein Teil der Sackgasse mit ihren bescheidenen Mittelschichtbungalows, sondern lag am oberen Ende weitab hinter einer Wand aus schottischen Kiefern und war einem bewaldeten Tal zugewandt. Es dauerte tatsächlich ein, zwei Minuten, bis jemand, der zu Fuß kam, das Haus überhaupt sah, so dicht standen ringsum die Bäume.

«Ah, diese Schönheit», seufzte Ramjut Pillay und atmete noch einmal tief den schweren Duft der blühenden Büsche zu beiden Seiten ein.

Er stellte sich vor, wie die Dame aus der Tür trat, er sie äußerst höflich um die Briefmarke bat und sie sich, wie immer, mit einem leisen, gutturalen Lachen einverstanden erklärte. Vielleicht würde sie noch ein paar Fragen zur Zubereitung von Curry stellen, wie sie es von Zeit zu Zeit tat, und ihm vom Hausdiener ein Glas eisgekühlten Orangensaft bringen lassen.

Gerade da war wieder ein Kribbeln in seinen Lenden zu spüren, so daß er sich fragte, warum um alles in der Welt das Problem mit den Brahmacharya-Experimenten ausgerechnet jetzt wieder auftauchte. Eine wahrhaft erschreckende Einsicht lieferte ihm die Antwort darauf und führte ihn in Versuchung, das Undenkbare zu denken.

Er gab nach.

Es würde kein Bediensteter an die Tür kommen, wenn er klopfte. In der Eingangshalle Stille. Dann würde er das Klatschen ihrer Sandalen hören, die Tür würde nach innen aufgehen und sie in ihrer ganzen sinnlichen Herrlichkeit zeigen. Ihr Gesicht würde sanft und lieblich werden, sobald sie sah, wer da stand, und dann würde sie bis zum Hals erröten. «Komm herein», würde sie heiser flüstern, «ich brauche dich sehr.» Und es wäre unmißverständlich klar, was sie mit diesen Worten meinte. Eine Minute später hätte er seine Posttasche abgeworfen und würde eingelassen in ...

«He, was soll das Herumgespinne?» spottete Ramjut Pillay laut. «Haben wir etwa den Verstand verloren, Postkuli?»

Nicht ganz, meldete sich ein anderer Teil von ihm. Die fragliche Dame hatte bereits ungewöhnliche Sympathien für seine Rasse bewiesen. Welches Haus auf seiner Runde roch sonst nach Räucherwerk? Welche Dame hatte sonst noch Zehriemensandalen an den Füßen und kleidete sich in solche langen, locker fallenden Gewänder, die eindeutig vom Sari inspiriert waren? Welche Dame stellte ihm sonst noch so intelligente Fragen über die Göttin Kali, über Yoga und Joghurt oder kannte Worte wie «Sanskrit»?

«Keine einzige», mußte Ramjut Pillay sich eingestehen.

Nun, sagte dieser andere Teil von ihm, dann sind wir ja schon ein Stück weiter. Stimmt es nicht, daß sie verschiedene Male gespannt zugehört hat, wenn du von Mahatma Gandhi erzählt hast, und daß sie sich ehrfürchtig über seine große Geistigkeit geäußert hat? Hat sie nicht selbst gesagt, sie würde nur zu gern in seine Fußstapfen treten, wenn sie könnte? Ist das dann nicht *die* Gelegenheit für sie? Bei einigem guten Zureden würde sie sich bestimmt gern einem wahren Anhänger wie dir für ein Brahmacharya-Experiment zur Verfügung stellen und ...

«Quatsch!» sagte Ramjut Pillay. «Quatsch! Quatsch! Quatsch! Und sittenwidrig!»

Immer die alte Leier, seufzte der andere Teil seiner selbst. Was hat das damit zu tun? Ohne Gefummel kann es doch nicht sittenwidrig sein, oder? Schon gut, schon gut, ihr seid von unterschiedlicher Rasse, aber du verlangst ja nichts weiter von ihr, als nackt neben dir zu liegen, während du ...

«Schluß jetzt!» sagte Ramjut Pillay. «Das ist völlig verrückt, ich will kein Wort mehr davon hören! Ich habe es schon vergessen. So, alles weg ...»

Trotzdem war da noch immer dieses Kribbeln in seinen Lenden, so daß er in Ermangelung eines Lendentuches seine Posttasche herumschwingen mußte, um seine Oberschenkel zu verdekken, ehe er sich zur Türklingel reckte.

Niemand meldete sich auf sein Klingeln hin.

Im Haus blieb es still.

Er klingelte erneut, zweimal kurz und einmal lang.

Nichts.

Wie unheimlich, daß anscheinend alles genauso war, wie er es sich noch vor einer Minute ausgemalt hatte. Und waren das näher kommende Sandalen, was er da hörte? Er schaute sich um, dann bückte er sich und spähte durch den Briefschlitz. Die Eingangshalle war leer.

Vielleicht frühstückten die Hausangestellten gerade, während sie irgendwo draußen im Garten war. Er wollte schon die Briefe einfach durch den Schlitz schieben, aber seine Hand streikte und wollte den rahmfarbenen Umschlag nicht herausrücken, ehe ihm nicht die Briefmarke darauf vesprochen worden war. Vielleicht sollte er mal schnell einen Blick umherwerfen, unter Umständen entdeckte er sie dann mit ihrem Gartengerät oder am Swimmingpool.

Klapp, klapp, klapp, machte sich Ramjut Pillay, etwas ungelenk wegen seiner Posttasche, entgegen dem Uhrzeigersinn auf den Weg ums Haus herum.

Der Swimmingpool lag da, ohne daß sich seine Oberfläche auch nur im mindesten kräuselte. Der Garten wirkte leer. Nirgendwo gab es ein Anzeichen für Leben. Dann fiel sein Blick auf etwas Blitzendes.

Da er neue Gläser für seine Drahtgestellbrille brauchte, mußte Ramjut Pillay erst die Terrasse am Pool überqueren, ehe er erkennen konnte, was auf so ungewöhnliche Weise die Sonnenstrahlen reflektierte: Es war ein elektrischer Ventilator mit blanken Metallflügeln, der in einem Raum mit großen Schiebetüren aus Glas vor sich hin surrte. Ramjut Pillay schob sich etwas näher heran und warf einen kurzen Blick in den Raum, der wohl dem entsprach, was er irgendwo als Glasveranda beschrieben gefunden hatte. Auf jeden Fall war genügend Sonne darin, sie wurde vom Schwimmbecken draußen hineingespiegelt, und so war es kein Wunder, daß jemand den Ventilator laufen ließ.

«O Himmel!» japste Ramjut Pillay.

Dieser Jemand war niemand anders als die Dame des Hauses, die in direkter Linie vor ihm ausgestreckt auf einem schwarzen Ledersofa lag. Sie hatte gewiß gesehen, wie er hineingespäht hatte, denn er hatte *sie* sehr gut sehen können, und jetzt erwartete sie sicher eine sehr gute Entschuldigung für seine Zudringlichkeit. Um so mehr, als sie bis auf einen glitzernden bläulichgrünen Bikini buchstäblich nackt war.

«Äh, Madam?» sagte Ramjut Pillay mit rauher Stimme und trat an den Spalt, den die Schiebetüren offenließen, die Augen sittsam abgewendet. «Guten Morgen, Madam, bitte entschuldigen Sie die Störung – ich bitte vielmals um Verzeihung, Madam.»

Es folgte ein erstauntes Schweigen, wie ihm schien, und so fuhr er hastig fort: «Alles in Ausübung meiner Pflicht, Madam. Als ich das Gewicht dieses rahmfarbenen Briefes in meiner Hand spürte, sagte ich zu mir: ‹Pillay, du bist der Überbringer sehr wichtiger Neuigkeiten – sieh zu, daß sie ohne Verzögerung ankommen.› Und so habe ich, nachdem ich bei Ihnen geklingelt hatte und nichts geschah ...» Er hatte gerade noch einen flüchtigen Blick auf sie geworfen und bemerkt, daß ihre Augen geschlossen waren. «Schlafen Sie?» flüsterte er und konnte kaum glauben, solches Glück zu haben.

Jetzt brauchte er nur so schnell wie möglich davonzuschleichen, und niemand würde je erfahren, daß er dagewesen war.

Dann zögerte er einen schicksalhaften Sekundenbruchteil.

Jedenfalls lange genug, um den Wunsch zu verspüren, sich die köstlich gerundeten weißen Glieder, die fraulichen Brüste und den sanft gewölbten Bauch einmal näher anzusehen, und genau in diesem Augenblick ergriff der andere Teil seiner selbst Besitz von ihm. Das erschreckte Ramjut Pillay – es entsetzte ihn sogar maßlos –, aber irgendwie erregte es ihn auch, und nach der Situation hinter seiner Posttasche zu urteilen, erregte es ihn gewaltig.

Zuerst handelte er mit kühler Berechnung. Er räusperte sich laut, und als das keine Reaktion hervorrief, klopfte er an die Glastür. Er klopfte allerdings kein zweites Mal, nachdem er sich überzeugt hatte, daß sie nicht nur döste. Und dann zog er seine Stiefel aus und ließ sie draußen stehen, bevor er auf Zehenspitzen über den Holzboden der Glasveranda ging.

Dabei überkam ihn eine fieberhafte Aufregung, die ihn benommen machte. Er hätte eine so vollkommene Blässe nackter Haut nie für möglich gehalten, nicht in einer Million Jahren, und trachtete nur noch danach, sie zu liebkosen, ihre kühle, glänzende Sanftheit unter seinen braunen Fingerspitzen zu spüren wie eine Magnolienblüte. Nichts konnte ihn jetzt mehr aufhalten, und wenn sie plötzlich aufwachte, war es Pech – dann mußte er eben rigoros werden.

Ein leises Summen erfüllte den Raum. Er achtete nicht darauf.

Statt dessen ergötzte er sich an dem glitzernden bläulichgrünen Bikini, der schimmerte, als sei er mit Tausenden von schillernden Pailletten bestickt, und ging noch näher heran, die schwachen Augen begierig auf starke Details. In dem Bikini war auch etwas Rot, wie er bemerkte. Das verschwommene Gesicht war so, wie er es in Erinnerung hatte – Lippen wie Rosenknospen und lange geschwungene Wimpern. Die Brüste schienen noch schwerer zu sein, als er vermutet hatte, und der Hügel zwischen ihren Schenkeln viel ausgeprägter, als er es sich hätte träumen lassen. Plötzlich haßte er den Bikini und wünschte ihn weg, um darunterschauen zu können.

Sein Wunsch wurde erfüllt.

Kaum war beim Nähertreten sein Schatten auf die weibliche Gestalt gefallen, die da so betörend vor ihm lag, als sich das bläulichgrüne Geglitzer in einen surrenden Schwarm verärgerter Fliegen auflöste, der aufstieg und über seine Schulter hinweg verschwand.

2

Der Dienstagmorgen hatte für Lieutenant Tromp Kramer vom Trekkersburger Raub- und Morddezernat gut angefangen. Genau um fünf Uhr war er wach geworden, als ihm die Witwe Fourie – ihre innere Uhr war sogar mit Weckfunktion ausgestattet – sanft in sein linkes Ohr gepustet hatte. «Trompie», hatte sie gesagt, «es ist jetzt jeden Augenblick soweit, hörst du?» Er hatte sich eine Lucky Strike angesteckt, weil er lange genug wach bleiben wollte, um sich diesen Augenblick einzuprägen. «Ist es jetzt vorbei?» hatte sie ein paar Minuten später geflüstert. Ihr Timing war perfekt, denn noch während sie das sagte, hatte er vor seinem inneren Auge eine Falltür 500 Meilen weit entfernt mit einem Knall aufklappen und den Strang des Henkers mit einem Ruck straff werden sehen, um dann langsam zu kreiseln.

Und so hatte sich der Dienstagmorgen weiterentwickelt. Als er erneut wach geworden war, hatte es daran gelegen, daß die Witwe Fourie ihn in aller Heimlichkeit liebte – er tat so, als merke er nichts davon; und als er das dritte und letzte Mal wach geworden war, hatte sein Lieblingsfrühstück auf dem Schränkchen neben ihrem Bett gestanden. Zwei Marmeladen-Doughnuts und eine Flasche Ingwerbier.

Leise rülpsend – er hatte festgestellt, daß die Rülpser bei diesem Frühstück eine besonders angenehme und anhaltende Begleiterscheinung waren – war er dann auf die Veranda hinausgetreten und hatte sich dort in auffallender Zufriedenheit das Fell auf seiner Brust gekratzt.

Auf einem Zettel, der mit Klebeband an einem Verandapfosten befestigt war, hatte gestanden: «Bin mit den Kindern den ganzen Tag bei Myra und habe auch Johannes freigegeben, damit du zur Abwechslung mal deine Ruhe hast. XXX.»

Ziemlich genau das, was er sich dann auch gegönnt hatte bis jetzt, wo es elf Uhr sein mochte, sicher wußte er es nicht, nur, daß er es genossen hatte. Da war das lange Vollbad gewesen, in dem er geblieben war, bis das Wasser seine Wärme verloren hatte, und dann der Wechsel in frische Kleider, der erste seit über einer Woche. Und danach war er um das alte Farmhaus herumgewandert, hatte das Kürbisbeet besucht und es sich schließlich in der primitiven Hängematte gemütlich gemacht, die die Kinder zwischen zwei Pfirsichbäumen aufgehängt hatten.

Er zündete sich noch eine Lucky Strike an, wobei ihm auffiel, daß die Streichholzflamme im blendenden Sonnenlicht kaum sichtbar war. Ein Gewitter würde später aufkommen wie immer, wenn das Wetter derartig heiß war, aber im Augenblick war der Tag fast so vollkommen, wie jeder es sich nur wünschen konnte, der nichts zu tun und auch nicht die mindeste Absicht hatte, irgend etwas zu tun.

Ein Würgervogel kam angeflogen und setzte sich auf einen Ast über ihm. Er hatte ein eben flügge gewordenes Vögelchen im Schnabel, das sich schwach wehrte. Nach einer Weile wurde das Vögelchen schlaff, aber der Würgervogel blieb trotzdem sitzen.

Kramer sah weg und wandte den Blick nach unten. Der ungepflegte Rasen war so versengt, daß er fast die gleiche Farbe hatte wie das pulvertrockene Buschland jenseits des Stacheldrahtzauns, der das Grundstück umgab; weit weg und dunkelgrau aus dieser Entfernung lag Trekkersburg in seinem weiten Becken, von Felsausläufern eingerahmt. Nichts war deutlich zu erkennen; die leuchtenden Farbtupfer, metallisch glitzernden Pünktchen und kleinen weißen Formen wirkten wie Ameiseneier, Käferbröckchen, grellbunte Stückchen von Schmetterlingsflügeln und andere Insektenüberreste inmitten eines kokonartigen Spinnennetzes. Stach man mit einem Ast hinein, kam womöglich Gott weiß was herausgekrabbelt.

Der Würgervogel hatte den Kopf zur Seite geneigt und beobachtete ihn.

Er drehte sich in der Hängematte um, bis er durch das weitmaschige Netz den Boden sah, und suchte sich ein Loch in der Matte, in das seine dicke Nase gut hineinpaßte. Unter ihm in dem feinen roten Staub waren zwei kegelförmige Vertiefungen, die von ein paar Ameisenlöwen stammten. Die Ameisenlöwen lauerten außer Sichtweite am Grunde der Vertiefungen in der Erde darauf, daß unvorsichtige Ameisen die trügerischen Wände der Kuhlen, die sie gegraben hatten, hinunterschlitterten. Zur Abwechslung fiel ihnen eine kleine, vom Tageslicht verwirrte Motte zum Opfer, und er wandte den Blick ab, als der Ameisenlöwe von seinen Beißzangen Gebrauch machte.

Der Würgervogel war weg.

Er versuchte zu dösen. Er verließ die Hängematte und ging ins Haus, wo er sein Schulterhalfter anlegte. Eine Minute später, nachdem alles gesichert und abgeschlossen war, stieg er in seinen Chevrolet, ließ den Motor an und fuhr davon.

«Naomi Stride?» sagte Colonel Hans Muller und hielt inne, um kräftig in seinen Pfeifenstiel zu blasen. «Verdammt, jetzt ist das verfluchte Ding wirklich verstopft. Ich lasse mir am besten ein paar Pfeifenreiniger kommen.»

«Ja, Naomi Stride», wiederholte Lieutenant Jacob Jones. «Wissen Sie, wer das ist, Colonel?»

«Ist ihr Vater nicht der jüdische Schneider an der Ecke gegenüber vom Gefängnis?»

Jones, trotz seines albernen Namens ein waschechter Bure, lächelte sein bekanntes, halb verkniffenes Lächeln und sagte: «Ich will Ihnen einen kleinen Tip geben, Sir . . . Bücher.»

«Sekunde mal», knurrte Colonel Muller, legte seine Pfeife beiseite und hob die Augen finster vom Schreibtisch. «Das hier ist der CID, stimmt's? Die Kripo! Ich habe keine Zeit für irgendwelche dummen Ratespiele!»

«Entschuldigung, Colonel, ich wollte nur –»

«Dann spucken Sie's schon aus, Mann! Lassen Sie mich hören, was so wichtig ist, daß Sie es okay finden, hergerannt zu kommen und einfach die Tür aufzureißen, so daß mir das Streichholz abbricht, mit dem ich gerade –»

«Sie ist tot, Colonel – ermordet worden.»

Obwohl er daran gewöhnt war, Meldungen von plötzlichen Todesfällen entgegenzunehmen, brauchte Colonel Muller doch einen längeren Augenblick, um sich auf diese Information einzustellen. Er nützte die Zeit dazu, sich zu fragen, warum Lieutenant Jacob Jones einen so blassen, blutleeren Teint hatte und warum seine Frau ihm auf dem letzten Polizeiball im Rathaus anvertraut hatte, die traurigen Augen und sinnlichen Lippen des Beamten verursachten ihr eine Gänsehaut.

«Ach ja? Wo?»

«Hier in Morningside. Die Meldung ist gerade von einem Streifenwagen eingegangen. Anscheinend haben sie einen Hinweis von Nachbarn bekommen, sind zum Haus gegangen, und da lag sie tot da. Erstochen.»

«Aha», sagte Colonel Muller, nahm den spitzesten von seinen zwei Dutzend 2B-Bleistiften und schrieb sich den Namen auf einen Notizblock. «Naomi Stride ... Aber was hat das mit Büchern zu tun?»

«Sie hat Romane geschrieben – wissen Sie, sie ist eine weltberühmte Schriftstellerin! Teufel auch, wenn das rauskommt, haben Sie die ganze Presse –»

«Oh, nein», sagte Colonel Muller bestimmt. «Erst wenn ich etwas mitteile. Und außerdem kann sie gar nicht so berühmt sein, wie Sie sagen, denn ich schaue mir immer die Auslagen im Schaufenster des Buchladens an der Straße an, und ich kann mich nicht erinnern –»

«Können Sie auch nicht, Colonel. Ihre Bücher sind alle verboten.»

Die Bleistiftspitze brach ab. «Verboten?» wiederholte Colonel Muller und starrte den Namen auf seinem Notizblock an. «Gott im Himmel, dann rieche ich förmlich Ärger. Wissen Sie noch, wie es war, als sich dieser saublöde politische Häftling – wie hieß er noch gleich? – in seiner Zelle erhängt hat?»

«Ja, die Auslandspresse hat zu beweisen versucht, daß wir es gemacht hätten, um ihn daran zu hindern, seine –»

«Bitte! Ich brauche keine Erinnerungshilfen!»

«Aber Colonel, Sie haben doch selbst –»

«Ruhe, Jones. Solches Gerede müssen wir im Keim ersticken.»

Colonel Muller sah seine verstopfte Pfeife an, dann zeigte er auf das Päckchen Zigaretten in der Tasche von Jones' Safarijacke und schnippte mit den Fingern. Nachdem er sich auch Feuer hatte geben lassen, erhob er sich von seinem Schreibtisch und begann, auf dem abgetretenen Stück Teppichboden vor seinem Fenster hin und her zu gehen, ohne die Zigarette auch nur einmal aus dem Mund zu nehmen.

«Lieutenant Kramer», sagte er. «Wo steckt er?»

Wieder lächelte Jones sein bekanntes, halb verkniffenes Lächeln, so daß es noch mehr aussah, als sauge er etwas Süßes durch einen Strohhalm. «Ich dachte mir schon, daß Sie das wissen wollten, Sir, deshalb habe ich auf dem Weg nach oben mal kurz in sein Zimmer geschaut. Es war nur sein Boy da, halbherzig damit beschäftigt, einen Bericht abzufassen.»

«Und was hat Zondi gesagt?»

«Ach, das übliche dumme Zeug, dem man nicht folgen kann, Sir, und da dachte ich, Sie würden vielleicht mich mit der Sache betrauen, Colonel, wenn Kramer offensichtlich den Tag freigenommen hat, um die Runde bei seinen Miezen zu machen und –»

«Ah, wenn man vom Teufel spricht», unterbrach ihn Colonel Muller und wandte sich von seinem Spiegelbild im Fenster ab, um dem großen Mann zuzublinzeln, der hinter Jones auf einem weniger abgetretenen Stück Teppichboden stand.

Zehn Minuten später war Kramer startklar für eine Fahrt nach Morningside. Er brauchte nur noch die Schlüssel für seinen Dienstwagen. Auf der stählernen Feuertreppe, die vom CID-Gebäude zum Fahrzeugpark hinunterführte, klimperte etwas, und herunter kam ein aufgeputzter, fescher Zulu mit piekfeinem Anzug und Schlapphut, der die Stufen nahm wie ein Steptänzer. Als er den Asphalt erreichte, machte er eine sanfte Schleife, wirbelte auf dem Absatz herum und verfiel in ein beiläufiges Schlendern, die Hände tief in die Hosentaschen vergraben.

«Die Welt ist also heute in Ordnung, was, Bantusergeant Michael Zondi?» brummte Kramer.

«Boss, die Welt ist einfach schön!» erwiderte Zondi, holte die klimpernden Autoschlüssel wieder hervor und klemmte sich hinter das Lenkrad. «Haben Sie gemerkt, was für ein Tag heute ist? Ich hatte es ganz vergessen, und dann habe ich beim Verlassen des Büros den Kalender gesehen. Heute früh ist weit weg in Pretoria ein gewisser Fritz –»

«Himmel, Kaffer, du wirst mir doch nicht mit morbiden Geschichten kommen, he?»

«Wovon ist dieses schwierige Wort ‹morbide› abgeleitet, Master?»

«Fahr zu», befahl Kramer.

Und sie lachten beide, als der große Ford bockend vom Parkplatz rollte, herumschleuderte und sich in eine Lücke zwischen den vorbeifahrenden Autos zwängte. Danach sorgte Zondi selber für Lücken, passierte zwei Ampeln bei Rot und hatte seinen Spaß, bis sie die Autobahn zu den Vororten erreicht hatten, wo zuviel Raum da war, der dieser Fahrweise ihren Reiz nahm. Also lehnte er sich zurück und nahm die Lucky Strike, die Kramer ihm angezündet hatte.

«Ja, ich habe auch gemerkt, daß heute der Hinrichtungstag war», murmelte Kramer. «Ich bin immer noch nicht sicher, ob es richtig war, daß du mich seinerzeit gebremst hast. Ich sage dir, sein Hals fühlte sich gut an zwischen meinen Händen.»

Zondi zuckte die Achseln. «Derselbe Hals, der heute morgen in Pretoria zugedrückt wurde. Sie haben einen langen Arm, Boss.»

«Du auch. Waren schließlich deine Beweise, die ihm den Rest gaben.»

«*Hau*, ein paar *gefährliche* Burschen ...»

«Nur allzuwahr, mein Söhnchen.»

Und wieder mußten sie beide lachen.

Der Leichenwagen der Polizei schoß an ihnen vorbei; über dem Steuer hing die massige Gestalt von Sergeant Van Rensburg, die Zunge in gesammelter Konzentration zum Schnurrbart hinaufgebogen.

«Kennen Sie die Frau, die gestorben ist?»

«Ich weiß nur, daß sie eine verbotene Schriftstellerin ist oder so was», antwortete Kramer. «Der Colonel hat schon Schiß, daß es einen Riesenwirbel gibt.»

«Dann will er sicher jetzt sofort Ergebnisse sehen!»

«So etwa ...»

Sie bogen von der Autobahn ab auf den Zubringer nach Morningside. Jedes Haus war anders, jedes Haus legte Zeugnis ab von Geschmack und Geldbeutel des ursprünglichen Besitzers; einige waren groß, einige klein, manche ausgefallen, manche sehr schlicht, aber zweierlei hatten sie alle gemeinsam: einen üppigen tropischen Grüngürtel ringsum und einen deutlichen Anspruch auf die gehobene Mittelklasse. Dadurch war Polizeiarbeit hier schrecklich, denn wenn man zu einem Ehekrach gerufen wurde, drückte sich die Gewalt lediglich verbal aus, die Leute warfen sich intellektuelles Zeug auf englisch an den Kopf, so daß ein normaler Wachtmeister Schwierigkeiten hatte, etwas zu verstehen. Kramer erinnerte sich noch daran, wie ein Kollege einmal seufzend bemerkt hatte: «Ach, gnä' Frau, wenn Ihr Mann bloß Analfixierungen hat, warum besorgen Sie ihm dann nicht so einen aufblasbaren Gummireifen zum Draufsetzen?»

Zondis Gedächtnis, das er als Schüler einer Missionsschule trainiert hatte, wo es nie genug Schulbücher für alle gab, machte sich bei solchen Gelegenheiten bezahlt. Man zeigte ihm irgend etwas, und sei es einen Plan der komplizierteren Viertel von Trekkersburg, und er prägte es sich für alle Zeiten ein, so daß er immer leicht darauf zurückgreifen konnte. Er legte die Strecke zum Jan-Smuts-Weg zurück, ohne sich auch nur ein einziges Mal zu vertun, und fuhr durch bis ans obere Ende.

«He, mal langsam», sagte Kramer. «Da steht eine Frau mit einem alten Mann, der drohend mit dem Golfschläger winkt!»

Zondi bremste bereits ab. Er hielt am Jan-Smuts-Weg 20, und Kramer kurbelte sein Fenster herunter.

«Verzeihen Sie, sind Sie die Polizei?» fragte die Frau. «Der Major –»

«Ja, gnä' Frau – und wer sind Sie?»

«Äh, Miss Simson. Ich wohne allein hier in Nummer 20.»

Das hatte er sich schon gedacht. Miss Simsons Unterrock hing unter dem Rocksaum herunter, worauf sie jemand, der ihr auf irgendeine Art verbunden war, garantiert noch vor dem Frühstück aufmerksam gemacht hätte. Er schätzte sie auf etwa 38 Jahre und bemerkte, daß sie ein sehr kleines Kinn hatte. Schade, daß sie ein wenig gebeugt ging und so die Wirkung zweier sehr feiner, fast mädchenhafter Brüste verdarb, und er fragte sich, ob sie wohl ihre Monatsbinden über den Versandhandel bezog.

«Major Hamish MacTaggart im Ruhestand, vom Cameron-Highlanders-Regiment», meldete sich barsch der untersetzte grauhaarige Krieger neben ihr mit dem Golfschläger im Arm. «Nachbarn. Verflucht schlechte Show.»

Kramer mochte diese alten Irren, die eigentlich längst hätten tot und begraben sein müssen, statt dessen jedoch hartnäckig immer mehr empirerote Flecken in ihrem Winkel der Welt hinterließen, wenn sie sich immer zittriger aus der Portflasche bedienten. «Wieso ‹verflucht schlechte Show›, Major?» fragte er.

«Verdammt, junger Mann, Sie sehen doch selbst, in welchem Zustand diese junge Frau ist, nachdem der gräßliche Idiot auf ihrer Schwelle stand! Großer Gott, als sie kam und an meine Tür hämmerte, dachte ich zuerst, es stände wieder ein Aufstand bevor, und sie –»

«Nein, ehrlich, Major, ich bin eigentlich wieder ganz auf dem Posten», sagte Miss Simson, «aber es war reizend von Ihnen, zu meiner Rettung herbeizueilen.» Dann wandte sie sich an Kramer und sagte: «Ich fürchte, es war der arme indische Briefträger, wissen Sie. Er kam angestürmt, sprang auf meine Veranda und fing ein grauenhaftes Geheul an. Ich konnte kein vernünftiges Wort aus ihm herausbekommen, bis der Major –»

«Ein Unfall, habe ich mir zusammengereimt – Blut und so etwas», erklärte Major MacTaggart. «Habe ihn so weit beruhigt, um das zu sondieren, und dann die örtliche Polizeistation angerufen. Haben Sie eine Ahnung, was mit der armen Frau passiert ist?»

Kramer wechselte einen Blick mit Zondi, ehe er antwortete: «Wir sind noch nicht sicher. Aber mal sehen, ob ich richtig verstanden habe – der Briefträger war derjenige, der Alarm geschlagen hat?»

«Richtig.»

«Und was genau hat er gesehen?»

«Keine Ahnung. Der Mann redet nur dummes Zeug –»

«Er ist offensichtlich total verstört», sagte Miss Simson, «und wir meinen, daß etwas mit ihm *geschehen* müßte, falls Sie verstehen, was ich meine. All die übrigen Polizisten, die wir gesehen haben, sind einfach nur vorbeigesaust.»

Kramer schüttelte müde den Kopf über soviel jugendlichen Übermut der Beamten in Uniform; seit der Einführung des Fernsehens Mitte der siebziger Jahre war es immer schlimmer geworden. «Und Sie sagen, dieser Zeuge sitzt immer noch drüben auf Ihrer Veranda?»

«Ja, er kauert in einer Ecke.»

«Und was macht er da?»

«Er murmelt unentwegt etwas vor sich hin.»

«Lauter dummes Zeug», sagte Major MacTaggart.

«Okay, gut. Ich lasse meinen Sergeant hier», sagte Kramer und setzte sich hinter das Lenkrad, nachdem Zondi vom Fahrersitz gerutscht war. «Du läßt ihn eine kurze Aussage machen, und dann triffst du mich –»

«Ich hoffe doch», schnitt ihm Major MacTaggart das Wort ab, «daß Sie ihn so schnell wie möglich abtransportieren lassen! Ich kann mir nicht vorstellen, daß das, was er sagt, auch nur im mindesten –»

«Das zu entscheiden überlasse ich meinem Sergeant, ja?» sagte Kramer, legte den Gang ein und löste die Handbremse.

«Ha», schnaubte Major MacTaggart und maß Zondi mit einem scharfen Blick. «Dann nehme ich mal an, daß dieses Bürschchen ein außerordentlich lebhaftes Interesse an Eiern hat.»

«An Eiern?»

«Hühnereiern», erklärte Miss Simson. «Der arme Mr. Pillay scheint davon wie besessen zu sein.»

Zwei Polizeifahrzeuge, ein Landrover und der Mercedes-Benz des Amtsarztes, standen unordentlich auf dem runden Schotterplatz vor einem Haus im spanischen Stil am Ende der langen Einfahrt. Palmen fügten sich harmonisch ins Bild der geschwungenen roten Ziegel des niedrigen Daches, und Bougainvilleas nickten herüber wie Girlanden aus rosarotem Seidenpapier an einem Festtag. Für eine schöne Señorita, die etwas Hübsches im Haar tragen wollte, gab es Hibiskus- und Azaleenblüten und für die toten Hände der Frau drinnen weiße Gartenlilien.

Kramer drückte die Autotür mit den Knien zu und stieg die Stufen der offenen Veranda hinauf. Die Haustür stand weit auf, und so betrat er die große Eingangshalle einfach, zögerte dann einen Augenblick und ging schließlich weiter und einen breiten Korridor entlang. Das Komische an diesem Korridor war, daß die fröhlich bunten Läufer nicht etwa auf den blanken schwarzen Bodenfliesen lagen, sondern unklugerweise an den Wänden aufgehängt waren.

Zwei junge Wachtmeister standen vor der letzten Tür zur Rechten. Sie blickten in seine Richtung, sahen, wer da kam, und standen sofort stramm, wobei sie ihre Zigaretten in der hohlen Hand verbargen.

«Rühren», sagte Kramer. «Ist schließlich nicht euer Arsch, in den ich treten will. Wer führt hier den Befehl?»

«Was gibt's?» fragte jemand mit hoher Stimme, und dann trat ein Orang-Utan in der Uniform eines Vollzugsbeamten mit rötlichem Bürstenschnitt aus der Tür hinter ihnen.

«Heiliger Himmel», sagte Kramer. «Ich hatte es ja geahnt ... Wie geht's, Jaap?»

Und Jaap du Preez grinste ihn gutmütig an, wobei er mehr Zahnfleisch als Zähne zeigte in einem Mund, der so groß wie ein Kochtopf war. «Phantastisch, Sir. Alles unter Kontrolle. Warum sollte ich also einen Tritt in den Hintern bekommen?»

«Ach, ich hab's mir anders überlegt», sagte Kramer. «Ich will schließlich keinen Dachschaden verursachen.»

«Wie bitte, Sir?»

Daraufhin machte Kramer Jaap du Preez mit kurzen Worten und einfachen Sätzen den schwerwiegenden Fauxpas klar, einen Hauptzeugen unbeaufsichtigt bei Miss Simson zu lassen, und Jaap du Preez versprach, die zwei Wachtmeister zusammenzustauchen, weil sie versäumt hatten, den Postboten ihm gegenüber zu erwähnen; und die Wachtmeister protestierten und behaupteten, in der Meldung, die sie von der Streife erhalten hätten, sei keine Rede von einem Postboten gewesen, nur davon, daß die Hausherrin von Woodhollow in Schwierigkeiten sei.

«Dann lassen Sie sich das eine Lektion sein», sagte Jaap du Preez und stauchte sie trotzdem fröhlich zusammen. «Wenn Sie mir jetzt bitte folgen wollen, Lieutenant!»

Sie gingen durch die Tür, durch ein Zimmer mit Bücherregalen rings an den Wänden und in den angrenzenden Raum, der auf einer Seite eine große Schiebetür aus Glas hatte. Das erste, was Kramer ins Auge fiel, waren eine Posttasche, die mitten auf dem Fußboden lag, und draußen vor der etwas offenstehenden Glastür ein Paar schwarze Stiefel.

«Warum sind Sie barfuß?» fragte Zondi Ramjut Pillay zum zigsten Mal.

Aber der Briefträger reagierte selbst auf die einfachsten Fragen nicht. In einer eigenen Welt verloren, plapperte er ständig etwas von Eiern vor sich hin.

«Was war los in dem Haus?» fragte Zondi weiter. «Was haben Sie dort gesehen?»

«Wahrscheinlich einen Geist», flüsterte Miss Simson, eingeschüchtert durch den leeren Blick des Postboten, dessen Augen von der verschmierten Drahtgestellbrille riesig vergrößert wurden.

«Höchste Zeit, den hirnlosen Kerl zur Besinnung zu bringen», brummte Major Hamish MacTaggart und schwang schon einmal probehalber seinen Golfschläger. «Geben Sie ihm einen ordentlichen Klaps hinter die Ohren, Sergeant – das wirkt manchmal Wunder bei diesen Typen. Ich erinnere mich an einen indischen Wäscheboy, der die verdammte Unverschämtheit besessen hat, ausgerechnet mir mit einer dreisten Frechheit zu kommen – keineswegs eine Bagatelle, sondern es ging um Betelnußflecken auf einem Festtagskilt –, und ich –»

«O nein, bitte keine Gewaltanwendung!» flehte Miss Simson und griff sich mit der Hand an die Kehle. «Das würde ich einfach nicht zulassen!»

Trotzdem blitzten ihre Augen dabei auf, wie Zondi bemerkte.

«Sie könnten ihn wenigstens ein bißchen piksen», schlug Major MacTaggart vor und hielt ihm seinen Golfschläger hin. «Immerhin haben Sie es hier mit einem ausgemachten Idioten zu tun, selbst beim besten Willen. Gott allein weiß, wie er die Stelle bekommen hat – es übersteigt jedes Vorstellungsvermögen.»

Ramjut Pillay wandte sich zu dem alten Herrn um und starrte ihn entrüstet an. Dann fuhr er mit der Hand in die Uniformjacke, zog eine schäbige, ausgebeulte Brieftasche hervor und nahm ein zusammengefaltetes Blatt Papier heraus, das er auf den Verandaboden knallte.

Zondi faltete es auf und las:

> *Lieber Student,*
> *mit Bedauern nehme ich zur Kenntnis, daß Sie erneut eine gewünschte Stelle nicht erhalten haben, obwohl Sie das entsprechende Diplom mit Auszeichnung erworben haben. Lassen Sie sich nicht entmutigen! HÖREN SIE NICHT auf*

jene, die, wie Sie in Ihrem letzten Schreiben berichteten, behaupten, Ihr Diplom sei das Papier nicht wert, auf dem es gedruckt ist. (Sie würden gleich wissen, was für ein Unfug das ist, wenn Sie die Rechnung für meinen Drucker sähen, das können Sie mir glauben!) Halten Sie durch, mein Freund, halten Sie durch, und denken Sie immer daran, daß die Straße nach Rom auch nicht an einem Tag erbaut wurde. Dabei fällt mir ein, daß auf Grund des akuten Arbeitskräftemangels inzwischen auch Nichtweiße asiatischer Abstammung eine einträgliche Anstellung im Postdienst erhalten können – haben Sie das mitbekommen? Ich würde einen Mann Ihrer Begabung und Befähigung ohne Zögern für einen solchen Posten empfehlen und Ihnen diesbezüglich gern ein Empfehlungsschreiben ausstellen, falls erforderlich (legen Sie Ihrem nächsten Brief bitte das Rückporto bei).

Hochachtungsvoll
Direktor Dr. Gideon de Bruin, Doktor der Theologie (Alabama),
B. A. Hons. (Universität von Südafrika),
AFRPS Easiway-Ferncollege

PS: Beiliegend finden Sie das neueste Angebot an zusätzlichen Kursen, zur Zeit 20 % ermäßigt für alle brillanten Studenten wie Sie. Ich glaube übrigens, daß Steuerrecht (Teil I) und / oder Küstenschiffahrt durchaus Ihrer Auffassungsgabe entspricht.

Zondi faltete den Brief wieder zusammen, dann gab er Major MacTaggart höflich zu verstehen, daß er ihn gern unter vier Augen sprechen würde, falls irgend möglich.

Sie gingen ans andere Ende der Veranda.

«Sir, ich würde es gern so machen, wie Sie vorgeschlagen haben», flüsterte Zondi in sehr respektvollem Ton. «Was dieser verdammte Kuli braucht, ist eine gute Tracht – vielleicht ein paar Faustschläge.»

«Dachte mir schon, daß Sie drauf kommen würden. Nur zu, Sergeant, tun Sie's! War nicht unbedingt nötig zu fragen, nicht, wenn einer nur seine Pflicht tut.»

«Aber ... äh, na ja, die junge Madam, Sir ...»

«Ah», sagte Major MacTaggart. «Knifflig.»

«Es sei denn, Sir, Sie könnten die junge Madam mit ins Haus nehmen – vielleicht auf die Veranda? Für ein paar Minuten?»

«Aha», sagte Major MacTaggart, «ein Wink genügt, was?»

Ohne recht zu wissen, was er damit meinte, war Zondi erleichtert, als Miss Simson einen Augenblick später unter etlichen sprechenden Blicken zu ihm hinüber von ihm weggelotst wurde, so daß er den Postboten ungehindert verhören konnte, wie er es für richtig hielt.

«Nun denn», sagte er und gab Ramjut Pillay den Brief zurück. «Wen nannte der alte Narr eigentlich einen Idioten? Jeder kann doch hieraus sehen, daß Sie wirklich ein gebildeter Mann sind – und wir Polizeibeamte haben selten Gelegenheit, mit einem solchen Gelehrten zu sprechen, das ist eine große Ehre für mich.»

«Tatsächlich?» sagte Ramjut Pillay, setzte sich aufrecht hin und putzte seine Brille.

Die Leiche liegt ganz natürlich da, dachte Kramer. Oft waren die Glieder häßlich verdreht, war ein Arm abartig verbogen oder ein Bein untergeschlagen, aber hier sah es nur nach Ruhe und Erholung aus.

«Ich denke, sie lag schon so da, als es passierte», meinte Dr. Christiaan Strydom, der etwas klein geratene Amtsarzt des Kreises, und kratzte sich hinten an seinem grauen Haarschopf. «Aber fragen Sie mich nicht, warum sie dabei nackt war.»

«Ach, muß ich wohl auch gar nicht», sagte Kramer. «Dort liegen ihre Kleider und gleich hier neben der Couch ihr nasser Badeanzug. Ich vermute, daß sie das Teil gerade ausgezogen hatte und dann nur ein bißchen ausruhen wollte, ein paar Minuten lang wieder zu Atem kommen nach zwanzig Runden – und dann *zack.*» Er machte eine Bewegung, als steche er zu.

«Hm», brummte Strydom, untersuchte ihre Seite noch gründlicher und veränderte den Winkel seiner kleinen Stablampe. «Ja, das würde den Fakten entsprechen, soweit wir sie erkennen, aber wieso ist sie um ein Uhr nachts geschwommen? Sie haben ja gesehen, welche Körpertemperatur sie hatte – sie kann nicht früher gestorben sein.»

«Sie war doch Schriftstellerin, nicht wahr? Vielleicht hat sie gern nachts gearbeitet und wollte sich mit Schwimmen nur ein bißchen auffrischen. Wie ich gesehen habe, steckt noch eine Seite in ihrer Schreibmaschine im Nachbarzimmer, sie wollte also vielleicht weiterarbeiten.»

«Und wenn sie nun so von Hausangestellten gesehen worden wäre?»

«Nachts um eins rechnet doch niemand mit Hausangestellten, oder? Außerdem scheint kein Personal auf dem Gelände gewesen zu sein. Aber das überprüfen die Beamten gerade.»

«Sie sprudeln ja nur so über vor Vermutungen, Tromp», knurrte Strydom und nahm sein Vergrößerungsglas zur Hand. «Dann raten Sie mal, womit sie erstochen wurde.»

Aber Kramer blieb vorerst, wo er war, ein paar Meter weit weg in der Nähe der Schiebetür. Das war seine letzte Gelegenheit, Naomi Stride noch halbwegs menschlich zu sehen, und er wollte sich ein Bild von ihr machen, eine persönliche Vorstellung, an die er sich halten konnte, wenn er nur noch aus zweiter Hand etwas über sie erfuhr.

Sie war das, was die dralle Witwe Fourie als zierlich bezeichnen würde, höchstens 1,55 groß und wahrscheinlich genauso leicht wie ein normaler gutgefüllter Golfbeutel. Die Witwe Fourie bediente sich gern des Vergleichs mit dem Golfbeutel, was dem irrationalen, kaum verhüllten Neid entsprach, den eine solche Frau bei ihr erregte. Was Naomi Strides Figur betraf, war sie nicht schlecht für eine Frau in mittleren Jahren, sofern man der Tatsache Rechnung trug, daß der Bauch durch den Tod schon ein wenig aufgetrieben war, da es am Tag gut über 30 Grad heiß war. Vielleicht waren auch die Schenkel etwas praller als vorher, doch der Polstereffekt, den der Bereich um das dunkle Dreieck herum dadurch hatte, war ohne Zweifel attraktiv; ihre Brüste waren jedenfalls erstaunlich jugendlich, was die Vermutung nahelegte, daß sie, falls sie Kinder hatte, diese sicher mit der Flasche ernährt hatte. Es war ein Jammer, daß das Blut, das aus dem Loch in ihrer oberen linken Körperseite geströmt war, über ihre Brustwarzen geflossen und wie aus unwillkürlicher posthumer Schamhaftigkeit darüber geronnen war. Trotzdem war noch ein wenig von dem rauheren Warzenhof auf beiden Seiten erkennbar, ein sauberer Kreis von der Größe eines Cents, der die Illusion von Jugendlichkeit verstärkte. Ihr herzförmiges Gesicht hatte ebenfalls etwas Unschuldiges, war jedoch überraschenderweise völlig ohne Lachfalten. Ein solcher Mund, klein und vollkommen geformt, um leichte, liebevoll belustigte Küsse zu verteilen, hätte von einem Kranz feiner Fältchen umgeben sein müssen; auch die leuchtendblauen Augen unter der hohen Stirn hatten keine Krähenfüße in den Winkeln, die bestätigt hätten, daß sie das Leben oft von seiner heiteren Seite betrachtet hatte.

Dann drängten sich zu viele Details auf. Die Fliege, die in dem klebrigen Blut an der unteren Brust festsaß, eine andere, die sich in ihrem Schamhaar verfangen hatte, wo das Blut versickert war, und am unangenehmsten war, daß an ihrem linken kleinen Zeh ohne ersichtlichen Grund der Nagel fehlte – eine jüngere Verletzung, die im Heilen begriffen war. Kramer kniff die Augen zusammen und schaute sich den Körper so noch einmal an, diesmal nur in der Absicht, einen Gesamteindruck zu bekommen.

Was er dabei sah, brachte ihn zum Lächeln, denn die Blässe ihrer Haut, ihr tiefschwarzes Haar und der rote Lippenstift machten aus ihr ein gewagtes Ebenbild von Walt Disneys Schneewittchen, bei dem unverkennbar gerade einer der sieben Zwerge Dienst tat.

«Was ist denn so komisch?» wollte Strydom wissen.

«Nichts, Doc! Aber ich habe wohl recht mit meiner Behauptung, daß die Lady ihren Swimmingpool nachts benutzt hat. Sehen Sie, wie blaß sie ist? Wo ist die Sonnenbräune, wenn sie normalerweise tagsüber rausgegangen wäre?»

«Ah ja, das hilft weiter – jeder ihrer Freunde könnte Ihnen das wahrscheinlich sagen», sagte Strydom. «Was ich aber immer noch wissen möchte, ist, wie sie erstochen wurde.»

Kramer nahm ihm das Vergrößerungsglas ab und bückte sich tief über die Wunde.

«Ja, jetzt sehe ich, was Sie meinen ... das Loch hat eine merkwürdige Form, nicht wahr? Wieso eigentlich ein Stich? Woran sehen Sie, daß es sich nicht um eine dicke Kugel handelte?»

«An der Art und Weise, wie die Haut verschoben und eingedrückt ist. Außerdem sind keine Brandspuren da. Was immer eingedrungen sein mag, heiß war es jedenfalls nicht.»

«Hmmm, klingt logisch.»

«Ich muß sie wohl in die Leichenhalle bringen und einen Schnitt hier mittendurch machen, dann weiß ich mehr.»

«Und wann wäre das?»

«Sobald die Spurensicherung eingetroffen ist und Aufnahmen gemacht hat, würde ich sagen. Um die Sache zu beschleunigen, habe ich ihren Hausarzt herbestellt, der sie identifizieren wird.»

«Können wir einen Zeitpunkt ausmachen, damit ich da sein kann?»

«Sagen wir doch zwei Uhr, Tromp», sagte Strydom nach einem Blick auf seine Uhr. «Dabei fällt mir ein: Wo ist eigentlich der verdammte Idiot Van Rensburg mit dem Leichenwagen geblieben? Sie haben ihn nicht direkt auf dem Weg hierher überholt, oder?»

«Nicht direkt», sagte Kramer.

3

Allmählich stellte sich die übliche Partyatmosphäre ein, je mehr Polizeiwagen in die Einfahrt einbogen und Männer ausspuckten, die nervös Witze machten und laut lachten. Viele waren hinbestellt worden, um Aufgaben zu erfüllen, die sie zu Spezialisten an einem Tatort machten. Die meisten anderen waren ungebetene Gäste, uniformierte Streifenpolizisten aus benachbarten Revieren, die durch die aufgeregten Funksprüche neugierig geworden waren. Die Neuankömmlinge drängten sich auf der Terrasse und warfen verstohlene Blicke durch die Glasschiebetür auf ihre Gastgeberin am heutigen Nachmittag, die jetzt ein rosa Laken aus dem belüfteten Wäscheschrank trug.

Als Dr. Strydom mit kurzem Nicken zu Jaap du Preez hinüber das Haus verließ, wurden zwei Spurensicherungsbeamte eingelassen. Einer machte sich sofort daran, mit Staubpuder und Marderhaarpinsel Zaubertricks zu vollführen und verborgene Fingerabdrücke aus dem Nichts in Erscheinung zu bringen, während sein Partner das Laken zurückschlug und anfing, Aufnahmen zu machen, wobei er mit derselben Hochachtung wie ein Gesellschaftsfotograf um sein Objekt herumstolzierte.

Das Gemurmel auf der Terrasse wurde zum Cocktail-Smalltalk, es fielen einige recht unanständige Bemerkungen über die hingestreckte Gestalt, und dann schauten sich alle um, abgelenkt von jähem Lärm. Den machte ein Polizeihund, der mit Gespür für die herrschende Stimmung beschlossen hatte, im Swimmingpool baden zu gehen, und dabei unabsichtlich seinen Herrn, der auf Zehenspitzen gestanden hatte, aus dem Gleichgewicht geworfen und mit sich ins Wasser gezogen hatte. Das brachte den beiden, die wie wild paddelten, einige begeisterte Anfeuerungsrufe ein, während ein athletischer Beamter in Uniform auf das Sprungbrett turnte und Anweisungen hinunterbrüllte, wobei er beinahe selbst ins Wasser fiel. Noch mehr begeisterte Zurufe, und als sich dann alle wieder umdrehten, lag das Laken wieder an Ort und Stelle, und Sergeant Van Rensburg, der fast aussah wie ein dicker fetter Butler, brachte gerade seine Bahre herein.

An diesem Punkt tat Kramer, der nie viel Zeit an Partys verschwendet hatte, das, was er in solchen Fällen immer machte: Er verzog sich in ein ruhiges Zimmer und schloß die Tür hinter sich.

Das Zimmer, das er sich dazu ausgewählt hatte, war das mit der Schreibmaschine und Büchern in Regalen rings an allen Wänden bis oben zur Balkendecke. Er setzte sich in den großen Drehsessel am Schreibtisch, zündete sich eine Lucky Strike an, stopfte das gebrauchte Streichholz in seine Brusttasche und lehnte sich zurück, um den Augenblick hinauszuschieben, in dem er nachschauen würde, welches die letzten Worte von Naomi Stride gewesen waren. Er hatte so ein Gefühl, als würden sie eine Enttäuschung sein.

Nicht, daß Kramer hochgesteckte literarische Erwartungen an die Frau gestellt hätte, und noch weniger hatte er je etwas von ihr gelesen, da ihn die stark abgegriffene Sammlung verbotener Werke in den Diensträumen des Sittendezernats nicht interessierte. Es war nur, daß ihn die Arbeit im Raub- und Morddezernat, wenn überhaupt etwas, dann die traurige Wahrheit gelehrt hatte, daß die meisten Menschen starben, wenn sie am wenigsten darauf vorbereitet waren, und höchst selten stilvoll. Das Höchste, worauf er hoffen konnte, war, daß sie gerade getippt hatte: «Und dann ...»

Statt dessen wandte er seine Aufmerksamkeit dem Raum und seinen Einrichtungsgegenständen zu. Ein seltsames Durcheinander, das ihn an etwas erinnerte. Er ließ seinen Kopf leer werden und konzentrierte sich nur noch auf das Glimmen seiner Zigarette. Und dann hatte er's: Boy Joshuas Schubkarre.

Boy Joshua war eine der bekanntesten Figuren in Kwela Village, der ausgedehnten schwarzen Township mit ihren völlig identischen 2-Zimmer-Hohlblocksteinhäuschen, in der Zondi mit seiner Familie lange gelebt hatte. Ohne Ausnahme sah man Boy Joshua jeden Tag diese mit Stoff ausgeschlagene Schubkarre herumschieben, mit der er als Opfer einer tropischen Krankheit, die die Hoden zu monströser Größe anschwellen läßt, seine Eier abstützte. Die Leute staunten über deren Größe, und selbst diejenigen, die an den Anblick gewöhnt waren, versäumten selten, Boy Joshua eine gewisse Verehrung entgegenzubringen, was er – wie auch seine drei Frauen – sehr genoß. Einmal hatte ein weißer Arzt, der in der Tuberkuloseklinik der Township tätig war, Boy Joshua rufen lassen und ihm versprochen, ihn sozusagen über Nacht von seinem auffälligen Leiden zu befreien, da es eine sehr einfache Heilmethode dafür gäbe. Augenzeugenberichten zufolge hatte Boy Joshua die Klinik sehr schnell verlassen und seine Schubkarre ganz den Berg hinaufgeschoben, ohne einmal anzuhalten, was für sich genommen schon eine Heldentat war, die ihm weitere Berühmtheit eintrug. Man brauchte die Karre nur zu sehen, um das beträchtliche Gewicht zu ermessen, selbst wenn sie leer war. Boy Joshua hatte sie seit Jahren geschmückt, er hatte aus Kleiderbügeln und anderen kurzen Drahtstücken einen hohen Bogen gebastelt, am vorderen Karrenende angebracht und daran allen Krimskrams befestigt, der ihm irgendwo begegnet war. Zu den relativ leicht erkennbaren Dingen gehörten alte Zündkerzen, Schlüssel, Zahnräder, verbrauchte Kugelschreiber, Spiegelscherben, zerbrochene Kämme, Radmuttern, verchromte Tankdeckel, Glühbirnen, Kupferrohrstücke, Getränkedosen, Wegwerffeuerzeuge, Kolbenringe und bunte Elektronikschaltungen.

Kramer hatte nicht geglaubt, daß ihm so etwas je noch einmal vor Augen kommen würde, doch hier in diesem Zimmer, das Naomi Stride vermutlich ihr Arbeitszimmer genannt hatte, sah es ziemlich genauso aus. Ohne aufstehen zu müssen, konnte er drei große Schalen voller Strandkiesel sehen, und in der Kupfervase auf dem Kaminsims steckte eine Handvoll alter Federn. Eiförmige Steine und Holzstücke lagen überall verstreut, dazu eine ganze Menge blanker weißer Knochen, Treibholzreste, ein Pavianschädel, vergilbte Grußkarten, drei ausgestopfte Finken unter einer Glasglocke, kleine, mit zu vielen Fotos vollgestopfte Bilderrahmen, verschieden geformte grüne Flaschen, hohe Binsen in einer Ecke und Dutzende von Schildkröten aus allen möglichen Materialien von Ton bis Teig auf den Regalbrettern vor den Büchern. Noch mehr Grußkarten, Ansichtskarten, Briefe und sogar ein Telegramm oder zwei staken zwischen den Büchern, und den noch verbleibenden Raum hatte sie mit weiterem gesammeltem Nippes angefüllt, darunter seltsam geformte Korken, Bleistiftstummel, Spielzeugautos, ein militärisches Rangabzeichen, ein paar blaue Murmeln und, aus Gründen, die wohl nur Boy Joshua nachempfinden konnte, kleine Stapel von abgenutzten Schreibmaschinen-Farbbändern.

Kramer unterdrückte einen leisen Schauder, stand auf und ging zu dem roten Aktenschrank neben einem zweiten, kleineren Schreibtisch hinüber, auf dem das Telefon stand. Er zog die oberste Schublade auf, wobei er achtgab, mögliche Fingerabdrücke nicht zu verschmieren, und war überrascht, daß alles ordentlich in blaue Ordner sortiert war, die samt und sonders deutlich beschriftet waren. Er wußte nicht genau, warum er hineingeschaut hatte, aber irgendwo mußte er einen Anfang machen mit der ermüdenden Arbeit, Informationen über die Lebensumstände der Toten zu sammeln, und in dieser Hinsicht konnten Briefe, auch Geschäftsbriefe, sachdienlich sein. Aber der Anblick von soviel Papier, das man durchackern mußte, und so vielen Zeilen, zwischen denen man lesen mußte, schwächte seine Entschlußkraft, und so wollte er die Schublade schon wieder zuschieben. Wenn er doch nur der Toten ein paar einfache Fragen über ihre Person stellen könnte, wie sehr würde das sein Leben erleichtern!

Dann nahm er mit halbem Lächeln einen Ordner heraus, der ihm gerade aufgefallen war und die Aufschrift INTERVIEWS trug. Darin war ein Haufen Zeitungsausschnitte, von denen mindestens drei versprachen, die *wahre* Naomi Stride, preisgekrönte Schriftstellerin, Hausfrau und Mutter darzustellen.

«Auch das also», murmelte er, erfreut über seine Entdeckung, und ging damit zum Drehsessel zurück.

Aber ehe er sich mit dem ersten Zeitungsartikel befaßte, beugte er sich vor und warf einen Blick auf das Blatt Papier, das noch in der Schreibmaschine steckte. Er las:

S. 237

ein feines Häutchen, bleicher als der Mond,
„II, 2!“

Verwirrt suchte er nach der vorhergehenden Seite und fand sie in einer Drahtablage unter einem Briefbeschwerer aus Glas. Nach kurzem Überlegen war klar, daß es sich um eine Sexszene von zwei jungen Leuten in den Dünen bei Durban handelte, die beide ungewöhnlich stark auf den Körpergeruch des anderen zu reagieren schienen.

«Ja. Und du?»
«Ja.»
«Abelard.»
Er nickte.
«Ich weiß die Worte hierfür nicht», sagte sie. «Eure Worte jedenfalls nicht.»
«Es gibt keine Worte», sagte er und neigte sich zu ihr.
Sie lächelte sacht und fand nichts Banales daran, denn sie wußte, daß er keine Klischees kannte. «Wie Holzrauch», sagte sie, als er sie leicht mit der Brust streifte und sich ihre Brustwarzen aufrichteten. «Ein tiefer, dunkler, herrlicher Geruch ...»
«Wie wilde Minze», sagte er. «Beißt in der Nase. Nein, langsam. Wir müssen langsam machen, das ist vielleicht das einzige Mal.»

Darauf folgte die Beschreibung, die zur letzten Seite überleitete, die abrupt mit *«II, 2»* endete, einem vollkommen rätselhaften Ausruf, selbst wenn man den merkwürdig kryptischen Dialog vorher in Betracht zog.

Kramer zuckte die Achseln und schlug den Ordner mit den neueren Interviews auf. Sie waren ebenfalls auf englisch, aber viel besser geschrieben, klarer in ihrer Aussage; eins aus der *Washington Post*, die wirklich Fakten über Naomi Stride zusammenzutragen versucht hatte, gefiel ihm am allerbesten. Er las es immer wieder von neuem.

Um zwei Uhr wurde Ramjut Pillay vom Dienst suspendiert und eine amtliche Untersuchung darüber eingeleitet, wieso er seine Posttasche fahrlässig und kopflos hatte stehenlassen können, ganz zu schweigen von einem Paar Poststiefel, und damit die Sicherheit des Postwesens der Republik aufs Spiel setzte.

Das war ein schwerer Schlag für ihn, um so mehr, als er inzwischen jedes Wort der Geschichte selber glaubte, die er dem bemerkenswert verständnisvollen schwarzen Polizeibeamten erzählt hatte, der ihn nach seinem traumatischen Erlebnis befragt hatte – eine Geschichte, die er noch immer seinem Vorgesetzten Mr. Jarman klarzumachen versuchte, dessen Konzentrationskraft offensichtlich so schwach war, daß *ihm* sicher kein Diplom in irgendeinem nennenswerten Fach ausgestellt würde.

«Aber ich sage Ihnen doch, Mistering Jarman», redete Ramjut Pillay beharrlich weiter, «und ich sage es in aller Wahrhaftigkeit, daß der Geist bei den sterblichen Überresten der armen Dame gegenwärtig war und daß der Geist zu mir sagte: ‹Ich brauche dich sehr!›»

«Pillay», sagte Mr. Jarman und wies zur Tür. «Raus.»

«Einen Augenblick noch, Mistering Jarman, Sör! Es gibt da einige religiöse und kulturelle Dinge, die Sie nicht ganz verstehen! Ein Beispiel wäre, wenn Sie gestatten, das Tragen von Lederbekleidung an den Füßen in unmittelbarer Nähe von –»

«Raus ...», zischte Mr. Jarman nun ziemlich bedrohlich.

Sergeant Van Rensburgs Gemütsverfassung hätte schwerlich noch düsterer sein können, als es zwei Uhr wurde und die einzigen Leute, die sich in seiner Leichenhalle befanden, alle tot waren.

«Ja, du hast gut lachen», sagte er grimmig zu einem Handelsvertreter auf dem ersten Marmortisch, der ihm in einem erstarrten Grinsen die Zähne zeigte. «Du versuchst ja auch nicht, eine Abteilung effizient zu leiten, oder? Himmel, du konntest nicht einmal ein Kraftfahrzeug geradeaus lenken, denn sonst wärst du wohl nicht hier, oder?»

Van Rensburg schob klirrend und ratternd seinen Handwagen über die Laufbretter und ging wieder in den Kühlraum, riß die schweren Doppeltüren auf und packte das Ende einer Bahre unten im rechten Fach. Die Bahre, eine Metalltrage, auf der Leichen für den Transport und zur Aufbewahrung befestigt wurden, rührte sich nicht von der Stelle. Er zog kräftig daran und merkte einen Sekundenbruchteil zu spät, daß das Ding leer war – es schoß plötzlich heraus und traf ihn am Schienbein.

«Du blöder Scheißer!» jaulte Van Rensburg. «Du glaubst wohl, du kannst mich verarschen, was? Keine Sorge, ich weiß, daß du da drin bist, und wenn ich –»

«Lernen Sie Eiertanz, Van Rensburg?»

Die plötzliche Stimme entnervte ihn vollends, so daß er mit einem lauten Fluch herumwirbelte.

«O mein Gott», fügte er dann in größter Hast hinzu. «Das galt nicht Ihnen, Colonel!»

«Ihr Glück, mein Freund; ich hab meine neue Hose an.»

«Ein schönes Stück!» schmeichelte Van Rensburg, der wie immer die Pointe verpaßte. «Wunderbare Bügelfalten!»

«Mit wem haben Sie eigentlich gesprochen, als ich reingekommen bin?» fragte Colonel Muller. «Ist Dr. Strydom da? Ich habe seinen Mercedes gar nicht gesehen draußen und deshalb angenommen –»

«Ach was, nur mit einem toten Nigger, Colonel – dem Einbrecher, den der CID vergangene Nacht in dem Supermarkt erschossen hat. Ich bin nur ein bißchen in Panik geraten, weil der Doc immer noch nicht hier ist; und Lieutenant Kramer ist auch noch nicht eingetrudelt. So kommt eins zum andern, und dann verliert man die Übersicht.»

Colonel Muller sann über diese Erwiderung nach und klopfte dabei mit seinem Offiziersstöckchen an seine Zähne. «Sergeant Van Rensburg», sagte er schließlich, «Sie haben hoffentlich heute mittag nichts getrunken!»

Kramer blickte auf, als sich die Tür öffnete und Zondi den Kopf ins Zimmer steckte. «He, Mickey, wie ist es gelaufen, Mann? Konnte der Briefträger deine Fragen beantworten?»

«Weit gefehlt», sagte Zondi, kam herein und schloß die Tür hinter sich. «Der Mann ist ein armer Irrer.»

«Hast du nichts aus ihm herausbekommen?»

«Nur irgendwelchen Unsinn von Hennen und Eiern, mit dem er vertuschen wollte, daß er versucht hat, einen Blick auf eine weiße Dame ohne Kleider zu werfen. Stimmt's, Boss? Daß sie nackt war?»

Kramer nickte. «Sonst nichts?»

«Ich habe bei anderen Hausangestellten nach dem Personal dieses Hauses gefragt – sie haben alle sechs Wochen Ferien und sind zu Hause.»

«Ferien?» wiederholte Kramer ungläubig. «Sind sie denn Weiße?»

Zondi mußte bei der bloßen Vorstellung lachen. «Nein, zwei Zulus, Mann und Frau – Hausmädchen und Koch; dann war wohl noch ein Xhosa da für den Garten. Anscheinend war es bei der Dame so üblich, wenn sie auf eine längere Reise ging.»

«Und wer hat dann auf das Anwesen aufgepaßt?»

«Sie hat immer Wächter mit großen Hunden eingestellt.»

«Aber –»

«Ich kann Ihnen nur sagen, Boss», sagte Zondi achselzuckend, «daß das Personal am Sonntag von hier fortgegangen ist, dem Tag, an dem auch die Madam abfahren wollte.»

«Ja, sie wollte zu irgendeiner Preisverleihung nach England. Alle Einzelheiten darüber finden sich hier in diesem Haufen Zeitungsschnipseln.»

Zondi nahm einen Zeitungsausschnitt. «Vielleicht kann uns der Sohn sagen, was hier vorgeht», meinte er dann.

«Ich habe schon versucht, mit ihm in Verbindung zu treten», sagte Kramer mit einem Kopfnicken zum Telefon hin. «Scheint heute auf Geschäftsreise zu sein, aber das Mädchen in seinem Büro probiert weiterhin, ihn zu erreichen. Ha, es gibt vielleicht eine Möglichkeit, es schneller herauszufinden ...» Er ging zu dem roten Aktenschrank.

«Was macht denn der Sohn?» fragte Zondi.

«Handelt mit afrikanischen Souvenirs», erwiderte Kramer. «Du mußt also hübsch aufpassen, klar? Ich wette, er würde einen guten Preis für dich erzielen.»

«Hm», brummte Zondi, in den Zeitungsausschnitt vertieft.

Es klopfte an der Tür.

«Wer da?» fragte Kramer, während er einen Ordner mit der Aufschrift HAUSHALT hervorzog.

«Jaap, Lieutenant. Kann ich Sie einen Augenblick sprechen?»

Zondi ließ den Zeitungsausschnitt verschwinden und entfernte sich ein paar Schritte von Kramer.

«Ja, kommen Sie rein», sagte Kramer.

Jaap du Preez stürmte herein. «Tut mir leid, daß ich störe, Lieutenant», sagte er, «aber ich hätte schon vor einer Viertelstunde Feierabend machen sollen, und da habe ich mich gefragt, wie viele Leute von der nächsten Schicht Sie wohl hier brauchen – um Ihnen zu helfen, versteht sich.»

«Die nächste Schicht? Du liebe Güte, ist es denn schon nach zwei?»

«Vierzehn Uhr sechzehn, um genau zu sein.»

«Dann komme ich zu spät, verflucht noch mal», sagte Kramer und warf den Ordner auf den Schreibtischsessel. «Wie viele ich brauche? Nur drei Bantubeamte, um das Anwesen zu bewachen, und sagen Sie dem Streifenbeamten, er soll ein Auge auf sie haben.»

«Gut, Sir. Außerdem läßt die Spurensicherung anfragen, wann sie sich dieses Zimmer vornehmen soll.»

«Wenn ich damit fertig bin.»

«Wie Sie meinen, Lieutenant», sagte Jaap du Preez und ging wieder zur Tür, um dann hinzuzufügen: «Das ist ein ganz schön dicker Fall, was?»

«Nicht, wenn ich's verhindern kann», sagte Kramer.

Als Jaap du Preez abgezogen war, gab er Zondi einen Stapel Lesestoff, entschuldigte sich mit dem Hinweis, er komme viel zu spät zur Obduktion, und verschwand kurzerhand durchs Fenster.

Zondi ließ sich in den Schreibtischsessel fallen und probierte ein paar Drehungen, drei im Uhrzeigersinn, drei in die andere Richtung. Er hatte noch nie auf einem solchen Sessel gesessen und fand es durchaus reizvoll. Dann schob er seinen Hut in den Nacken, griff nach den Zeitungsausschnitten und ging sie schnell durch, um ein Foto der Verstorbenen zu finden.

Es waren etliche Brustbilder bei den Zeitungsartikeln, alle ein wenig verschwommen und wahrscheinlich ziemlich alt, denn sie sah wie Zwanzig darauf aus. Dann fand er, was er suchte: ein ganzseitiges Foto in dem Hochglanzmagazin *Fair Lady*, auf dem Naomi Stride genau da saß, wo er jetzt saß, mit den Fingerspitzen auf der Tastatur ihrer elektrischen Schreibmaschine.

Zondi fragte sich, ob sie schön zu nennen sei. Er war sich bei weißen Frauen nie ganz sicher. Er hatte einige auf Filmplakaten gesehen, die ihm ein vollkommenes Rätsel aufgaben: ein Kinn wie ein Mann, flache, harte Wangen, gerade Schultern, Hüften, die zu schmal waren, um ein vernünftiges Kind auszutragen. Diese Frau jedoch war zumindest sehr weiblich und hatte etwas Gefälliges in ihren Zügen, das angenehm auffiel, obgleich die großen Augen zu offen und verwundbar wirkten, wie Fenster ohne Glas.

Während er das Bild vor sich behielt, ordnete er die Zeitungsausschnitte in chronologischer Reihenfolge und las sie einmal durch. Dann zündete er sich eine Zigarette an, lehnte sich in dem Drehsessel zurück und ging nach allem, was er jetzt wußte, noch einmal die wesentlichen Punkte dieses Lebens durch, das so abrupt geendet hatte.

– Naomi Stride, geborene Naomi Esther Cohen, war vor 47 Jahren als einziges Kind von Emmanuel und Esther Cohen, den Inhabern eines kleinen Juweliergeschäfts in Johannesburg, geboren worden.

– Mit 17 hatte sie ein Stipendium für die Universität von Witwatersrand bekommen und bereits im zarten Alter von 22 den Doktor in englischer Literatur erworben. «Eine hochbegabte Studentin», hatte ihr Professor gesagt.

– Im gleichen Jahr hatte sie eine Stelle als Dozentin an der Universität von Natal ausgeschlagen, weil sie in der Zwischenzeit den berühmten Herzchirurgen William James «Big Bill» Kennedy kennengelernt und geheiratet hatte.

– Während ihrer Schwangerschaft hatte sie eine Kurzgeschichte zu schreiben begonnen, aus der *The Last Magnolia* hervorging, ihr weltbekannter erster Roman, von dem Kritiker sagten, er «dringe tief in den Kern der Apartheidtragödie ein». Er hatte fünf angesehene Preise in Europa und Amerika gewonnen. Erfolg reihte sich an Erfolg mit jedem neuen Roman; sie waren ohne Ausnahme in der Republik Südafrika verboten worden.

– Als sie 42 war, starb ihr Mann an einem Herzinfarkt und machte sie damit zur schwerreichen Frau. Sie hatte davon gesprochen, Südafrika verlassen und nach London gehen zu wollen, an den «Angelpunkt der literarischen Welt», war aber statt dessen nach Trekkersburg gezogen, wo ihr Sohn zur Universität ging.

– Nach dem Tod ihres Mannes hatte Naomi Stride einige Jahre kein Wort mehr geschrieben, sondern sich der Förderung junger Talente gewidmet – junger Schriftsteller, Dichter, Maler und Bildhauer aller Rassen. Dann hatte sie vor etwa zwei Jahren mit *Ebbing Hill* begonnen, einem Roman, der gerade für den Booker-Preis nominiert worden war, und sich bereit erklärt, zur Verleihungsfeier diese Woche nach London zu fliegen.

– In den verschiedenen Artikeln über Naomi Stride wiederholten sich fast immer die gleichen Adjektive: unvergleichlich, bescheiden, meisterhaft, einfühlsam, ausdrucksstark, leidenschaftlich, zart, aktuell, wütend, apolitisch.

Apolitisch? Das letzte Wort sagte Zondi nichts, darum beschloß er, Abhilfe zu schaffen und zu diesem Zweck den Drehsessel zu verlassen, um im Bücherregal ein Wörterbuch zu suchen. Aber auf dem Weg dorthin wurde er von all den Dingen abgelenkt, die sie um sich versammelt hatte.

Er mochte die Federn in der Kupfervase über dem Kamin und freute sich an der Eiform der Steine. Ebensolches Vergnügen bereiteten ihm die Dutzende von Schildkröten, besonders die eine aus Teig, die allmählich schimmelig wurde, und er entdeckte, wie interessant die verschiedenen grünen Flaschen waren, was auch für die Auswahl an merkwürdig geformten Korken galt. Er erinnerte sich daran, wie es war, ein Kind zu sein, die Taschen randvoll mit gefundenem Krimskrams, und während er von einem Stück zum anderen ging, betastete und bewunderte, ließ er seiner Phantasie freien Lauf.

Ja, dachte Zondi, wer Bücher schreibt, muß wahrscheinlich ein kindliches Gemüt haben, die Fähigkeit des Kindes, über wenig oder nichts zu staunen und Geschichten zu erfinden. Manchmal war es ganz ähnlich, Kriminalbeamter zu sein.

«Was für ein Bestellschein?» fragte Dr. Strydom verärgert, während er Naomis Gehirn heraushob.

«Ach, der, den ich Ihnen letzten Mittwoch gegeben habe, natürlich», sagte Sergeant Van Rensburg und wischte das Knochenmehl von den Zähnen der Säge, mit der er Schädeldecken abzusägen pflegte. «Mir geht wirklich langsam einiges von dem Zeug aus, das da draufsteht – Fäden, DH-136, Probengläser, alles mögliche. Können Sie nicht einfach unterschreiben, Doc?»

«Ich habe doch schon unterschrieben!»

«Das kann nicht sein, weil –»

«Hören Sie denn nie auf, sich zu streiten?» sagte Colonel Muller und blickte stirnrunzelnd von seiner Mittagszeitung auf.

«Entschuldigen Sie, Colonel», sagte Van Rensburg, «aber da versucht man, effizient –»

«Effizient?» sagte Strydom. «Seit wann läuft diese Leichenhalle –»

«Gott im Himmel, können Sie nicht ...», hob der Colonel an und verstummte wieder, als er bemerkte, daß Kramer sich zu ihnen gesellt hatte. «Irgendwas Neues vom Tatort, Tromp?»

«Nein, nichts, was Ihnen der Doc nicht schon erzählt haben könnte, Sir», sagte Kramer. «Außer daß wir jetzt wissen, daß sie einen Sohn hat, den ich aufzutreiben versuche, um ihm zu erklären, warum seine Ma nicht wie geplant am Sonntag nach England geflogen ist. Außerdem will ich ihn fragen, wie viele Leute wußten, daß sie ganz allein im Haus war, ohne irgendwelches Personal.»

«Letzte Nacht, meinen Sie?»

«Mh-hm.»

Kramer warf einen Blick auf Naomi Stride und erkannte nur die Beine und Füße wieder. Das Gesicht wurde durch einen glänzenden Lappen Kopfhaut verdeckt, den man heruntergezogen hatte, um die Hirnschale freizulegen, und der Körper war vom Schambein bis zum Kinn aufgeschnitten, so daß die Brüste jetzt zu beiden Seiten herabhingen.

«Das Gewicht des Hirns ist Durchschnitt», verkündete Strydom, nahm es von der Waage und zerteilte es in dicke Scheiben. «Keine Besonderheiten – wer behauptet also, daß die Dame ein Genie war?»

«Diese Zeitung», sagte Colonel Muller. «Allerdings hat sie damit gewartet, bis sie tot war.»

«Es steht bereits drin?»

«Ja, als nach Redaktionsschluß eingelaufene Meldung. Ich frage mich, wer der Mistkerl war, der ihnen den Tip gegeben hat.»

«Irgendwelche Aufschlüsse über die Mordwaffe?» fragte Kramer.

Strydom schaute augenzwinkernd auf. «Das habe ich für Sie aufgespart, ha!»

«Was Spezielles, stimmt's?»

«Ungewöhnlich, gewiß. Bin in einer Sekunde wieder zurück.» Strydom ließ das Gehirn auf dem Abtropfbrett an der Spüle für Van Rensburg liegen, damit der es später wieder einsetzte, ging zum Seziertisch hinüber und nahm eine lange Zange von seinem Instrumententablett. «Gucken Sie mal kurz dort in die Brusthöhle.»

«Hölle und Teufel, sie hat ja stark geblutet», bemerkte Kramer, tief gebückt. «Muß ein halber Eimer voll sein.»

«Wir bedienen uns inzwischen des metrischen Systems», stellte Van Rensburg klar. «Also –»

«Hier», sagte Strydom und verfolgte mit Hilfe der Zange den Weg der Waffe durch die oberen Lungenflügel, «ist der Schuldige. Ein silbernes Ding steckt da in der vorderen Scapula – äh, im Schulterblatt –, nur ein Ende guckt raus. Ein Messer hätte niemals so tief eindringen können.»

Kramer beugte sich noch näher. «Was ist es dann? Eine Pfeilspitze?»

«Nein, aber Sie sind schon nah dran, würde ich meinen», sagte Strydom, setzte seine Zange an und begann, das Teil herauszuziehen. «Etwas Altmodisches ...» Dann hielt er es ins Licht und sagte mit zufriedenem Grunzen: «Hab ich's doch gedacht, das abgebrochene Ende eines Rapiers.»

«Wie bitte?» fragte Van Rensburg und zog die Stirn noch mehr in Falten als sonst.

«‹Rapier› habe ich gesagt, Mann – das ist ein dünner Degen von der Art, wie sie früher beim Fechten verwendet wurden.»

«Aha», sagte Van Rensburg. «Ich hatte ‹Papier› verstanden.»

Aber Colonel Muller teilte seine plötzliche Erkenntnis nicht. «Ein *Degen*?» sagte er und senkte eine Ecke seiner Zeitung. «Verflucht komisch, mit so einem Ding herumzuspazieren und es in andere Leute zu stechen – noch dazu in Schriftstellerinnen!»

«Nicht, wenn man kein Blut auf seinen Kleidern mag», sagte Kramer.

Zondi blätterte weiter in *Ebbing Hill*, erstaunt darüber, wie gut Naomi Stride die Zustände in einem städtischen Bantuwohnheim beschrieb. Er konnte sich nicht vorstellen, daß einer Weißen je der Zutritt zu so einem Haus gestattet worden wäre, geschweige denn die Beobachtung des Alltagslebens dort, und wenn es ihr doch gelungen wäre, hätten sich die Bewohner jener trostlosen Achtpersonenräume sicher nicht normal verhalten. Dennoch waren hier vier sofort erkennbare Charaktere, die das taten, was sie auch normalerweise tun würden – sie zankten sich, teilten sich eine kleine Orange, sehnten sich nach ihren Frauen und Kindern und hofften, dieses Jahr einmal heimkehren zu können, um sie wiederzusehen. Zwei Seiten weiter wechselte die Geschichte zu den fernen Familien und dem schwierigen Leben der Ehefrauen, die ihre Kinder allein aufziehen mußten – Kinder, deren Bäuche nie voll wurden, sondern immer zum Teil leer blieben, wie ihre Herzen. Wieder konnte er diese Leute sehen und hören, als wäre er eine Eidechse im Schilfdach über ihren Köpfen.

Dann wurde er von Unruhe ergriffen. Es kam ihm vor, als hätte er Schuldgefühle, weil er seine Zeit damit vertrödelte, verbotene Literatur zu lesen, also stellte er das Buch wieder an seinen Platz in einem der Regale des Arbeitszimmers zurück, widerstand einem Impuls, nachzuschauen, was in der Schreibmaschine steckte, und zündete sich noch eine Lucky an. Sein Blick fiel auf den Ordner mit der Aufschrift HAUSHALT.

Warum hatte der Lieutenant ihn aus dem Aktenschrank genommen? Es mußte etwas damit zu tun haben, daß er herausfinden wollte, warum sich die Abreise der Toten verzögert hatte ...

Zondi schlug den Ordner auf. Er war voller Rechnungen und Geschäftsbriefe. Beim Blättern durch die Briefe stieß er auf einen von der Cyclos-Wachgesellschaft, in dem die Vereinbarungen bezüglich der Sicherung von Woodhollow während der sechswöchigen Abwesenheit von Naomi Stride bestätigt wurden, die vom vergangenen Sonntagabend an gelten sollten.

Er merkte sich die Nummer der Wachgesellschaft, ging zu dem kleinen Schreibtisch hinüber und benutzte zum Wählen einen Bleistift, obwohl er bezweifelte, daß der Mörder von der Sorte gewesen war, die überall Fingerabdrücke zurückläßt.

«Ach ja, Firma Cyclops?» sagte er auf Afrikaans in möglichst rauher Manier. «Polizei, gnä' Frau, mit ein paar Fragen.»

«Alles, womit wir Ihnen zu Diensten sein können, Sir», erwiderte sie.

Auf der Fahrt zurück nach Morningside, mit geöffneten Wagenfenstern, um den Gestank der Leichenhalle aus der Nase zu bekommen, schloß Kramer eine kleine Wette mit sich selbst ab: Irgendwo in Naomi Strides Haus mußte ein kleiner Raum mit alten Schußwaffen, Speeren, Zuluschilden und anderem Zeug dieser Art an den Wänden sein. Häuser wie das ihre legten oft Wert auf solche Dinge, wie sie auch gern große Messinggongs vor dem Eßzimmer aufhängten – so einen hatte er bereits entdeckt. Festzustellen, woher die Mordwaffe kam, würde kein Problem sein.

Wer sie benutzt hatte, war eine ganz andere Frage. Die einfachste Antwort darauf – und die, die sich höchstwahrscheinlich als richtig erweisen würde – war die, daß vermutlich ein Eindringling über die Frau gestolpert war. Die meisten Weißen, selbst die aus ihrer Gesellschaftsschicht, waren Frühaufsteher, so daß zu erwarten war, daß sie weit vor Mitternacht schon im Bett waren. Der Eindringling hatte sich womöglich vorgestellt, das ganze Parterre für sich zu haben. Dann, als er Geräusche von der Glasveranda her hörte, hatte er einen Degen von der Kollektion an der Wand genommen und war der Sache nachgegangen. Oder hatte er sich vorsichtshalber schon früher mit dem Degen bewaffnet? Ja, das war wohl wahrscheinlicher. Einbrecher neigten von Natur aus dazu, übervorsichtig zu sein.

Ein indischer Rotzbengel sauste an einer Kreuzung zwischen die Autos und nutzte die rote Ampel dazu, die Nachmittagsausgabe einer Zeitung an die wartenden Autofahrer zu verkaufen. Kramer mußte daran denken, wie sich Colonel Muller in der Leichenhalle hinter seiner Ausgabe versteckt hatte, und lächelte. Die Heirat hatte den alten Saukerl offensichtlich weicher gemacht, das war unverkennbar, selbst in Anbetracht der Tatsache, daß seine jetzige Frau etwa das gleiche Alter haben dürfte wie die verstorbene Naomi Stride.

Die Ampel wechselte auf Grün, für den Fahrer in dem Wagen vor ihm Rechtfertigung genug, Gas zu geben und mit der Nachmittagszeitung davonzurasen, ohne zu bezahlen.

Vielleicht ist die Theorie von einem Eindringling zu banal und simpel, dachte Kramer: Ein Verbrechen wird entdeckt, und automatisch wird vermutet, daß es von einem professionellen Verbrecher begangen worden ist. Dabei war die Welt voller Übeltäter, voller Abschaum, der sich nicht scheute, ein zerlumptes Kind um den Lohn von fünfzig Zeitungen zu betrügen – oder, wenn es ihm lohnend erschien, jemanden um seine siebzig Lenze – und gleichzeitig nach außen hin den Anschein eines ehrbaren Bürgers aufrechtzuerhalten. Zudem war Mord insofern eine eher ungewöhnliche Art des Verbrechens, als die Opfer im allgemeinen ihre Mörder kannten. Es lohnte sich folglich immer, zu Beginn einer Ermittlung die ihnen Nahestehenden näher ins Auge zu fassen.

Beim Einmünden auf die Autobahn lockerte sich der dichte Verkehr. Kramer wechselte auf die Überholspur.

Das Motiv, der nächste Punkt. Die Frau war reich gewesen, sie war berühmt. Ein Grund, an ihrem Tod interessiert zu sein, konnte Gier sein, oder Eifersucht. Vielleicht war auch Patriotismus in Betracht zu ziehen, wenn sie staatsgefährdend über Südafrika geschrieben hatte – er wußte allerdings noch nicht genau, ob ihre Bücher deshalb oder wegen zuviel Sex verboten worden waren. Und natürlich mußten auch grundlegendere Motive berücksichtigt werden, wie etwa Haß, denn reich und berühmt zu sein bewahrte einen nicht vor solchen Leidenschaften, die oft die nettesten Menschen dazu brachten, einander umzubringen. Am besten war es, einfach damit anzufangen, Informationen zu sammeln und abzuwarten, bis sich daraus ein eigenes Muster ergab; ohne angemessene Fakten Theorien auszuspinnen führte nirgendwohin.

Die Abzweigung nach Morningside war nicht mehr weit, also klappte er die Sonnenblende auf der Beifahrerseite herunter, worauf POLIZEI–POLICE stand, drückte anhaltend auf die Hupe und zwang den Wagen vor ihm, scharf nach links auf den Randstreifen zu fahren. Als er ausgestiegen war und zurückging, kam der verblüffte Fahrer heraus und zog seinen Führerschein aus einer Innentasche.

«Was ist denn los», sagte er lächelnd und mit höflichem Respekt. «Ich bin nur zwei Blocks weit gefahren und bin sicher, daß ich nichts falsch gemacht habe. Ich bin nicht bei Rot über die Kreuzung gefahren und habe die Geschwindigkeit nicht übertreten.»

Kramer sah ihn ausdruckslos an. Der Mann wäre die Freude jeder Mutter gewesen: ein gewinnendes, offenes Gesicht; saubere Zähne und Fingernägel; ein frischgewaschener hellgrüner Safarianzug und darunter zweifellos makellos saubere Unterhosen, die bei einem Unfall die Familienehre wahren würden.

«Ach, tut mir leid», entschuldigte sich der Mann und wechselte glatt von Englisch zu Afrikaans, «ich muß wegen meiner Arbeit fast den ganzen Tag über das verfluchte Englisch sprechen – Software, wissen Sie. Hier, Sie können's auf meinem Führerschein sehen, der ist einwandfrei.»

Kramer nahm den Führerschein, dann warf er einen Blick auf das Auto.

«Ein Prachtstück, nicht wahr?» fuhr der Mann fort. «Falls das hier eine Fahrzeugroutinekontrolle ist, fürchte ich, daß Sie nichts finden werden, wofür Sie mir einen Strafzettel verpassen können – ich habe ihn erst Montag ausgeliefert bekommen.»

Er griff nach dem Führerschein, den Kramer ihm hinhielt, und schrie leise auf, als sich die Handschelle um sein Handgelenk schloß.

«Herrgott!» keuchte er auf englisch. «Sie können mich doch nicht verhaften! Wofür bloß?»

«Diebstahl einer Zeitung», sagte Kramer. «Aber keine Sorge», fügte er hinzu, während er die andere Handschelle am Lenkrad festmachte, «ich lasse eine Notiz für den nächsten Streifenwagen hier, die alles erklärt.»

4

Zondi hatte drei Neuigkeiten für Kramer, als dieser nach Woodhollow zurückgekehrt war und in Naomi Strides Arbeitszimmer kam. Als erstes das, was er von der Cyclops-Wachgesellschaft erfahren hatte.

«Sie haben gesagt, Mrs. Stride hätte letzten Freitag bei ihnen angerufen, Boss, um sie zu informieren, daß sie ihre Pläne geändert hätte und erst Mittwoch, also morgen, nach London abreisen würde, und sie brauchten sich bis dahin nicht um die Bewachung des Anwesens zu kümmern. Sie wußten nicht genau, warum sie ihre Abreise verschoben hatte, es hatte anscheinend etwas mit ihrem neuesten Buch zu tun, an dem sie wohl erst noch ein Kapitel fertigschreiben wollte.»

«Hmmm, und was sonst noch?»

«Die Sekretärin des Sohns hat angerufen. Er ist auf dem Weg hierher, müßte jeden Moment eintreffen.»

«Weiß er, daß seine alte Dame ...?»

«Nein, nur daß die Polizei ihn sprechen will.»

«Gut. Und was war das dritte?»

Zondi machte eine Dreivierteldrehung mit dem Schreibtischsessel und deutete auf das Blatt Papier in der Schreibmaschine. «Ich habe mir die letzte Zeile angeschaut, Boss.»

«Ach ja? Irgend etwas von ‹zwei Komma zwei› – hat mir überhaupt nichts gesagt, es sei denn, es heißt, daß zwei und zwei vier ist. Mir kommt das ganze Buch so verflucht seltsam vor, daß –»

«Boss, ich glaube nicht, daß die Missus Naomi Stride das geschrieben hat. Sehen Sie es sich noch mal an.»

Kramer sah es sich noch einmal an und ließ das Licht vom Fenster dabei schräg auf das Blatt fallen. «Der Prägedruck der Typen ist genauso wie bei den Zeilen vorher – was nur logisch ist, da es sich um eine elektrische Schreibmaschine handelt. Was gibt's sonst noch daran zu sehen?»

«Hier», sagte Zondi und nahm den nächstbesten Roman aus dem Bücherregal. «Ist Ihnen schon mal aufgefallen, daß das, was die Leute in Büchern sagen, nicht immer in normalen Anführungszeichen steht, sondern oft in solchen kleinen spitzen Klammern?» Und er hielt Kramer zum Beweis eine Seite hin. «Normale Leute benutzen allerdings die üblichen Anführungen, weil sie es so in der Schule lernen ...»

«Warte mal», sagte Kramer und nahm ein paar Manuskriptseiten aus der Drahtablage. «Ja, aber Naomi Stride hat tatsächlich genauso getippt, wie bei uns gedruckt wird, mit kleinen spitzen Klammern.»

«Und plötzlich sind da normale Anführungszeichen in der letzten Zeile ...», murmelte Zondi. «Ich glaube nicht, daß jemand, der so viel tippt, nur ein einziges Mal auf zweihundert Seiten mit dieser Gewohnheit bricht.»

«Hast du's überprüft?»

Zondi nickte. «Ich kann keine andere Stelle finden, wo sie normale Anführungszeichen benutzt hat.»

Kramer trat ans Fenster und starrte eine Zeitlang hinaus. Dann wandte er sich um und nickte. «Du hast recht, Mickey», sagte er. «Sie kann das nicht gewesen sein, also war es – na ja, verflucht noch mal, der Mörder? Der uns so etwas wie eine Nachricht hinterlassen hat? Einen kleinen Scherz gemacht hat?»

«Scheint ganz so, Boss.»

«Aber ‹zwei Komma zwei› sagt dir doch auch nichts, oder?»

«Überhaupt nichts, Boss», erwiderte Zondi achselzuckend.

Ramjut Pillay war völlig erschöpft, als er in Gladstoneville ankam, einer ausgedehnten Barackensiedlung eigens für Asiaten am nordwestlichen Rand von Trekkersburg. Normalerweise durfte er sein robustes Postfahrrad für den Weg zur Arbeit und nach Hause benutzen, aber jetzt, da er vom Dienst suspendiert war, war ihm dieses Privileg entzogen worden. Und barfuß war er auch noch, denn seine Stiefel waren zur gerichtlichen Untersuchung von der Polizei dabehalten worden, und da er keinerlei Anspruch auf ein zweites Paar erheben konnte, war er nur langsam und unter Schmerzen vorwärts gekommen, besonders auf den letzten drei Kilometern, einer Dreckstraße, die von der asphaltierten Umgehungsstraße um Gladstoneville abzweigte. Die Hitze hatte auch nicht gerade gutgetan, sondern schien mit jedem seiner müden Schritte noch zuzunehmen.

«Zehntausendfünfhunderteinundneunzig, zehntausendfünfhundertzweiundneunzig», murmelte er, an der Ecke der Apricot Street angekommen, «zehntausendfünfhundert – ah, prima! – dreiundneunzig.»

Er war zu Hause.

«Ramjut?» krächzte seine Mutter von ihrem Korbsessel auf der schiefen Veranda her. «Wo hast du nur gesteckt, du schändlicher Sohn achtbarer Eltern? Dein armer alter Vater ist losgezogen, um dich zu suchen, um irgendwo eine Nachricht zu erhaschen über einen erwachsenen Jungen, der schon vor vielen Stunden von der Arbeit hätte zurück sein müssen. Was hast du deiner –»

«Mutter, möchtest du wissen, wie viele Schritte es vom Postamt bis –»

«Pah!» sagte sie und entließ ihn mit einem vertrauten Wedeln ihrer Fliegenklatsche.

Was Ramjut ausnahmsweise ungeheuer gut gefiel, denn auf dem Heimweg hatte er die ganze Zeit im Kopf die aufregendsten Gedanken gewälzt, die er seit Jahren gehabt hatte, inklusive derjenigen, die mit Brahmacharya-Experimenten in Zusammenhang standen.

Und so ging er, ohne zu merken, wie ermattet er war, durch das Haus und in den Wellblechanbau hinten, in dem er wohnte. Es war, als träte er in einen Backofen, außer daß Backöfen kaum je so beißend nach warmen Roßhaarmatratzen rochen, und sekundenlang war er versucht, die Tür einen Spalt offenzulassen. Doch nein, das war vollkommen unprofessionell, und so schloß er sie fest und legte die sieben Riegel und die zwei Kettenschlösser vor. Dann zwängte er sich, weil ihn ein leichtes Schwächegefühl überkam, zwischen seinem Diwan und dem Bücherregal, das er aus Apfelsinenkisten selbst gebaut hatte, hindurch und zog den verblichenen Vorhang in der hintersten Ecke auf. Dahinter hing an einem lose gespannten Stück Kordel seine vollständige Garderobe: Hemden, Hosen und ein paar Jacketts, Arbeitsoveralls, ein weißer Chemiekittel, eine schwarze Anwaltsrobe, ein Lendentuch, eine Pfadfinderuniform, ein grauer Plastikregenmantel, ein

Trainingsanzug, neunzehn Schlipse in verschiedenen Mustern und ein Kissenbezug, gefüllt mit Hüten, Mützen, Helmen und einer Gasmaske. Aus der termitensicheren Blechkiste, die hinter alledem versteckt war, nahm er ein Diplom heraus und heftete es an den Rand einer Apfelsinenkiste. Er trat zurück, um es zu bewundern, prallte gegen seinen Diwan und mußte sich sehr plötzlich setzen.

Ramjut Pillay, stand da in wunderbar geschwungener Schrift auf der Urkunde, *hat alle erforderlichen Prüfungen dieses Kurses mit Auszeichnung bestanden und ist damit qualifiziert für eine Tätigkeit als Privatdetektiv.*

Theo Kennedy, das einzige Kind der verstorbenen Naomi Stride, kam mit einem Landrover, der mit unregelmäßigen schwarzen und weißen Streifen bemalt war wie ein Zebra, in Woodhollow an.

«Afro-Art», murmelte Zondi und las die Reklame auf den Autotüren laut vor: «‹Großhandel und Export›.»

«Du machst dich besser davon und suchst dir einen Platz draußen vor dem Fenster, wo du gut zuhören kannst», empfahl ihm Kramer.

«Bin schon weg, Boss.»

Kramer trat genau in dem Augenblick auf die vordere Veranda hinaus, als der junge Kennedy die Stufen heraufkam. Er sah verärgert aus und war sehr blaß.

«Ich habe gerade im Radio gehört», sagte er, «daß meine Mutter ermordet worden ist. Wovon, zum Teufel, reden die? Das kann doch nicht wahr sein!»

«Tut mir leid, Mr. Kennedy, aber diesmal haben sie sich an die Tatsachen gehalten.»

«Quatsch! Der nächste Angehörige muß doch wohl zuerst informiert werden, und mir hat niemand –»

«Wir haben unser Bestes getan, um mit Ihnen in Verbindung zu treten, Sir. Wir haben in Ihrer Firma angerufen, sobald wir wußten, wen wir –»

«Aber ...»

«Was Presse und Rundfunk angeht, so wird es eine Untersuchung geben, woher sie es wissen, und –»

«Ist mir scheißegal! Ich will nur ...»

«He, kommen Sie rein», sagte Kramer und winkte ihn ins Haus. «Sagen Sie mir, wo Ihre Ma den Brandy stehen hat, und ich hole Ihnen einen – verflucht, ich brauche auch einen.»

Kennedy lächelte schwach, ließ die Schultern hängen und ging voraus wie jemand, dem der Boden unter den Füßen weit, weit weggesackt ist. Sie gingen in ein großes Wohnzimmer, das mit einer Mischung aus leichten Holztischchen für Getränke und schweren Sesseln mit geblümten Bezügen ausgestattet war. Kramer bedeutete ihm, in einem der Sessel Platz zu nehmen, und ging zu einem Mahagonischrank rechts neben einem riesigen Kamin hinüber. Der Schrank war gut bestückt und enthielt nicht weniger als vier verschiedene Brandys. Kramer wählte *Oude Meester* aus, goß zwei Doppelte ein, reichte Kennedy ein Glas und setzte sich auf die Armlehne des Sofas.

Eine Zeitlang schwiegen beide. Sie nippten einfach an ihrem Brandy und starrten irgendwohin. Kennedy starrte einen Schürhaken aus Messing an, der am Feuerrost lehnte. Kramer starrte in einen runden, gewölbten Spiegel, der ein interessantes Bild vom Sohn der Toten lieferte. Durch die Verzerrung des Spiegels, der Kennedys 1,90 Meter um etwa 40 Zentimeter verkürzte, sah der junge Mann ihr sehr ähnlich, denn er hatte die gleichen dunklen Haare, war gut gebaut und hatte ebenfalls eine hohe Stirn.

«Ich kann das nicht glauben, es kann nicht wahr sein ...»

«Es ist wahr», sagte Kramer.

Kennedy blickte zu ihm auf.

Im Gegensatz zu seiner Mutter hatte der Sohn Lachfältchen im tiefgebräunten Gesicht – die allerdings im Augenblick nicht gebraucht wurden.

«Wie?» fragte er schroff und quetschte das Wort nur mit Mühe heraus.

«Erstochen», sagte Kramer. «Ein Stich. Sie war sofort tot.»

«Jesus!»

«Heute am frühen Morgen. Sie ist schwimmen gewesen und hatte sich gerade ihr Badezeug ausgezogen. Es lag auf dem Fußboden, und ihre Kleider waren –»

«Wollen Sie damit sagen, daß sie ... unbekleidet war?»

Kramer nickte. «Aber sie ist nicht sexuell mißbraucht worden, falls Sie das denken. Noch einen Brandy?»

Kennedy schien gar nicht zu merken, daß ihm sein Glas aus der Hand genommen wurde. Er starrte wieder den Schürhaken an und nagte leicht an seiner Unterlippe. Kramer wandte sich von ihm ab, um sein Stirnrunzeln nicht zu zeigen, und ging wieder zum Getränkeschrank. Es war ihm ein Rätsel, warum er nicht einmal andeutungsweise herauszufinden versucht hatte, ob Kennedy wußte, wie oft bei seiner Mutter zugestochen worden war, als sie erstochen wurde, und wie sie – wenn überhaupt – bekleidet gewesen war. Dabei war es immer wieder erstaunlich, wie oft selbst den gerissensten Mördern gleich zu Anfang, bevor sich ihre Nerven beruhigt und sie sich an das Verhör gewöhnt hatten, etwas entschlüpfte. Trotzdem hatte Kramer sich nicht an die Spielregeln gehalten, er hatte ihm einfach die Hauptfakten mitgeteilt, als wäre ihm nie in den Sinn gekommen, daß Kennedy, der nächste Verwandte der Toten, als Hauptverdächtiger zu behandeln sei.

Sorgsam goß er erneut einen Doppelten ein, noch immer stirnrunzelnd.

Ein Hauptverdächtiger? Himmel, er hatte den Mann überhaupt nicht als Verdächtigen eingestuft, gleich vom ersten Augenblick an, nachdem er ihn zu Gesicht bekommen hatte. Er hatte den Burschen gemocht, so einfach war das – eine intuitive Regung, die auf Gott weiß was beruhte. Überdies waren ihm Kennedys Reaktionen bisher vollkommen aufrichtig erschienen, was ihn in seinem Gefühl bestärkte – aber mit diesem Unsinn mußte er jetzt aufhören.

«Tut mir leid, Sir», sagte er und drehte sich mit dem frischgefüllten Glas um, «aber ich muß Ihnen ein paar Fragen stellen.»

Kennedy hörte ihn offenbar gar nicht. Er starrte immer noch den Messingschürhaken an, die Zähne fest in die Unterlippe vergraben, und ein feines Rinnsal Blut lief an seinem Kinn herunter.

«Gott im Himmel», sagte Colonel Muller leise und schaute den Presseausweis an, der ihm hingehalten wurde, «wie sind Sie bloß so schnell hierhergekommen?»

«Ich hatte Glück, vermute ich mal, Sir. Bin wegen eines anderen Auftrags von unserer Johannesburger Redaktion hergeflogen und –»

«Aber warum sollte das *Time*-Magazin seine Nase auch hier reinstecken? Warum bleiben Sie nicht dabei, über Uhren und Wecker zu berichten, zum Kuckuck? Es gibt viel angenehmere Dinge als Mord – und nützlichere auch.»

«Verzeihen Sie, Sir, aber ich glaube, wir mißverstehen uns. *Time* ist eines der größten Nachrichten–»

«Wir mißverstehen uns keineswegs», unterbrach ihn Colonel Muller und gab ihm seinen Ausweis zurück. «Ich glaube, ich habe mich unmißverständlich ausgedrückt, junger Mann: Die Antwort lautet nein – *keine* Exklusivinterviews und vorerst *keine* weiteren Informationen.»

Dann ging er in sein Büro und schloß die Tür hinter sich.

Lieutenant Jones wartete dort auf ihn. «Ich muß Ihnen etwas höchst Bedeutsames zeigen, Colonel», sagte er selbstgefällig und drückte einen Aktenordner an seine Brust. «Ich hoffe, Sie haben nichts dagegen einzuwenden, daß ich ein wenig Initiative beweise?»

«Ha!» knurrte Colonel Muller, setzte sich an seinen Schreibtisch und griff nach den Pfeifenreinigern. «Was haben Sie denn da? Flugtickets nach Timbuktu für all die verfluchten Reporter, hoffe ich. Ich will sie nicht im Haus haben.»

«Ich werde mich gleich darum kümmern, Colonel. Aber zuerst möchte ich, wenn's recht ist, erklären, wie ich jetzt schon einen Durchbruch erzielt habe. Erinnern Sie sich noch an die Story, die vor kurzem in der hiesigen Zeitung stand, daß nämlich Naomi Stride ihre Verleumdungsklage zurückziehen wollte? Sie wissen doch, nachdem sie von dieser Person beschuldigt worden war ...»

«Nein», sagte Colonel Muller.

«Na ja, egal», sagte Jones hastig, «mir fiel jedenfalls ein, daß es da eine Erklärung von seiten ihres Anwalts gegeben hatte, und da habe ich in der Zeitung nachgeschaut, wie der hieß. Als ich es herausgefunden hatte, bin ich zu seiner Kanzlei gefahren, habe mit der richtigen Person ein Wörtchen geredet, und bitte sehr, in diesem Ordner ist eine Fotokopie des Testaments der Verstorbenen. Sie werden staunen.»

«Nein, niemals», sagte Colonel Muller.

Aber er staunte doch. Die Frau war eine Million Rand und mehr wert gewesen, was zum Teil auf die Hinterlassenschaft ihres Mannes und zum Teil auf ihre eigenen Honorare als Bestsellerautorin zurückzuführen war.

«Wobei die Tantiemen, die ihre Bücher weiterhin einbringen werden – besonders jetzt, wo sie eine solche Publicity erlangt –, noch gar nicht mitgerechnet sind. Und wissen Sie, an wen fast alles geht?»

«An den Sohn ...»

«Richtig, Colonel. Ich wette, er freut sich, was? Der verwöhnte junge Schnösel braucht sein Leben lang nicht mehr zu arbeiten.»

Zondi blickte nach oben. Wieder fiel ein dicker Regentropfen und zerplatzte auf seiner Wange. Er fluchte leise, dann kroch er aus den Hortensienbüschen hervor, in denen er sich direkt unter einem Wohnzimmerfenster versteckt hatte. Ein Gewitterschauer am Nachmittag war unvermeidlich gewesen nach einer solchen Hitze, aber er hätte ruhig noch eine halbe Stunde oder so auf sich warten lassen können; Theo Kennedy hatte gerade zu reden begonnen, aber bisher nur Auskünfte zu seiner Person gegeben: Weißer, 24 Jahre alt, wohnhaft auf der anderen Seite der Stadt.

Da er im Augenblick nicht wußte, was er als nächstes tun sollte, sprintete Zondi zur Hinterseite des Hauses und suchte Zuflucht in der verglasten Veranda. Auf diese Idee war nicht nur er gekommen. Ein junger Bantubeamter vom örtlichen Polizeirevier, der gerufen worden war, um das Anwesen vor einer Invasion von Presseleuten und anderen Sensationslustigen zu bewahren, stand vor den Glasschiebetüren innen und wischte sich mit einem khakifarbenen Taschentuch von nahezu einem Meter im Quadrat den Regen vom Gesicht.

«*Hau*, Sergeant!» rief der Wachtmeister schuldbewußt, von Zondis plötzlichem Erscheinen überrascht. «Ich hatte nicht die Absicht –»

«Du hattest die Absicht», sagte Zondi, «hier so lange wie möglich Schutz zu suchen – stimmt's? Das würde jeder vernünftige Mensch tun.»

Der Polizist lachte leise. «Mein Name ist Hopeful Dumela», sagte er.

«Dumela? Hat dein Vater vor fünf, sechs Jahren beim CID gearbeitet?»

«Der Name kommt häufig vor, Sergeant, aber es ist wahr, das war mein Vater. Er hat immer mit Hochachtung von dir gesprochen.»

«Ich kann mich gar nicht erinnern, daß er mir Geld schuldig gewesen wäre ...»

Dumela grinste von einem Ohr zum anderen.

Der Regen draußen wurde immer heftiger, er fegte in einem Winkel von fast 45 Grad über die Rasenflächen und brachte die Wasseroberfläche des Swimmingpools zum Tanzen. Blitze zuckten auf, aber der Donner war leise und fern.

«Mag der Sergeant vielleicht einen Tee?» fragte Hopeful Dumela.

«Du weißt, wo die Küche zu finden ist?»

«Ich habe sie schon viele Male gefunden», erwiderte Dumela mit einem gewissen trockenen Humor. «Ich bin hier in meinem Revier.»

Ausgezeichnet, dachte Zondi. Es gab nichts Informativeres als einen dicken Teller Klatsch vom Koch, und je pikanter, um so besser.

Kramer wartete, den Kugelschreiber über dem Notizbuch in der Schwebe.

«Ja, ich weiß, warum meine Mutter die Reise nach London am Sonntag verschoben hat», sagte Theo Kennedy. «Sie hat gegen eine Schreibhemmung angekämpft, konnte tagelang kein Wort zu Papier bringen – und dann ging es plötzlich wieder. Sie wollte also nicht wieder aufhören, bis es absolut sein mußte, und so –»

«Und wann haben Sie zum letzten Mal mit ihr gesprochen?»

«Am ... am Samstag. Sie ist zu mir in meine Wohnung gekommen und hat mir gesagt, sie hätte ihren Flug verschoben. Ja, es muß Samstag gewesen sein, denn ich hatte den Landrover auseinandergenommen und konnte von draußen das Telefon nicht hören. Sie hat mich eigentlich nur anrufen wollen, wissen Sie, und als ich nicht abhob, wollte sie mir eine Nachricht in den Briefkasten stecken. Dann hat sie mich beim Reparieren der Stoßdämpfer angetroffen und ... na ja.»

«War es ein netter Besuch?»

«Bitte? Ich weiß nicht, was Sie meinen.»

«Haben Sie sich freundlich voneinander verabschiedet?»

«So freundlich wie immer.»

«Haben Sie über irgendwelche Familienprobleme gesprochen?»

«Nein.»

Kramer zog eine Augenbraue ein wenig hoch. «Das haben Sie aber schnell gesagt», bemerkte er.

«Auch nicht schneller, als ich ‹ja› gesagt haben könnte, Lieutenant.»

Das Wort, das Kramer sich in seinem Buch notierte, lautete *Shampoo*. Dann fragte er: «Hat irgend etwas, was Ihre Mutter gesagt – oder angedeutet – hat, in Ihren Ohren so geklungen, als hätte sie Grund gehabt, um ihr Leben zu fürchten?»

«Nein, überhaupt nicht. Sie war in bester Stimmung, weil es mit dem Schreiben so gut klappte.»

Kramer schrieb auf: *Zahnpasta*.

«Im Grunde», fügte Kennedy noch hinzu, «kann ich mich nicht erinnern, daß sie jemals hätte durchblicken lassen, sie fühle sich irgendwie bedroht.»

Rasierklingen.

«Niemals, Sir?» fragte Kramer noch einmal.

Kennedy zuckte die Achseln. «Ein- oder zweimal, nachdem sie wirklich üble, haßerfüllte Post bekommen hatte – von Leuten, die ihr mit Säure gedroht haben und so was.»

Kaffee.

«Ach ja? Ist vor kurzem etwas in der Art angekommen, Sir?»

«Nichts, wovon sie mir erzählt hätte.»

«Ich nehme an, sie hat keinen der Drohbriefe aufbewahrt?»

«Verdammt, nein! Sie hat sie sofort vernichtet.»

Sardinen.

«Hatten Sie den Eindruck, daß die haßerfüllte Post öfter von der gleichen Person kam?»

Kennedy zog die Schultern hoch. «Nicht daß ich wüßte.»

«Wir können also nicht sagen», bemerkte Kramer und notierte

Zucker, «daß Ihre Ma vor irgend jemandem Angst hatte, aber sie hatte jedenfalls Feinde ...»

«Viele. Sie war eine gefeierte Berühmtheit, sozusagen eine prominente Persönlichkeit.»

«Hmmm.» *Miete*. «Weiter, Sir.»

«Das stört immer irgendwelche Leute auf. Zuerst kommen bloß die Spinner, dann die Deppen, die etwas gegen das haben, was einen zur Berühmtheit macht. Manche verabscheuen alles, was man schreibt, andere nur die Sexszenen – oder es ist, wie überwiegend der Fall, die sogenannte ‹subversive Tendenz›.»

«Kamen viele Politiker in den Romanen Ihrer Ma vor?»

«Versteckt, ja. Der Ort der Handlung war immer Südafrika.»

«Und war sie gegen die Regierung?»

«Gegen das Leiden.»

«Hmmm. Wie wäre es denn mit reiner Eifersucht? Neid? Etwas in der Art?»

«Bitte?»

«Ihre Ma war doch berühmt, nicht wahr?»

Kennedy lächelte sarkastisch. «*Reich* und berühmt.»

Neues Scheckbuch, schrieb Kramer.

Hopeful Dumela kochte einen guten Topf Tee und süßte ihn auch anständig mit Kondensmilch, während er die Zuckerdose verächtlich stehenließ. Zondi nahm seine Bechertasse mit zum Fenster hinüber. Das Gewitter hatte zwischendurch eine Pause eingelegt, aber jetzt blitzte und donnerte es wieder, und viel näher.

«Dann erzähl mir mal», sagte Zondi, «warum dieser Mord dich nicht weiter überrascht.»

«*Hau*, in diesem Haus sind schon viele seltsame Dinge passiert.»

«Zum Beispiel?»

Dumela kratzte sich kräftig seitlich am Kopf. «Einmal war eine nackte Farbige hier, und die Leute saßen um sie herum und zeichneten auf große Bögen Papier Bilder von ihr.»

«Was für Leute?»

«Freunde der Missus. Würdest du es glauben, wenn der Koch dir erzählen würde, daß einige dieser Leute schwarz waren, genau wie du und ich?»

«*Hau!*»

«O ja», fuhr Dumela fort, in angemessener Weise ermutigt. «Es haben auch Partys stattgefunden, alle Rassen dabei – und viele schlechte Menschen.»

«Wie konnte der Koch das beurteilen?»

«Er hat gesehen, wie sie hinter dem Rücken der Missus lachten, manchmal waren es auch nur ihre Augen. Diese Männer pflegten zum Haus zu kommen und einen Tag ein Stück poliertes Holz, den anderen Tag vielleicht einen Stein mit Löchern drin mitzubringen und viel Geld dafür zu verlangen. Der Koch hat mir geschworen, sie hätte es immer bezahlt.»

Zondi schaute hinaus, von einem Blitz abgelenkt, der in der Nähe einschlug. «Was hat der Koch denn von dem Sohn erzählt?»

«Ein guter Mensch, immer höflich, wenn er um etwas bat. Aber mit seiner Mutter – da gab's immer Streit, Streit, Streit, sagt der Koch.»

«Worum haben sie sich denn gestritten?»

«In erster Linie um Geld. Die Mutter hat gesagt, der Sohn würde immer nur ans Geld denken.»

«Wollte er von ihr was haben?»

Dumela zuckte die Achseln. «Das weiß ich nicht, Sergeant. Aber ich will dir noch etwas Merkwürdiges erzählen, was hier passiert ist.»

Der Sturm packte das Haus mit aller Gewalt, er verdunkelte die Zimmer, rüttelte an den Fenstern und erschütterte es bis in seine Grundfesten. Ein greller Blitz zuckte auf, gefolgt von einem heftigen Donnerschlag; ein Stück von der Schornsteinkappe polterte auf die Dachziegel. Theo Kennedy sprang auf, ging einen Schritt, blieb wieder stehen und machte ein dummes Gesicht.

«Du meine Güte», murmelte er, «meine Nerven müssen blank liegen.»

«Kommen Sie», sagte Kramer und erhob sich von der Sofalehne.

Jetzt war die Zeit reif, um die Reaktion des Verdächtigen auf den Tatort zu prüfen. Kramer ging voraus durch den düsteren langen Flur mit Teppichen an den Wänden und ins Arbeitszimmer hinein. Kennedy schaute sich sofort das Blatt Papier in der Schreibmaschine an. «Komische Zeile ...», bemerkte er und tippte mit dem Finger auf das „*II*, 2!“.

«Haben Sie eine Ahnung, was das heißen könnte?» fragte Kramer leise und beobachtete ihn genau.

Kennedy schüttelte den Kopf, dann wandte er sich zu der Tür, die in die verglaste Veranda führte. «Wenn sie sich gerade umgezogen hat, dann muß es dort gewesen sein», sagte er. «Darf ich mal schauen?»

Womit die kleine Bombe, die Kramer hatte zünden wollen, indem er ihn mit dorthineinnahm, mir nichts, dir nichts entschärft war. «Ach, es gibt da nicht viel zu sehen, Sir», sagte er.

«Trotzdem würde ich's gern», beharrte Kennedy ruhig.

Kramer ließ ihn allein hineingehen. Verdammt, der Mann war aufrichtig – dessen war er sich sicher. Solche Seelenpein in den Augen konnte niemand heucheln, ebensowenig wie das qualvolle Bemühen, sich nichts anmerken zu lassen und seine Gefühle nicht zu zeigen. Und was, wenn Kennedy – wie er selbst vor einigen Minuten angedeutet hatte – durch den Tod seiner Mutter Millionär wurde? Offen gestanden wirkte Theo Kennedy, nach seiner Freizeitkleidung von der Stange und der billigen Uhr am Handgelenk zu urteilen, nicht wie jemand, der sich viel aus Geld machte – jedenfalls sicher nicht so viel, um dafür zu morden, und schon gar nicht die eigene Mutter. Außerdem hätte er sie, wenn er Geld brauchte, sicher darum bitten können.

«Sie hat diese Glasveranda eigens anbauen lassen», sagte Kennedy, wieder ins Arbeitszimmer zurückgekehrt. «Hat sie ihren zweitliebsten Aufenthaltsort genannt.»

«Welcher war denn ihr liebster?»

«Dieses Zimmer hier, das Arbeitszimmer. Es ist ... es ist eine Menge von ihr hier drin.»

«Ja? Können Sie mir sagen, ob irgend etwas verändert ist?»

«Nein, das kann ich eigentlich nicht», erwiderte Kennedy. «Ich habe mich seit einer Ewigkeit nicht mehr hier umgeschaut.»

«Wie kommt's?»

«Äh, ein gespanntes Verhältnis – etwas in der Art. Hören Sie, hätten Sie was dagegen, wenn ...?»

Kramer packte ihn am Arm, um ihn zu stützen. «He, Sie sehen

nicht besonders gut aus», sagte er. «Am besten gehen Sie durch die nächste Tür und legen sich ein bißchen hin.»

«Nein, ich muß hier raus.»

«Das meine ich ja, also bitte –»

«*Richtig* raus, wenn Sie nichts dagegen einzuwenden haben», sagte Kennedy, mittlerweile so bleich, daß es aussah, als würde er jeden Augenblick in Ohnmacht fallen. «Ich glaube, ich kann dieses Haus keine Minute länger ertragen.»

Kramer stand ein Weilchen unentschlossen da und wußte nicht, ob er sich diesen Augenblick, in dem Kennedy am schwächsten war, zunutze machen oder ob er seinen Instinkten folgen sollte. «Ich fahre Sie nach Hause», sagte er.

«Danke, aber das ist nicht nötig. Ich kann gut selber –»

«Dummes Zeug, Mann! Sie können nicht mal gerade stehen!»

Das Problem war, befand Ramjut Pillay, daß es sehr schwierig war, sich als Privatdetektiv zu fühlen, wenn man seinen Plastikregenmantel trug, wo praktisch jeder in den Straßen der Innenstadt von Trekkersburg einen Regenmantel trug. Das Schlimmste vom Gewitter war vorbei, aber dafür hatte ein gleichmäßig starker Regen eingesetzt.

Dennoch hatte er etwas, was ihn von der breiten Masse unterschied – ein goldenes Abzeichen *(gratis zu jedem Diplom)*, das an der Unterseite seines Rockaufschlags steckte. Er schlug den Kragen noch höher, bewegte sich wie ein Schatten auf der Innenseite des Bürgersteigs und überlegte, wo er mit der Untersuchung des widerlichen Mordes an Naomi Stride beginnen sollte.

«Hat-schi!» nieste Ramjut Pillay. «Gott segne mich – verdammt!»

Eine Kopfgrippe war das letzte, was er jetzt, gleich zu Anfang seines ersten wichtigen Falles, brauchen konnte. Leise über das unbeständige Wetter von Trekkersburg vor sich hin fluchend, schob er eine Hand durch den rechten Schlitz seines Regenmantels in seine Hosentasche und tastete nach einem Taschentuch. Statt dessen traf er auf ein Knäuel zerknitterter Umschläge, und mit einem flauen Gefühl im Magen wurde ihm bewußt, daß er nicht nur vergessen hatte, seine Diensthosen auszuziehen, sondern auch noch ein paar Briefe hatte mitgehen lassen.

Der Ernst seiner Lage lastete so schwer auf ihm, daß er sich erst einmal irgendwo hinsetzen mußte, und so suchte er die öffentliche Bedürfnisanstalt für Männer seiner Rasse hinter dem Rathaus auf. Dort, in der letzten Kabine von vieren in einer Reihe, zog er behutsam die Post aus seiner Hosentasche und sah sich die Namen und Adressen darauf an.

Er hätte es sich gleich denken können: Alles war an Woodhollow adressiert – und da war auch die neue englische Briefmarke, nach der es ihn gelüstet hatte.

«Ach, du liebe Zeit!» seufzte Ramjut Pillay, der sich inzwischen dumpf erinnerte, wie er die Post in seine Tasche gestopft hatte, als er in wilder Panik aus dem Haus geflüchtet war. «Wir sitzen ganz schön in der Patsche, nicht wahr?»

Und er schauderte bei der Vorstellung, was passieren würde, wenn er diese Poststücke seinem Vorgesetzten im Amt übergab. Mr. Jarman hatte von Anfang an unmißverständlich klargestellt, daß es das schlimmste, das *allerschlimmste* Verbrechen war, das ein Briefträger je begehen konnte, welche Entschuldigung er auch immer anführen mochte – Post einzustecken, statt sie bei der angegebenen Adresse abzuliefern. Der Betreffende würde automatisch fristlos entlassen, hatte Mr. Jarman warnend gesagt, und anschließend sogleich der Unterschlagung bezichtigt und inhaftiert.

«Ah!» rief Ramjut Pillay einer plötzlichen Eingebung folgend aus. «Kein Problem. Ich liefere sie morgen aus, als ob –»

Aber wie sollte das gehen, da er nun vom Dienst suspendiert war? Ramjut Pillay brach der kalte Schweiß aus. Er saß in der Klemme, in einer Falle, aus der es kein Entkommen gab. Es sei denn ...

Er zählte die Briefe – sechs fehlten, wenn er sich recht erinnerte. Sechs Briefe und eine Drucksache mußte er in den Raum fallen gelassen haben, wo er die Verstorbene gefunden hatte. Gut, die würden wenigstens sein Erscheinen im Haus rechtfertigen, und die übrigen konnte er einfach vernichten und behaupten, sie nie gesehen zu haben. Es war kein Einschreiben dabei, und niemand hatte sie registriert.

Er wollte eben anfangen, sie in winzige Fetzen zu zerreißen, um sie in die Toilette zu spülen, auf der er saß, als ihm eine zweite plötzliche Eingebung kam. Was war, wenn einer der Briefe, die er in der Hand hielt, einen wichtigen Hinweis auf den Mord enthielt? Ob er nicht lieber erst einen Blick hineinwerfen sollte, bevor er mögliches Beweismaterial zerstörte? Schließlich hatte er ja gerade darüber nachgedacht, wo er mit seinen Ermittlungen beginnen sollte …

Du hast recht, sagte der andere Teil Ramjut Pillays, und schon war er wieder von der gleichen kühlen Objektivität erfüllt wie zuvor. Na los, sieh mal nach – trau dich endlich!

Aber er zögerte, eingeschüchtert von jemandem, der geräuschvoll die Kabine neben ihm aufsuchte. Der Jemand hatte jedoch, wie sich bald herausstellte, schwere Blähungen und machte mit seinem lauten Stöhnen und allem übrigen einen solchen Lärm, daß er kaum hören würde, wie nebenan vorsichtig ein paar Umschläge geöffnet wurden. Mit zitternden Fingern machte sich Ramjut Pillay an die Arbeit, und wenig später entfaltete er den ersten Brief und drehte ihn richtig herum.

Bei dem, was er da auf dem blauen Briefpapier las, zuckten ihm vor ungläubigem Entsetzen die Augenbrauen hoch. «Puh!» rief Ramjut Pillay.

«Kein Grund, so grob zu werden», brummte der Jemand von nebenan.

5

Mit Theo Kennedy an seiner Seite und Zondi in dem zebragestreiften Landrover hinter sich, fuhr Kramer quer durch die Stadt zu den Azalea Mansions, einer Wohnanlage.

«Haben Sie eine Freundin?» fragte er Kennedy.

«Nicht mehr. Warum?»

«Sie kommen gleich in eine leere Wohnung, junger Mann – darum.»

«Wird schon gehen.»

«Vielleicht haben Sie einen Freund, bei dem Sie bleiben könnten. Presse und Fernsehen werden nicht lange brauchen, um herauszufinden, wo Sie wohnen, und dann ...»

«Zum Teufel mit denen!»

«Dann nehmen Sie wenigstens Ihren Telefonhörer von der Gabel, ja?» sagte Kramer und stellte die Scheibenwischer ab.

Die Azalea Mansions bestanden aus fünf zweistöckigen Wohnhäusern, die in merkwürdigen Winkeln zueinander auf einem unebenen Hang mit ungepflegtem braunem Rasen standen. Auf der anderen Straßenseite in Charlton Heights, wo in einem imposanten Hochhaus die Bessergestellten wohnten, war der Rasen grün, unkrautfrei und gut gewässert. Auf dem Schild davor hieß es: *Betreten der Grünfläche verboten – keine Ballspiele*, auf dem abgestoßenen schiefen Emailleschild am Anfang der holperigen Einfahrt zu den Azalea Mansions hingegen stand die Warnung: SPIELENDE KINDER – BITTE VORSICHTIG FAHREN.

Es waren allerdings keine zu sehen, denn der Regen hatte eben erst aufgehört, und Kramer drosselte die Geschwindigkeit kaum, als er durch die Pfützen hinauffuhr.

«Ich wohne da drüben», sagte Kennedy, «aber bis hierher genügt es. Sie können –»

«Nur Geduld, mein Sergeant muß doch wissen, wo er Ihren Schlitten parken soll, nicht wahr? Welche Hausnummer?»

«Dort, Nummer 3.»

Kramer fuhr ihn fast bis vor die Haustür, und einen Augenblick später hielt Zondi neben ihnen.

«Tja, Mr. Kennedy, ich weiß nicht, ob Sie zurechtkommen...»

«Es wird schon klappen, bestimmt, jedenfalls vielen Dank», sagte der, öffnete die Autotür und stieg aus. «Ich muß nur –»

«Theo, warum bist du nicht im Zebbaauto?» fragte ein kleines Mädchen, das angelaufen kam. Es war pieksauber angezogen, blond, sommersprossig und sah aus wie auf einer Pralinenschachtel. «Warum sitzt ein Boy im Zebbaauto? Hast du ihn gelassen?»

Kennedy zwang sich zu einem Lächeln. «Alles in Ordnung, Amanda – und wie geht's dir heute?»

«War einkaufen und aufer Rutschbahn!»

«Das muß doch schön gewesen sein», sagte Kennedy und fügte, zu Kramer gewandt, hinzu: «Äh, diese junge Dame kommt immer raus und sieht mir zu, wenn ich an meinem ‹Zebbaauto› bastele, wie sie es nennt. Die Zebrastreifen finden Kinder toll.»

«Ja, das kann ich mir denken.»

«Theo, warum hast du rote Augen?» fragte Amanda stirnrunzelnd.

«Also, vielleicht –» setzte Kramer an.

«Amanda! Was machst du bei der Nässe da draußen!»

«Aber Mami, du hast doch gesagt –»

«*Amanda* – und außerdem gehst du den Leuten nur auf die Nerven!»

«Nein, tut sie nicht», sagte Kennedy, «überhaupt nicht.»

Kramer sah die Mutter des Kindes kommen. Sie war eine schlanke Frau, etwa 26 Jahre alt, trug bequeme Hosen, einen Pulli und ein rotes, mit Hufeisen bedrucktes Kopftuch. Sie wirkte zurückhaltend und übermäßig besorgt.

«Entschuldigen Sie», sagte sie, «ich habe so viel zu tun, und kaum kehre ich ihr meinen –»

«Bitte, Mami», wurde sie von Amanda unterbrochen, «darf ich *bitte, bitte* in Theos Zebbaauto sitzen? Er sagt, ich dürfte nur, wenn meine Mami es erlaubt.»

Das war anscheinend ein «Mami» zuviel für Theo, der eben

erst in die Reihen der Mutterlosen aufgenommen worden war. Er murmelte eine Entschuldigung, holte seinen Wohnungsschlüssel aus der Tasche und ging auf die Haustür zu.

«Großer Gott», sagte Amandas Mutter und sah Kramer an. «Ist etwas los?»

Er nickte. «Mickey», sagte er, «renn mal hinter Mr. Kennedy her und gib ihm seine Autoschlüssel zurück – sag ihm, wir bleiben in Verbindung.» Und dann sagte er so leise, daß das Kind es nicht hören konnte: «Ja – seine Mutter wurde letzte Nacht umgebracht.»

«Seine *Mutter* ...?»

«Ja, und da ist er natürlich ein bißchen –»

«O Gott, wie schrecklich! Sind Sie von der Polizei?»

«CID. Wir haben ihn gerade vom Tatort nach Hause gebracht. Sagen Sie, wie gut kennen Sie Mr. Kennedy, Mrs. ...?»

«Stilgoe, Vicki Stilgoe. Ich habe eigentlich nur selten ein Wort mit ihm gewechselt. Amanda, ja, und natürlich Bruce, aber was mich –»

«Bruce?»

«Mein Bruder. Er und Mr. Kennedy basteln am Wochenende immer an ihren Autos herum, und –»

«Kennt Bruce ihn so gut, daß er heute abend bei ihm reinschneien kann, vielleicht mit ein paar Dosen Bier? Es macht mir ein wenig Kummer, daß ...»

«Daß er sich selbst überlassen bleibt? Da haben Sie sicher recht! Keine Sorge, uns ... na ja, Bruce wird schon was einfallen. Er müßte jeden Augenblick zu Hause sein.»

«Wunderbar», sagte Kramer und bemerkte, daß Amanda die Ohren weit aufgesperrt hatte.

«Wenn ich doch nur etwas *geahnt* hätte. Und ich komme einfach so an und –»

«Ein Mensch in seiner Lage», sagte Kramer, «braucht vor allem Normalität um sich herum, das kann ich Ihnen schriftlich geben, Mrs. Stilgoe. Darf ich Ihre Telefonnummer haben?»

«Bitte?» sagte sie, als wäre sie bestürzt über seinen Antrag.

Kramer lächelte. «Ach nein, es ist nur, weil ich ihm geraten habe, den Hörer abzunehmen – Sie wissen sicher, daß seine Ma eine berühmte Schriftstellerin war?»

«O ja, jeder hier weiß das.»

«Dann werden Presse und Fernsehen um so schneller hiersein, und ich möchte mit ihm auch während der Belagerung in Kontakt treten können. Wenn es nicht zuviel Mühe ist für Sie?»

«Reden Sie keinen Unsinn! Unsere Nummer ist 444893.»

Erst eine ganze Weile später, während Zondi ihn zum CID-Hauptquartier zurückfuhr, begann Kramer an der Lauterkeit seiner Absichten bezüglich der Trekkersburger Nummer 444893 zu zweifeln. Irgend etwas an Vicki Stilgoe hatte ihn auf eine indirekte, unwiderstehliche Art erregt, und bei genauerem Nachdenken war er sicher, umgekehrt auch eine gewisse Erregung gespürt zu haben, die sich hinter ihrer schüchternen Art verbarg.

«Das macht zwei Rand, fünfzehn Cents», sagte die gelangweilte Brünette an der Kasse. «Sie brauchen doch keine Tüte, oder?»

Ramjut Pillay hätte gern eine Tüte gehabt für seine Einkäufe, da sie ihm ein wenig heikel erschienen, aber er schüttelte trotzdem verbindlich den Kopf, als er das Geld hinzählte. Er konnte immer eine passende Verpackung in einem der Papierkörbe auf der Straße finden.

«Ihr Wechselgeld», sagte sie und legte es für ihn auf den Kassentisch, so daß sie vermied, seine Finger zu berühren.

Dabei, sinnierte Ramjut Pillay, als er wieder auf die Straße trat, wäre die Sache ganz anders gelaufen, wenn sie auch nur die leiseste Ahnung gehabt hätte, was unter seinem Rockaufschlag steckte. Eine Berührung seiner Hand, und sie hätte sich wahrscheinlich eine Woche nicht mehr gewaschen. Armes dummes Ladenmädchen, dachte er freundlich, wie grau und eintönig muß dein Leben sein im Vergleich zur faszinierenden, spannenden Welt eines Privatdetektivs! Was ihn zu der Überlegung brachte, wie oft pro Woche sich eine durchschnittliche Verkäuferin *überhaupt* wusch, woraufhin er endlich zu einem Schluß kam, der ihn, wiewohl äußerst nachsichtig, zutiefst deprimierte.

So sehr, daß er an dem ersten Papierkorb auf der Straße mit gesenktem Blick glatt vorbeilief, und er hätte wohl auch den zweiten verpaßt, wenn er nicht direkt dagegengeprallt wäre.

«Autsch ...», sagte Ramjut Pillay und rieb sich das Schienbein.

Dann zog er eine zerknitterte Einkaufstüte heraus, rieb mit einem Stück Zeitung das geschmolzene Speiseeis davon ab und verstaute sorgfältig die Klebeetiketten, die Zitrone, die Schreibfedern, das Notizbuch und die zwölf Sandwichtüten aus Plastik darin, ehe er den Bus zurück nach Gladstoneville nahm.

Colonel Muller saß Punkt sechs Uhr abends dort, wo zu warten er versprochen hatte, in der hintersten Ecke der Offiziersmesse im Divisionshauptquartier. Er rauchte eine neue Bruyèrepfeife und hatte zwei doppelte Scotch vor sich auf dem Tisch stehen.

«Was möchten Sie, Tromp?» fragte er und machte ein Handzeichen zur Bar hinüber. «Sagen Sie einfach Vermaak, was Sie wollen, ich zahl's.»

Kramer kam mit einem Glas Lagerbier zurück.

«Ich bin hier, weil ich das Telefongebimmel nicht mehr ertragen kann», erklärte Colonel Muller. «Das *Time*-Magazin sitzt uns bereits im Nacken – die nächsten werden *Newsweek* und der *Spiegel* sein! Außerdem ruft alle fünf Minuten Pretoria in meinem Büro an, weil der Brigadekommandeur lieber gestern als heute Ergebnisse sehen will. Haben Sie irgendeine Mitteilung für ihn?»

«Ja, er kann uns mal, oder?»

Colonel Muller lächelte kurz, bevor er den Finger an die Lippen legte und Kramer mit einer Augendrehung auf den Haufen Staatssicherheitsbeamter zwei Tische weiter zu ihrer Linken aufmerksam machte.

«Oder vielleicht –»

«Äh, zum Wohl!» sagte Colonel Muller und goß ein halbes Glas Scotch hinunter.

Kramer erhob sein Glas.

«Aber mal ernsthaft, Tromp, was haben Sie für mich? Sie haben mit dem Sohn gesprochen, wie ich höre. Wie ist er denn so?»

Kramer sah sich in der Messe um, ob irgend jemand da war, der eine gewisse Ähnlichkeit mit Theo Kennedy gehabt hätte. Das kam ihm so vor, als wollte er in einem Zwinger für Wachhunde einen Cockerspaniel finden.

«Ach, ungefähr 1,85 groß, 24 Jahre alt. Mittelschwer.»

«Nein, was für eine Sorte Mensch er ist, meine ich. Künstlerisch veranlagt wie seine Ma?»

«Ganz normal, Colonel – nichts Auffälliges. Ein netter Bursche, sonst nichts. Natürlich hat ihn die Sache vollkommen umgehauen. Ich habe ihn nach Hause gefahren und ein paar Nachbarn gesagt, sie sollen ein Auge auf ihn haben.»

«Ach ja?» sagte Colonel Muller und nippte an seinem Scotch. «Und wo war er vergangene Nacht?»

Kramer hatte sein Bier zur Hälfte ausgetrunken. «Er hatte einen Anruf bekommen von einem Typen, der irgendein Angebot für ihn hatte. Sie wollten sich um neun in der Cocktailbar des Florida-Hotels in Durban treffen, aber der Typ ist nicht erschienen. Kennedy hat bis etwa 22 Uhr 30 gewartet, dann ist er nach Trekkersburg zurückgefahren, hat geduscht, etwas getrunken und ist zu Bett gegangen.»

«Allein?»

«Ja, allein. Er hat zur Zeit keine Freundin.»

«Sie haben das nicht als Alibi gewertet?»

«Ich glaube nicht, daß er eins braucht, Sir. Kennedy kann kaum als Verdächtiger eingestuft werden.»

«Ach nein? Einer der mit dem Testament befaßten Anwälte hat durchblicken lassen, daß Mutter und Sohn ‹Differenzen hatten in bezug auf Geldangelegenheiten›, möglicherweise eine wichtige Spur – so scheint es mir jedenfalls.»

«Was für ein Testament?»

«Natürlich das von Naomi Stride – worin sie ihm den größten Teil von einer Million Rand vermacht, und aus den Buchverkäufen fließt auch noch was nach.»

Kramer zuckte die Achseln. «Typisch Jones», sagte er. «Sofort kommt er mit dem Naheliegendsten an: Die Dame wurde ihres Geldes wegen ermordet. Ganz ungeachtet der Tatsache, daß sie nicht einfach irgendeine reiche Frau war, sondern eine berühmte Schriftstellerin; ungeachtet auch der Tatsache, daß ihrem Sohn Geld offensichtlich scheißegal ist, oder der Tatsache, daß sie mit einem Degen umgebracht wurde. Machen wir die Sache doch nicht komplizierter, als sie ist!»

«Einverstanden», sagte Colonel Muller und reichte ihm die verschmierte Kopie einer Namen- und Adressenliste. «Sie wurde ihres Geldes wegen ermordet. Hier ist eine Aufstellung anderer Erben, die bis auf einen alle von hier sind.»

«Ha! Der vierte von oben kriegt nur noch tausend Rand!»

«Aber sehen Sie sich mal den Namen daneben an – Kwakona Mtunsi. Wie viele Neger kennen Sie, die es sich jemals träumen lassen würden, so viel Geld zu bekommen?»

«Ach, ich glaube, sie träumen alle davon», sagte Kramer.

«Der Punkt ist und bleibt der», fuhr Colonel Muller etwas gereizt fort – was sich an der Art und Weise zeigte, wie er seine Pfeife ausklopfte –, «daß alles relativ ist. Was einem Weißen keinen Mord wert wäre, könnte einen Schwarzen leicht –»

«Damit stellen Sie zwei Vermutungen an», unterbrach ihn Kramer. «Erstens, daß alle Begünstigten wußten, daß sie in ihr Testament aufgenommen worden waren.»

«Sie könnte es ihnen gesagt haben, Tromp. Können Sie mir beweisen, daß sie es nicht getan hat?»

Kramer schüttelte achselzuckend den Kopf.

«Wie lautet dann die zweite Vermutung?» fragte Colonel Muller und öffnete seinen Tabaksbeutel.

«Die, die Sie schon vorher angestellt haben, Sir, daß sie wegen ihres Geldes ermordet worden ist. Es kann aus allen möglichen anderen Gründen geschehen sein.»

«Spricht denn irgend etwas konkret für ein anderes Motiv?»

«Nein, Sir», mußte Kramer zugeben, «außer daß ein Degen eine verflucht komische Waffe für unsere heutige Zeit ist. Aber ich hatte bisher auch noch keine Gelegenheit, routinemäßig zu überprüfen, mit wem sie in jüngster Zeit verkehrt hat, ob die Nachbarn irgend etwas Verdächtiges bemerkt haben, wie wahrscheinlich –»

«Schön, dann können wir mit dieser Liste vorerst einen Anfang machen, was dem Brigadekommandeur sehr zusagen würde. Er schlägt vor, daß Sie die ersten fünf Namen übernehmen und Jones die zweiten fünf, während ich alles koordiniere.»

«Aber Colonel –»

«Ich weiß, Lieutenant, ich weiß ... Sie arbeiten nicht gern im Team. Normalerweise gehe ich ja auch bereitwillig darauf ein; doch unter den gegebenen Umständen und bei dem Druck, dem wir ausgesetzt sind, kann ich Ihnen augenblicklich nicht entgegenkommen. Da fällt mir übrigens noch etwas ein – kann ich die Liste noch einmal zurückhaben?»

Kramer gab sie ihm und sah zu, wie er mit dem Kugelschreiber eine Änderung vornahm.

Zondi schwieg. Und fuhr.

Lange, von violetten Jakarandablüten überdachte Alleen und palmengesäumte Boulevards entlang und über die Brücke in den ältesten Teil der Stadt, wo die viktorianischen Häuser ausgeblichene Blechdächer hatten, schmucke schmiedeeiserne Gitter an den Balkonen und halbdunklen Veranden, hohe Hecken mit schmalen Toren, die sich zu bemoosten, mit roten Tonfliesen gepflasterten Wegen hin öffneten. Das Hoheitsgebiet kleiner alter Damen, wo jeden Montag sorgfältig gestopfte pastellfarbene Unterröcke auf den Wäscheleinen hingen und die Katzen sich die dicke Sahne vom Schnurrbart leckten. Aber hier und da beschatteten farbenfrohe Fensterläden frischgestrichene Fensterrahmen wie bunte Pilze, die aus einem morschen Stamm wachsen, standen blitzende Neuwagen wie grelle Giftpilze in Gruppen herum und zeigten, daß allmählich neues Leben in dieses Viertel einkehrte.

Noch immer schweigend fuhr Zondi vor einem schmalen zweistöckigen Gebäude vor, dessen Fenster alle hell erleuchtet waren.

«Meine Güte», knurrte Kramer, «was soll das denn sein? Ein Leuchtfeuer für die Schiffahrt?»

An einem der Fenster oben erschien die Silhouette einer untersetzten Gestalt und spähte zu ihnen herunter. Sie verschwand einen Augenblick, das Licht in dem Zimmer ging aus, und dann kehrte die Gestalt zurück und stand regungslos da.

«Er meint, daß wir ihn jetzt nicht mehr sehen können», murmelte Zondi. «Ich fange an, mich über ihn zu wundern.»

«Ja, er benimmt sich so durchtrieben wie ein alter Hase», pflichtete Kramer ihm bei, «als hätte er schon mal Polizei hier vorfahren sehen ...»

«Lassen wir ihn noch ein bißchen schmoren, Boss?»

«Könnte was nützen – also warum nicht?»

Zondi zündete zwei Luckys an und reichte Kramer eine. «Übrigens, Boss», sagte er dann, «warum machen Sie so ein finsteres Gesicht? Was ist passiert bei Ihrem Treffen mit dem Colonel?»

Kramer erzählte es ihm.

«*Hau, hau, hau* ... Lieutenant Jones? Und der faule Hund Gagonk Mbopa? Die übernehmen die Hälfte der Liste?»

«Hm, ja. Einschließlich Theo Kennedy, obwohl er vorher bei mir stand.»

Zondi lehnte sich mit einem leisen Pfiff in seinem Sitz zurück. «Sie bekommen den Hauptverdächtigen! Denken Sie doch, was Hopeful Dumela über die Geldstreitereien von Boss Kennedy und seiner Mutter erzählt hat, plus –»

«Ach, fang du nicht auch noch so an!» protestierte Kramer und schwang seine Tür auf.

«Bitte, Boss?»

Aber Kramer war schon ausgestiegen und schritt den Weg zum Haus der zweiten Person auf der Begünstigtenliste hinauf.

«Kann ich Ihnen helfen?» fragte die untersetzte Gestalt, die jetzt im blendenden Gegenlicht des Hauseingangs stand.

«Allerdings», knurrte Kramer. «Anton Leonard Carswell?»

«Richtig, aber wer ...?»

«Lieutenant Kramer, Morddezernat.»

Carswell schluckte hart. «Dann – äh – gehen wir wohl besser hinein», sagte er. «Es muß um die arme Naomi gehen ...»

Gott, stank das Haus! Nach Terpentin, Farbe, überreifem Obst. Die viel zu starken Glühbirnen in den Lampen taten ein übriges, denn sie zeigten ziemlich deutlich, daß die Fußbodendielen vollkommen nackt, die weißgetünchten Wände uneben verputzt und die Farben der riesigen Bilder, die überall hingen, schreiend bunt wie von Kinderhand waren.

Carswell stapfte hastig durch den Flur. Er ging durch die zweite Tür auf der linken Seite, blieb am entlegenen Ende eines Eßtischs aus Kiefernholz stehen und drehte sich zu Kramer um.

«Meine Frau Pamela», sagte er befriedigt mit einem leise warnenden Unterton, als hätte er nun allen Schutz, den er brauchte.

Kramer zwinkerte der Frau zu, die am Kopfende des Tisches saß. «Hallo, Pamela», sagte er. «Tromp Kramer vom CID.»

«Mrs. Carswell, falls Sie nichts dagegen haben», sagte sie eisig. «Wollen Sie sich vielleicht setzen?»

Kramer nahm auf dem Stuhl ihr gegenüber Platz und wartete, wie lange es dauern würde, bis sich auch Mr. Carswell setzte. Sie waren ein seltsames Paar, daran bestand kein Zweifel. Der Mann war etwa 32 und trug ausgebeulte weiße Shorts, rote Sandalen und ein T-Shirt im gleichen Babyblau wie seine Augen. Bis auf ein paar rötliche Büschel auf seinem kugelrunden Kopf war er fast kahl, und in den Ellbogen und Knien hatte er Grübchen, die seine glatte Rundlichkeit noch betonten. Im Gegensatz dazu hatte die Frau auf dem Kopf sehr volles Haar, das stramm zurückgekämmt und zu einem Knoten von der Größe und Farbe einer großen Torte geflochten war. Das war offenbar das Höchste an frivoler Weiblichkeit, was sie sich gestattete. Das lange, ernste Gesicht trug kein Make-up, die Nägel an den arbeitsgewohnten Händen waren kurz geschnitten, und die Rundung ihrer Brüste verlor sich in dem lockeren Gewand, das ihr bis an die Füße reichte, die rosa waren und die sie fest zusammenpreßte. Es braucht bestimmt mehr als die Phantasie eines Missionars, urteilte Kramer, um diese Dame zu irgendeiner Stellung zu bewegen.

Zondi blickte von der Taschenbuchausgabe der *Last Magnolia* auf, die er eingesteckt hatte, als er Naomi Strides Arbeitszimmer verließ. Ein Auto, an dem nur die Positionslampen brannten, näherte sich. Er knipste die kleine Taschenlampe aus, in deren Licht er gelesen hatte, kippte den Rückspiegel so, daß er ihn als Periskop benutzen konnte, und legte sich auf die Vordersitze des Fords, um nicht gesehen zu werden.

Er hörte, wie das Auto abbremste und dann anhielt. Vorsichtig brachte er sich in eine Position, aus der heraus er das Autokennzeichen in dem schrägen Spiegel lesen konnte, um es aufzuschreiben. Dann mußte er lächeln. Die Nummer des Fahrzeugs war ihm nur allzu bekannt.

Jones und Mbopa hatten sich also zu einem Umweg entschlossen, um zu prüfen, ob der Lieutenant Fortschritte machte. Dabei war nicht einzusehen, was sie sich eigentlich davon versprachen, wenn sie von der Straße aus ins Haus spähten. Sie benahmen sich merkwürdig, gelinde gesagt, und wer ihnen vernünftige Gründe für ihr Verhalten unterstellte, erwartete wahrscheinlich zuviel von ihnen.

«Wo ist denn dieser Mistkerl Zondi?» ertönte Jones' Winselstimme. Die rauhe Stimme Mbopas war nicht zu verstehen.

«Mach bloß nicht so was», sagte Jones, «sonst bist du verflucht schnell wieder in Uniform, mein Dickerchen.»

Der Wagen setzte sich wieder in Bewegung, und einen Augenblick lang erhaschte Zondi in dem Spiegel einen Blick auf die beiden. Sie schauten genau in seine Richtung, hatten jedoch, wie vorauszusehen war, nichts gesehen.

Anton Carswell setzte sich plötzlich mit einem ehrfurchtsvollen Plumps hin. «Ich kann's nicht glauben», sagte er. «Naomi hat uns *wieviel* hinterlassen?»

«40000 Rand», sagte Kramer, «vielleicht ein paar hundert mehr oder weniger. Wollen Sie damit sagen, daß Sie bis jetzt nicht gewußt haben, daß Sie zu den Erben gehören?»

«Gewußt? Ich habe nicht einmal geahnt, daß sie uns für so gute Freunde hielt!»

«Das Erbe ist bestimmt eine Anerkennung deines Werkes», sagte Pamela Carswell, die die Nachricht ziemlich gefaßt aufnahm. «Ja, das erscheint mir total einleuchtend.» Und an Kramer gewandt sagte sie: «Anton hängt nämlich schon in New York, müssen Sie wissen.»

«Tatsächlich, ja?» sagte Kramer und widerstand der Versuchung, zu sagen, daß er eine ganze Menge Leute kannte, die in Pretoria hingen.

«Wenn mein Mann nicht soviel Zeit ans Lehren verwenden müßte, wäre er längst –»

«Zum Teufel damit, Pamela! Vierzig Riesen! Wir können –»

«Ich möchte noch einmal auf etwas zurückkommen», unterbrach ihn Kramer, «was Sie vor einer Weile gesagt haben: daß Sie keine ‹so guten Freunde› der Toten waren. Wie war denn Ihr Verhältnis zu ihr?»

«Hm, Künstler und Mäzen, das würde es meines Erachtens treffen.»

«Mäzenin», verbesserte Pamela Carswell. «Naomi ist, kurz nachdem sie hierher nach Trekkersburg gezogen war, auf Antons Werk gestoßen und hat darauf bestanden, mehrere seiner Bilder für ihre Privatsammlung zu erwerben.»

«Aha, es ging also ausschließlich um Kauf und Verkauf», sagte Kramer.

Sie errötete leicht. «Nein, nicht ausschließlich.»

«Im Gegenteil!» sagte Anton Carswell. «Wir waren oft zu Partys nach Woodhollow eingeladen, nicht wahr, Pamela?»

«Na ja, ich würde sagen, nicht gerade –»

«Sogar im engsten Kreis», fügte er hinzu.

«So», sagte Kramer und schlug eine leere Seite in seinem Notizbuch auf. «Das dachte ich mir. Ich habe hier ein paar Daten.»

Ein herrlicher Augenblick. Das Paar wechselte bestürzte Blicke, und beide setzten sich etwas aufrechter hin, als müßten sie sich gegen etwas wappnen. Aber Kramer blieb stumm; er wartete einfach.

«Also gut», sagte Anton Carswell, «ich gebe zu, daß Naomi und ich einander in einer bestimmten Hinsicht ungewöhnlich nahestanden.»

Sieh an, auf einmal hieß es «ich» statt «wir», ein Hinweis darauf, daß er seine Frau da raushalten wollte. Aber Sex konnte es doch wohl nicht sein, nein, dachte Kramer, und probierte es mit: «In politischer Hinsicht, Mr. Carswell?»

«Anton, du brauchtest doch gar nicht zu erwähnen ...»

Aber Carswell ignorierte sie. «Politik, Menschenrechte, wie Sie's nennen wollen, Lieutenant. Naomi Stride und ich hatten ähnliche Ansichten, und wir haben beide mit unserer Arbeit den Versuch gemacht, eine entsprechende Botschaft zu übermitteln, wenn Sie so wollen. Jede Nation, hat mal jemand gesagt, muß auf ihre Künstler schauen, die Wächter ihrer Seele und Zukunft!»

Kramer wandte sich um und betrachtete die Leinwand, die die halbe Wand hinter ihm bedeckte. Es sah aus, als wären die Farben mit der Hand daraufgeschmiert worden, wie wenn sich ein kleines Kind mit seinem Kürbismus amüsierte, während die Mutter gerade an der Haustür den Stromableser hereinließ. Viel Gelb war da und viel Orange, und dazwischen immer wieder blutrote Tropfen, die irgendwie zufällig mit dünnen schwarzen Figuren zusammentrafen, bei denen fast Arme und Beine zu ahnen waren, aber dann doch wieder nicht.

«Und?» fragte Anton Carswell und reckte mit stolzem Trotz das Grübchenkinn.

«Tut mir leid, aber ich glaube, Sie dürfen kaum darauf hoffen, daß es verboten wird», sagte Kramer. «Das war Ihnen sicher schon selber klar, oder nicht?»

«Sie Mistkerl!» zischte Pamela Carswell.

Mit großer Sorgfalt verpackte Ramjut Pillay in seinem Anbau jedes an Naomi Stride adressierte Stück Korrespondenz in eine eigene Plastiktüte und etikettierte sie von *Beweisstück Nr. 1* bis *Beweisstück Nr. 5*. Dann stellte er den Docht seiner Petroleumlampe auf dem Apfelsinenkistenschrank neben seinem Diwan nach, putzte seine Brille und begann voller Ernst mit seiner kriminalistischen Untersuchung.

Die Rechnung von der Firma für Swimmingpool-Filteranlagen schien echt zu sein, sofern man so horrende Summen glauben konnte, und er legte sie schon nach wenigen Minuten beiseite.

Erheblich länger beschäftigte er sich mit dem Brief aus dem rahmfarbenen Umschlag, der aus Bumstead in England kam, ein Ortsname, der ihm ausgesprochen verdächtig zu sein schien. Letzten Endes blieb ihm jedoch nichts anderes übrig, als ihn als Fanpost oder etwas in der Art abzulegen. Der Absender war zwar «entsetzt über die Parteinahme des Buches für Terroristen», lobte aber andererseits, wie großartig die hochgeschätzte Autorin in ihrem Roman *Winter Sun* die Landschaft Rhodesiens eingefangen hatte, nämlich genau so, wie er sie in Erinnerung hatte.

Beweisstück Nr. 3 war ein rührender Brief vom Vater eines unheilbar kranken Sohnes mit der Bitte, diesem doch Autogramme auf den fünf beiliegenden weißen Karten zu geben.

Danach wirkte *Beweisstück Nr. 4*, die Bitte irgendeiner Zeitschrift um ein Foto, das zu einem Artikel von Professor Andre P. Brink über südafrikanische Schriftsteller passen könnte, überaus trocken und konnte sofort als authentisch eingestuft werden.

Ramjut Pillay drehte den Docht der Lampe noch einmal höher und wappnete sich für *Beweisstück Nr. 5*, das billige blaue Blatt Papier, das ihn zuvor so entsetzt hatte, das er jedoch jetzt mit der nötigen professionellen Objektivität studieren wollte.

«Viele Rechtschreibfehler», stellte er fest und machte «pfff». «Folgerung: Person mit niedriger Intelligenz und geringer Bildung ...»

Recht so, du dreckiges JUHdnschweIN. Du haSt jetz alle WARNungen die du kriGEN solltest. Du dENkst wOl, dU kannst mich in einEM BucH erWÄnen, mIch ver-SPOTTen und Damit daVONkommen. du wEIst das iCh diCH nicht gerICHtlich BelanGen kAn WEIL das buCH hier verbOten ist (sO ist Es auch rICHtig!!!!), aBer die Loite krIGen eS trOtzdEm und daVON hAb ich genUCh und jetZt must dU wirkLiCH bEZalen DAfür. ErINNers du dICH an Richelieu, Akt II, Szene 2 – «die FEder iSt mächTiger als DAS schwERT»? Ha ha ha. Das wERden wiR ja sEHen – warte mAL aB!!!!!

Zondis Taschenlampenbatterien waren fast leer, als Kramer zum Auto zurückkam und ihn in eine schwach beleuchtete Seite der *Last Magnolia* vertieft fand.

«Kein Wunder, daß sie sagen, es sei ein Fehler, euch Kerlen das Lesen beizubringen», bemerkte er, während er auf der Beifahrerseite einstieg. «Unter diesen Umständen werdet ihr bald alle blind sein.»

Zondi lächelte und schob das Buch wieder in seine Tasche. «Der Lieutenant klingt, als hätte er etwas in Erfahrung gebracht», sagte er und drehte den Zündschlüssel. «Wie war denn Boss Carswell?»

«Ach, das hast du doch selbst gesehen, Mickey! Ein Wort an ihn draußen auf der Veranda, und er rennt rein zu Mami – die Sorte Künstlerjunge, von der man sich vorstellen könnte, daß sie ihren Wein aus der Saugerflasche nuckelt. Fahr wieder über die Brücke, bis dahin weiß ich, was wir als nächstes machen.»

Der Ford rumpelte die Böschung hinauf, fraß sich in den Asphalt der Straße und schoß davon. «Deshalb sind also die Lampen im ganzen Haus an? Weil er auch Angst vor der Dunkelheit hat?»

«Mag sein – obgleich er mir, als ich ihn darauf angesprochen habe, lauter Quatsch erzählt hat, ‹ein Künstler müßte überall in seiner Umgebung Licht haben› und so was. Ist auch egal, ist ja völlig unerheblich.»

«Außer, daß dieser Künstler nicht wie ein Mordverdächtiger klingt.»

«Überhaupt nicht, aber ich erzähle dir die Hauptpunkte später. Das Wichtigste, mein Söhnchen, ist, daß Anton Leonard Carswell diesen ganzen Unsinn über die ‹Geldstreitereien› erklären konnte, die Theo Kennedy angeblich mit seiner Mutter hatte.»

«Ach ja?» sagte Zondi und griff zum Rückspiegel, um ihn wieder richtig einzustellen.

«Die Arbeit des Sohns war daran schuld», sagte Kramer. «Seine Art des Broterwerbs. Seine Mutter wollte immer, daß er sie aufgibt, sie behauptete, er ‹korrumpiere die Zulukultur›, und warf ihm Ausbeutung vor. Sie sagte, sie finde es abscheulich, daß ausgerechnet ihr Sohn an der Produktion von ‹billigem Kitsch› mitwirke usw., wo nur Geld –»

«Inwiefern Ausbeutung?»

«Ja, das habe ich auch gefragt. Der Sohn ist offenbar nach einem Vogelbeobachtungstrip, den er mal mit einem Jeep in eine entlegene Gegend in der Nähe der Grenze unternommen hat, ins Souvenirgeschäft eingestiegen. Damals ist er wohl durch ein Dorf gekommen, wo ein Mann wirklich gute Köpfe aus Ton herstellte – du weißt schon, Köpfe mit verschiedenen Gesichtern –, und der Typ war bereit, sie für fünfzig Cent das Stück zu verkaufen. Kennedy hat gleich erkannt, daß diese Köpfe in Durban zwanzig- bis dreißigmal soviel bringen würden, und so fing sein Handel an. Er bot dem Typen fünf Rand pro Kopf an, bar auf die Hand, und sagte, er käme nach einem Monat wieder, um noch mehr davon mitzunehmen ...»

«Fünf Rand?» sagte Zondi und gab einen langen Pfiff von sich. «Der Sohn muß ein gutes Herz haben. Viele hätten gesagt: ‹50 Cent, okay›, und –»

«Ja, ich habe auch nicht verstanden, inwiefern das Ausbeutung sein sollte, wenn man noch den Transport und alle anderen Kosten bedenkt. Außerdem weiß doch jeder, wie bitterarm die Leute da draußen im Busch sind.»

«Nur zu wahr. Fünf Rand sind da schon viel, viel Geld. Hat der Mann noch mehr Köpfe gemacht?»

«Er stellt sie anscheinend immer noch her, und das halbe Dorf hilft ihm dabei, den richtigen Ton zu finden und die Öfen zu feuern, in denen er sie brennt. Aber er ist nicht mehr der einzige, der Kennedy beliefert. Inzwischen gibt es noch Holzschnitzer,

Frauen, die Perlenstickereien anfertigen, Leute, die Zuluschilde mit Kuhhäuten überziehen – ach, alles mögliche.»

Zondi nahm die angezündete Lucky Strike entgegen, die ihm angeboten wurde. «Aber ...»

«Ich weiß, du willst wissen, was die Mutter daran auszusetzen hatte, was? Soll ich dir erzählen, was Carswell gesagt hat, als ich ihm genau diese Frage gestellt habe? Er sagte, zum Beispiel seien alle Köpfe, die der erste Töpfer jetzt macht, immer noch wie die ersten sechs, die Kennedy ihm seinerzeit abgekauft hat.»

«Na und?»

«Verdammt, ich weiß auch nicht, warum das ein Verbrechen sein soll», sagte Kramer und kurbelte sein Fenster herunter.

«Welche Verbindung bestand denn zwischen Boss Carswell und –»

«Der Stride? Im wesentlichen eine finanzielle, denn sie hat viel Geld für seine Gemälde bezahlt – nachdem er sie vollgequatscht hat, nehme ich mal an.»

«Sind seine Bilder nicht gut?»

Kramer zuckte die Achseln. «Himmel, was soll man da sagen, Mickey? Für mich sahen sie alle gleich aus, nur daß manche ein anderes Format hatten.»

6

Colonel Muller war am nächsten Morgen um acht schon halb über den Parkplatz, als Jones von der Straße hereinbog und neben ihm hielt. «Ich habe bereits zwei Verdächtige von meiner Liste überprüft, Sir», sagte er und stieg aus. «Und mein Boy hat alles noch mal nachgeprüft und das Personal verhört. Hieb- und stichfeste Alibis bei beiden, fürchte ich.»

«Wie können Sie da so sicher sein?» fragte der Colonel, ohne stehenzubleiben, so daß Jones gezwungen war, mit ihm Schritt zu halten. «Außerdem bin ich derjenige, der die Koordination macht und die endgültigen Entscheidungen in diesen Dingen trifft.»

Jones schlug ein makellos sauberes, lückenlos geführtes Notizbuch auf. «Roger Michael Slater, weiß, 55 Jahre alt, Dichter und Buchladenbesitzer von Beruf. Gegen 19 Uhr 15 letzten Abend besuchte ihn eine Freundin in seiner Wohnung, um ihm ein paar Radierungen zu zeigen.»

«Ach ja? Das ist ein neuer Dreh!»

«Bitte, Colonel? Habe ich etwas übersehen, was ich –»

«Nur weiter, Mann.»

«Diese Freundin – Shareena Gordon, 38 Jahre alt – hat dann mit dem zuvor erwähnten Roger Slater das Abendessen eingenommen, das Moses Tetwe, der Hausboy, wohnhaft in Kwela Village, zubereitet hatte. Tetwe war angewiesen worden, gegen 22 Uhr 20 den Kaffee zu servieren, war zu dieser Zeit jedoch schon in der Küche eingeschlafen. Laut Slater hatte die Dame bis dahin ‹einiges getrunken› und war in ‹sehr ausgelassener Stimmung›. Sie warf gleich die Kanne Kaffee um, so daß eine neue bestellt werden mußte. Als Tetwe mit der zweiten Kanne im Salon erschien, teilte er seinem Arbeitgeber mit, daß er nicht nach Kwela Village zurückkehren könne, da um 22 Uhr 30 die Ausgangssperre einsetze und er keinen Passierschein für nachts besitze. Slater erbot sich, ihn selbst nach Hause zu fahren, er hätte schon die richtigen Entschuldigungen parat, falls sie von einer Streife angehalten würden, aber da sein Boss gerade die zweite Kanne Kaffee umgestoßen hatte, meinte Tetwe, er sei sicher nicht in der Verfassung zum Fahren. Slater pflichtete ihm bei und wies ihn an, es sich die Nacht über auf dem Küchenfußboden bequem zu machen und sich alles Bettzeug, was er dazu brauche, aus dem Korb neben der Waschmaschine zu holen. Dann wünschte er Tetwe ‹süße Träume›, und er brauche sich nicht mehr um weiteren Kaffee zu kümmern, da ihm gerade eingefallen sei, daß er irgendwo noch Cognac hatte. Slater gab an, er hätte gedacht, ‹Cognac hätte vielleicht eine beruhigende Wirkung auf Shareena›, und gegen Mitternacht war sie endlich auch so friedlich, daß er sie auf der Couch im Salon allein lassen und selbst ins Bett gehen konnte. Tetwe sagt aus, er habe erst gegen 4 Uhr 20 wieder einschlafen können wegen der Dame, die zu Besuch war und die dauernd laute Gebete sprach wie etwa: ‹O Gott, ist das schön – Jesus, ich liebe dich!›, was er als erklärter Heide nervtötend fand. Ich persönlich glaube, Colonel –»

«Ja, ja, ich auch, Jones. Aber der Punkt ist doch der, daß Tetwe sich bestimmt dafür verbürgen kann, daß Slater die ganze Nacht zu Hause war.»

«Genau, Colonel. Was Slaters Verbindung zu der Toten –»

«Wer war denn der zweite Verdächtige, den Sie verhört haben?» fragte Colonel Muller und schaute am Fuß der Feuertreppe demonstrativ auf seine Armbanduhr.

«Miss Yvonne Frobisher, eine Weiße ...»

«Diesmal bitte nur das Wesentliche, ja?»

«Äh, gewiß doch, Colonel», erwiderte Jones und zog einen Schmollmund. «Die besagte Dame, von Beruf Bibliothekarin, behauptet, früh zu Bett gegangen zu sein, nachdem sie sich ein Radiokonzert angehört habe, und das Hausmädchen, das auf dem Anwesen wohnt und ihr aus ihrem Rollstuhl hilft, bestätigt diese Angaben.»

«Ausgezeichnet, Jones!» sagte Colonel Muller und klopfte ihm auf die Schulter. «Jetzt muß ich aber wirklich ...»

«Gibt's was Neues von Kramer, Sir?»

«Aha», sagte Colonel Muller mysteriöserweise.

Zwei Reporter und ein Fernsehteam lungerten vor Theo Kennedys Wohnung in den Azalea Mansions herum und aßen etwas, was nach Schinkenbroten roch. Kramer ging stracks an ihnen vorbei.

«Verdammt!» sagte er leise, denn er hatte nicht erwartet, die Presse so früh schon hier anzutreffen.

Dann kam ein vertrautes Persönchen auf ihn zugerannt. «Mami sagt, du mußt mitkommen», sagte es und ergriff seine Hand. «Mit Amanda kommen.»

«So? Aber was sagt Papi dazu?»

«Papi ist nicht da – Papi ist im Himmel, du Dummer! Komm schon, sonst ziehe ich dich!»

Er ließ sich von ihr bis zur Tür von Nummer 7 zerren. Die Reporter hatten, wie er bemerkte, keinen Blick für ihn, denn sie waren nicht auf Alltagsgeschichten aus. Wenig später war er in der Wohnung und hatte die Haustür hinter sich geschlossen.

«Ich hoffe, Sie hatten nichts dagegen», sagte Vicki Stilgoe mit scheuem Lächeln, und es zeigte sich, daß auch sie ein paar Grübchen hatte. «Aber ich habe angenommen, daß Sie wahrscheinlich Theo sprechen wollten, und der ist hier bei uns.»

«Theo ist *im Bad*», vertraute Amanda ihm an. «Wäscht sich.»

«Wirklich?» sagte Kramer.

«Er wird aber gleich da sein», sagte Vicki Stilgoe. «Darf ich Ihnen inzwischen eine Tasse Kaffee anbieten? Kommen Sie mit durch in die Küche.»

Kramer folgte ihr den kurzen Flur entlang und wünschte, er könnte nachsehen, ob sie noch mehr Grübchen hatte, vielleicht da, wo ihr hübsches kleines Hinterteil ins Kreuz überging. Aber sie war vollständig bekleidet mit gebügelten Bluejeans und einer frischen Baumwollbluse, und so mußte er sich damit begnügen, ihre Ohrläppchen zu bewundern.

«Mit Milch oder ohne?» fragte sie und nahm die Kaffeekanne.

«Mit, bitte.»

Sie lachte. «Wenigstens einer, der es letzte Nacht nicht übertrieben hat», sagte sie. «Bruce und Theo haben ihren Kaffee schwarz und sehr, sehr stark getrunken, muß ich Ihnen leider sagen.»

«Ja, ich habe früh Feierabend gemacht, gegen halb acht – die Künstlertype hat mir den Rest gegeben –, und mir gedacht, ich fange lieber früh am Morgen an. Und was ist hier passiert?»

«Bruce ist zu Theo hinübergegangen, der ihn zuerst gar nicht reinlassen wollte, aber dann, vermute ich mal, ist eins zum andern gekommen. Ich habe nur gehört, wie sie nachts um zwei hereinkamen und Lärm machten, weil sie noch Schnaps suchten; und dann hatte ich auf einmal zwei Leichen im Wohnzimmer liegen. Gott weiß, wie Bruce es geschafft hat, zur Arbeit zu gehen – ich wäre äußerst ungern heute morgen Fabrikarbeiter bei ihm!»

‹Die Dame ist Witwe›, dachte Kramer im stillen. ‹Erregt sie deshalb solche Gefühle bei mir? Du liebe Güte, ich muß irgend etwas mit Witwen laufen haben! Liegt es daran, daß sie in gewisser Weise schon mit dem Tod in Berührung gekommen sind und ich darauf anspreche, weil der Tod mein Geschäft ist – eigentlich auch mein Leben?› Er hatte sich noch nie zuvor für pervers gehalten und war leicht schockiert von dieser Vorstellung.

Joseph «Gagonk» Mbopa betrachtete gerade die einzige Rose, die im Hof des CID-Gebäudes wuchs. Ein schwarzer Häftling, der als Putzmann aus einem Trekkersburger Gefängnis ausgeliehen worden war, erkennbar am roten Wams, Khaki-Shorts und Ledersandalen, hockte in der Nähe und fegte Zigarettenstummel in eine kleine Kehrschaufel, wobei er ihm von der Seite ängstliche Blicke zuwarf. Mbopa stand eigentlich nicht in dem Ruf, sich für Gartenbau zu interessieren, und schon gar nicht in dem, auch sanfte, kontemplative Wesenszüge zu besitzen.

Da er fast genauso breit wie hoch war, ständig finster dreinblickte und unentwegt sein tiefstes Mißfallen kundtat, hatte der Kriminalsergeant gleich zu Beginn seiner Polizeilaufbahn den Spitznamen «Gagonk» erhalten, der so perfekt zu ihm paßte, daß niemand je daran gedacht hatte, ihn zu ändern. Nicht einmal die Puristen, die allerdings klarstellten, daß es genaugenommen «Igogog(o)» hätte heißen müssen, das Zuluwort für den allgegenwärtigen 4-Gallonen-Paraffinölkanister, der überall zum Wasserholen in Gebrauch war und dessen dünne, fast quadratische Blechwände immer ein «Gogo-gog» oder «Gagonk» von sich gaben, wenn sie leer herumgetragen wurden.

Die Rose bebte im Mbopas rosiger hohler Innenhand, der Stiel steckte zwischen seinen fetten Fingern. Er hielt seine breite, flache Nase nah daran und schnupperte, wobei er beifällig das Gesicht verzog. Dennoch wichen seine scharfen, rotgeränderten Augen nicht vom Haupteingang, und das fiel Zondi, der zur Abwechslung mal durch den Hintereingang hereingekommen war, auf.

Der Häftling hätte alles verderben können, hielt aber klugerweise den Blick gesenkt und bewegte sich seitwärts, bis er der sich nähernden Gestalt den Rücken zukehrte. Auf dem weichen Boden des Hofes, der jedes Geräusch schluckte, war kein Schritt zu hören. Ebenso leise glitt die Walther-PKK-Automatik aus Zondis Schulterhalfter. Mit schnellen Bewegungen, eine Hand ans linke Hosenbein gedrückt, damit die losen Münzen darin nicht verräterisch klimperten, verringerte Zondi den Abstand, um schließlich Mbopa den Lauf seiner Waffe ins Kreuz zu drücken.

«He-Bar-Bur!» schrie der völlig überrumpelte Mbopa, vollführte einen Luftsprung und wirbelte herum, die geballte Faust erhoben.

«Guten Morgen, Gagonk», sagte Zondi grinsend und steckte die Waffe weg.

«Du dreckiger Hurensohn!» giftete Mbopa, die Faust immer noch in der Luft. «Du pockennarbiger Sohn einer Hündin, auf einem Dunghaufen gezeugt ...»

«Mach keine Dummheit, der Colonel sieht uns zu», sagte Zondi, ohne die Lippen zu bewegen.

Mbopa spähte zu dem Balkon hinter sich hinauf und sah, daß es stimmte. Er ließ die geballte Faust sinken und lachte herzhaft, als hätten er und Zondi sich bloß in aller Freundschaft einen Spaß gemacht.

«Okay, er ist weg», sagte Zondi. «Aber sag mir doch, warum hast du hier auf meine Ankunft gewartet?»

Mbopa schaute vorsichtshalber noch einmal nach hinten.

«Der Colonel ist weg – wie ich dir gesagt habe. Traust du deinen Kameraden nicht, Gagonk?»

«Ich habe nicht auf dich gewartet!»

«Red keinen Unsinn», sagte Zondi. «Du hast auf ein kleines Schwätzchen mit mir gehofft. Wolltest mich aushorchen, wie weit der Lieutenant und ich mit unseren Ermittlungen gestern abend gekommen sind.»

«Ach, was du und der –»

«Die große Frage ist nämlich, wo ich wohl gesteckt haben

könnte, als ihr gestern abend am Carswell-Haus vorgefahren seid, nicht wahr?»

«Wir sind überhaupt nicht in die Nähe –»

«Ich sag dir was», sagte Zondi und winkte ihn näher heran. «Ich war einem unserer wichtigsten Hinweise auf der Spur: der letzten Magnolie ...»

«Der was?» fragte Mbopa.

«*Magnolie* – du weißt schon, Mann, das ist das englische Wort für eine bestimmte große Blüte. Ich dachte, Blumen sind dein Spezialgebiet, wo du so hingebungsvoll daran geschnuppert hast.»

«Zondi, du ...», hob Mbopa drohend an.

«Augenblick mal, Gagonk», sagte Colonel Muller und kam von der Treppe her auf ihn zu. «Was hast du mit der Rose gemacht, he?»

Zondi nickte höflich und zog sich diskret zurück, gefolgt von dem Häftling, der wahrscheinlich während seiner Zeit im Trekkersburger Gefängnis gelernt hatte, daß Afrikaans, wenn es einen gewissen sanften Beiklang hatte, nichts Gutes bedeutete.

«Ich habe gefragt», hörte Zondi Colonel Muller sagen, «was zum Teufel du mit der Rose gemacht hast, die ich mir jeden Morgen anschaue?»

«Aber Colonel», protestierte Mbopa, «ich habe sie kaum berührt –»

«Öffne die Faust, du barbarischer Heide. Öffne die Faust! Da, und jetzt sag mir mal, was das ist ...»

Pfeifend ging Zondi die Treppe hinauf, wobei er immer zwei Stufen auf einmal nahm.

«Ramjut?» ertönte die nörgelige Stimme seiner Mutter vor der Tür des Anbaus. «Ramjut, bist du da? Und wenn du da bist, warum bist du dann da? Es ist nicht Sonntag, kein Ruhetag, Ramjut. Ramjut, hörst du mich ...?»

«Hau ab, Mutter», sagte er grob. «Hau ab und geh zum Teufel!»

«Wie, Junge? Was hast du gerade zu mir gesagt?»

«Bitte geh endlich, Mutter», seufzte er.

Dann widmete er sich wieder dem, was er in fieberhafter Erregung, in die sich Zweifel mischten, die ganze Nacht getan hatte. Er las zum hundertsten Mal den Drohbrief auf dem billigen blauen Papier, in dem Naomi Stride als «dreckiges JUHdnschweIN» bezeichnet wurde, und fragte sich, ebenfalls zum hundertsten Mal, ob er nicht doch von ihrem Mörder geschrieben worden war.

Alles schien darauf hinzudeuten. Jedes Wort in dem Brief war mit mörderischem Haß befrachtet, und zudem drohte ihr der Schreiber unverhüllt damit, daß sie «DAfür bEZalen» müßte. Und doch ...

«Ramjut!» ließ sich wieder seine Mutter vernehmen, jetzt mit bemitleidenswertem Zittern in der Stimme. «Ich bin eine alte Frau, die Sonne brennt schon heiß, und ich kann hier nicht länger herumstehen und dich um eine Antwort anflehen. Was ist los? Was beschäftigt dich so?»

«Ein Poststempel!» rief Ramjut ärgerlich.

Ein Poststempel von Montag, um genau zu sein, und das war auch der Punkt, an dem seine schon halb fertige Theorie ins Wanken geriet. Naomi Stride war Montag nacht ermordet worden, ehe der Brief bei ihr ankommen konnte. Was ergab das für einen Sinn? Offensichtlich hatte sie den Brief lesen und sich für irgend etwas schämen sollen. Und ebenso offensichtlich hatte sich der Schreiber an dem wachsenden Entsetzen weiden wollen, das sie empfinden mußte, während sie darauf wartete, daß er zuschlug. Warum sollte jemand, dessen Herz so von Haß erfüllt war, die Flinte ins Korn werfen und ihr diese furchtbare Strafe erlassen?

«Ah», sagte Ramjut Pillay nach einer plötzlichen Eingebung. «Weil das Opfer, die vorerwähnte Dame, wie wir uns denken können, vielleicht eine solche Riesenangst bekommen hätte, daß sie davongelaufen wäre oder der Polizei von ihren Schwierigkeiten erzählt und damit einen derart teuflischen Plan vereitelt hätte!»

Aber nein, irgend etwas stimmte auch an diesem Gedanken nicht ganz, so logisch und vernünftig er auch erschien.

«Ah!» sagte Ramjut Pillay.

Logik und Vernunft waren von einem solchen Wahnsinnigen wie dem, der den Brief geschrieben hatte, nicht zu erwarten. Daß er überhaupt so vorgegangen war und riskiert hatte, daß die Spur des Briefes vom CID bis zu ihm zurückverfolgt wurde, zeigte, daß er keineswegs über einen scharfen Verstand verfügte, sondern ein verflucht dummer Bursche war.

Was jedoch nicht unbedingt einen Mörder aus ihm machte.

«Oje, oje, wenn ich doch bloß den Zusammenhang darin erkennen könnte», seufzte Ramjut Pillay.

Kramer trank langsam seinen Tee und versuchte, nicht an Vicki Stilgoe zu denken. Statt dessen konzentrierte er sich auf die Tatsache, daß Theo Kennedy viel ruhiger gewirkt hatte, als er in die Küche geschlendert kam, und das trotz eines schrecklichen Katers. Es tat ihm offensichtlich gut, daß Amanda da war, denn sie sorgte mit ihren quietschvergnügten Bemerkungen dafür, daß der Bursche immerfort lächelte. Und zudem war Vicki die perfekte ...

«Nun denn, Mickey», sagte er zu Zondi, der ein neues Kabel am Elektrokessel anbrachte. «Schluß mit diesem Kinderkram, laß mal deine Meinung hören, womit wir heute anfangen. Da Carswell raus ist, bleiben uns noch vier andere auf unserer Liste. Heiliger Strohsack, ist das eine blödsinnige Vorgehensweise!»

Zondi nickte. «Jetzt geht's nur noch um kleine Summen», pflichtete er Kramer bei. «Hat denn Mrs. Stride nur Leuten hier in Trekkersburg etwas vermacht?»

«Ach, weiß ich doch nicht, Mann – und es ist mir auch egal. Ich will handfeste Vorschläge!»

«Dann ziehen wir doch getrennt los, Boss, damit wir es schneller hinter uns haben.»

«Du gerissener Hund», knurrte Kramer und nahm die Liste zur Hand. «Das hieße, daß du nur einen – diesen Kwakona Mtunsi – übernehmen würdest, während ich die anderen drei am Hals habe!»

«Stehen Sie denn nicht dreimal so gut Ihren Mann, o großer weißer Vater?»

«*Sechsmal so gut*, Kaffer», sagte Kramer. «Denn wenn ich danach gehe, wie mir im Augenblick zumute ist, werde ich wahrscheinlich hingehen und jeden dieser Mistkerle in zwei Teile reißen.»

Gagonk Mbopa hatte es von Herzen satt, Hausangestellte zu vernehmen. Seinen Vorstellungen zufolge mußte ein Verhör viel lebendiger sein, nicht so zurückhaltend, und es fand am besten nach Anbruch der Dunkelheit statt, weit weg von zimperlichen Leuten mit empfindlichen Ohren. Sein Lieblingsplatz war lange Zeit ein Kinderspielplatz gewesen, der versteckt in einem abgelegenen Akazienwäldchen am Rande eines der wohlhabenderen weißen Viertel der Stadt lag, aber dann hatte eine Hausfrau mit zuviel Phantasie Blutspritzer unter einem Ende der Wippe gefunden, woraufhin er widerstrebend beschlossen hatte, den Vernehmungsort für eine Weile zu verlegen. Zeit und Ort waren nicht das einzige, ebensowenig das improvisierte Zubehör; ein gestandener Mann wie Gagonk Mbopa brauchte auch einen gestandenen Mann, in den er die Zähne schlagen konnte, und nicht diesen Haufen vollgefressener, hysterischer Weiber und kriecherischer, schwabbelköpfiger Geschöpfe, die sich Männer nannten.

«Und wie gesagt, während ich das mache», fuhr Jones mit seiner Winselstimme fort, «gehst du hintenrum und nimmst dir die Farmarbeiter vor, klar?»

«Hmpff», sagte Mbopa, um dann im nachhinein zu brummen: «Sir.»

Sie fuhren weiter die steile Dreckstraße hinauf und hielten nach einem Schild Ausschau, das ihnen den Weg zu einer Farm wies, die aus völlig unerfindlichen Gründen *Cold Comfort*, «Schwacher Trost», hieß. Zweimal fuhr Jones in tiefe, riesige Schlaglöcher, die er leicht hätte vermeiden können, und Mbopa schnitt unabsichtlich eine Grimasse, als er hörte, wie sich das Polizeifahrzeug im falschen Gang abquälte.

«Mit welchem Recht schneidest du eigentlich Grimassen?» fragte Jones. «Das erste und einzige Mal, als ich mich von dir habe kutschieren lassen, hast du beinahe das verfluchte Getriebe und die Kupplung ruiniert, und dann haben wir uns die halbe Zeit über abgemüht, wieder auf die Straße zurückzukommen. Wahrhaftig, ein besoffener Gorilla mit einem Eimer überm Kopf hätte nicht schlimmer fahren können – weißt du das? Ich habe noch nie in meinem ganzen Leben eine so gefährliche, vollkommen verrückte Kaffernfahrt mitgemacht!»

«*Hau*, ich schäme mich», sagte Mbopa, obwohl er jedes Auto

mit vollendeter Meisterschaft fahren konnte. Aus Gründen, die etwas mit seinem Ego zu tun hatten, zog er es jedoch vor, Jones den Auftritt als sein «kleiner rosa Chauffeur», wie er ihn nannte, zu überlassen.

Kramer langte gähnend zum Türklopfer und betätigte ihn ungeduldig erst einmal, dann fast ohne Pause ein zweites Mal. Er war nicht ganz sicher, ob er die Adresse richtig aufgeschrieben hatte, denn dieses Anwesen wirkte mehr wie ein altes Lagerhaus, nicht wie ein Wohnhaus.

Dann öffnete sich die kleine Tür innerhalb des großen Tors einen winzigen Spaltbreit, und ein trübes, aber bezauberndes grünes Auge schaute ihn an. «Hauen Sie ab», sagte eine schläfrige Stimme auf englisch.

«Hier», sagte Kramer und schob seinen Ausweis durch den Spalt. «Darauf steht, wer ich bin, gnä' Frau. Alles übrige erfahren Sie, wenn Sie mich reinlassen.»

«Und wenn ich das nicht tue?»

«Dann bleibe ich hier stehen und schluchze mir das Herz aus dem Leib.»

Sie lachte. «Ist ja schauerlich! Nein, ich glaube nicht, daß ich das aushalten kann ...» Und dann war zu hören, wie die Sicherheitskette losgemacht wurde. «Zählen Sie bis zehn, und dann kommen Sie rein», sagte sie. «Sie haben mich aus dem Bett geholt mit Ihrem Geklopfe, und ich bin eigentlich nicht in der geeigneten Verfassung, um Gäste zu empfangen.»

Kramer begann, den Morgen interessant zu finden.

Er zählte bis zehn, stieß die Tür auf und trat in einen riesigen Raum, in den teilweise ein Zwischenboden eingezogen worden war. Im Untergeschoß mit seinem blanken Holzdielenboden lagen fast genau in der Mitte gigantische Kissen, und in der hintersten Ecke war ein L-förmiger Küchenbereich, der mit dem größten Gewürzregal ausgestattet war, das er je gesehen hatte. Überdimensioniert war auch der riesige Wandspiegel, der von der Fußleiste aus sechs Fuß hoch war und vor dem eine merkwürdige Stange oder ein Geländer angebracht war.

«Ich bin hier oben», sagte die schläfrige Stimme.

Nachdem er die Tür hinter sich geschlossen hatte, ging Kramer zu einer schmiedeeisernen Wendeltreppe hinüber, die feuerrot angestrichen war, und stieg nach kurzem Zögern hinauf. Die Dame, dachte er im stillen, muß ganz schön flink sein, daß sie den gleichen Weg so geräuschlos in nur zehn Sekunden hinter sich gebracht hat.

Das erste, was er von dem Zwischenboden sah, war der Querschnitt eines dicken weißen Teppichs. Das nächste war der Sockel eines sehr breiten, niedrigen Bettes, und daneben, zu beiden Seiten, zwei große Einbauschränke, die schwarz gestrichen waren. Erst als er die letzte Stufe der Wendeltreppe genommen hatte, konnte er sich das, was zu dem grünen Auge gehörte, richtig anschauen.

Noch ein grünes Auge, Gott sei Dank – und ebenso bezaubernd.

Auch eine Nase und ein Mund.

Ein Gesicht wie aus einer Kosmetikanzeige, mit hohen Wangenknochen, feingemeißelt, makellos bis ins letzte Detail, eingerahmt von einem langen Haarschopf im Coca-Cola-Braun eines Gebirgsbaches am Kap.

Kramer hatte eigentlich selten eine so poetische Ader.

«Theresa Mary Muldoon?» fragte er.

«Oder einfach nur ‹Tess›», sagte sie. «Aber gut, wenn Sie unbedingt die Form wahren wollen!»

«Immer», sagte Kramer und setzte sich aufs Fußende ihres Bettes.

«Man sieht's», sagte sie. «Und?»

«Ich bin hergekommen, weil ich im Todesfall einer Freundin von Ihnen ermittle, der Schriftstellerin Naomi Stride.»

«Gott, ich darf gar nicht daran denken!»

«Waren Sie eng befreundet?»

«Ich habe sie angebetet. Sie war ...»

Kramer zog eine Augenbraue hoch.

«Gut», sagte Tess Muldoon. «Würden Sie mir den Fuß massieren?»

Er überlegte es sich, dann schlug er einen Zipfel der Patchwork-Steppdecke zurück. Der Fuß begrüßte ihn mit fröhlichem Zehengewackel.

«Hmm, wunderbar ...», sagte sie, schloß die Augen und entspannte sich wohlig. «Was für große, starke Hände Sie haben – woher haben Sie die?»

«Ach, ich hab immer Fliegen die Flügel ausgerissen», sagte Kramer.

Zondi blinzelte, er war sich nicht sicher, ob er richtig sah. Aber da vor ihm zeichnete sich ohne Zweifel gegen den Horizont eine riesige Drachenechse ab, so ähnlich wie die, deren von Eisenstäben und Draht zusammengehaltene Knochen im Trekkersburger Museum ausgestellt waren. Sie stand auf vier großen Beinsäulen, den langen Leib gebogen, den schlanken Hals und den fast identischen Schwanz zu Boden gesenkt.

Dann machte die holperige Fahrspur eine plötzliche Kehre, und ein paar Akazien versperrten die Sicht. Auf einem ramponierten Schild stand: *Tebeli Mission School.* Erst nach weiteren hundert Metern vorsichtiger Fahrt kam der Drache wieder zum Vorschein, jetzt viel näher, und sah eher märchen- als reptilienhaft aus, denn er hatte zwei Reihen Brustdrüsen auf der Bauchseite. Außerdem kletterten Kinder überall auf ihm herum.

«Verückt!» sagte Zondi und lachte leise, während er anhielt.

Von jedem Paar Zitzen hing eine Schaukel an Seilen herab, und der Schwanz des Geschöpfs war in Wirklichkeit eine Rutschbahn, die über klobige Stufen in seinem Hals zu erreichen war. Noch nie im Leben hatte er ein so phantastisches Ding gesehen, nicht einmal an einer Schule für Weiße.

«Ich grüße dich, Bruder», sagte ein gleichaltriger Zulu, der an seinem Autofenster aufgetaucht war. «Kann ich dir behilflich sein?»

«Sei gegrüßt. Ja, du kannst mir sagen, wer dieses Ding gemacht hat.»

«Kwakona Mtunsi, mit viel Hilfe von den Kindern.»

«Bist du Mtunsi?» fragte Zondi, hellhörig geworden durch die Bescheidenheit, die aus dieser Antwort sprach.

«Ja, Bruder, das bin ich.»

Zondi stieg aus dem Wagen. Mtunsi war hochgewachsen und dünn, und er schlenkerte seine Gelenke wie ein Besoffener von der Railway Street. Er trug einen blauen Arbeiteroverall, hatte die langen Daumen hinter die Hosenträger geklemmt, und seinen

Kopf bedeckte ein breiter Strohhut, der am Rand ausgefranst war. Seine Füße waren nackt, genauso wie die der Kinder in seiner Obhut. Zondi hatte noch nie einen Lehrer gesehen, der nicht versuchte, mit geflickter Jacke und Hose, einer glänzenden Krawatte, rutschenden Socken und Schnürschuhen mit vielen Rissen im Leder einen gewissen Schein zu wahren.

«Was machst du denn hier an der Schule?» fragte er.

«Ich bin der Rektor», erwiderte Mtunsi und fügte mit leichtem Lächeln hinzu: «Und der gesamte Lehrkörper.» Er streckte die Hand aus.

«Kriminalsergeant Mickey Zondi vom CID Trekkersburg.»

Mtunsi nickte, und sein Lächeln wurde breiter. «Mir war gleich klar, daß du von der Polizei bist. Wenn ein anderer Besucher kommt, rennen die Kinder gleich zu ihm und betteln um eine Fahrt.»

«Und bei mir haben sie die Funkantenne hinten drauf gesehen?» sagte Zondi, ebenfalls lächelnd, und erwiderte den Zuluhandschlag.

«So ähnlich muß es wohl gewesen sein, Sergeant – ich selbst hatte sie gar nicht gesehen. Aber woher kennst du denn meinen Namen ...?»

«Von der Schriftstellerin Naomi Stride.»

«Mrs. Stride?»

«Du mußt sie kennen.»

«Natürlich», sagte Mtunsi, ohne zu zögern, aber sichtlich etwas verwirrt. «Sie war letzten Freitag noch hier.»

«Wozu?»

«Zum Sitzen.»

Zondi legte den Kopf schräg, nun selbst verwirrt.

«Komm», sagte Mtunsi, «ich werde dir zeigen ...»

Und er ging mit federnden Schritten auf eine runde Lehmhütte zu, die etwas abseits der rudimentären Schulbauten stand. Hühner rannten gackernd vor Zondi davon, als er Mtunsi folgte, und aus einer Mulde in dem hohen gelben Gras sprang plötzlich ein kleines Kind auf, das eine zerbrochene Schiefertafel an sich drückte, und ergriff ebenfalls die Flucht. Der Eingang der Hütte war unverhältnismäßig groß und türlos, und in der gegenüberliegenden Wand war eine überdimensionierte Fensteröffnung.

Mtunsi bedeutete Zondi, durch den Eingang einzutreten. Links stand auf Böcken ein langer Tisch, der mit rohen Tongefäßen vollgestellt war; rechts standen zwei Ölfässer von jeweils 40 Gallonen Fassungsvermögen, fast bis obenhin gefüllt mit Plastiksäcken voller dunkelbraunem Ton. Mehr war kaum in dem Raum. Nur noch eine Holzkiste mit einem alten Kissen darauf, und ein paar Meter davon entfernt, dort, wo das Tageslicht am stärksten war, stand ein sehr hoher und sonderbar schmaler Hocker, auf dem ein gewaltiger, in nasses Sackleinen gehüllter Klumpen ruhte.

Mtunsi nahm ein Ende dieses Sackleinens und begann, es abzuwickeln. Nach und nach kam ein dunkelbrauner Kopf zum Vorschein, so unglaublich lebendig, daß es einen Moment lang schien, als würde er mit ein paar passenden Zuluworten gegen die einigermaßen unwürdige Art der Behandlung protestieren.

«*Hau*, das Gesicht kenne ich doch ...», begann Zondi unter dem quälenden Druck von etwas schwer Faßbarem, das sein fotografisches Gedächtnis narrte.

«Ich muß natürlich noch ihre Locken anbringen», bemerkte Mtunsi, «sobald ich die ...»

Zondi lachte leise. Ihm war gerade aufgegangen, welchen Fehler er gemacht hatte. Es handelte sich hier nämlich um das tönerne, dunkelbraune *Negativ* des Porträts der Autorin Naomi Stride, das er in der Zeitschrift gesehen hatte.

«Wie kalt», murmelte Mtunsi und berührte ihre Wange mit seinen langen Fingern.

«Ja, kalt ...», sagte Zondi. «Bruder, ich glaube, ich habe schlechte Nachrichten für dich.»

Kramer kam die Wendeltreppe wieder herauf, in jeder Hand eine Tasse schwarzen Kaffee. Richtigen Kaffee, kein Instantzeug, und er duftete ziemlich schrecklich.

«Sie sind ein Schatz», sagte Tess Muldoon und setzte sich begierig im Bett auf, wobei sie, ohne auch nur mit der Wimper zu zucken, ihren nackten Oberkörper freilegte. «Hups, beinahe hätten Sie was auf Ihre Hose gekriegt.»

Er setzte sich wieder wie vorher hin, als er ihr den Fuß massiert hatte, und reichte ihr den Kaffee. Sie hatte feste, ziemlich flache Brüste mit Nippeln wie aus rosarotem Zuckerguß.

«Ja, das ist mir ganz schön aufs Gemüt geschlagen, als ich es hörte», sagte sie und nahm einen Schluck. «Ich war vollkommen am Boden zerstört. Mußte schließlich Gareth herbitten, und er mußte eine große Flasche Wein mitbringen, und dann haben wir letzte Nacht eine Art Totenwache gehalten. Anscheinend wollte ich immer, behauptet jedenfalls Gareth, die Polizei anrufen und sagen, daß ich wüßte, wer's war. Aber da Naomi –»

«Nicht so schnell, Tess! Wie sind Sie denn auf die Idee gekommen, daß Sie –»

«Eigentlich nur so ein Gefühl. Habe ich Ihnen schon erzählt, daß ich das vorvorige Wochenende in Woodhollow verbracht habe?»

«Nein, aber fahren Sie fort.»

«Na ja, jedenfalls einen *Teil* des Wochenendes. Naomi hatte mich Freitag abend zum Essen eingeladen – die Ärmste, es war ein furchtbarer Reinfall –, und sie hat mich angefleht, noch zu bleiben, wenn die anderen gingen. Wir dachten schon, diese laaaangweiligen Carswells würden nie verschwinden, aber schließlich hatten wir das Haus doch endlich für uns, und da haben wir uns an den Swimmingpool gesetzt und uns eine Ewigkeit unterhalten. Dabei ist es immer später geworden, so daß ich mich auf die Couch in der Glasveranda gehauen habe, als Naomi noch mal Eis aus der Küche holen ging, und da bin ich dann auch Samstag morgen aufgewacht, mit irgendeinem Fetzen zugedeckt, den sie mir gebracht hatte. Sie war wirklich ein –»

«War es etwas, worüber Sie beide geklatscht haben, was Ihnen dieses ‹Gefühl› gegeben hat?»

«Nein, nein, das kommt gleich. Ich bin spät aufgewacht, nicht wahr? Mein Gott, die Zeit! Also beschloß ich, mich durch Naomis Arbeitszimmer davonzuschleichen und – na ja, das war nicht gerade klug, oder? Die Post war gerade angekommen, und sie saß am Schreibtisch und ging sie durch. Ich sah, wie sie einen Brief aus billigem blauem Papier anstarrte, die Sorte mit Linien, und es dauerte ein Weilchen, bis sie bemerkte, daß ich hereingeplatzt war. ‹Was gibt's denn?› fragte ich – es entschlüpfte mir einfach so. – ‹Ach, nur wieder ein mieser Brief›, sagte sie, als wäre es ihr wurstegal. Aber ich konnte sehen, daß sie total mitgenommen war.»

«Haben Sie diesen Brief zu lesen bekommen?» fragte Kramer und stellte seinen Kaffee ab.

Tess Muldoon schüttelte den Kopf. «Naomi hat ihn schnell in die mittlere Schublade ihres Schreibtischs gesteckt und dort eingeschlossen», sagte sie. «Aber während sie das tat, habe ich einen Blick auf etwas erhaschen können.»

«Lassen Sie mich raten – auf noch einen blauen Brief, der schon in der Schublade lag?»

«Noch *zwei*, mein Lieber.»

«Die gleiche Größe?»

«Sie sahen genauso aus.»

«Und die Anschrift?»

«Oh, dazu ging alles zu schnell. Wie gesagt, nur ein flüchtiger Blick, und dann hat sie die Schublade wieder zugeschoben.»

«Aber ...» Kramer erhob sich und ging ein paar Schritte, um einen japanischen Fächer an der Wand zu begutachten. «Gut, dann erzählen Sie mal weiter. Wie lange sah sie so ‹mitgenommen› aus, wie Sie es nennen?»

«Ungefähr drei Sekunden – was typisch war für Naomi. Sie haßte es, andere mit ihren Problemen zu nerven, das fand sie total unfair. Sie hat im nächsten Augenblick schon wieder munter geplaudert und nebenbei ein paar herrlich bösartige Bemerkungen über Erica Jong fallenlassen, wie ich sie noch nie gehört habe, und –»

«Diese Erica Sowieso», unterbrach Kramer sie, «könnte sie in irgendeinem Zusammenhang stehen mit den blauen Briefen? Hat Naomi damit einen indirekten Hinweis geben wollen?»

Tess Muldoon schüttelte kichernd den Kopf. «Erica Jong ist eine amerikanische Schriftstellerin», erklärte sie. «Und die Briefmarken auf den Umschlägen waren garantiert keine ausländischen.»

«Aha, das grenzt die Sache ein bißchen ein. War die Schrift darauf groß oder klein?»

«Keine Ahnung. Ich dachte, ich hätte –»

«Erzählen Sie weiter, worüber sich Naomi Stride sonst noch ausgelassen hat», drängte Kramer, wandte sich von dem japanischen Fächer ab und wühlte in seinen Taschen nach seinen Lucky Strikes.

«Sie wollen doch nicht etwa jetzt rauchen, oder? Ich hatte nämlich gehofft ...»

«Was denn?»

«Daß Sie mich an einer anderen Stelle ein bißchen massieren», sagte Tess Muldoon, warf die Steppdecke ganz von sich und rollte sich splitternackt herum. «Es ist mein Gluteus maximus. Ich habe Montag irgendwas Dummes damit angestellt, und seitdem piesackt er mich.»

7

In wachsender Verzweiflung, weil er über den anonymen Drohbrief an Naomi Stride noch immer nicht zu einem Schluß gekommen war, versuchte es Ramjut Pillay damit, in seinem Zimmer auf und ab zu gehen. Unglücklicherweise hatte es nicht die Größe, die einem ungestörten Gedankengang förderlich gewesen wäre, da er nur immer von einer Ecke seines Diwans ab- und wieder aufsteigen konnte, und nach zehn Minuten war er schweißgebadet und der Lösung des Briefmarkenparadoxes noch keinen Schritt näher.

«Grotesk», sagte er zu sich selbst und legte sich erst mal lang hin, «ein Fall für Sherlock Holmes, scheint uns!»

Dabei fiel ihm ein, daß er irgendwo zwischen all den nützlichen Dingen, die er gesammelt hatte, ein Vergrößerungsglas und eine Pfeife mit einem stark geschwungenen Stiel besaß. Die Pfeife war schnell gefunden, sie schmeckte immer noch nach dem schrecklichen Tabak aus dem Kolonialwarenladen, mit dem er sie kurz ausprobiert hatte, und nach weiteren fünf Minuten hatte er auch das Vergrößerungsglas aufgestöbert.

Während er auf dem Diwan saß, an der leeren Pfeife sog und die Haare auf dem Rücken seines linken Zeigefingers genau untersuchte, besserte sich seine Laune. Er fragte sich, was er sonst noch in Augenschein nehmen sollte, und nahm die Plastiktüte mit dem blauen Umschlag zur Hand, der das gefürchtete *Beweisstück Nr. 5* enthalten hatte.

«Euripides!» rief Ramjut Pillay, immerhin genügend geschult in Klassischer Antike (Teil 1 und 2), um zu wissen, daß die Griechen ein Wort dafür hatten. «Wie konnten wir nur so blind sein, verdammt noch mal!»

Denn da, zu schwach für seine Brille, aber unter dem Vergrößerungsglas deutlich genug, konnte er auf der rechten Seite der Briefmarken vier winzige Zahlen erkennen.

0730.

Alles klärte sich im Handumdrehen auf.

Samstags wurden Briefkästen nur einmal, und zwar um 11 Uhr morgens, geleert. Alles, was nach dieser Deadline eingeworfen wurde, wurde erst um 7 Uhr 30 am Montagmorgen sortiert, so daß es erst am Dienstag ausgeliefert werden konnte. Das Problem war jedoch, daß viele Mitbürger meinten, sie könnten bis mittags ihre Post loswerden – wie es bis vor nicht allzu langer Zeit auch gewesen war. Sie warfen noch nach 11 Uhr etwas ein in der Meinung, es würde noch bei der Montagsauslieferung berücksichtigt. Offenbar hatte auch der anonyme Schreiber der schrecklichen Drohungen diesen allgemein üblichen Fehler gemacht, so daß sein anscheinend mysteriöses Verhalten nicht länger mysteriös war. Er hatte einfach *fälschlicherweise angenommen*, Naomi Stride würde seinen Brief lesen, bevor er sie umbrachte.

Statt aber nun in Hochstimmung zu sein wegen seiner brillanten Folgerung, schauderte es Ramjut Pillay plötzlich. «Oje, oje, oje», lamentierte er, und ihm wurde von der Wucht der Erkenntnis, was das alles bedeutete, schwindelig.

Er hatte nicht nur ziemlich schlüssig nachgewiesen, daß der Brief zweifellos *wirklich* von Naomi Strides Mörder stammte, sondern damit auch die Tatsache erhärtet, daß er unrechtmäßig im Besitz eines wichtigen Beweisstücks war, für das die Polizei gerne seinen rechten Arm eintauschen würde.

Der Name «Schwacher Trost» hatte jetzt, nachdem Gagonk Mbopa den Weg zur Farm zurückgelegt hatte, durchaus seine Berechtigung. Er fand es wirklich wenig tröstlich, sich so vielen gestandenen Männern gegenüberzusehen und trotzdem durch die Umstände gezwungen zu sein, seine Verhöre auf eine so weichliche Weise veranstalten zu müssen.

«So, was hast du bis jetzt für mich?» fragte Jones, der aus dem Farmhaus kam und ihn beiseite nahm.

«Bis jetzt noch nichts, Sir», erwiderte Mbopa und war sehr nahe daran, einen andeutungsweise entschuldigenden Ton anzuschlagen. «Diese Farmarbeiter sind ganz anders als die anderen Farmarbeiter, die ich kenne.»

«Ja, sie wirken ziemlich frech», stimmte Jones ihm zu und musterte kühl die Schar zufrieden dreinblickender, gut genährter und anständig gekleideter Schwarzer, die sich vor dem Kuhstall versammelt hatte. «Du hast recht, das hier ist zweifellos ein ziemlich komischer Laden. Der Verdächtige hier hat es mir gerade zu erklären versucht.»

Alle *versuchen* immer, Lieutenant Jacob Jones etwas zu erklären, dachte Mbopa, und manche versuchen es mit solcher Macht, daß sie fast Erfolg haben. Vielleicht lohnte es sich diesmal, «Hmpff, Sir?» zu sagen.

«Dieses Anwesen», vertraute ihm Jones mit leiser Stimme an, «ist, mit den Worten des Farmers – äh, des Verdächtigen –, eine ‹Arbeiter-Korropative›, was, nach dem Klang zu urteilen, Russisch sein muß, obgleich er das mit lautem Lachen abtut. Es bedeutet offenbar, daß die Boys, die du hier siehst, nicht den üblichen Sack Maismehl, etwas Fleisch und ein paar Rand Lohn bekommen, sondern – und das ist kein Witz! – einen Anteil am Gewinn, den die Farm abwirft.»

Mbopa äußerte geräuschvoll Erstaunen und Ungläubigkeit.

«Mehr Respekt bitte, du schwarzer Affe!» sagte Jones giftig und spähte unbehaglich zu der Gruppe vor dem Kuhstall hinüber.

«Sir, verstehen Sie mich nicht falsch, nicht das, was der Sir gesagt hat, belustigt mich. Ich lache darüber, was diese Jungs doch für Narren sind.»

«Inwiefern?»

«Zu glauben, sie würden den ihnen zustehenden Anteil am Gewinn bekommen, Sir. Woher wissen sie, daß der Farmer ihnen keine falschen Angaben über den Gewinn macht?»

«Er behauptet, er würde Versammlungen mit ihnen abhalten, wo über die Finanzen der Farm gesprochen wird, und jeden Monat darf sich ein anderer Farmarbeiter um die Buchhaltung kümmern.»

«Hau, hau, hau ...», sagte Mbopa und warf nun selber einen Blick auf die Männer, die er zusammengerufen hatte. «Wird der Sir den Sicherheitsbehörden einen Tip bezüglich dieses Ortes geben?»

Jones wandte sich wieder zum Gehen. «Allerdings, Mann. Man weiß ja nie, wozu etwas wie das hier führen kann – wenn es nicht schon zu spät ist.»

Ein glückliches Lächeln erschien auf Mbopas Lippen. Er bemerkte, daß es sofort eine Wirkung auf die Farmarbeiter hatte, obwohl er das nicht ganz verstand. Aber er wußte genug, um unentwegt weiterzulächeln, und bemerkte, daß die allgemeine Nervosität zunahm, als er erschien, um sein Verhör fortzusetzen.

Um 9 Uhr 40 schneite der Vollzugsbeamte Jaap du Preez in Colonel Mullers Büro und brachte ihm die Ergebnisse der Routineermittlungen, die am Jan-Smuts-Weg und in der Umgebung durchgeführt worden waren.

«Nichts, Colonel», sagte er.

«Nichts?»

Du Preez fuhr sich mit der Hand durch seinen rötlichen Bürstenschopf und schnitt ein Gesicht, wobei Muller an Kramers Bemerkung über einen Orang-Utan denken mußte. «Absolut nichts, Sir», bestätigte du Preez, «obwohl wir, weiß Gott, nichts unversucht gelassen haben. Niemand am Jan-Smuts-Weg kann sich an ein Fahrzeug erinnern, das um oder gegen ein Uhr der fraglichen Nacht die Straße hinauf- oder hinuntergefahren wäre. Niemand dort hat eine Ahnung, wer Naomi Stride genügend gehaßt haben könnte, um sie umzubringen. Die Nachbarn gehören nicht zu der Sorte Mensch, mit der sie Umgang pflegte.»

«Aber am Jan-Smuts-Weg kann es doch nicht viel Verkehr mitten in der Nacht geben, Mann! Irgend jemand muß einfach –»

«Keine Menschenseele, Colonel. Nicht einmal Mr. Parry Evans, der behauptet, an Schlaflosigkeit zu leiden. Er hat allerdings hinzugefügt, daß sein Schlafzimmer nach hinten hinaus liegt und daß er über Kopfhörer Musik gehört hat.»

«Toll», seufzte Colonel Muller und sackte wieder in seinem Sessel zusammen. «Und was ist mit der Durchsuchung des Hauses – Sie wissen schon, Woodhollow? Ist die abgeschlossen?»

«Auch nichts, Sir. Oder zumindest nichts, was für sich betrachtet verdächtig wäre.»

«Sind Sie ihre gesamte Korrespondenz durchgegangen?»

«Die drei Kripobeamten, die Sie dorthin geschickt haben, sind noch dabei, Sir», sagte du Preez, während er sich aus dem Stand am rechten Knie kratzte, um sich nicht bücken zu müssen. «Im letzten Jahr war jedenfalls nichts ‹Bedrohliches› dabei, wenn man es so nennen will.»

«Auch keine Spur von der Mordwaffe?»

«Keine, Colonel. Jetzt wird das Gelände zum zweitenmal abgekämmt.»

Colonel Muller knurrte etwas und fing an, in seiner neuen Bruyèrepfeife herumzustochern. «Haben Sie jemanden losgeschickt, um die Hausangestellten der Toten zu holen?»

«Hopeful Dumela, Sir – er hat sich freiwillig gemeldet.»

«Dumela? Ach ja, ein guter Mann, sein Papa. Wie macht sich denn Hopeful?»

«Für einen Neger erstklassig, Sir.»

«Und wann erwarten Sie –»

«Er hat Anweisung, bei Anbruch der Dunkelheit zurück zu sein, Sir.»

«Wenigstens etwas», bemerkte Colonel Muller düster. «Obwohl ich nicht wüßte, inwieweit sie uns weiterhelfen könnten. Fragen Sie mich nicht, warum, Jaap, aber ich habe so ein Gefühl, als säßen wir diesmal ganz schön in der Patsche.»

«Eine Fahrt bitte!» bettelten die Kinder der Tebeli-Missionsschule und hängten sich an Zondis Rockschöße. «Nur eine kurze Fahrt, Mr. Großstadtdetektiv, runter zu den großen Akazienbäumen und zurück.»

«Du hast Eindruck gemacht», sagte Kwakona Mtunsi, und die tiefe Traurigkeit wich vorübergehend von seinem Gesicht.

«Ha, daran bist du schuld!» brummte Zondi und zwinkerte mit dem abgekehrten Auge. «Vielen Dank, daß du mich zum Tee eingeladen hast!»

Die Traurigkeit kehrte wieder. «Sag's mir, wenn du diesen Mann geschnappt hast.»

«Falls es ein Mann war», sagte Zondi und nickte.

Wieder lächelte Mtunsi ganz schwach. «Aus dir spricht der Polizist, der ich nie sein könnte», sagte er. «Eine Frau würde bestimmt nicht –»

«Aber du hast doch vorhin gesagt, du könntest dir nicht vorstellen, daß *irgend jemand* ihr das Leben genommen hätte, Bruder.»

«Wahrlich, das waren meine Worte», gab Mtunsi zu.

«Dann hast du dir inzwischen Gedanken gemacht, die darauf hinweisen, daß es ein Mann –»

Mtunsi schüttelte den Kopf. «Ich weiß nichts von Mrs. Stride, außer daß sie hier nach Tebeli gekommen ist, um mich in meiner Bildhauerarbeit anzuspornen und den Kindern kleine Geschenke zu bringen. Sie hat nie von ihrem Leben gesprochen, obwohl sie einmal –» Er hielt inne. «Ja, richtig: Einmal hat sie gesagt, ich dürfte nie irgendwelche Geschäfte mit ihrem Sohn machen. Das hatte ich ganz vergessen.»

«Hat sie gesagt, warum nicht?»

«Nein, und ich fand es unhöflich nachzufragen. Ich konnte an ihrem Gesicht ablesen, daß sie mit sich im Widerstreit war.»

«Und wann war das?»

«Ist schon lange her – vielleicht letztes Jahr.»

«Was hat ihr Gesicht dir denn in jüngster Zeit gesagt?»

Mtunsi kratzte mit dem Daumennagel trockenen Ton von einem Messingknopf seines Arbeitsanzugs, während er nachdachte. «Vor etwa einem Monat – sie ist jeden Freitag hergekommen – war Mrs. Stride in ihrem Innern so unglücklich, daß ich irgendeinen Vorwand gebrauchte, um nicht an ihrem Bildnis arbeiten zu müssen. Da hatte sie das müde, gebeugte Haupt einer alten Frau.»

«Und seitdem?»

«Trug sie das Kinn wieder hoch; nur einmal habe ich gesehen, daß eine seltsame Angst ihren Augen den Glanz nahm. Das war der vorvorige Freitag, als mir die Nase –»

«Was war geschehen, daß sie solche Angst hatte?»

«Hier in der Schule nichts, da bin ich sicher. Vielleicht eine Erinnerung; ein Gedanke, der von ihrem Geist Besitz ergriff. Die kleine Ntombifikile war in die Hütte gekommen, um Mrs. Stride einen Brief zu zeigen, den sie in der Klasse geschrieben hatte, und in dem Augenblick, in dem Mrs. Stride ihn in die Hand nahm, um das Kind zu loben, veränderte sich ihr Blick so.»

Zondi zog seine Autoschlüssel hervor. «Könnte es etwas ... etwas am Wortlaut gewesen sein?» fragte er. «Kannst du dich erinnern, was in dem Brief stand?»

«Ich erinnere mich noch, daß er voller Rechtschreibfehler und

Großbuchstaben am falschen Platz war! Es war ein ganz kurzer Brief an Ntombifikiles Vater, der in einem Bantuwohnheim irgendwo weit weg wohnt. Ntombifikile fragte ihn, in welchem Jahr er hoffte, genügend Geld gespart zu haben, um einmal wieder für zehn Tage nach Hause zu kommen.»

«Aha», sagte Zondi, und Naomi Strides Beschreibung eines Bantuwohnheims fiel ihm ein. «Bist du sicher, daß das, was du in ihren Augen gesehen hast, Angst war und nicht Verständnis und Mitleid?»

«Ich bin sicher, daß es Angst war», sagte Mtunsi, «aber du hast recht – beschwören kann ich es nicht.»

«Mitfahren, bitte laß uns mitfahren!» riefen die Kinder im Chor.

«Vielleicht hat euer Lehrer bald ein eigenes Auto, mit dem er euch zu den großen Akazien hin- und wieder zurückfahren kann», sagte Zondi und öffnete die Autotür. «Du hast doch gehört, was ich dir von den tausend Rand erzählt habe, Mtunsi?»

«Ich habe es gehört, Bruder. Aber was wir dringender brauchen, ist ein Tank, mit dem wir Regenwasser zum Trinken auffangen können.»

Tess Muldoon sprang aus dem Bett und griff nach ihrem türkisfarbenen Seidenkimono. «Ich sage es äußerst ungern», bemerkte sie, «aber so gern ich den ganzen Tag hier liegen, mir den Rücken massieren lassen und über die arme Naomi klatschen würde, *einige* von uns müssen doch arbeiten! Meine erste Privatschülerin kommt um 12 Uhr 30.»

Kramer nickte, völlig in den Anblick ihrer aufrechten Gestalt und anmutigen Bewegungen verloren. «Himmel, Lady, sind Sie schön!»

«Ich weiß», sagte sie.

Er lachte. Ballettänzerinnen waren nicht wie andere Frauen, das ließ jedenfalls seine erste Begegnung mit einer vermuten. Sie hatten eine nüchterne, sehr professionelle Objektivität in bezug auf den eigenen Körper, was in diesem Land der aufgeputzten Frauen ausgesprochen erfrischend war.

«Außerdem bezweifle ich, daß ich Ihnen überhaupt noch mehr erzählen könnte.»

«Richtig», pflichtete er ihr bei. «Ja, ich muß auch gehen. Ich muß bis elf Uhr noch bei zwei anderen Leuten gewesen sein.»

«C'est la vie, mein Schatz. Allerdings ...»

«Was?»

«... bin ich später wieder frei.»

«Ach ja?»

«Nach neun heute abend?»

«Aber ich dachte, uns würde der Gesprächsstoff ausgehen!»

«Hoffentlich», sagte sie und lächelte hinterhältig.

Kramer erwiderte ihr Lächeln. «Gut, dann vielleicht bis später, Theresa Mary Muldoon?» Und er machte eine formvollendete Verbeugung zum Abschied.

Lieutenant Jones' Fahrweise war auf Teerstraßen, die einigermaßen gerade und eben verliefen, schon fast erträglich. Ohne große Anstrengung fuhren er und Gagonk Mbopa zurück nach Trekkersburg, und auf dem Weg wollten sie noch einen letzten Verdächtigen überprüfen, bevor sie um elf Colonel Muller Rechenschaft ablegten.

«Ich frage mich, ob Kramer heute morgen irgendwas rausgekriegt hat», sinnierte Jones.

Mbopa zuckte die Achseln.

«Wer hat dir denn erlaubt, dich einzumischen, he? Merkst du nicht, wann ich mit mir selber rede?»

Das Schild *Willkommen in Trekkersburg* tauchte auf und verschwand wieder.

Mbopa gab sich Tagträumen hin, er verweilte ein paar kurvenreiche Augenblicke bei Zsazsa Lady Gatumi, einer guten Freundin, um sich plötzlich auf der Leonard Street wiederzufinden, wo die Medizinmänner ihre Läden hatten, und ein sehr potentes Aphrodisiakum zu kaufen. Nur zwei Tropfen davon würde er morgen um elf heimlich in Jones' Kaffee schütten, und wenn dann der Lärm wieder abgeebbt war und der Rettungsdienst die Riege der weiblichen Schreibkräfte des CID evakuiert hatte, würde Colonel Muller kommen und sagen: «Bantu-Sergeant Joseph Mbopa, Sie dürfen innerhalb der nächsten Woche mit Ihrer Beförderung rechnen. Wenn Sie nicht gewesen wären, um einen Schwerkranken zurückzuhalten – Gott im Himmel, was hätte da noch alles passieren können!» Und Mbopa würde bescheiden lachen.

«Was war das denn?» fragte Jones verärgert.

Mbopa sah sich in aller Unschuld um.

«Du kicherst wieder mal in dich hinein», beklagte sich Jones. «Ehrlich, bisweilen frage ich mich ernsthaft, womit ich einen Bantu wie dich eigentlich verdient habe! Aber mal was ganz anderes: Hast du auf der Farm irgendwo Magnolien gesehen? Zum Teufel, ich jedenfalls nicht.»

«Weiße Blüten? Mh-mh, Lieutenant.»

«Meinst du nicht, daß uns Zondi, der kleine Mistkerl, an der Nase herumführen will mit seinem Hinweis auf ‹die letzte Magnolie›?»

«Da könnte der Lieutenant recht haben, aber er spielt ein schlaues Spiel, der Lümmel.»

«Ja, und irgendwie klingelt's bei mir, wenn ich ‹Magnolie› höre ...», gestand Jones und nagte gedankenvoll an seiner Oberlippe. «Mbopa, denk mal scharf nach, ja? Wir wollen uns doch nicht von den zweien schlagen lassen!»

Wenn auch sonst in nichts, in diesem Punkt waren sie sich beide einig.

Der nächste Verdächtige auf seiner Liste machte es Kramer leicht.

«Er ist tot», sagte die Frau mit dem stählernen Gesicht, die die Tür der Pension öffnete, wo Richard Pomeroy, Kurzgeschichtenautor und Beamter im öffentlichen Dienst, wohnhaft sein sollte. Es roch nach gekochten Rüben.

«So? Und wie lange schon, gnä' Frau?»

«Sonntag.»

«Woran ist er denn gestorben?»

«Erstickt.»

«Wie? Woran? Oder hat ihn jemand ...?»

«Erbrochenem.»

«Ah, dann war er –»

«Alkoholiker.»

«Und wo genau ist er gestorben?»

«Hier.»

«In seinem Zimmer?»

«Toilette.»

«Ich nehme an, daß die örtliche Polizei die Einzelheiten kennt?»

«Ja.»

«Dann muß ich jetzt gehen, so gern ich noch bliebe», seufzte Kramer. «Aber sagen Sie mir noch eins: Beantworten Sie alle Fragen, die Ihnen gestellt werden, mit nur einem Wort?»

«Nein», sagte sie.

Da ihm noch Zeit blieb, bis er im CID-Gebäude zurück sein mußte, um mit dem Lieutenant Informationen auszutauschen, beschloß Zondi, bei Bantuwachtmeister Hopeful Dumela in Woodhollow vorbeizuschauen. Es war immerhin möglich, daß dem jungen Mann noch einiges mehr eingefallen war, was er vom Koch über Vorgänge in dem großen Haus gehört hatte.

Aber als Zondi am Jan-Smuts-Weg angekommen war, schnalzte er bedauernd mit der Zunge, denn er erinnerte sich jetzt daran, daß Dumela für die Zwei-bis-zehn-Schicht eingeteilt worden war, so daß er die Fahrt umsonst gemacht hatte. Er hielt an, um in einer Einfahrt zu wenden.

«Huhu!» rief Miss Simson und winkte ihm von ihrer Veranda auf der anderen Seite zu. «Sind Sie nicht der afrikanische Kripobeamte, der gestern hier war?»

Daraufhin vollendete Zondi seine Kehrtwende, parkte auf ihrer Straßenseite und stieg aus, um nachzuhören, was sie wollte. Miss Simson hatte Rouge auf die Wangen aufgelegt und trug ein Kleid mit Rüschen am Halsausschnitt und an den Ärmeln. Daß vor ihrer Haustür ein Mord geschehen war, machte das Leben in ihren Augen offensichtlich lebenswerter.

«Irgendwelche Neuigkeiten?» fragte sie, als Zondi am Fuß der Stufen zu ihrer Veranda stand.

«Bitte, Madam?»

«Ob Sie schon jemanden geschnappt haben?»

«Nein, Madam, noch nicht. Das ist ein sehr schwieriger Fall.»

«Ich weiß. Ist es nicht *entsetzlich*, sich vorzustellen, daß jemand – was genau haben sie übehaupt mit ihr gemacht?»

«Tut mir leid, Madam, aber ich bin darüber nicht informiert.»

«Oh, nein, sicher nicht», sagte sie und wirkte etwas verärgert.

«Ich verstehe wirklich nicht, warum nicht mehr in den Zeitungen steht.»

«Das ist manchmal am besten so, Madam.»

«Aber denken Sie mal an ihren Sohn – der arme, arme Junge! Was er wohl durchmacht!»

«Es muß schwer für ihn sein, Madam.»

Miss Simson verstummte, als hätte sie eine viel befriedigendere Antwort erwartet, dann sagte sie: «Er ist nicht – äh – bei Ihnen, oder? Er darf zu Hause sein, ja?»

«Ja, er darf zu Hause sein, Madam.»

«Bin *ich* erleichtert! Aber was ist mit dem armen Mr. Pillay? Mir ist heute morgen aufgefallen, daß wir jetzt einen anderen Postboten haben. Er kam schrecklich früh, um ehrlich zu sein, so daß ich nur einen kurzen Blick auf ihn erhaschen konnte und keine Gelegenheit hatte –»

«Der Postbote durfte auch nach Hause gehen, Madam», sagte Zondi und wünschte, er könnte der dummen Ausfragerei der Frau ein Ende machen.

«Oje, es ist in vielerlei Hinsicht traurig», fuhr Miss Simson fort und schälte eine Pampelmuse. «Nur wenige Minuten bevor er hierhergerannt kam, war Mr. Pillay so aufgeregt wegen des Briefes, der arme Kerl. Aber wie mein Papa immer zu sagen pflegte –»

«Verzeihen Sie, wenn ich Sie unterbreche, Madam», sagte Zondi, «aber von welchem Brief sprechen Sie?»

«Dem mit der neuen englischen Briefmarke drauf natürlich.»

«Der neuen englischen Briefmarke?»

«Mr. Pillay sammelt Briefmarken», sagte Miss Simson. «Hat er Ihnen das nicht gesagt? Ich dachte, Kriminalbeamte würden immer alles herausfinden über die Leute. Jedenfalls haben wir beide die Briefmarke bewundert, genau da, wo Sie jetzt stehen, und ich habe ihn ermutigt, den Empfänger zu fragen, ob er sie haben kann.» Dann fügte sie mit leichtem Schaudern hinzu: «O herrje! Könnte er für Mrs. Stride gewesen sein? Vielleicht finden Sie den Brief, den ich meine, wenn Sie mal kurz Ihre Beweisstücke durchsehen, oder wie Sie das nennen.»

Aber Zondi hatte seine Zweifel. Er hatte ein genaues Bild im Kopf von den aufgefundenen Briefen, die am Tag vorher nach Woodhollow ausgeliefert worden waren, und ein Umschlag mit einer neuen (oder auch alten) englischen Briefmarke war nicht dabeigewesen.

Um 10 Uhr 30 meldete sich wieder jemand bei Colonel Muller, diesmal Captain Tiens Marais, der neue Chef der Spurensicherung. Er war ein stiller Mann mit einem Hang zu auffälliger Kleidung und trug stets Handschuhe. Weiße Baumwollhandschuhe, die, wie er erklärt hatte, die schrecklichen Auswirkungen einer Allergie versteckten, die ihm gewisse Chemikalien in seinem Fotolabor eingetragen hatten. An diesem Vormittag hatte er außerdem ein smaragdgrünes Hemd mit gelben Punkten, rote Hosen, einen breiten gelben Gürtel und gelbe Schuhe an. Manche Leute nannten ihn hinter seinem Rücken «Tickey», in Erinnerung an einen berühmten Zirkusclown.

«Ich habe ein bißchen was für Sie, Colonel», sagte er und zog sich einen Stuhl an den Schreibtisch. «Wenn auch nichts Umwerfendes.»

«Im Fall Naomi Stride? Ausgezeichnet!»

«Zuerst das, was meine Beamten am Tatort zutage gefördert haben. Zwei Proben Pflanzliches.»

«Dagga?» fragte Colonel Muller höchst erstaunt. «In ihrem Alter? Zugegeben, sie war eine Künstlertype, und die stehen ja auf so was, aber –»

«Nein, kein Dagga, Marihuana, Haschisch oder wie Sie es sonst noch zu nennen pflegen. Etwas viel Exotischeres ...»

«Was denn?» fragte Colonel Muller und inspizierte das kleine Plastikpaket, das ihm ausgehändigt worden war.

«Rosmarin.»

«Wie?»

«Ein englisches Kraut, das zum Kochen verwendet wird.»

«Aha», sagte Colonel Muller, der es nicht mochte, wenn ihm Rätsel aufgegeben wurden. «Ich freue mich, daß Ihre topausgebildeten Beamten Sinn dafür hatten, sich ihre Küche gründlich vorzunehmen.»

«Nein, nein, da haben wir es nicht gefunden. Es stammt vom Fußboden der Glasveranda, wo sie ermordet wurde. Und die Überprüfung ihrer Küche ergab, daß sie nichts davon vorrätig hatte.»

Colonel Muller richtete sich ein wenig höher auf. «Wollen Sie damit sagen, daß es fallen gelassen wurde?»

«Noch seltsamer, Colonel. Es sah so aus, als sei es hingestreut worden.»

«Ach ja?»

«Und nun zur nächsten Probe», sagte Tiens Marais und reichte ihm ein zweites Plastiktütchen. «Diese Blütenblätter wurden in ihrem Badeanzug gefunden. Sah ebenfalls so aus, als wären sie da hineingestreut worden.»

«Mann, diese Blumen kenne ich doch – Vergißmeinnicht, nicht wahr?»

«Richtig, Colonel. Aber Sie wissen wahrscheinlich nicht, daß im Garten von Woodhollow keine Vergißmeinnicht wachsen. Wir haben es überprüft.»

Das schien ein guter Moment zu sein, eine Pause zu machen und sich eine Pfeife anzustecken. Colonel Muller verbrauchte drei Streichhölzer, klopfte den Tabak nachdenklich fest und lehnte sich zurück. «Zum Teufel auch», sagte er schließlich.

Tiens Marais kratzte sich an seiner roten Nase – eine rätselhafte Erscheinung bei einem eingefleischten Teetrinker – und zuckte die Achseln. «Das Beste, was uns dazu einfällt», sagte er, «ist, daß der Mörder, äh, in gewisser Weise ritualistisch veranlagt war. Die Verwendung des Degens plus Rosmarin und Vergißmeinnicht könnten eine versteckte symbolische Bedeutung haben.»

«Sehe ich auch so», stimmte Colonel Muller zu. «Rosemarie ist doch ein Mädchenname, nicht wahr? Und Vergißmeinnicht sind – verdammt, eben Vergißmeinnicht. Jeder weiß, daß Künstler und Poeten eine Referenz dafür haben.»

«‹Preferenz›», verbesserte Tiens Marais, dessen Bildung etwas besser war, leise.

«Aber was machen wir damit, Tiens?»

«Mir ist das ein Rätsel, Colonel. Vielleicht hilft uns das weiter, was mein Labor über das aufgefundene Degenstück sagen kann. Ich habe es von unserem Experten Piet Baksteen unter die Lupe nehmen lassen.»

«Und?»

«Er sagt, es stammt nicht von einem echten Degen – es ist nicht richtig geschmiedet. Ein echter Degen wäre nicht so abgebrochen. Er vermutet, daß er vielleicht selbstgemacht ist, wahrscheinlich ein Degen, der zu Dekorationszwecken hergestellt und verkauft wurde, etwas in der Art.»

«Ah! Das engt die Sache etwas ein!»

«Das Labor hat sich bereits mit der Waffenabteilung in Verbindung gesetzt, ob dort vielleicht der Diebstahl eines solchen Degens gemeldet wurde. Aber nichts. Piet schlägt nun vor, daß wir öffentlich bekanntmachen, welche Waffe benutzt wurde, und abwarten, ob sich jemand meldet und sagt, ihm sei so eine gestohlen worden.»

«Hm», brummte Colonel Muller. «Das macht mich nicht gerade glücklich. Wir haben die Waffe geheimgehalten, um uns Spinnerpost zu ersparen und damit die Schlagzeilen nicht zu blutrünstig ausfallen und weil – na ja, weil wir diese Trumpfkarte zu gegebener Zeit aus dem Ärmel schütteln wollten.»

Tiens Marais zuckte mit den Augenbrauen, die unnatürlich buschig waren und meilenweit vorstanden. «Meinen Sie nicht, daß Sie Ihre Entscheidung jetzt überdenken sollten, Sir?»

Eine lange Pause trat ein. «Wenn überhaupt, dann vielleicht», sagte Colonel Muller.

«Welche Zeitverschwendung!» murmelte Kramer vor sich hin, als er an der Adresse seines letzten Verdächtigen auf der Liste ankam. «Na schön! Was geht mich das an?»

Ladysmith Terrace Nr. 18 war ein sehr alter Bungalow in einer kurvenreichen Straße am Town Stream. Roter Backstein, Wellblechdach, kunstvolle Holzschnitzereien an den Zwillingsgiebeln und dahinter rote Backsteinställe mit einer knallgelben Tür. Diese Tür war angelehnt, und heraus strömte hübscher blauer Rauch, der nach heißem Blei roch. Kramer benutzte seine Wagenschlüssel und klopfte zweimal.

«Gott im Himmel! Wer ist denn da?»

«Tut mir leid, wenn ich Sie erschreckt habe! Lieutenant Kramer vom Morddezernat. Mr. Gareth Telford?»

«Kommen Sie um Himmels willen rein! Ich kann doch nicht gleich alles fallen lassen, nur weil ...»

Also trat Kramer ein in der Erwartung, einen schicken Ballerinentröster vorzufinden, und sah jemanden über ein Bleiglasfenster gebeugt, das in Stücken auf einem großen, mit Papier abgedeckten Tisch lag.

«Heilige Maria, Mutter Gottes», sagte Telford und nahm beide Hände zu Hilfe, um den Lötkolben, mit dem er gerade hantierte, ruhig zu halten, «machen Sie das nie wieder – versprechen Sie's. Ich habe sechs Monate an dieses Ding gewendet, und Sie hätten's beinahe geschafft, daß ich alles versaue.»

«Tut mir leid», sagte Kramer, der noch nie mit einem buckligen Weißen gesprochen hatte.

«Ich nehme an, es geht um Stride», fuhr Telford fort, ohne von seiner Tätigkeit aufzublicken; er war dabei, die Bleifassungen einzelner Segmente aus farbigem Glas auf einer Bleistiftvorlage zusammenzufügen. «Sie machen wohl die Runde bei allen, die im Testament bedacht sind.»

«So?»

«Logischerweise. Allmächtiger Gott, sehen Sie nur, was ich jetzt gemacht habe! Stehen Sie mir bitte nicht im Licht, ja? Nein, ich habe sie nicht umgebracht – hatte keine Zeit.»

«Kannten Sie sie gut?»

«Meine Mäzenin, das Miststück.»

«Klingt, als könnte sie Ihnen den Buckel runterrutschen.»

«Und das im wahrsten Sinne des Wortes, wie Sie sehen.»

«Ich seh's», sagte Kramer und drückte seine Lucky Strike aus. «Sagen Sie, wie lange können Sie in der Wüste überleben, wenn Sie nur einmal Wasser fassen?»

Telford lachte meckernd und schaute in seine Richtung, wobei einen Moment lang sein breites, flaches Gesicht zu sehen war, so ausdruckslos wie eine Schweißermaske. Seine Augen waren schillernd leuchtendblau wie der Widerschein einer Schweißbrennerflamme, die fürs Durchtrennen einer dicken Eisenplatte eingestellt ist. «Na schön», sagte er, «was wollen Sie?»

«Woher wissen Sie, daß Ihnen Geld vermacht worden ist?»

«Sie hat es Tess Muldoon erzählt, und Tess hat es letzte Nacht mir erzählt.»

«Als Sie zusammen die Flasche Wein geleert haben?»

«Ja, ich habe darüber gelästert, was das verfluchte Ding mich gekostet hat, und da hat Tess gesagt, ich könnte es von meinem Tausender abziehen», erwiderte Telford, ohne Erstaunen zu äußern, was Kramer schon alles wußte, was mal etwas Neues war bei einem Verhör. «Zum Kuckuck! Warum sollte sie mir etwas hinterlassen? Ich habe die Frau immer nur runtergemacht!»

Kramer sann darüber nach, wieso der Mann so in Rage geriet, und spielte dabei mit einem Stück rosarotem Glas, das er sich vor die Augen hielt, so daß Telford eine viel attraktivere Gesichtsfarbe erhielt. «Waren Sie mal in sie verliebt?» fragte er.

Wieder lachte der Mann und sah ihn an, diesmal jedoch ohne jede Belustigung. «Das merkt man gleich, was?» sagte er. «Ich war's einmal, genau zwei Monate lang.»

«Und dann?»

«Ich konnte es nicht mehr aushalten, dieses unterschiedslose *Mitleid*, von dem sie immerfort erfüllt war. Auf mich wirkte es allmählich unecht, so, als würde sie sich in ihren Schuldgefühlen suhlen.»

«Bitte? Da kann ich nicht ganz mit...»

«Ein Wochenende», sagte Telford und legte seinen Lötkolben beiseite, «habe ich sie auf einem Campingtrip in den Busch mitgenommen. Sie hat den ganzen verfluchten Tag lang Mitgefühl mit den unglücklichen Landmenschen bekundet, denen wir begegnet sind, und als es Zeit war, unser Zelt aufzustellen, hat sie sich strikt geweigert, auf dem Boden zu schlafen. Ich mußte ungefähr fünfzig Kilometer landeinwärts fahren, um ein Hotel für sie zu finden.»

«Na und?»

«Herr Jesus! Ist das nicht klar und deutlich? Kein Wunder, daß sie solches Mitleid mit den Schwarzen hatte! Schlafen die in ihren Hütten nicht auch auf dem Fußboden?»

«Manche ja, aber auf dem Fußboden zu schlafen ist oft kulturell bedingt», wandte Kramer ein.

«Meine Worte!» sagte Telford. «Die dumme Kuh hatte gar kein echtes Interesse – sie hatte nur im Sinn, wie *sie* sich unter solchen Bedingungen fühlen würde.»

Kramer nickte. «Und wann haben Sie Mrs. Stride zum letztenmal gesehen?»

«Als wir einen Tag zu früh von unserem Ausflug heimkehrten – ja, vor etwa vier Wochen.»

«Aber als sie mit der Verstorbenen noch liiert waren, wenn

man so sagen kann, hat sie da je erwähnt, daß sie Ärger mit gemeinen anonymen Briefen hatte?»

«Mit Drohbriefen, meinen Sie?»

«Ja, etwas in der Art.»

«Nein, da kann ich Ihnen nicht weiterhelfen», sagte Telford und trat zurück, um sein Werk zu begutachten. «Aber wenn ich's recht verstanden habe, hatte ihr Sohn vor nicht allzu langer Zeit einigen Trouble mit so was. Genaues weiß ich nicht, nur daß es einen ziemlichen Wirbel verursacht hat.»

«Inwiefern?»

Telford zog die Schultern hoch, den Blick weiterhin auf das bunte Glas vor sich gerichtet. «Diese Dinge sind immer schwer zu beurteilen, bis man sie im richtigen Licht sieht.»

«Ach, ich weiß nicht», wandte Kramer ein. «Die heilige Maria kommt mir okay vor, und das gleiche trifft auf Gott im Himmel und den Herrn Jesus zu.»

8

Die Füße hoch, den Hut in den Nacken geschoben, hatte Zondi es sich in seiner Ecke des Büros bequem gemacht und wartete darauf, daß der Elektrokessel endlich kochte, um sich eine Kanne Tee aufzuschütten. Es war kurz nach elf.

Laute Schnaufgeräusche drangen von der Freitreppe herein, die in den CID-Hof führte. Eines Tages würde die Treppe noch Gagonk Mbopas Tod sein, wenn er nicht etwas an seinem Gewicht änderte. Vielleicht machten ihm auch die kräftezehrenden Anforderungen von Zsazsa Lady Gatumi den Garaus. Ein glücklicheres Ende, über das sich viele Leute aufregen würden.

«Zondi», sagte Mbopa, als er in der Tür erschien und dem Sonnenlicht den Weg versperrte, das bis dahin direkt ins Zimmer gefallen war, «du mußt die Hälfte bezahlen – das ist nur recht und billig.»

«Die Hälfte wovon?»

«Von dem neuen Rosenstock, den ich dem Colonel kaufen muß. *Hau*, ich habe mich gerade nach dem Preis erkundigt, sie sind sehr, sehr teuer.»

«Oho! Habe *ich* vielleicht die Rose aus der –»

«Aber es war deine Schuld!» knurrte Mbopa. «Wenn du nicht –»

«Tee?» fragte Zondi und schwang die Füße von dem Tisch, der ihm als Schreibtisch diente. «Komm rein und setz dich, Joseph. Laß uns nach Art vernünftiger Männer über diese Sache reden.»

Mbopa zögerte und musterte ihn scharf, als argwöhne er eine Falle. Dann brummte er etwas und schob sich ins Zimmer.

«Nimm meinen Platz», sagte Zondi einladend.

Noch argwöhnischer geworden, schüttelte Mbopa den Kopf und stellte sich statt dessen an den Aktenschrank, wo er ein kleines Horn aus seiner Tasche zog. Er entkorkte es, nahm eine große Doppelprise Schnupftabak zwischen Daumen und Zeigefinger und drückte sie ziemlich tief in seine Nasenlöcher hinein.

«Du erinnerst mich an meinen Vater», bemerkte Zondi, schaltete den Kessel aus und griff nach der Teekanne. «Er nahm ständig Schnupftabak. Hatte sein Tabakshorn am Ohrläppchen hängen und zum Ausgleich im anderen Ohrläppchen einen Holzpflock.»

«Tatsächlich?» sagte Mbopa, durch diese Höflichkeiten sichtlich noch mehr aus der Fassung gebracht.

«Was für ein Morgen», seufzte Zondi. «Hattet ihr auch solche Mühe wie wir? Da klappert man all diese Adressen ab in der Hoffnung, daß die Verdächtigen zu Hause sind, und wie viele machen die Tür auf?»

Mbopa schnaubte. «Das ist es also!» sagte er. «Du willst mich nur dazu bringen, dir zu erzählen, wie gut unsere Ermittlungen gelaufen sind! Dabei hast du mich fälschlicherweise beschuldigt, bei dir das gleiche –»

«Ach, Unsinn», sagte Zondi eine Spur zu schnell.

«Interessant», murmelte Mbopa, der seine Freude daran hatte. «Ich weiß, daß ich recht habe, und was sagt mir das? Es sagt mir, daß die Dinge nicht besonders gut stehen bei dir und deinem –»

«Alles Quatsch!» sagte Zondi spöttisch. «Ach, sieh mal! Da sind noch Teeblätter vom letztenmal drin – ich muß erst los und sie ausspülen.»

Mbopa gönnte der Teekanne keinen Blick, er war anscheinend zu sehr davon in Anspruch genommen, ein heimliches Lachen zu unterdrücken. «Ja, tu das nur», sagte er und zog ein zerknittertes Taschentuch hervor, um sich die Tränen abzuwischen.

Also ging Zondi hinunter, hinten um das CID-Gebäude herum zur Bantutoilette und wartete dort ein Weilchen, die vollkommen saubere Teekanne unter dem Arm. Gute fünf Minuten vergingen bis zu seiner Rückkehr zum Büro, wo Mbopa gerade im Gehen begriffen war.

«Aber was ist mit dem Tee? Und damit, daß ich die Hälfte bezahlen soll –»

«Ein andermal», sagte Mbopa obenhin, «es hat keine Eile. Ich muß unbedingt noch das Strafregister einsehen wegen eines Verdächtigen, den wir heute morgen vernommen haben – das hätte ich beinahe ganz vergessen.»

«Ha! Du hast bloß Angst, bei unserem Streitgespräch den kürzeren zu ziehen!»

«Später», sagte Mbopa und eilte davon.

Zondi schaute ihm nach, dann wandte er sich um und ging mit einem breiten Lächeln ins Büro. Ein Lächeln, das sich in ein Grinsen verwandelte, als er vergeblich nach einem Buch suchte, das er ziemlich gut sichtbar versteckt hatte. Es war zu seiner ungeheuren Befriedigung spurlos verschwunden.

«Ja, ja, ja», sagte Colonel Muller und schnitt Jones, der schon zum zweitenmal etwas aus seinem makellos geführten Notizbuch vorlas, das Wort ab, «es mag ja die reine Wahrheit sein, aber ersparen Sie mir den genauen Wortlaut. Der Farmer konnte Ihnen also nichts sagen, aber was ist bei der Vernehmung des verdächtigen Komponisten herausgekommen? Daß er Montag nacht nicht in der Stadt war?»

«Das stimmt», gab Jones zu. «Wie gesagt, er kam mit dem Zug aus Johannesburg zurück, nur –»

«Ist das ein Faktum, das sich überprüfen läßt?»

«Ich denke schon, Colonel. Er mußte vierzig Kinder von der Schule, an der er Lehrer ist, beaufsichtigen, das Orchester der Oberstufe. Mein Interesse galt eigentlich eher –»

«Vierzig Zeugen für ein Alibi reichen allemal aus», erklärte Colonel Muller mit aller Bestimmtheit.

«Aber Colonel –»

«Tromp», sagte Colonel Muller und wandte sich zu der Ecke seines Schreibtischs um, wo Kramer saß, «lassen Sie mal hören, was Sie heute morgen zu bieten haben. Ich kann mich drauf verlassen, daß Sie sich wie immer auf die nackten Tatsachen beschränken, ja?»

Kramer zog den Knoten seiner Krawatte enger. «Zuerst», sagte er, «habe ich diese hübsche kleine Puppe aufgesucht. Zehn Sekunden, und ich war in ihrem Schlafzimmer, zwei Minuten später habe ich ihr den Fuß massiert, und dann hat sie mir ihre Titten gezeigt und mich gebeten, ihr den Hintern zu tätscheln. Also habe ich –»

«Gott im Himmel», seufzte Colonel Muller und ließ sich in den Sessel zurückfallen, «und Sie wollen ein richtiger Kripomann sein? Was soll dieser unglaubliche Unsinn?»

«Das sind die nackten Tatsachen, Colonel.»

«Kramer! Keine Scherze, ja?»

«Entschuldigen Sie, Colonel. Würden Sie gern etwas von einer möglichen Spur hören?»

Colonel Muller nickte. «Bitte», sagte er müde. «Ich glaube, keinem von euch Mistkerlen ist klar, unter welchem Druck ich stehe.»

«Das Leben ist nie einfach», dachte Ramjut Pillay, als er mit einem Fahrrad, das er sich vom jüngsten Sohn des Schwagers seines Vetters zweiten Grades geliehen hatte, nach Trekkersburg fuhr. Wenn es das wäre, dann brauchte er jetzt nur zur Polizei zu gehen, ihr zu erzählen, daß ein dummer Fehler passiert war, und ihr die fehlende Post, einschließlich des anonymen Drohbriefes, auszuhändigen.

«Ja, verstanden, Mr. Pillay», würden sie dort sagen. «Aber Sie haben uns ganz schön im dunkeln tappen lassen, was?»

«Ich habe erst am heutigen Mittwochmorgen gemerkt, daß ich sie in meine Diensthosentasche gesteckt hatte», würde er mit größtem Ernst erwidern, «auf dem Weg zur Reinigung. Lieber spät als nie, meine ich!»

«Natürlich, natürlich, Mr. Pillay! Und wir sind Ihnen ja auch dankbar. Sie werden sehen, sobald wir auf Grund dieses unschätzbaren Hinweises eine Verhaftung vornehmen können, werden wir vielleicht sogar eine kleine Belohnung für Sie haben . . .»

Aber er hatte den Punkt weit überschritten, an dem er so etwas noch hätte tun können – weit, weit überschritten. Außer für all die Verstöße gegen die Dienstvorschriften, die er begangen hatte, konnte er wegen Unterschlagung von Beweismaterial, Behinderung der Polizei in Ausübung ihrer Pflicht und Gott weiß was noch belangt werden. Ein falscher Schritt, und Ramjut Pillay war erledigt.

«Oh, weh uns!» seufzte er, während er dahinstrampelte.

Dann gab er sich wieder einen Ruck und rief sich warnend in Erinnerung zurück, daß er sich gerade erst eingestanden hatte, möglicherweise zu oft voreilige Schlüsse zu ziehen. Die Hälfte von all dem entsprang vielleicht einfach seiner Phantasie. In dem anonymen Drohbrief hatte zum Beispiel der teuflische Schreiber angedeutet, er wolle für die unglückliche Naomi Stride ein

Schwert benutzen. Etwas Verrückteres hatte er noch nie gehört. Aber einmal angenommen, sie war erschossen worden – was wäre dann mit seiner Theorie? Sie wäre ritsch, ratsch erledigt. Es würde beweisen, daß der Brief und der Mörder nicht miteinander in Zusammenhang standen, und dann konnte er diesen Zeugen seines Verbrechens mit vollem Bewußtsein vernichten. Ihm wäre klar, daß er keine Rolle dabei spielte, wenn es darum ging, einen herzlosen Mörder der Gerechtigkeit zu überantworten.

Er mußte also nichts weiter tun als feststellen, ob Naomi Stride tatsächlich durch eine Kugel – oder auch etwas anderes, solange es kein Schwert war – getötet worden war, damit er beruhigt sein konnte und die schreckliche Last der Schuldgefühle von seinen Schultern genommen wurde.

«Juppheidi!» rief Ramjut Pillay freudig, während er die letzte Kurve zur Stadt hinuntersauste.

Dann wünschte er, das geborgte Fahrrad hätte bessere Bremsen, denn es war ihm gerade eingefallen, daß er eigentlich einen Augenblick anhalten und noch ein wenig nachdenken mußte. Wie sollte er denn die Todesart der Schriftstellerin herausbekommen? Er konnte wohl kaum zur Polizei marschieren und um diese Information bitten.

«Du siehst aus, als wärst du mit dir zufrieden», sagte Kramer bei seiner Rückkehr von der Konferenz mit Colonel Muller um halb zwei. «Ist noch Tee da?»

Zondi goß ihm eine Tasse ein. «Wie war's denn bei Ihnen, Boss?» fragte er.

«Jones und Gagonk hatten überhaupt nichts, nur Nieten.»

«Den Sohn, Theo Kennedy, mit eingeschlossen?»

«Nein, er muß noch einmal vernommen werden, aber Priorität hat jetzt das, was aus den blauen Umschlägen herauszuholen ist.»

«Der Colonel fand also auch, daß sie uns auf eine Spur führen könnten?»

«Du liebe Güte, er war geradezu entzückt von der Idee – wir haben ja sonst nichts, oder? Außer diesem bekloppten Gequatsche von so einem verfluchten Zeug namens ‹Rosmarin›, irgendwelchen Vergißmeinnicht und dem Degen, der eine Imitation ist.»

«Und weiter, Boss?»

Also wiederholte Kramer ihm, was der Captain von der Spurensicherung dem Colonel erzählt hatte, und Zondi nickte und sagte: «Wirklich bekloppt, Boss. Aber der Degen ist mit Sicherheit ebenfalls eine gute Spur – warum sollten wir ihr nicht folgen? Und warum gehen wir nicht geradewegs zu dem Sohn? Hat der Buntglasboss nicht gesagt, Theo Kennedy hätte selbst ‹Trouble› ähnlicher Art gehabt?»

Kramer leerte seine Tasse. «Der Colonel versucht immer noch, mit verdeckten Karten zu spielen. Er hält es für cleverer, nach Möglichkeit erst mehr über die fraglichen Briefe herauszubekommen. Jones hat ihm die Theorie untergejubelt, daß Kennedy sie selbst an seine Mutter geschickt haben könnte im Rahmen eines schlauen Gesamtplans, um seine Spuren als Mörder zu verwischen.»

«Hm», brummte Zondi.

«Ich habe eine Idee», verkündete Kramer. «Weißt du noch, daß du mir erzählt hast, Kwakona Mtunsi hätte ‹Angst› in Naomi Strides Augen gesehen, als sie in der Missionsschule den Brief des Kindes zu lesen bekam? Er hat nicht gesagt, welche Farbe das Briefpapier hatte, oder?»

«Nein, Boss.»

«Hat er außer dem Inhalt noch irgend etwas anderes speziell erwähnt?»

Zondi dachte einen Augenblick nach, dann wiederholte er, woran er sich erinnerte, wobei er Kwakona Mtunsis leise, weiche Stimme nachahmte: «Ich erinnere mich noch, daß er voller Rechtschreibfehler und Großbuchstaben am falschen Platz war! Es war ein ganz kurzer Brief an Ntombifikiles –»

«Halt, stopp mal», sagte Kramer, zog die unterste Schreibtischschublade rechts auf und entnahm ihr einen ramponierten Ordner.

«Das sind aber unsere eigenen anonymen Drohbriefe», sagte Zondi überrascht.

«Mh-hm, und wenn du dir das Zeug ansiehst, was fällt dir dann sofort auf? Besonders da, wo versucht worden ist, die Herkunft zu verschleiern? Sieh mal hin ...»

Zondi schnippte mit den Fingern und sagte: «Die fehlerhafte Rechtschreibung und die Großbuchstaben am falschen Platz! Jetzt hab ich's kapiert, Lieutenant – Ntombifikiles Brief hat Mrs. Stride womöglich an die Briefe erinnert, die sie selbst erhalten hatte, und Mtunsi hatte wahrscheinlich recht damit, daß sie angstvoll wirkte.»

Kramer nickte. «So ähnlich, mein Sohn. Zugegeben, es ist reine Mutmaßung, aber es bestärkt mich immerhin in dem Gedanken, daß die blauen Briefe etwas mit der Sache zu tun haben.»

«Was ist dann unsere nächste Station, Boss?»

«Jaap du Preez hat dem Colonel berichtet, daß nichts, was auch nur im entferntesten an Drohbriefe erinnert, in Woodhollow gefunden worden ist, aber ich denke, das Haus ist einfach nicht so gut durchsucht worden, wie es sein müßte.»

«Fahren wir also hin und sehen es uns noch mal an», sagte Zondi und nahm seine Jacke.

«Wie der Colonel befohlen hat», bestätigte Kramer und hängte sich seine Jacke über die Schulter. «Jones und Gagonk sind inzwischen losgejagt worden, den indischen Postboten zu suchen, damit er noch mal aussagt – man weiß ja nie, ob nicht doch eine Reihe von blauen Briefen dort angekommen und ihm etwas aufgefallen ist, was uns nützen könnte.»

«Ach, der!» lachte Zondi leise und schüttelte den Kopf. «Für ein Ei stellt eine Henne die Möglichkeit dar, ein neues Ei zu produzieren ...»

«Wie war das?» fragte Kramer.

Jones streckte den Kopf ins Büro der Bantubeamten und bellte: «He, du! Gagonk Mbopa! Heb deinen faulen Arsch vom Stuhl und komm – aber schnell! Wir haben Wichtiges zu tun, Mann! Du wirst nicht dafür bezahlt, rumzusitzen und den ganzen Tag zu lesen!» Dann verschwand er wieder.

«Wenn der Schakal heiß ist», sagte Mbopa, erhob sich ohne Eile und steckte ein Taschenbuch ein, «muß selbst der Elefant wachsam sein ...»

Woraufhin seine grinsenden Kollegen in lautes Gelächter ausbrachen, doch als er ging, war er nicht ganz sicher, warum sie einander auch noch zugeblinzelt hatten.

«Komm schon, komm!» drängte Jones und ließ den Motor auf

dem Fahrzeughof aufheulen. «Wir müssen noch zum Hauptpostamt!»

Mbopa brummte etwas und kletterte auf den Beifahrersitz, zog das Taschenbuch hervor und schlug es auf dem Schoß auf.

«Gagonk ...», sagte Jones drohend, während der Wagen mit einem Ruck auf die Straße schoß und schlingerte, um das kurze Stück bis zur ersten Ampelanlage dann ordentlich zurückzulegen.

«Lieutenant?»

«Leg das verdammte Buch weg! Wie oft muß ich dir das noch sagen?»

Mbopa behielt es in der Hand. «Ich dachte, der Lieutenant würde vielleicht gern mal den Titel des Buches sehen», sagte er selbstgefällig.

«Dachtest du, was? Um mich klar auszudrücken: Ich interessiere mich im Augenblick nur dafür, dieses –»

«Ein wichtiger Anhaltspunkt», unterbrach ihn Mbopa.

«Was sagst du da?» fragte Jones und drehte den Kopf zu ihm, als er an der roten Ampel hielt.

Während er das Taschenbuch hochhielt, so daß sein Titel nicht zu übersehen war, sagte Mbopa langsam und bedächtig, denn er bemühte sich, nicht zuviel auf einmal zu erklären: «Kann sich der Lieutenant noch an die Bemerkung erinnern, die Zondi fallengelassen hat – daß die ‹letzte Magnolie› ein wichtiger Hinweis sei?»

«Du meinst, das ist es?»

«Und sieht der Lieutenant auch, wer es geschrieben hat?»

«Naomi – he, Moment mal! Wo hast du das her?»

«Ich habe es ausgeliehen, Sir.»

«Von Zondi – äh ... Sie haben es dir *geliehen*? Aber warum sollten sie ...?»

«Nein, aber es stimmt, daß ich es mir von ihnen geliehen habe, Sir, denn wir können es ihnen später, wenn wir durch sind, zurückgeben.»

Etwas, was einem Lächeln sehr nahe kam, kräuselte Jones' dünne, blutleere Lippen. «Sie wissen also nicht, daß wir es haben? Aber woher, äh, wußtest du ...?»

«Ich habe es in einem sehr schlauen Versteck in ihrem Büro gefunden, Sir, und dachte, der Lieutenant würde vielleicht selbst gern mal reinschauen.»

«Warum hupen alle wie wild?»

«Die Ampel hat auf Grün gewechselt, Sir.»

«Dies ist ein Polizeifahrzeug – sie sollen gefälligst warten!»

«War es falsch, Lieutenant, daß ich –?»

«Nein, Gagonk», sagte Jones, und dann lachte er wahrhaftig, ein so sonderbarer, ungewohnter Klang, daß sich Mbopa die Nackenhaare sträubten. «Dieses eine Mal, du fauler Mistkerl, würde ich sagen, hast du exzellente Arbeit geleistet! Lies weiter ...»

«Lieutenant?»

«Das verfluchte Buch, Mann! Und schön laut, damit ich es beim Fahren verstehen kann.»

«Wo ist Hopeful Dumela?» murmelte Zondi, als Kramer vor Woodhollow bremste und zwei unbekannte schwarze Polizisten vorn auf die Veranda traten.

«Ach, das wollte ich dir noch sagen – Entschuldigung, Mikkey», sagte Kramer. «Er hat sich freiwillig erboten, die drei Hausangestellten zu holen, und der Colonel sagt, er müßte bei Anbruch der Dunkelheit zurück sein. Hier sollen wir jetzt –»

Zondi hob eine Hand. «Sekunde mal, Boss! Ich glaube, die Zentrale ruft Sie über Funk!»

«Scheiße, was soll das?» brummte Kramer. «Wahrscheinlich sind Gagonk und Jones über ein langes Wort gestolpert, das sie nicht verstehen!»

«Unzweifelhafterweise!»

Es tat gut, gemeinsam zu lachen, wenn einen gerade eine Ahnung beschlich, die sich irgendwie auf den Magen legte. Kramer nahm das Mikrofon und gab der Zentrale seine Position durch. Nach einer kurzen Pause war Colonel Muller persönlich dran.

«Lieutenant Kramer, hören Sie mich? Over.»

«Laut und deutlich, Colonel.»

«Lassen Sie alles stehen und liegen, Tromp – Zondi soll sich um Woodhollow kümmern. Allerhöchste Priorität. Kommen Sie sofort zum Acacia Drive 146, ich wiederhole: 146. Haben Sie's?»

«Ja, Colonel – der geht doch von der Brandsma Road ab, nicht?»

«Richtig, wann kann ich mit Ihnen rechnen?»

«Sagen wir in zehn Minuten?»

«Eher, Mann!»

«Darf ich fragen, was anliegt, Sir?»

«Fahren Sie los», sagte Colonel Muller. «Over und aus.»

Ramjut Pillay räumte zum neunten Mal seinen Dienstschrank auf und dachte dabei, was für eine Gnade es doch sei, mit einem so beachtenswerten Verstand geboren worden zu sein. Auf seiner rasenden Fahrt nach Trekkersburg hinunter, über etliche rote Ampeln hinweg, war er plötzlich von einer beflügelnden Klarheit ergriffen worden, aus der heraus ihm eine brillante Idee kam, woraufhin das laute Hupkonzert ringsum wie ein Trompetentusch klang.

Er hatte sich ganz einfach daran erinnert, daß einer seiner Kollegen im Postdienst, Harry Patel, immer mit einem Bruder beim CID geprahlt hatte – der nichts Geringeres als ein Kriminalsergeant war und an den schwierigsten Fällen mitwirkte. Mit anderen Worten: genau der Bursche, der alle Fakten im Fall Naomi Stride im kleinen Finger haben mußte! Und da Harry Patel es sich zur Gewohnheit gemacht hatte, bei jeder Gelegenheit die Einzelheiten der neuesten Fälle seines Bruders auszuposaunen, brauchte Ramjut Pillay nur im Umkleideraum des Postamtes auf seine Chance zu warten, ihn in ein zwangloses Gespräch zu verstricken.

Er mußte ganz schön lange warten, wie sich herausstellte, aber das war egal; Harry Patel, der in einer ziemlich abgelegenen Gegend seine Runde machte, traf schließlich doch ein, nachdem die meisten seiner Kollegen bereits ihre Posttaschen weggehängt hatten und nach Hause gegangen waren. Überdies war es sicher erheblich vorteilhafter, ihn allein zu sprechen, denn auf diese Weise konnte er das Gespräch leichter in die gewünschte Richtung lenken.

«Da bist du ja, Ramjut, alter Knabe!» erklang eine fröhliche Stimme hinter ihm. «Welch ein Zufall! Es ist kaum fünf Minuten her, daß ich über den genauen Aufenthaltsort unseres mißratenen und vom Dienst suspendierten Briefträgers befragt worden bin!»

Ramjut Pillay drehte sich um. Wer hätte es anders sein können als Peerswammy Lal, indischer Postbote 3. Klasse, der übers ganze Gesicht strahlte. Derselbe Peerswammy Lal, daran war zu erinnern, der im vergangenen Jahr eine große Schildkröte in Ramjuts Posttasche gesteckt hatte, die neun Stücke Privatpost und eine Bibliothekspostkarte mit ihrem Urin verunreinigt hatte.

«Es gibt keine Vorschrift, die mich daran hindern könnte, herzukommen und meinen Ordner zu schranken», sagte Ramjut Pillay aufgebracht; er fühlte sich so ertappt, daß ihm die Worte durcheinanderpurzelten.

«Mein Gott, bist du eine Marke!» sagte Peerswammy Lal anerkennend mit herzlichem Lachen. «Immer voller geistreicher Einfälle und immer gut drauf! Wovon handelt, wenn ich fragen darf, der weise Spruch, den du für die heutige Meditation ausgewählt hast?»

«Vom Verpissen!» giftete Ramjut Pillay.

Was Lal so entzückte, daß er ihn auf den Rücken klatschte, wodurch ihm die Brille von der Nase rutschte. Einen schrecklichen Augenblick lang war es fraglich, ob die pazifistischen Lehren des Mahatma ausreichen würden, um ein Blutbad zu verhindern.

«Du verdammter Idiot! Kannst du nicht –»

«Moment mal, Kumpel!» sagte Lal, ein begeisterter Anhänger des Kampfsports, warnend und verlagerte sein Gewicht auf einen Fuß. «Ich habe nichts Böses im Sinn und will mich keineswegs mit dir prügeln! Aber wenn du darauf bestehst, werde ich dich so verteufelt schnell in die Eier treten, daß dein Nabel nur noch das Echo davon hört.»

Vollkommen ernüchtert von dieser Vorstellung, ließ Ramjut Pillay die Schultern hängen und sagte: «War es Mr. Jarman, der sich nach mir erkundigt hat?»

«Nein, die Polizei.»

«Was?» japste Ramjut Pillay.

«Wie gesagt, vor kaum fünf Minuten bin ich, nachdem ich Überstunden gemacht hatte, am Büro vom Boss vorbeigekommen und habe dort zwei Typen vom CID mit ihm sprechen sehen. Beziehungsweise nur *einen*, um vollkommen korrekt zu sein; der andere Beamte war ein Schwarzer und hörte nur zu.»

«S-S-Sergeant Zondi?»

Lal zuckte die Achseln. «Es fiel kein Name. Ich habe nur mitbekommen, daß die vom CID meinten, du würdest ihnen sicher bei einigen blauen Umschlägen weiterhelfen können, und dann hat der Boss gerufen: ‹He, Peerswammy, du weißt auch nicht, wo Ramjut heute ist, oder?› Und ich antwortete ihm: ‹Ich habe heute morgen einen flüchtigen Blick auf seine vorbeifliegende Gestalt erhaschen können, Mr. Jarman, Sir, ausgestattet mit Regenmantel und Fahrrad, wie er vom obersten Ende der Club Street heruntersauste. Vielleicht –»

«Nein, nein, nein!» jammerte Ramjut Pillay. «Das kannst du mir doch nicht angetan haben! Jetzt bin ich verloren! Mit mir ist es aus! Ich werde meine alte Mutter nie mehr wiedersehen!»

«Ramjut!» sagte Lal, und das Lächeln wich von seinem Gesicht. «Ramjut, was ist denn los? Deine *Mutter*? Warum bist du so verzweifelt, daß du so einen Unfug redest?»

«Die Polizei wird mich verhaften! Mich als Dieb brandmarken! Mich in den tiefsten Kerker werfen!»

«Mein lieber Freund, du hast etwas falsch verstanden. Sie wollen nur eine Information von dir, nicht –»

«*Du* bist es, der etwas falsch versteht!» rief Ramjut Pillay aus. «O du falscher Hund, du Verräter deines Busenfreundes!»

Und mit diesen Worten rannte er los.

Zondi freute sich, noch einmal in Naomi Strides Arbeitszimmer zu sein. Es stand und lag noch eine ganze Menge Krimskrams herum, den zu bewundern er das letzte Mal keine Zeit gehabt hatte, unter anderem eine Schildkröte aus gebranntem Ton, die unübersehbar den Stempel von Kwakona Mtunsi trug.

Trotzdem war es schwer, die Zeit voll und ganz zu nutzen, wenn einem außerdem noch im Kopf herumging, was Colonel Mullers dringender, mysteriöser Funkruf wohl zu bedeuten hatte.

In der mittleren Schreibtischschublade lagen keine blauen Briefe. Zondi zog die Schublade vollständig heraus und drehte sie auf den Kopf. Manchmal versteckten Leute Dokumente, indem sie sie an die Schubladenunterseite klebten, aber in diesem Fall war nichts dergleichen versucht worden. Er lehnte sich in dem Drehsessel nach hinten und ließ den Blick durch das Zimmer schweifen, in der Hoffnung, andere mögliche Verstecke dabei zu entdecken.

Colonel Muller hatte sehr erschüttert geklungen, viel zu erschüttert für einen normalen Routineraub oder -mordfall. Was immer es war, wobei ihm der Lieutenant zur Seite stehen sollte, mußte also etwas höchst *Außer*gewöhnliches sein, etwas total Ausgefallenes, etwas Unvorstellbares.

Alle Briefe und Postkarten, die Naomi Stride zwischen die Bücher auf den Regalen in ihrem Arbeitszimmer gesteckt hatte, waren entfernt worden, vermutlich vom Vollziehungsbeamten Jaap du Preez und seinem Stab. Aber hatten sie sich auch die Mühe gemacht, einmal in den Büchern selbst nachzublättern? Ja, das dicke Lexikon stand woanders, und Zondi mußte nach den Titeln suchen, die er, wie er sich erinnerte, zu beiden Seiten daneben stehen gesehen hatte. Offenbar waren die Regale zum Zwecke einer solchen Suche geleert und aufs Geratewohl wieder gefüllt worden.

Andererseits konnte Colonel Muller auch einfach so erschüttert geklungen haben, weil ein Verbrechen begangen worden war, das ihn persönlich betraf. Selbst ein Einbruch konnte für einen Polizeibeamten ein schwerer Schock sein, da er Einbrüche immer nur als etwas erlebte, was «anderen», der Öffentlichkeit, widerfuhr, ihn selber jedoch nie unmittelbar berührte.

Nach Verstecken in Naomi Strides Arbeitszimmer zu suchen ist lächerlich, dachte Zondi. Alles, was er über die Frau erfahren hatte, deutete darauf hin, daß sie absolut offen war in dem, was sie tat und glaubte. Etwas zu verstecken hätte ihrer Wesensart nicht entsprochen. Sie hatte nicht einmal den Aktenschrank abgeschlossen und ebensowenig die mittlere Schreibtischschublade.

Aber der Gedanke, daß Colonel Muller aus persönlichen Gründen so erschüttert gewesen sein sollte, ließ sich schwer aufrechterhalten. Soweit er wußte, wohnte Colonel Muller weitab vom Acacia Drive und hatte auch keine Verwandten im Ort.

Es gab letztlich, resümierte Zondi, nur einen Schluß: Entweder hatte Naomi Stride die blauen Briefe selbst aus der Schublade genommen, vermutlich, um sie zu vernichten, oder der Mörder hatte sie zur Tatzeit entfernt.

Doch warum die Sache vom Acacia Drive 146 «höchste Priorität» genießen, also noch vor dem Mord an einer weltberühmten Schriftstellerin rangieren sollte und warum Colonel Muller so erregt geklungen hatte, war ihm nach wie vor schleierhaft.

Es war, wie der Lieutenant zu sagen pflegte, eine verdammt harte Nuß.

Das Haus Acacia Drive 146 war ein Bungalow an einer von Jakarandabäumen gesäumten Straße. Kramer parkte zwischen Colonel Mullers Dienstwagen und einem Streifenwagen, zündete sich eine Lucky an und betrachtete das Haus erst einmal.

Es war gepflegt und zugleich bescheiden. Es wirkte wie die Art von Behausung, die Jungverheiratete oder ein Rentnerehepaar für sich aussuchen würden, denn es besaß, nach den Gebäudemaßen zu urteilen, wahrscheinlich nur zwei Schlafzimmer, wovon das eine vermutlich ziemlich klein war. Das Dach hatte nur eine geringe Neigung und bestand aus gewellten Asbestplatten, die Außenwände waren verputzt und blaßgelb gestrichen, und die Holzverzierungen waren dunkelgrün gehalten. Eine Garage schloß sich rechter Hand an das Haus an, dazu eine kurze Einfahrt mit Mosaikpflaster. Es war ziemlich unwahrscheinlich, daß hier jemand wohnen sollte, der auch nur die geringste Bedeutung hatte.

Kramer stieg aus und schritt die Einfahrt hinauf, auf der ein glänzender roter Datsun parkte, der mit unzähligen Extras ausgestattet war. Das Tor der Garage war weit offen und zeigte, daß sie auch als Werkstatt genutzt wurde, denn an der Wand hingen über einer soliden Werkbank in ordentlichen Reihen sowohl Auto- als auch Holzbearbeitungswerkzeuge. Auf dem Boden lagen mehrere Stapel der amerikanischen Zeitschrift *Popular Mechanics*, und daneben stand ein großer Pappkarton. Jemand mußte sie gerade durchgesehen haben und dann weggerufen worden sein.

Ein uniformierter Beamter von höchstens siebzehn Jahren, so blaß im Gesicht, daß seine Pickel wie Kirschen auf einem Biskuitkuchen aussahen, kam aus dem Haus. «Entschuldigen Sie bitte, sind Sie Lieutenant Kramer?» fragte er, schlug die Hacken zusammen und salutierte.

«Haben wohl gerade Ihre erste Leiche gesehen, was?»

«N-n-nein, Sir, aber die erste Leiche einer Weißen.»

«Ja, das sind oft die schlimmsten, habe ich gehört. Wo ist sie denn? Sind Sie nicht rausgeschickt worden, um mir den Weg zu zeigen?»

Der Jüngling nickte und stolperte voraus ins Haus.

«Wissen Sie, was der ganze Wirbel soll?» fragte Kramer ihn in der blitzsauberen Diele, in der selbst das Telefonbuch auf einem eigenen verzierten Brett ruhte.

«Ich verstehe es auch nicht, Sir, ehrlich», gestand ihm der Jüngling flüsternd. «Wir sind hergerufen worden, weil jemand tot war, und mir kam alles ganz normal vor. Aber mein Sergeant, der hat nur kurz hingeschaut, ein Wörtchen mit dem Sohn gewechselt, mir gesagt, ich soll den Ehemann reden lassen, und ist zum Wagen rausgesprintet, um über Funk den Colonel zu rufen.»

«Was genau ist denn –»

«Es ist hier, Sir», sagte der Jüngling, blieb vor einer Tür stehen und klopfte leise an. «Colonel, Sir? Lieutenant Kramer ist eingetroffen.»

«Herein mit Ihnen!»

Kramer trat in ein sehr schönes Badezimmer, das mit blaßgelben Fliesen gekachelt war und nach Äpfeln duftete. Auf einer Glasablage unter dem Spiegel am Waschbecken stand eine Flasche Shampoo mit einem Apfel auf dem Etikett. Rechts davon war eine verchromte Halterung an die Wand geschraubt, in der drei Zahnbürsten steckten, zwei davon für Zahnprothesen.

Dann sah Kramer Colonel Muller an und hinunter zu seinen Füßen.

Dort lag eine tote Frau auf dem Rücken, nackt, mit einem orangefarbenen Bademantel zugedeckt. Eine dicke Frau, fast schon fettleibig, mit Beinen wie Nackenrollen und langen grauen Haaren, die durcheinander waren und sich auf dem Korkfußbodenbelag ausbreiteten. Sie war naß gewesen. Kleine Pfützen umgaben sie, und der Bademantel war durchnäßt.

Die Dusche tropfte.

«Meine Frau ...», sagte ein Mann, der auf dem Wannenrand saß.

Er sprach Afrikaans. Er war etwa siebzig, stämmig und mit Khakishorts, einem Sporthemd und Sandalen bekleidet. Sein Gesicht kam Kramer irgendwie bekannt vor. Das mußten die schwammigen Tränensäcke unter den Augen sein, die dünnen Ohrmuscheln, das Gefühl, daß ein solches Kinn aus Stahlbeton gegossen war. Und dazu der weiche Mund, der einen merkwürdigen Kontrast dazu bildete.

«Sie ist beim Duschen ausgerutscht», sagte der Mann zitternd.

Kramer sah nasse Flecken auf dem Hemd des Mannes und etwas Blut am Kragen. Er mußte hereingestürzt sein, seine Frau gepackt und sie aus der Duschkabine gezerrt haben. Das ergab einen Sinn, nur ...

Eins war sicher, daß nämlich hier, Acacia Drive 146, eine Leiche lag. Na und? Mit anderen verglichen, hatte diese Leiche nichts Besonderes zu bieten; jeder wußte, daß Unfälle im Haushalt jedes Jahr Hunderte von Leben kosteten, und soweit er sehen konnte, fiel auch diese Leiche nur unter diese trübselige Statistik. Sie war sogar dermaßen gewöhnlich und bemitleidenswert langweilig im Vergleich zu dem Typ Leiche, der ihm normalerweise unterkam, daß die verfluchte Sache ein Affront gegen seine Intelligenz war.

Er schaute fragend zu Colonel Muller hinüber, der blaß und mit verkniffenem Mund dastand.

«Sie ist unter die Dusche gegangen und ausgerutscht», wiederholte der Mann. «Die Seife muß ihr unter die Füße geraten sein. *Es war ein Unfall!*»

Colonel Muller streckte die Hand aus und legte sie ihm auf die Schulter. «Ruhig, Willem, schön ruhig», sagte er. «Regen Sie sich nicht zu sehr auf, ja? Hören Sie doch auf mich und kommen Sie mit in den Salon, wo wir auf Dr. Strydom warten können.»

Willem? Kramer sah sich den Mann noch einmal an.

Plötzlich fiel der Groschen. Natürlich, das war Willem Martinus Zuidmeyer, der schon seit zehn Jahren oder mehr in Pension war! Und Kramer, völlig überrumpelt von seiner Erinnerung, hätte beinahe laut aufgelacht.

Bis ihn wie ein Blitz die außergewöhnliche Tragweite dieser Situation durchzuckte.

9

«Ich bin noch nie einem Kuli begegnet, dem man trauen könnte», brummte Lieutenant Jones, während er mit Gagonk Mbopa zusammen seine Suche nach Ramjut Pillay in der Trekkersburger Innenstadt fortsetzte und Straßen hinauf- und hinunterfuhr. «Denk bloß mal an die Beschreibung, die uns der andere indische Postbote gegeben hat! Wer, außer einem Irren, würde schon an einem sonnigen Tag wie diesem in einem Plastikregenmantel herumlaufen?»

«Hmpff», sagte Mbopa, blätterte eine Seite in der *Last Magnolia* weiter und verschlang sie still.

«Ist die Geschichte inzwischen besser geworden? Oder klagt die dumme Pute immer noch darüber, daß sie nichts Richtiges zu tun hat, außer sich für ihren Mann hübsch zu machen und die Dienerschaft zu scheuchen?»

«Hmpff.»

«Dann lies für dich weiter, bis endlich mal was passiert. Ich mag nur Bücher, in denen viel passiert. Ich frage mich übrigens, was da im Funk los ist, was der ganze Wirbel um Acacia Drive 146 soll.»

«Hmpff.»

«Himmel, du Fettkloß, ich rede mit dir, klar?»

Mbopa blickte von einer sehr spannenden Beschreibung zweier Weißer, die gerade höchst vehement Ehebruch begingen, auf. «Acacia Drive? Wohnt da der Briefträger, Sir?»

«Ach, du bist unmöglich!»

«Ich hatte fest angenommen», sagte Mbopa, nachdem er kurz nachgedacht hatte, wie er ihre Bemühungen in aussichtsreichere Bahnen lenken konnte, «der Lieutenant würde die Wohnung dieses Pillay besuchen wollen. Vielleicht ist er zum Mittagessen dorthin zurückgekehrt – vielleicht kann seine Familie dem Lieutenant Auskunft über seinen gegenwärtigen Aufenthalt geben.»

«Das sieht doch ein Blinder», sagte Jones und änderte die Fahrtrichtung. «Was glaubst du eigentlich, wohin ich fahre, du Dummkopf? Aber das wollte ich gar nicht von dir hören.»

«Das nicht, Sir?»

«Gagonk, lies einfach das verfluchte Buch weiter und überlaß das Denken mir, ja?»

Zondi ging zur Küche von Woodhollow hinüber, fand dann aber, daß er heute morgen schon genug Tee getrunken hatte. Es war nur so, daß er mittlerweile überzeugt war, die blauen Umschläge nicht auf diesem Grundstück finden zu können, und jetzt wußte er nicht recht, was er machen sollte.

Er schaute auf die Uhr. Der Lieutenant war schon fast eine halbe Stunde weg. Bestand die Möglichkeit, daß dieser Ruf zum Acacia Drive doch irgend etwas mit dem Fall Naomi Stride zu tun hatte? Dieser Gedanke war ihm bisher noch gar nicht gekommen, dabei erklärte er so einiges. Einmal angenommen zum Beispiel, unter jener Adresse wohnte auch ein Schriftsteller, der mit einem tödlichen Degenstich und der mysteriösen Zeile „*II, 2!*“ auf einem Blatt in seiner Schreibmaschine aufgefunden worden war. Ein solcher Zufall hätte Colonel Muller auf jeden Fall in eine alles andere als freudige Aufregung versetzt.

Aber war ein solcher Zufall überhaupt denkbar? War Trekkersburg, das kaum als wichtiges kulturelles Zentrum gelten konnte, mit mehr als einem echten Schriftsteller nicht überbeansprucht? Fragen über Fragen, aber im Grunde keine Möglichkeit, die Antworten darauf zu finden, zumindest nicht, solange er ohne Auto in Woodhollow festsaß.

«Moment mal ...», sagte Zondi plötzlich zu sich selbst.

Er eilte in Naomi Strides Arbeitszimmer zurück und ging stracks auf ein dickes Buch mit dem Titel *Schriftstellerverzeichnis* zu. Er nahm es herunter und fand ohne Schwierigkeiten ihren Namen. Daraufhin begann er zu blättern und stichprobenartig andere Eintragungen zu überfliegen, stieß aber auf keinen weiteren südafrikanischen Schriftsteller. Wenn er nur den Namen der Person wüßte, die im Acacia Drive 146 wohnte, dann hätte er seine jüngste Theorie viel schneller überprüfen können.

«Ah!» sagte Zondi.

Er rief bei der Stadtbibliothek von Trekkersburg an, bat in kehligstem Afrikaans darum, mit der Abteilung für Nachschlagewerke verbunden zu werden, gab sich dann als Polizeibeamter zu erkennen und bat die Bibliothekarin, einmal für ihn das Wählerregister einzusehen.

«Ja, gnä' Frau, Acacia Drive 146, richtig», bestätigte er. «Vielen Dank!»

Sie war in weniger als zwei Minuten wieder am Telefon, mit wichtigtuerischer Stimme und geradezu entzückt, daß endlich Leben in ihr ereignisloses Dasein kam, da sie der Polizei bei ihren Recherchen helfen konnte. «Der Name des Hausinhabers ist hier mit Willem Martinus Zuidmeyer angegeben», sagte sie. «Mehr wollen Sie nicht wissen, Sir?»

«Nein, danke», sagte Zondi. «Perfekt. Du meine Güte, waren Sie schnell!»

«Na ja, das Register ist alphabetisch nach Straßen angeordnet, und da kommt natürlich Acacia Drive gleich vorn.»

«Trotzdem noch mal herzlichen Dank, ja?»

«Das gehört zum Service! Bitte rufen Sie jederzeit wieder an – oder schauen Sie im Vorübergehen mal rein.»

«Vorsicht, das mache ich vielleicht wirklich», sagte Zondi. «Auf Wiederhören!»

Dann lehnte er sich im Schreibtischsessel zurück, drehte sich dreimal damit im Kreis und sagte zu sich selbst: «Willem Martinus Zuidmeyer? *Major* Willem Martinus Zuidmeyer? *Hau*, er muß es sein! Aber wie ist er denn in diese Sache verwickelt?»

Major Zuidmeyer mußte schon vor mindestens zehn Jahren vom Dienst bei der Südafrikanischen Polizei in den Ruhestand getreten sein, nachdem er den größten Teil seiner Berufsjahre bei der Staatssicherheit in Transvaal verbracht hatte. Und es hatte ganz schön Aufsehen erregt, als er nach Trekkersburg versetzt wurde auf Grund gewisser Behauptungen, die zwar unbewiesen blieben, seinen Vorgesetzten jedoch genügend Ärger machten, um ihn aus dem Rampenlicht zu entfernen und irgendwo in die Provinz abzuschieben. Major Zuidmeyers Hauptproblem war sein «häufiges Pech mit Inhaftierten» gewesen, wie er selbst es genannt hatte. Zwei politische Gefangene in seiner Obhut waren beide aus demselben Fenster im zehnten Stock des Sicherheitshauptquartiers gesprungen, zwei weitere waren gestorben, nachdem sie im Hauptquartier auf einer Treppe gestolpert und hinuntergefallen waren, und nicht weniger als drei andere waren beim Duschen unter seiner Aufsicht auf der Seife ausgerutscht und hatten sich dabei so den Schädel gebrochen, daß sie nie wieder zu Bewußtsein kamen.

Gab es möglicherweise eine Verbindung zwischen einem derart offenkundigen Patrioten und dem Tod einer Schriftstellerin, die er ohne Zweifel als gefährliches subversives Element eingestuft hätte? Es war immer noch ein Rätsel, was genau der Lieutenant im Acacia Drive machte, aber Zondi hatte das Gefühl, der Lösung schon viel näher zu sein.

«Ja, meine Mutter und mein Vater haben sich gezankt», sagte Jannie Zuidmeyer. «Sie haben sich fast den ganzen Abend lang gestritten, und ich habe gehört, wie es beim Frühstück wieder losging. Ich dachte, das *war's*, du setzt dich nicht dazu, solange dieser Mist andauert – und da habe ich mit dem Hund einen langen Spaziergang gemacht. Er hat sich die Leine abgestreift und ist davongerannt, und ich habe Stunden mit der Suche nach ihm verbracht. Er ist noch jung und noch nicht richtig erzogen. Am Ende habe ich beschlossen, es der Polizei zu überlassen, ihn wiederzufinden, und bin nach Hause zurück. Mein Vater kniete mit dem Rücken zu mir in der Garage und wühlte in seinen *Popular-Mechanics*-Zeitschriften. Ich wollte nicht mit ihm reden, also habe ich mich vorbeigeschlichen und bin ins Haus gegangen. Ich hörte, daß die Dusche lief. Ich wollte selber duschen nach all dem Gerenne hinter dem Hund her und hoffte nur, meine Mutter würde nicht das ganze heiße Wasser aus dem Boiler aufbrauchen. Unser Heißwasserboiler ist nicht besonders groß, müssen Sie wissen – eher für zwei Personen. Ich bin dann in mein Zimmer gegangen – es liegt nach hinten hinaus – und habe die Ohren gespitzt, um zu hören, wann die Dusche abgedreht wurde, das Zeichen, daß sie nicht mehr lange brauchen würde im Badezimmer. Aber die Dusche lief und lief, bis mir schließlich klar wurde, daß da etwas faul war. Ich ging zur Badezimmertür und klopfte. Keine Antwort. Ich rief meine Mutter ein paarmal, aber immer noch keine Antwort. Da bin ich zu meinem Vater gegangen. Ich bin nicht selbst ins Badezimmer gegangen, weil ich das für unziemlich hielt. Meine Mutter hatte vielleicht nichts an. Ich tippte meinem Vater auf die Schulter, und er zuckte zusammen. Ich sah, daß er blaß war im Gesicht. Ich sagte, es täte mir leid, wenn ich ihn erschreckt hätte, aber ich glaubte, im Badezimmer stimme etwas nicht, ich hätte nur versucht, ruhig zu bleiben, und deshalb nicht laut nach ihm gerufen. Ich bat ihn, reinzugehen und nachzusehen, ob mit Mutter alles in Ordnung sei. Als er aufstand, sah ich, daß er zitterte. Er ging schnell ins Haus und ins Badezimmer. Es ist kein Schloß an der Badezimmertür, denn meine Mutter fürchtete immer, sie könnte von der Hitze ohnmächtig werden, wenn sie badete, sie hatte Angst zu ertrinken, weil niemand hereinkommen und sie retten könnte. Sie hat allerdings immer gern sehr heiß gebadet, und es kommt selten vor, daß sie nur duscht. Das macht sie eigentlich nur, wenn sie richtig wütend ist und keine Lust hat, in der Wanne zu liegen und einen ihrer Liebesromane zu lesen. Sie duscht, wenn sie sauber werden und für den Tag gerüstet sein will, wenn sie frühmorgens einkaufen muß. Ich sah meinen Vater ins Badezimmer gehen. Ich hörte ihn leise aufschreien, und das Rauschen der Dusche brach ab. Ich hörte ihn immer wieder Mutters Namen sagen, und dann hörte ich ihn etwas stöhnen, was ich nicht verstehen konnte. Da bin ich dann an die Tür gegangen. Ich sah, wie mein Vater meine Mutter von hinten unter die Arme griff und sie sanft aus der Duschkabine hob. Sie war ganz schlapp und sah sehr schwer aus. Mein Vater stöhnte bei der Anstrengung, sie rückwärts auf den Boden zu ziehen. Er machte das ganz langsam, als wollte er ihr nicht weh tun, dabei konnte ich schon sehen, daß sie tot war. Sie war schrecklich verfärbt. Außerdem hatte sie Blut oben am Kopf, das meinem Vater das Hemd verschmierte. Als er sie auf den Boden gehievt hatte, legte er ihren Bademantel über sie und fühlte an ihrem Hals nach ihrem Puls. Ich wollte ihm sagen, daß er sie von Mund zu Mund beatmen, ihr kräftig auf die Brust schlagen und alles tun müsse, um sie wiederzubeleben. Aber er kniete einfach nur da. Ich nehme an, er hat als Polizist schon viele Tote gesehen und wußte im tiefsten Herzen, daß das alles nichts mehr nützen würde. In dem Moment wurde mir schlecht. Meine Knie wurden weich, und ich wäre beinahe hingefallen auf dem Weg durch den Flur. Ich setzte mich unter das Telefonbord. Als mein Vater wenig später aus dem Badezimmer kam, dachte ich, wie ruhig er jetzt aussieht. Aber als er mich da sitzen sah, veränderte sich sein Gesichtsausdruck, und ich dachte, er würde zu weinen anfangen. Er sagte mir, meine Mutter sei von uns gegangen, und ich sollte nicht ins Badezimmer schauen. Er griff über mich hinweg und rief die Polizei an. Sein Gesicht entspannte sich wieder. Er sagte mir, es sei ein Unfall gewesen. Mutter müsse ausgerutscht und hingefallen sein. Ein echter Unfall, sagte er. Dann kam die Polizeistreife, und der Sergeant sah zuerst mich, weil mein Vater im Badezimmer saß, um meiner Mutter Gesellschaft zu leisten. Ich sagte, meine Mutter sei tot, und mein Vater spräche von einem Unfall, dabei sei es gar keiner. Es sei alles sein Werk. Er sei ein Mörder, und ich könnte es beweisen. Der Sergeant meinte, ich würde das nur sagen, weil ich unter Schock stände. Ich fragte ihn, ob er meinen Vater kennen würde, und er sagte, ja, er würde ihn kennen. Er erinnere sich aus der Zeit an ihn, als er noch bei der Polizei war. Ich sagte, dann würde er deshalb für meinen Vater Partei ergreifen, aber Tatsache sei und bleibe, daß er meine Mutter umgebracht hätte. Der Sergeant sagte, ich solle mich in den Salon setzen, und dort habe ich gewartet, während er mit noch einem Polizisten, dem jungen, ins Badezimmer ging und dann hinaus zum Streifenwagen. Ich wartete noch etwas länger, und der wichtige Mann im Anzug traf ein. Der Sergeant erzählte ihm alles draußen auf dem Rasen, und dann kam der Sergeant und setzte sich zu mir. Seitdem sitze ich hier mit ihm. Er sagt, ich solle nicht soviel reden, aber ich kann nicht anders. Tut mir leid.»

Die plötzliche Stille war direkt laut.

Kramer warf einen Blick auf den Sergeant; dann auf Colonel Muller, der keine drei Stenostriche nach der abschließenden Entschuldigung seine Notizen beendete; und er sah den Sohn an, der vor dem Fernseher auf dem Fußboden saß.

Jannie Zuidmeyer hatte keine besondere Ähnlichkeit mit beiden Eltern. Er war dünn und drahtig, hatte Locken, ein braunes Auge links und ein blaues rechts, bestand nur aus Armen und Beinen und schien fast über dem Boden zu schweben. Sein Gesicht mit dem Teenagerflaum gab keinen Hinweis darauf, daß er eigentlich älter war, vielmehr mußte man dabei an Schmalzfilme von einsamen Jungen mit treuen, seelenvoll dreinblickenden

Hunden denken. Tatsächlich war der junge Zuidmeyer laut Colonel Muller bereits 21 Jahre alt und als kaufmännischer Angestellter beim städtischen Schlachthof beschäftigt.

«Hör mal, Jannie», sagte Colonel Muller leise, «warum hast du dem Sergeant gesagt, dein Vater sei ein Mörder?»

«Weil er einer ist.»

«Das mußt du mir mal erklären.»

«Haben sie sich nicht den ganzen Abend gestritten? War er es nicht, der sie so aufgebracht hat, daß sie heute morgen beim Duschen nicht aufpaßte? Wenn er das nicht getan hätte, wäre auch nichts passiert. Gott, wie ich ihn hasse! *Wie ich ihn hasse!*»

Es war ein Haß, den jeder im Zimmer spüren konnte und der alle bis ins Mark frösteln ließ. Aber Kramer, der sich gefragt hatte, wie lange der junge Mann wohl dort sitzen und völlig leidenschaftslos den Hergang erzählen könne, sah darin endlich ein Zeichen von Normalität.

Während Ramjut Pillay auf Händen und Knien durch das hohe Gras, die Bettsprungfedern und rostigen Dosen den Hang hinunterkroch, der zur Hinterseite seines Hauses am Rand von Gladstoneville führte, erlebte er einen Augenblick, in dem sein zentraler Gedanke die Frage war, ob er in einem früheren Leben nicht vielleicht ein *Indianer* gewesen war. Er war wirklich gut im Anschleichen.

Dann ergriff Panik wieder vollständig Besitz von ihm, und er kroch mit wild pochendem Herzen weiter, ohne zu bemerken, daß ihm Dornen die Hände zerstachen. Er mußte einfach nur sein Zimmer erreichen, die Beweise für sein Verbrechen beseitigen, sich seine Ersparnisse schnappen und in die Berge verschwinden, bevor die Polizei auftauchte. Das einzig Gute, was sich über Peerswammy Lal – die Göttin Kali möge ihn unablässig peinigen – sagen ließ, war, daß er die Kripobeamten auf die Idee gebracht hatte, ihr Opfer schleiche in der Stadt herum. Aber natürlich wußte niemand, wann sie ihre Suche dort abbrachen.

Beim Geräusch eines Autos, das die Dreckstraße zu seinem Haus heraufgerattert kam, warf sich Ramjut Pillay flach auf den Boden und kniff die Augen zu. Aber das Auto fuhr vorbei, und als er sich traute, kurz hinzuschauen, sah er, daß es nur Sammy Govenders alter Oldsmobile war, an dem der Auspuff abgebrochen war und hinterherschleifte. Der kurze Blick genügte ihm auch, sich zu vergewissern, daß niemand in der Nähe war, um seine Ankunft zu erspähen, und so kroch er den Rest des Weges doppelt so schnell, bis er japsend hinter seinem Anbau ankam.

Dort lauschte er mit geschärften Sinnen. Alles war still. Sein Vater war wahrscheinlich fort, um irgendwo nach ihm zu suchen, und seine Mutter saß zweifellos auf der vorderen Veranda und erlegte Fliegen mit ihrer Fliegenklatsche. Es wäre ihm nicht eingefallen, daß dieser Anblick ihn jemals rühren würde, aber es war hart, zu denken, ihn nie wieder vor Augen haben zu können.

Ramjut Pillay schluckte den Kloß in seinem Hals hinunter, dann trat er in Aktion, flitzte hurtig um die Ecke des Anbaus und stieß seinen Schlüssel ins Türschloß. Sekunden später stopfte er, fast erstickt vom Geruch der heißen Roßhaarmatratze, Naomi Strides Briefe samt Umschlägen in seine Plastikeinkaufstasche, warf den zugeknoteten Socken, der seine Ersparnisse enthielt, mit hinein und schnappte sich seine Gandhi-Biographie mit den vielen Eselsohren. Dann wandte er sich um, war mit einem Sprung draußen, schloß die Tür ab und kroch, so schnell er konnte, den Hang hinter dem Haus wieder hinauf, wie neu belebt durch seinen eigenen Wagemut.

Kaum hatte er die Akazienpflanzung hoch oben erreicht, wurde ihm jedoch mit einem furchtbaren Schlag bewußt, daß er zwei schreckliche Fehler begangen hatte. Erstens hatte er, obwohl er zu dem Schluß gekommen war, daß Feuer die wirksamste Methode sei, um die Zeugen seines Verbrechens zu beseitigen, Streichhölzer vergessen. Zweitens hatte er, und das war möglicherweise noch schlimmer, hinten in seinem Anbau geheime Notizen zurückgelassen, die er sich im Laufe der Nacht gemacht hatte. Ob diese nicht für sich allein schon schwer belastend waren?

Er hatte gerade eine Drehung auf den Knien vollführt, um erneut hinabzukriechen, als er beim Anblick eines glänzenden beigefarbenen Ford Sedan, der vor seinem Haus vorfuhr, wie angewurzelt innehielt. Zwei Männer stiegen aus. Sie waren zu weit entfernt, um gut erkennbar zu sein, aber einer war ziemlich eindeutig weiß und der andere schwarz. Ein Stöhnen entfuhr ihm.

In heillosem Entsetzen kroch Ramjut Pillay verzweifelt zum

Fuß eines Baumes in der Nähe, fand dort eine kleine Höhle, stopfte die Briefe und Umschläge mit einem Stock tief hinein, klemmte einen Stein vor das Loch, fand einen noch größeren Stein, klemmte den auch noch davor, warf einen letzten Blick über die Schulter zurück und entfloh.

«Dr. Strydom ist eben gekommen, Willem», sagte Colonel Muller zu Zuidmeyer, der immer noch im Badezimmer hockte und seine tote Frau anstarrte. «Ich glaube, jetzt müssen wir Sie wirklich bitten, in den Salon zu gehen, ja?»

Zuidmeyer schaute nicht einmal auf, und der junge Beamte, der ins Bad befohlen worden war, um ein Auge auf ihn zu halten, während der Sohn vernommen wurde, tippte sich mit dem Finger an die Stirn.

«Willem, hören Sie mich?» fragte Colonel Muller und winkte Kramer näher. «Sollen Tromp und ich Ihnen aufhelfen ...?»

«Nein, es geht schon», sagte Zuidmeyer und stand langsam auf. «Sagen Sie dem Doc, ich möchte nicht, daß sie zerschnitten wird.»

«Aber Willem, Sie kennen doch die Verfahrensweise bei einem plötzlichen Todesfall und –»

«Das interessiert mich nicht. Keine Obduktion. Das tun sie meinem Mädchen nicht an. Es gibt andere Möglichkeiten; ich habe bei anderen Gelegenheiten selbst davon Gebr–»

«Kommen Sie schon, Willem. Dr. Strydom nimmt hier nur eine kleine Untersuchung vor.»

Kramer trat zurück, so daß Zuidmeyer vor ihm zur Tür hinausgehen konnte, und trottete dann hinter Colonel Muller her. Sie gingen wieder in den Salon, und Zuidmeyer nahm aus reiner Gewohnheit in dem großen Sessel am Kamin Platz.

«Wo ist der Junge?» fragte er.

«Der Sergeant hat Jannie mitgenommen, damit er im Krankenhaus behandelt wird – er hat einen Schock erlitten», sagte Colonel Muller. «Machen Sie sich um ihn keine Sorgen; Sergeant Botha ist einer unserer besten Männer.»

«Er hat mich erkannt», sagte Zuidmeyer und lächelte schwach. «Wußte gleich, wer ich bin. Viele haben mich längst vergessen.»

Aber die englischsprachigen Zeitungen haben es sicher nicht

vergessen, dachte Kramer, und werden, wenn sie auch nur die geringste Chance bekommen, sich einen Riesenspaß daraus machen, alle Welt an «Pech»-Major Zuidmeyers ständiges Mißgeschick in früheren Zeiten zu erinnern. Kein Wunder, daß dem Colonel, der eine bestimmte Art von Zeitungsberichten haßte wie die Pest, der kalte Schweiß ausbrach.

«Tromp», sagte Colonel Muller und zog seinen Stenoblock hervor, «würden Sie unserem Freund hier bitte ein paar Routinefragen stellen, nur für unseren Bericht. Dann kann ich mich darauf konzentrieren ...»

«Gewiß, Sir.»

«Sehen Sie mal, Willem», erklärte der Colonel Zuidmeyer und zückte dabei seinen Kugelschreiber, «ich möchte, daß Tromp die ganze unselige Affäre so schnell wie möglich abwickelt. Darum habe ich ihn als meinen besten Mann für diesen Job ausgewählt, einen Burschen, dem Sie Ihr Leben anvertrauen können, das verspreche ich Ihnen. Ich weiß, daß es nur um die schlichte Untersuchung eines Unfalls geht, aber wenn ich jemand anders einsetze, könnten Fehler bei der Schreibarbeit auftreten oder Unkorrektheiten in der Verfahrensweise, und damit könnten wir in Schwierigkeiten kommen, so daß es unter Umständen Haarspaltereien vor Gericht gäbe und am Ende noch die Presse davon Wind bekäme. Sie ist, wie Sie wissen werden, nicht unbedingt immer bei einer gerichtlichen Untersuchung zugegen, sondern schaut sich meist später die Unterlagen im Büro des ersten Kronanwalts an, und ich denke, da ließe sich etwas arrangieren – daß versehentlich etwas verlegt wurde oder Ähnliches. Ich persönlich sehe keinen Grund, öffentliches Aufsehen zu erregen, Sie vielleicht? Ich wüßte nicht, inwiefern es von öffentlichem Interesse sein könnte.»

Zuidmeyer nickte, wie zu erwarten war. «Einverstanden, Colonel. Ich habe nie einsehen können, wozu es gut wäre, und habe während meiner Dienstzeit mehr als genug davon bekommen, ich muß es also wissen.» Dann schaute er Kramer an. «Ich gebe mich vollkommen in Ihre Hände, junger Mann.»

Es dauerte ein, zwei Sekunden, bis Kramer reagierte. Die kurze Rede des Colonels hatte ihn überrumpelt, und er war sich nicht sicher, ob er die Rolle mochte, die ihm da zugeschoben worden war. Er war jedoch ein Narr, daß er nicht vorher schon Argwohn geschöpft hatte. Überdies war der Ausdruck in Zuidmeyers Augen, die jetzt auf ihn gerichtet waren, so seltsam, daß ihm kein passendes Wort dafür einfiel. «Schaurig» war annähernd treffend, aber nicht ganz.

«Gut, Sir», sagte Kramer und zückte nun selbst Notizbuch und Stift. «Alles, was ich will, ist eine Beschreibung dessen, was heute morgen passiert ist.»

«Na ja, ich war draußen in meiner Garage und sah einige –»

«Entschuldigen Sie, Sir, aber gehen Sie bitte ein bißchen weiter zurück. Ich muß mir ein umfassendes Bild machen können.»

«Tromp ...», setzte Colonel Muller an.

Aber Kramer überhörte ihn. «Ich will nicht wissen, was Sie zum Frühstück gegessen haben oder so was, Sir, ich möchte nur eine allgemeine Vorstellung davon bekommen, in was für einer Gemütsverfassung Mrs. Zuidmeyer war, als sie duschen ging, sonst nichts.»

«Natürlich», sagte Zuidmeyer und nickte. «Tut mir leid, daß ich mich wie ein Amateur verhalte! Dabei habe ich weiß Gott oft genug selber Untersuchungen dieser Art durchgeführt und müßte eigentlich wissen, was not tut. Mal sehen ...» Er sank in seinen Sessel zurück und legte die Hände vors Gesicht. «Der Tag fing schlecht an – wofür ich mich jetzt verfluchen könnte.»

Kramer wartete und hörte ein trockenes Schluchzen.

«Mich verfluchen!» wiederholte Zuidmeyer, die Hände noch immer vor dem Gesicht, dann straffte er sich ein wenig. «Ein blödsinniger Streit, so blödsinnig, daß ich schließlich das Frühstück ausließ und vor die Tür ging, um mich zu zerstreuen. Ich habe im Augenblick nichts, woran ich arbeite, deshalb fing ich an, meine Zeitschriften zu sortieren. Ich kann Ihnen nicht sagen, wann meine Frau ins Bad gegangen ist. Wie Sie sehen, habe ich mich heute früh nicht einmal rasiert, geschweige denn gewaschen, habe nur gemacht, daß ich rauskam. Normalerweise dusche ich zuerst, und danach benutzt sie das Badezimmer. Möglicherweise ist sie gleich hineingegangen.»

«Und das wäre um wieviel Uhr gewesen, Sir?» fragte Kramer.

«Um Viertel vor acht, würde ich sagen, vielleicht auch zehn vor.»

«Es könnte also sein, daß Ihre Frau schon mehr als drei Stunden da gelegen hat, da Ihr Sohn Ihnen erst gegen elf Uhr gesagt hat, Sie sollten mal im Badezimmer nachsehen, was los ist?»

Zuidmeyer nickte mit vorgehaltenen Händen. «Warum? Warum bin ich nicht früher ins Haus zurückgegangen?»

«Ja, warum eigentlich nicht, Willem?» bohrte Colonel Muller sanft nach.

«Weil ... weil – mein Gott, wie kleinlich kann ein Mann doch sein! Ich habe mich noch immer über sie geärgert. Ich fand, sie müsse sich bei mir entschuldigen; ich habe darauf gewartet, daß sie zu mir kommen und sagen würde, es täte ihr leid. So war das, und hinzu kommt, daß ich, wenn ich einmal über meine Zeitschriften gerate, immer mal einen Artikel zwischendurch lese und gar nicht merke, wie die Zeit verfliegt.»

«War kein Hausangestellter da, der Ihnen ...?»

«Kein Personal», erwiderte Zuidmeyer kurz angebunden. «In meinem Hause nicht.»

«Hmmm. Und was geschah dann, Sir? Ihr Sohn kam zu Ihnen?»

Zuidmeyer nahm die Hände herunter und heftete die Augen auf die bildlose Fernsehmattscheibe. «Jannie kam und packte mich, sagte, daß im Badezimmer etwas nicht in Ordnung sei. Ich sagte ihm, er solle draußen bleiben, als ich – sobald ich meine Frau dort liegen sah. Ich habe zuerst das Wasser abgedreht, es war ganz kalt. Dabei wurde mir sofort bewußt, daß sie schon länger da gelegen haben mußte, ich wollte sie nicht anschauen. Ein Laut entfuhr mir, und ich sah, daß ihre Augen auf mich gerichtet waren. Da wurde mir klar, daß sie noch lebte. Ich war dessen sicher. Ich war außer mir. Ich packte sie und versuchte, sie aus der Dusche zu ziehen, sie auf den Rücken zu legen und von Mund zu Mund zu beatmen. Sie war glitschig und naß, und ich bekam sie nicht richtig zu fassen. Ich wußte, daß es grob war, so an ihr zu ziehen und zu zerren, sie mit aller Kraft an den Armen hochzuhieven – aber Allmächtiger, sie war schwer! Es war ein Kampf, aber schließlich schaffte ich es, und sie glitt mit einem Bums aus der Duschwanne. Ich verlor meinen Halt, so gebückt, wie ich dastand, und kippte nach hinten. Als ich wieder auf die Knie kam, war es zu Ende mit ihr. Es war zu spät. Ich wollte es nicht glauben. Ich packte sie und schüttelte sie und bekam Blut von ihrem Kopf auf mein Hemd. Ich versuchte es wieder mit Mund-zu-Mund-Beatmung. Mit Herzmassage. Ich drückte sie an mich.» Und er starrte weiter auf die Fernsehmattscheibe, als sei er bis in alle Ewigkeit dazu verdammt, die gleiche Szene immer wieder zu sehen.

Kramer wandte sich zu Colonel Muller um, der etwa an dem Punkt zu stenografieren aufgehört hatte, an dem Zuidmeyers Bericht drastisch von dem abwich, den sein Sohn zuvor gegeben hatte. Jetzt war der Colonel noch bleicher als vorher.

«Willem», sagte er leise, weil ihm die Stimme versagte, «sind Sie sicher, daß es sich so ereignet hat heute früh?»

«Ich bin sicher», antwortete Zuidmeyer und hob den Blick zu ihnen.

«Denn nach dem, was –»

«Es war ein Unfall», sagte Zuidmeyer. «Was sollte es sonst sein?»

Kramer wußte auf einmal, was Zuidmeyers Augen diesen seltsamen Ausdruck verlieh. Es war das blanke Entsetzen.

«Gagonk, *mach* endlich etwas mit dieser verrückten alten Hexe», winselte Jones. «Ich kann es keine Minute länger aushalten, sage ich dir!»

Daraufhin hob Mbopa die betagte Mutter von Ramjut Pillay hoch, schüttelte sie, bis ihr die Fliegenklatsche aus der Hand fiel und sie ihn nicht mehr damit ins Gesicht schlagen konnte, trug sie hinaus zum Wagen und steckte sie in den Kofferraum.

«Jetzt kannst du endlich ausreden», sagte Jones zu Ramjut Pillays Vater, der nervös vor ihm stand, einen dicken Zeh um den anderen geklammert. «Wann genau ist dein Sohn nach Hause gekommen?»

«Ich keine Uhr, Master. Ich armer Mann, meine Gesundheit –»

«Schon gut, schon gut, mach wenigstens eine ungefähre Angabe. Ist es lange her? Oder noch nicht so lange?»

«Noch nicht so lange, Master.»

«Und was hat er hier gemacht? Hat er mit dir gesprochen?»

«Nein, nein, Master! Nicht sprechen. Ramjut gehen in sein Zimmer, kommen schnell, schnell raus, dann rennen wieder weg auf Kniescheiben.»

«Kniescheiben?» wiederholte Jones. «Hast du eine Ahnung, was dieser Dummkopf meint, Mbopa?»

«Nein, Sir.»

«Ach, egal, das hat Zeit. Hör mal, du, welche Richtung hat dein Sohn denn eingeschlagen?»

«Bergauf und weit weg, Master.»

«Wo?»

«Hintern.»

«He, paß auf, was du –»

«Verzeihung, Sir», unterbrach ihn Mbopa, der wieder an sein Buch wollte. «Ich glaube, der Berg hinter dem Haus des Mannes ist gemeint.»

Jones schaute hin, verlor sofort jegliches Interesse und fragte dann: «Und warum ist dein Sohn hergekommen? Weißt du das?»

«Ich sitzen auf Klo, Master. Nur zwei Nagellöcher zum Durchschauen. Ich nur sehen, wie er großen Sack mitschleppen.»

«Aus seinem Zimmer, sagst du?»

«Ja, Master.»

«Dann durchsuchen wir es besser, was, Gagonk? Das ist mir alles ein verfluchtes Rätsel, aber irgendwas ist hier komisch.»

«Zimmer abgeschlossen, Master. Ramjut schlechter Junge, geben mir nie Schlüssel.»

«Wenn ich dich so anschaue, du gerissener alter Mistkerl, wundert mich das überhaupt nicht», sagte Jones. «Du würdest doch sofort in und unter seiner Matratze nach seinem Sparstrumpf suchen, oder? Aber keine Sorge; ich habe meinen eigenen Schlüssel mitgebracht.»

Dankenswerterweise, dachte Mbopa, der es wahrhaftig leid war, Türen einzutreten.

Das Badezimmer vom Acacia Drive 146 war vollkommen verändert, seit Dr. Strydom schnaufend darin herumfuhrwerkte und Zauberdinge mit seinen blauen Klammern vollführte. Seine Anwesenheit verlieh den gelben Fliesen etwas Klinisches, und die Leiche, die bisher so verschlossen gewirkt hatte, schien auf einmal geneigt zu sein, gewisse Wahrheiten preiszugeben, wenn auch zähneknirschend.

«Nun, Doc?» fragte Colonel Muller. «Es sind nur Tromp und

ich da, ich würde es also begrüßen, wenn Sie offen Ihre Meinung sagen.»

«Hm», ließ Strydom sich vernehmen. «Schwierig.»

«Dann beginnen wir mit der mutmaßlichen Todeszeit.»

«*Sehr* schwierig. Laufende Dusche, eine künstliche Kühlwirkung ... dicke Fettschichten, gute Isolierung – Temperaturverlust, hm, lauter Fehlerquellen.»

«Todesursache?»

«Ah, Kopfverletzung. Schädelbruch?»

«*Sie* sind der Fachmann, Doc.»

«Können Sie nicht auf die Obduktion warten?»

«Ja, doch, aber es sind leichte Widersprüche in den Aussagen aufgetreten – schwer zu sagen, wem man glauben soll. Im Interesse meines eigenen Seelenfriedens würde ich gern –»

«Widersprüche welcher Art?» fragte Strydom.

«Tja, ich will Sie nicht irgendwie beeinflussen in –»

«Tromp», sagte Strydom und stieß mit seinem Rektalthermometer nach Kramer, «können Sie mir sagen, warum sich Ihr hochgeschätzter Vorgesetzter so ziert?»

«Sagen wir mal so, Doc», erwiderte Kramer. «Wir haben ein gewisses Interesse an Prellungen und Schürfwunden, auch kleinen. Haben Sie welche –»

Strydom lachte. «Ob ich Prellungen gefunden habe? Was ist los mit Ihnen beiden? Haben Sie sich die Dame noch gar nicht angeschaut? Werden Sie allmählich weich?»

«Willem war fast die ganze Zeit hier –»

«Das ist unzulässig», bemerkte Strydom nachdrücklich. «Aber, um Ihre Frage zu beantworten, sehen Sie doch selbst.» Und er schlug den orangefarbenen Bademantel zurück.

Es waren Prellungen an den Oberarmen, den Unterarmen, auf der Brust, den Schultern und links am Kiefer. Keine tiefblauen Flecken, sondern überwiegend blaßblaue, aber auf jeden Fall blaue Flecken.

«Könnte das durch sanftes Zufassen entstanden sein?» fragte Colonel Muller.

«Na, Sie machen wohl Witze, Hans!»

«Wichtiger ist», warf Kramer ein, «ob sie vor oder nach dem Tod entstanden sind.»

«Vorher, daran besteht kaum ein Zweifel», sagte Strydom.

«Wie lange vorher?» fragte Kramer.

«Ah, schwer zu sagen. Die Obduktion wird uns da weiterhelfen können. Sie können, wie ich vermute, schon Stunden vorher entstanden sein.»

«Stunden vorher?» wiederholte Colonel Muller. «Wie viele Stunden vorher?»

«Oh, zwei bis drei.»

«Also etwa zu dem Zeitpunkt, wo die Dame auf etwas ausgerutscht ist», sagte Kramer und beobachtete das Gesicht des Colonels. «Aber wissen Sie, was das Merkwürdigste ist? Ich habe gerade noch mal einen Blick in die Duschkabine geworfen, und ich kann beim besten Willen keine Seife finden.»

10

Das Problem eines Fliehenden bestand darin, so stellte Ramjut Pillay fest, daß das Davonlaufen nach einiger Zeit physisch unmöglich wurde, wenn man nicht gut trainiert war. Mit Seitenstechen und weichen Knien wechselte er erst in langsamen Dauerlauf, dann in eine schnelle Gangart und schließlich in ein flottes Schlendern.

Kurze Zeit später setzte er sich hin.

«Motorisieren», sagte Ramjut Pillay.

Er holte seinen verknoteten Socken hervor und begann den Knoten zu lösen, zuversichtlich, daß er genug Geld haben müßte für eine wunderbare Zugreise. Jemand hatte ihm einmal gesagt, Kapstadt wäre mindestens tausend Meilen weit weg; wieviel Kilometer das sein mochten, wußte er nicht genau, aber es klang doch so, als sei das die richtige Entfernung, die er zwischen sich und seine Verfolger bringen mußte.

«Dassa ne inneressante Socke», lallte ihm jemand ins Ohr.

Ramjut Pillay schrak zusammen, als er sah, wer da auf einmal seine Bank im Park am unteren Ende der Railway Street mit ihm teilte. Genaugenommen handelte es sich um einen Weißen, nur war sein Gesicht so rot wie eine Tomate, eher noch wie eine verfaulte Tomate, denn die Haut war ganz zermatscht und faltig. Ein bißchen von dem Rot war in das Weiße seiner wäßrig-blauen Augen übergegangen, und seine Zähne, die von seinem anzüglichen Grinsen entblößt wurden, waren so gelblichorange wie Tomatenkerne. Er roch allerdings keineswegs wie eine Tomate.

«Wass'los?» fragte der Mann. «Bisse taub?»

Jahrelanges Abstinenzlertum, vom Mahatma inspiriert, hatte Ramjut Pillay schlecht auf die Wolke billigen Sherrys vorbereitet, die aus dem Mund dicht vor ihm kam. Ein leichter Schwindelanfall bemächtigte sich seiner und rückte die Stimme des Mannes in schrecklich weite Ferne.

«Sollich'n Knoten aufmachen?» sagte der Mann und streckte eine große, schmutzige Hand aus. «Dauert keine – paddong – Minute.»

«Vielen, vielen Dank», sagte Ramjut Pillay. «Aber ich mache ihn später auf. Zunächst einmal muß ich ...» Doch als er sich von der Bank erheben wollte, spürte er das Gewicht eines schweren Arms, der ihm freundschaftlich um die Schulter gelegt wurde.

«Gimmich die Socke!» brummte der Mann.

«Der Herr mit Brille dort drüben schaut zu uns herüber», sagte der andere Teil von Ramjut Pillay.

«Lass'n doch!»

«Aber wissen Sie auch, warum, Sir? Es liegt an der Bank.»

«Bank? Was für 'ne Bank?»

«Die Bank, auf der Sie gegenwärtig sitzen, Sir. Eine Bank, auf deren Schild klar und deutlich steht, daß sie ‹Nur für Nichtweiße› ist. Vielleicht meint er, daß er noch nie einen so hellhäutigen Inder gesehen hat wie Sie, Sir, und –»

«Wasslos? Er denkt, ich binn'n *Kuli*? Das lassich mir nich bieten!» sagte der Mann und torkelte auf die Füße. «He, du da! Vierauge! Willse mich etwa beleidigen, oder was iss?»

Und er trottete mit beängstigend zunehmendem Schrittempo in Richtung des völlig unschuldigen Zuschauers, so daß Ramjut Pillay in die entgegengesetzte Richtung fliehen konnte, wobei er seine Tasche liegen ließ, den Strumpf jedoch fest an sich drückte.

Die Bahnhofstreppe hinauf rannte er, durch die Schalterhalle und auf den Bahnsteig hinaus. Dort, hinter dem mit Koffern vollgeladenen Handwagen eines Gepäckträgers, gelang es ihm endlich, den Knoten zu lösen. «Donnerwetter!» lachte er leise und fuhr mit der Hand in den Strumpf. «Wie klug ist doch eine große Katastrophe durch unsere bescheidene Weisheit abgewendet worden! Kapstadt, rüste dich, Ramjut Pillay kommt!» Aber Sekunden später verpuffte seine überschäumende Fröhlichkeit.

Was er da gerade aus der Socke geholt hatte, war kein kleiner Packen Randnoten. Es war eine Handvoll Papierschnipsel gleicher Größe.

Das Telefon klingelte, und Zondi schaute zuerst nach, wieviel Uhr es war. Vier Uhr! Er hatte angefangen, Naomi Strides unvollendetes Manuskript zu lesen, in der Annahme, vielleicht etwas zu finden, was auf aktuelle Schwierigkeiten in ihrem Privatleben hindeutete, und war von der Lektüre so gefangengenommen gewesen, daß er gar nicht gemerkt hatte, wie die Stunden vergingen.

«Mickey?»

«Jawohl, Lieutenant. Wie steht's denn bei Major Willem Martinus Zuidmeyer?»

Es gab eine Pause. «Himmel, wer hat dir das gesagt, he? Es soll doch alles top –»

Zondi lachte. «Ich weiß nur den Namen, sonst nichts.»

«Ach so», sagte Kramer und lachte ebenfalls. «Du hast bestimmt wieder irgendein armes, nichtsahnendes weibliches Wesen bezirzt, was? Keine Sorge, ich erzähl dir alles, sobald sich eine Gelegenheit ergibt. Wir treffen uns heute abend im Büro.»

«Boss, hier sind keine blauen Briefe.»

«Wundert mich nicht. Na schön, mach Schluß in Woodhollow, wenn du willst, und dann warte beim CID, bis Hopeful Dumela mit den Hausangestellten aufkreuzt. Der Colonel besteht darauf, daß du es bist, der sie vernimmt.»

«Und Sie, Lieutenant?»

«Später, mein Sohn, wie abgemacht.»

Zondi hörte, wie die Verbindung abbrach, während er den Hörer auf die Gabel zurücklegte. Er schaute erneut auf die Uhr, schätzte, daß ihm noch Zeit für mindestens zwei bis drei Kapitel blieb, und vertiefte sich wieder in das Manuskript. Das war vielleicht eine Story, diese Geschichte von einem jungen schwarzen Studenten, der sich in die Tochter des weißen Arbeitgebers seines Vaters verliebt hatte! Vertauschte man das Geschlecht der verbotenerweise Liebenden und machte aus dem Arbeitgeber, einem bärtigen Universitätsprofessor, eine intelligente Frau der Mittelschicht, erschien es ganz einleuchtend, daß sich Naomi Stride womöglich genau mit dieser Situation identifiziert hatte. Daß ihr Sohn gesetzeswidrig handelte, hätte dabei keine so große Rolle gespielt; beschäftigt hätte sie vielmehr, in welchem Maße er die große soziale Kluft für sich ausbeutete, die zwischen ihm und seiner Geliebten bestand, indem er sich dem armen Mädchen als der Sohn ihres Chefs darstellte.

«Tromp», sagte Colonel Muller seufzend, als er aus dem Salon von Acacia Drive 146 kam, «ich möchte unter vier Augen mit Ihnen sprechen.»

Kramer nickte und trat mit ihm in den Garten hinaus. Wie er bemerkte, hatte ein Hund das Anwesen besucht und sein Bein an einem der *Popular-Mechanics*-Stapel gehoben, womit nur bewiesen war, daß die Kampagne zur Verbrechensbekämpfung recht hatte mit der Warnung, Garagentüren niemals offenstehen zu lassen.

«Was gibt's da zu lachen?» fragte Colonel Muller. «Gott im Himmel, mir ist alles andere als zum Lachen! In meinem Kopf herrscht ein totales Durcheinander, um nicht zu sagen Chaos. Ich kann nicht mehr denken.»

«Dafür gibt es aber einen Grund, Colonel.»

«So?»

«Sie können nicht mehr denken, weil Sie sich dagegen sträuben.»

«*Ich* sollte mich dagegen sträuben?»

«Zumindest sträuben Sie sich dagegen, so zu denken, wie Ihre jahrelange Erfahrung als Polizeibeamter es Sie gelehrt hat.»

«Verstehe ich nicht.»

«Dann will ich es einmal anders ausdrücken, Colonel», sagte Kramer und ließ sich auf einem Kotflügel des roten Datsuns nieder.

«Nehmen wir zweckmäßigerweise an, wir wären zum Haus eines gewissen hochwürdigen Herrn mit Fingern wie Schweinswürstchen gerufen worden. Wissen Sie, welchen Mistkerl ich meine?»

«Teufel auch, und ob ich das weiß! Das Schwein, das unanständige Sachen mit kleinen Kindern macht!»

«*Angeblich* unanständige Sachen», korrigierte Kramer. «Es hat ein Dutzend Beschwerden und mehr gegeben, aber haben wir ihn je vor Gericht bekommen?»

«Das liegt nur an seiner Position, Mann. Weil immer sein Wort gegen das irgendeiner Dreijährigen steht, und er hat immer darauf geachtet, keine Spuren zu hinterlassen. Nur – was hat das mit ...»

«Nehmen wir einfach mal an», fuhr Kramer fort, «wir wären gerade zu ihm gerufen worden, und da wäre ein kleines Mädchen und würde uns erzählen, er hätte seine Hand in ihr Unterhöschen geschoben. Würden Sie dem Kind glauben?»

«Aber natürlich, Mann!»

«Warum?»

«Auf Grund dessen, was wir schon von ihm wissen!»

«Dieser Auffassung wären Sie, Colonel? Sie würden sich davon beeinflussen lassen, was –»

«Hoho, Tromp», sagte Colonel Muller und fuchtelte mit seinem Pfeifenstiel herum. «Jetzt weiß ich, worauf Sie hinauswollen, und ich will nichts mehr davon hören. Im Zusammenhang mit den Beschuldigungen gegen Willem Zuidmeyer ist nie etwas nachgewiesen worden. Ich habe den Mann nie gemocht, das gebe ich zu, aber Sie müssen fair bleiben in diesen Dingen.»

«Ach, Colonel, Sie wissen genauso gut wie ich –»

«Ich weiß es, Lieutenant Kramer. Falls Sie andeuten wollen, daß Zuidmeyer erneut zu einem, sagen wir, einem bewährten Mittel aus seiner Vergangenheit gegriffen hat, ergibt das nicht den mindesten Sinn. Warum sollte er etwas tun, was sofort Verdacht erregt?»

«Aha, Sie geben also zu –»

«Ich gebe überhaupt nichts zu. Ich stelle Ihnen lediglich eine Frage.»

«Vielleicht», sagte Kramer und schaute zur Garage hinüber, «trifft hier das Sprichwort zu: ‹Ein alter Esel lernt nichts mehr dazu› . . .»

Eine lange Pause trat ein, die Colonel Muller damit verbrachte, mit einem Streichholz vorsichtig in seiner neuen Bruyèrepfeife herumzustochern und dann den Tabak wieder festzuklopfen. «Ich hatte gehofft», sagte er schließlich, «daß Sie in der Lage wären, mir unvoreingenommen ein schönes, klares Bild von der Situation zu zeichnen. Das könnte ich nämlich am besten gebrauchen, Tromp, wenn ich die Sache mit der Diskretion behandeln soll, die von mir als Chef des CID Trekkersburg und Umgebung erwartet wird.» Er klang einsam und verlassen.

Kramer, der es direkt als Strafe empfand, mitzuerleben, wie ein alter Freund fast menschlich wurde, glitt vom Datsun herab. «Sie haben recht, Colonel», sagte er. «Wir dürfen nicht vorverurteilen, sondern müssen uns an die uns bekannten Fakten halten. Wer weiß? Vielleicht hat sich der Herrgott wieder mal einen kleinen Scherz erlaubt. Der Kerl hat einen verflucht schwarzen Humor!»

«Und die Fakten sind?» fragte der Colonel und lächelte endlich wieder.

«Daß Vater und Sohn wiederholt voneinander abweichende Aussagen machen. Der eine sagt, die Tote sei noch am Leben gewesen, als sie mit einiger Muskelkraft aus der Dusche gehievt wurde; der andere behauptet, sie sei beim Herausheben schon tot gewesen, so daß die Blutergüsse früher entstanden sein müssen. Wir sind also nun ganz auf den Gerichtsmediziner angewiesen und können nur hoffen, daß er eine der beiden Aussagen stützen kann; übrigens hat er uns eingeladen, in einer Stunde bei der Obduktion zu erscheinen. Wenn wir wissen, wem wir glauben dürfen, dem Vater oder dem Sohn, dann wissen wir auch, wie wir den Fall behandeln müssen. Entweder als einen simplen Unfall oder als raffinierten –»

Colonel Muller überlief es kalt. «Es reicht, Tromp! Mehr wollte ich nicht. Mal sehen – ob Dr. Strydom schon vor fünf anfängt, wenn wir ein wenig früher zur Leichenhalle kommen, was meinen Sie?»

«Ich meine», sagte Kramer, «daß das ganz davon abhängt, wie der heutige Nachmittag mit dem dort residierenden Menschenfresser umgesprungen ist, dem reizenden Sergeant Van Rensburg.»

Da sich der Geruch der heißen Roßhaarmatratze in seiner Nase festgesetzt hatte, nahm Gagonk Mbopa sein Schnupftabakhorn heraus und gönnte sich zwei große Prisen. Er steckte sich auch etwas Schnupftabak hinter die Unterlippe.

Jones, der gerade zwischen den Deckenbalken und dem Wellblechdach von Ramjut Pillays Zimmer im Anbau herumstocherte, sagte: «Das nenne ich eine wahrhaft abscheuliche Angewohnheit.»

«Hmpff.»

«Was hast du gesagt?»

«Hmpff, Lieutenant.»

«Schon besser! Wozu hat er wohl deiner Meinung nach dieses Fläschchen gebraucht?»

Mbopa nahm die kleine braune Flasche, schraubte vorsichtig den Deckel ab und roch kurz am Inhalt. «Zitronensaft, Lieutenant.»

«Frisch, oder?»

Mbopa probierte ein wenig und nickte. «Vielleicht ist es eine Art Kulimedizin», sagte er.

«Hier oben ist noch ein Federhalter, mit dem er darin gerührt hat. Gott, hast du jemals ein solches Sammelsurium gesehen?»

«Niemals, Sir.»

«Dann laß uns noch mal nach draußen gehen und frische Luft schöpfen, ja? Ich muß nachdenken. Komisch, daß wir noch immer nichts gefunden haben.»

«Ist der Lieutenant denn sicher, daß hier überhaupt etwas zu finden ist? Wir haben das Zimmer nun schon viele –»

«Ja, ja, den ganzen Nachmittag, ich weiß! Aber ich bin sicher, daß hier etwas ist; das sagt mir meine Nase.»

Mbopa wischte sich mit einem bereits vollkommen durchnäßten Taschentuch den Schweiß von der Stirn und trat hinaus in den lauen Wind, von dem er wünschte, er würde auch den Teil seines Körpers umfächeln, der sich am unangenehmsten bemerkbar machte. Er machte ein paar Kniebeugen, zupfte an seinem Hosenboden herum und drehte sich mit dem Rücken in den Wind.

«So», sagte Jones und steckte sich ein Weingummi in den Mund, «was wir jetzt machen, ist folgendes: Wir stellen diesen Ort unter Polizeiaufsicht und lassen den Mistkerl gleichzeitig steckbrieflich suchen.»

«Hau!» sagte Mbopa.

«Hör zu, Mann ... Wer hat die Leiche angeblich gefunden? Wer konnte nicht erklären, was seine Stiefel vor der Glasveranda zu suchen hatten? Wer bleibt die ganze Nacht auf und macht Gott weiß was in seinem Zimmer? Wer leiht sich ein Fahrrad und rast in die Stadt? Wer kommt ohne Fahrrad zurück, schleicht sich hier herunter, schnappt sich eine große Tasche und schleicht sich wieder weg, ohne sich blicken zu lassen? *Wer?*»

«Äh, dieser Pillay, Lieutenant.»

«Und jetzt sag nur noch, das alles würde nicht bei jedem normalen Menschen Argwohn erregen! Das kannst du doch wohl nicht, oder?»

«Nein, Lieutenant», gab Mbopa zu.

«Zieht man jetzt noch all seine Verkleidungen in Betracht und –»

«Verkleidungen, Sir?»

«Hast du doch gesehen, Mann! Er hat genügend Uniformen und dergleichen da drin, um sich als sonstwas zu kostümieren, loszuziehen und ein Verbrechen zu begehen, und wer soll dann wissen, daß es sich nur um einen indischen Briefträger handelt? Ich wette, in der großen Tasche, die er mitgenommen hat, ist auch nichts anderes als ein Kostüm, mit dem er sich verkleiden kann.»

«Aber, Lieutenant –»

«Paß bloß auf! Wie oft soll ich dir noch sagen, daß du mich nicht mit ‹aber› unterbrechen sollst, wenn ich rede!»

Mbopa verstummte und zielte mit einem Strahl schnupftabakbrauner Spucke auf eine Heuschrecke, die auf einem Pfosten in der Nähe saß.

«Wo war ich stehengeblieben?» sagte Jones. «Ach ja, und dann ist da noch der Detektivlehrgang, an dem er teilgenommen hat.»

«Das wollte ich eben sagen, Lieutenant. Sie reden, als wäre dieser Pillay ein großer, großer Verbrecher. Aber warum sollte ein –»

«Ach, benutzt du eigentlich nie deinen Verstand? Es ist doch sonnenklar, daß er an dem Kurs teilgenommen hat, um die Methoden kennenzulernen, deren wir uns in seinem Fall bedienen würden, so daß er sich darauf einstellen kann!»

«Hau», sagte Mbopa, wider Willen beeindruckt, was er dadurch wettmachte, daß er die Heuschrecke beim zweiten Ausspucken voll traf. «Wir haben demnach den Verdächtigen Nr. eins gefunden, Sir?»

Jones zuckte die Schultern und warf sich ein neues Weingummi in den Mund. «Ich würde nicht so weit gehen, das in diesem Stadium schon zu sagen, Gagonk, aber ich schätze, daß es sich durchaus lohnen würde, ein paar Fragen zu stellen – vielleicht auf dem Spielplatz?»

«Jederzeit, Lieutenant!» freute sich Mbopa.

«He, weißt du, was mir auch noch eingefallen ist? Daß er wahrscheinlich in dieser Minute in seiner Verkleidung auf der Flucht ist! Hast du nicht auch bemerkt, daß er nicht einen Cent zurückgelassen hat? Wir erkundigen uns am besten gleich am Busbahnhof und so weiter, nicht wahr? Obgleich die Sache einen Haken hat ...»

«Sir?»

«Die Personenbeschreibung von diesem Pillay. Wir brauchen sie sehr schnell, um sie rumzuschicken, aber weder du noch ich haben ihn je gesehen. Wen können wir fragen? Sein Papa ist offensichtlich schwachsinnig, und das Postamt ist wahrscheinlich geschlossen, so daß wir uns die nötigen Informationen womöglich bei Kra... äh, Lieutenant Kramer und seinem Schoßäffchen holen mü–»

«Brauchen wir nicht, Lieutenant!» sagte Mbopa und ging in Richtung Anbau.

«Daran habe ich auch schon gedacht», sagte Jones. «Du willst seine Körpergröße an Hand der Kleidergröße schätzen, stimmt's? Kannst du aber nicht, ich habe schon geguckt – sie sind alle verschieden groß.»

Mbopa ignorierte jedoch seine Bemerkung und suchte zuunterst in einem Stapel von Papieren nach einer Urkunde, die er gleich zu Anfang überflogen hatte. «Ah, hier ist es, Lieutenant! Wie gewünscht!» Mit diesen Worten reichte er Jones einen unvollendeten Brief.

«‹Sehr verehrter Brieffreund›», las Jones vor. «‹Erlauben Sie mir, daß ich mich vorstelle. Ich heiße Ramjut Pillay, bin 31 Jahre alt und meinem Äußeren nach ganz und gar gandhiähnlich bis auf ein Haupt voller herrlich gesunder Haare. Um Ihnen ein noch genaueres Bild von mir zu vermitteln, teile ich Ihnen in aller Bescheidenheit mit, daß ich 81,64 Kilogramm wiege, 1,76 Meter groß bin, mit entsprechender Bildung, und außerordentlich gute Augen habe. Ich arbeite als Postbeamter und stehe in dem Ruf ...›» Jones brach ab und zog die Augenbrauen hoch. «Was mag denn dieses ‹gandhiähnlich› heißen?»

«Könnte es nicht ein Kuliwort für ‹indisch› sein, Sir?»

«Natürlich!» sagte Jones. «Dann sind wir im Geschäft, Gagonk! Wir haben alles beisammen, also steh nicht blöd grinsend herum, verflucht – suchen wir ein Telefon, Mann!»

Sergeant Van Rensburg benahm sich wie ein Kellner, der nach Geschäftsschluß noch einen Tisch decken und bedienen soll, knallte in seiner Leichenhalle Tabletts hierhin und dahin, ließ überall Messer fallen, räsonierte bissig darüber, wie das Trinkgeld wohl aussehen würde, und tat so, als stehe Marie Louise Zuidmeyer gar nicht auf der Karte.

«Ach, nun reißen Sie sich mal zusammen!» hielt ihm Dr. Strydom vor. «Sie wissen sehr genau, daß die Tote in einem normalen Rettungswagen hergebracht worden ist, um die Nachbarn gar nicht erst auf die Idee zu bringen, daß es einen Todesfall gegeben hat.»

«Einem gewöhnlichen Rettungswagen?»

«Ja, mit roten Kreuzen drauf. Sie lag auf einem Rollwagen und war mit einer grauen Decke zugedeckt.»

«Jetzt habe ich aber genug davon», sagte Kramer und ging in den Kühlraum, wo er Van Rensburgs Nase packte und verdrehte, bis diesem die Augen übergingen und ihm Tränen die fetten Wangen hinunterliefen. «Gut so, jetzt sehen Sie so aus, als wären Sie mit einigem Gefühl bei der Sache, also *los.*»

Kurz danach wurden Mrs. Zuidmeyers beträchtliche Körpermassen vom Rollwagen auf den Steinsockel gelegt, und Colonel Muller verschwand hinter der erhobenen Abendzeitung. Ein merkwürdiges Knarren ertönte immer, wenn Van Rensburg auf Zehenspitzen über die Laufbretter ging, und Kramer bemühte sich, den vorwurfsvollen Blicken Dr. Strydoms auszuweichen, die ihm irgendwie klarmachten, daß er mit einer altehrwürdigen Tradition gebrochen hatte. Statt dessen konzentrierte er sich auf das Gesicht der Toten und versuchte, ein wenig von ihrem Leben daran abzulesen.

Ihre Hände sagten ihm mehr. Für eine Weiße waren sie ungewöhnlich verarbeitet, mehr noch für eine Frau in ihrer Stellung, die über eine gute Pension verfügte. Das kam natürlich daher, daß kein Personal auf dem Anwesen beschäftigt wurde, aber nach den aufgequollenen Stellen an ihren Fingern zu urteilen, hatte sie auch viel genäht, und ihm fiel ein, daß der rote Datsun neue Polsterbezüge hatte. Der schmale Druckstreifen an ihrem Ringfinger war ein Hinweis auf einen billigen Trauring.

«Ich habe ja schon viel Fett gesehen, aber das hier ist so, als würde man in einen Laib Landbutter schneiden», knurrte Strydom, und seine behandschuhte Hand verschwand, während sie auf der Suche nach rotem Gewebe glänzendes gelbes Geschwabbel auseinanderteilte.

«Schokolade», sagte Kramer.

«Wie kommen Sie darauf?»

«Paßt zu jemandem, der Liebesromane im heißen Bad liest.»

«Würde die nicht schmelzen im heißen Dampf?» fragte Van Rensburg und schaute noch unglücklicher drein, als niemand sich die Mühe machte, darauf etwas zu erwidern.

Mrs. Zuidmeyer hingegen sah ganz zufrieden aus, so daß ausnahmsweise einmal die abgedroschene Phrase vom «friedlichen Heimgang» vollkommen treffend erschien, trotz eines zweifellos sehr gewaltsamen Hinscheidens. Vielleicht hatte sie das Stadium erreicht, sinnierte Kramer, in dem sie sich Frieden nur noch als Tod vorstellen konnte, und den hatte sie willkommen geheißen, in welcher Form er sich ihr auch genähert haben mochte. Oder sie hatte zu jener ärgerlichen Sorte Frau gehört, die immerfort friedlich wirkte und den Wunsch bei einem weckte, Mäuse in ihren Ausschnitt zu werfen, und dieser Ausdruck höchster Gelassenheit hatte sich dauerhaft eingeprägt. Von ihren Augen war, wie er feststellte, ebenfalls eins blau und eins braun, er hatte sich also geirrt, als er meinte, Jannie hätte keine Ähnlichkeit. Die Nase war ziemlich normal, aber der Mund störte ihn; selbst jetzt noch war er nach innen gekniffen, als hätte er sich geschworen, nie irgendwelche Geheimnisse preiszugeben, die sie durch böse Träume erfahren hatte, die so manche schlimme Nacht neben ihr geträumt wurden.

«Geleefrüchte», sagte Strydom, der gerade in der Spüle den Magen öffnete.

«Kommt nahe dran», sagte Kramer. «Irgendwelche Anzeichen für ein Frühstück?»

«Nein.»

«Hmmm. Haben Sie sich denn inzwischen ein generelles Bild machen können?»

«Sie ist eindeutig in der Duschkabine ausgeglitten. Starke Prellungen an den Zehen des rechten Fußes, Blut unter zwei Fußnägeln, das vom Vorwärtsrutschen mit Aufprall gegen die Porzellanwände stammen könnte. Außerdem schwere Blutergüsse im Bereich der linken Gesäßbacke, auf der sie gelandet ist. Muß verdammt kräftig aufgeschlagen sein. Wenn ich mir den Kopf von innen anschaue, möchte ich wetten, daß wir einen Schädelbasisbruch infolge der heftigen Erschütterung vorfinden und vielleicht ein paar Sprünge in den benachbarten Knochen. Übergewichtige Menschen, die kräftig auf den Hintern fallen, tun sich das immer an.»

Van Rensburg blickte hoffnungsvoll in die Runde, offensichtlich in der Erwartung, jemand würde angesichts dieser bedrükkenden Tatsache eine rüde Bemerkung machen über seine eigene Lebenserwartung, wie es die Regel war, fand aber wieder keine Beachtung. Mit einem zittrigen Seufzer begann er, Mrs. Zuidmeyers Schädeldecke aufzusägen, fast so zart, als wäre es seine eigene.

«Also schön, ich frage jetzt zum letzten Mal», sagte der weiße Beamte in der Amtsstube der Bahnpolizei und schwang dabei ein abgebrochenes Stuhlbein vor Ramjut Pillays aschfahlem Gesicht. «Wie kommt es, daß du dich auf Bahnsteig eins versteckt hast, ohne im Besitz einer Fahrkarte, einer Bahnsteigkarte, einer Reiseerlaubnis, eines Ausweises für Bahnangestellte oder irgendeiner anderen notwendigen Genehmigung zu sein?»

«Und ich antworte zum letzten Mal, Sir, daß ich mich keineswegs versteckt habe», erwiderte Ramjut Pillay. «Ich habe nur meinen Kummer vor fremden Augen verbergen wollen, daß mein eigener Vater ein skrupelloser Dieb ist.»

«Du hast einen Vater? Daß ich nicht lache!»

«Mir steht in diesem Augenblick der Sinn überhaupt nicht nach humorvollen Äußerungen, verehrter Sir, aber –»

«Es reicht, Kuli!» sagte der Wachtmeister und brach ein großes Stück des Stuhlbeins ab, als er es hart auf den zerkratzten Tisch knallte. «Das ist mehr, als ich ertragen kann! Es gibt nur zwei Möglichkeiten, wie du ohne Fahrausweis auf den Bahnsteig gelangt sein kannst. *Entweder* bist du von der Straße her gekommen und hast dich hinter dem Rücken des alten Fannie durch die Fahrkartenkontrolle geschlichen, indem du der jungen Dame mit dem Cello geholfen hast, *oder* du bist hier verstohlen aus einem Zug ausgestiegen, in dem du als blinder Passagier nach Trekkersburg gefahren bist. Und nun sag mir, welche von beiden zutrifft.»

«Äh, ich habe eine sehr trockene Kehle, Sir – wäre es vielleicht gestattet, einen Schluck Wasser zu trinken?»

«Du kannst jede Menge Wasser haben!» brüllte der Wachtmeister, riß den roten Löscheimer von seinem Haken an der Wand und goß ihn über ihm aus.

«He, was machen Sie da, Wessels?» fragte ein Sergeant der Bahnpolizei, der in diesem Augenblick die Wachstube betrat. «Wissen Sie nicht, daß ich Dünger für meine Farne darin habe?»

«Sie meinen, dieser Verrückte würde dadurch fruchtbar werden, Sarge?»

«Wessels! Ach-tung!»

Ein donnerndes Stiefelstampfen ertönte hinter Ramjut Pillay.

«So, Wachtmeister Wessels», sagte der Sergeant leise und in einem sehr unangenehmen Ton, «damit sind Sie ein für allemal erledigt. Es ist nicht das erste Mal, daß ich bei Ihnen diese Einstellung zu meinen Farnen feststelle, und alle vom Stationsvorsteher abwärts, die einen meiner Farne *direkt* vor ihrem Büro hängen haben, scheinen das ebenfalls zu bemerken. Vor kaum drei Minuten hat mir der alte Jannie sogar erzählt, daß in einem Farnkorb auf Bahnsteig zwei eine Peter-Stuyvesant-Kippe ausgedrückt wurde. Welche Zigarettenmarke rauchen Sie, wenn ich fragen darf?»

«Stuy-Stuyvesant, Sergeant. Aber Hunderte von –»

«Wachtmeister, reeechts *um*! Vorwärts ... marsch! Was ich dir sonst noch einbleuen muß, kann ich nur unter vier Augen, von Mann zu Mann. Verstanden?»

«Sergeant, ich –»

«Marsch, marsch, du Hanswurst! Hopp, hopp, hopp!»

Jetzt hatte Ramjut Pillay endlich einmal ein Momentchen Zeit, um nachzudenken. Er dachte wie wild nach, bis er auf einmal merkte, daß er dabei an seinen Handschellen zerrte und ihm die Handgelenke davon weh taten. Wie lange war er schon an diesen Tisch gefesselt? Zwei Stunden? Oder drei? Es war weit nach fünf auf der großen Uhr hinter der Wachstubentheke.

«Donnerwetter!» platzte er heraus, als ihm plötzlich ein sehr angenehmer Einfall kam. «Die SAP braucht anscheinend sehr lange, um die Bahnpolizei vor Ramjut Pillay zu warnen, dem steckbrieflich gesuchten Flüchtigen! Das kann nur heißen, daß sie es einfach vergessen haben! Und wenn sie es vergessen haben, dann hat die Bahnpolizei keine Personenbeschreibung von mir. O welch ein Glück!»

Damit blieb aber immer noch das Problem, zu erklären, wie und warum er ohne Fahrkarte auf Bahnsteig eins gekommen war. Die Wahrheit war keine Entschuldigung dafür, und so würde er in Null Komma nichts vor dem örtlichen Gericht zu erscheinen haben, für alle Welt, einschließlich Trekkersburg und den CID, sichtbar. Log er, würde das nur bedeuten, daß er anderswo vor das örtliche Gericht zitiert wurde unter der schwerwiegenderen Beschuldigung, öffentliche Verkehrsmittel benutzt zu haben, ohne dafür zu bezahlen, und dann hatte der Steckbrief sicher schon die Runde gemacht. Wenn er doch nur dem Tomatengesicht den verfluchten Strumpf überlassen hätte, wie leicht wäre das Leben dann!

Wenn es doch nur einen anderen Ausweg gäbe ... Nur eine kleine Eingebung, mehr verlangte er gar nicht.

«So, du da», sagte der Bahnpolizist, der an einem blauen Knöchel lutschte, als er in die Wachstube zurückkam, «ich möchte die Wahrheit, die volle Wahrheit, und keinen Blödsinn. Wie bist du auf den Bahnsteig gelangt?»

«Ich bin vom Himmel gefallen, werter Sir.»

«Ach ja? Was bist du denn? Ein Fallschirmspringer oder ein verfluchter Spinner?»

«Fallschirmspringer», sagte Ramjut Pillay.

«Ich nehme mal an, das hast du schwarz auf weiß?»

«Ich lese nichts Gedrucktes, Sir, nie. Nur die Prophezeiungen Allahs, der auch ein großer Fallschirmspringer war.»

«Keine Papiere, kein Geld, kein Garnichts, nur einen Strumpf voller Mist», murmelte der Sergeant vor sich hin und griff nach seinem Telefonbuch. «Sagst du uns jetzt mal deinen Namen, damit ich beim Krankenhaus Bescheid geben und dich abholen lassen kann?»

«Peerswammy Lal», sagte Ramjut Pillay.

Hopeful Dumela steckte den Kopf ins Hauptvernehmungszimmer und sagte: «Entschuldigen Sie, Lieutenant, Sir, aber Colonel Muller kommt auf dem Korridor an.»

«Du wirst es noch weit bringen», murmelte Kramer, als er an ihm vorbei aus der Tür ging. «Hallo, Colonel. Irgendwas Neues, Sir?»

«Wovon?»

«Dr. Strydoms kleinen Spielchen mit dem Mikroskop.»

«Nein, kein Wort bisher», sagte Colonel Muller, der sehr erregt aussah. «Und Sie? Was haben Mrs. Strides Hausangestellte aussagen können?»

«Eine Menge, Sir – bis jetzt aber nichts, was uns eine große Hilfe wäre. Sie sagen, sie sei eine gute, freundliche Madam gewesen, daß sie Streitereien mit ihrem Sohn um Geld gehabt hätte und daß in der Woche, bevor sie gingen, kein Besuch ins Haus gekommen wäre. Der Koch erinnert sich, daß sie letzten Mittwoch blaue Umschläge im Holzofen in der Küche verbrannt hat, behauptet aber, deren Inhalt nicht gesehen zu haben. Immerhin haben wir aus ihnen herausgequetscht, daß es nirgendwo im Haus einen Degen gab.»

«Was ist das eigentlich für ein Lärm?»

«Das Hausmädchen heult, Sir.»

«Zondi hat doch nicht etwa ...!» Colonel Muller verschluckte den Rest. «Habe ich Ihnen nicht gesagt, daß mir das *Time*-Magazin und die ganze übrige Presse schon auf den Fersen sitzt?»

«Ach, es war nichts dergleichen, Colonel. Sie sagt, ihr tut das Herz weh wegen ihrer weißen Madam.»

«Wirklich? Ha! Und das ist alles, das ist die gesamte Ausbeute der Aussagen?»

Kramer nickte. «Morgen nimmt Zondi sie mit zum Haus», sagte er. «Vielleicht fällt ihnen irgend etwas auf, zum Beispiel, daß etwas fehlt.»

«Sehr fraglich, ob sich das auszahlt. Aber warum nicht gleich heute abend?»

«Sie sind nicht in der Verfassung dazu, Sir. Dumela ist den ganzen Tag mit ihnen unterwegs gewesen.»

Colonel Muller schüttelte trübselig den Kopf. «Gott im Himmel», sagte er, «wenn nicht bald etwas geschieht im Fall Stride, sucht die Presse anderswo nach Stoff für eine Story – und was ich am allerwenigsten wünsche, ist, daß sie sich auf die Zuidmeyer-Sache stürzt.»

«Verfolgt Jones denn keine neue Spur? Er hat eine Andeutung in dieser Richtung fallenlassen, als ich auf dem Hof seinen Weg gekreuzt habe.»

«Hat er Ihnen nicht erzählt, was es ist?»

Kramer schüttelte den Kopf. «Ich glaube, er will die Lorbeeren ganz allein einheimsen, Sir. Vermutlich wieder eine seiner albernen Theorien.»

«Er könnte aber tatsächlich auf etwas gestoßen sein. Wie es scheint, ist Pillay, der Postbote, der die Leiche gefunden hat, in irgendeiner Weise in die Geschichte verwickelt.»

«Sie machen wohl Witze, Colonel! Zondi kann –»

«Zondi kann was? Erklären, wohin Pillay verschwunden ist, und alles andere auch?»

«Welches andere, Colonel?»

«Tromp», sagte Colonel Muller und sah auf die Uhr, «lassen Sie das anderer Leute Sorge sein, ja? Ich bin derjenige, der für die Koordination zuständig ist, und Sie sollen sich vorerst voll auf die Zuidmeyers konzentrieren. Klar? Das hat *allerhöchste* Priorität. Ach, ich muß schleunigst los; es ist schon nach acht, meine Frau wartet mit dem Essen auf mich.»

Kramer sah ihm nach, wie er davoneilte, und als er sich abwandte, kam Zondi gerade aus dem Vernehmungszimmer. «Und, Mickey?»

«Immer noch nichts, Boss. Ich habe Dumela deshalb gesagt, er soll ihnen einen Schlafplatz für die Nacht suchen.»

«Gut», sagte Kramer.

Zondi ging im Gleichschritt neben ihm her, als sie sich auf den Weg zurück zu ihrem Büro machten. «Was liegt als nächstes an, Boss?»

«Ich hab für heute genug von allem, schlage also vor, wir verdünnisieren uns beide. Das hat der Colonel auch gemacht, und er leitet schließlich diese sogenannte Ermittlung.»

«Aber was ist mit den Zuid–»

«Zum Teufel mit den Zuidmeyers! Ich kann praktisch nichts machen, bis Dr. Strydom bestätigt, daß die Blutergüsse lange vor ihrem Tod entstanden sind, als die Dame angeblich in der Dusche ausgeglitten ist. Übrigens solltest du dir merken, daß jeder, der unmittelbar mit diesem Fall zu tun hat, zu solcher Geheimhaltung verpflichtet ist, daß ihm die Eier abfallen, wenn er auch nur ein Sterbenswörtchen davon verlauten läßt.»

«*Hau, das* war also das leise Geräusch, das es gab, als Sie gerade aufgestanden sind ...»

«He, Kaffer, paß bloß –»

«Telefon!» fiel Zondi ihm ins Wort.

Kramer war beim fünften Klingeln am Schreibtisch angelangt und nahm den Hörer ab. «Doc?» sagte er.

Er hatte recht. Strydom war am Apparat, und er sprach in einem seltsamen Flüstern, wie jemand, der zwischen höchster Aufregung und äußerster Vorsicht schwankt. Es dauerte eine Zeitlang, bis das, was er sagte, richtig gesackt war, und da hatte er schon wieder aufgelegt.

«Boss?» drängte Zondi, als er sah, daß Kramer den Hörer ganz behutsam wieder einhängte.

«Die Gewebeproben von Mrs. Zuidmeyers Blutergüssen ...»

«Ja, Boss?»

«Dr. Strydom sagt, er könne noch nicht hundertprozentig sicher sein, aber danach zu urteilen, wie sie unter dem Mikroskop aussahen, sind die Prellungen ungefähr zum Zeitpunkt des Todes entstanden, was mit Zuidmeyers Version des Hergangs übereinstimmen würde. Oder anders ausgedrückt: Jetzt scheint es so, als würde der Sohn lügen.»

«Der *Sohn*?» sagte Zondi und hielt das brennende Streichholz wieder ein Stück weg von den beiden Lucky Strikes, die er gerade anzünden wollte. «Warum sollte der denn lügen?»

«Eine verdammt harte Nuß», sagte Kramer zustimmend.

11

«Und was ist mit diesem Kerlchen?» fragte ein großer weißer Mann in einem weißen Kittel, der am nächsten Morgen an Ramjut Pillays Pritsche in der überfüllten Aufnahmestation der Heilanstalt an der Garrison Road stehenblieb. «Hm, Peerswammy Lal, stimmt's?»

«Richtig, Herr Doktor», sagte der zuständige indische Krankenpfleger, auf dessen Namensschild *N. J. Chatterjee* stand. «Er hat die ganze letzte Nacht unter seinem Bett verbracht.»

«Es kam mir dort viel sicherer vor», sagte Ramjut Pillay und warf ängstliche Blicke auf die anderen Patienten ringsum.

«Natürlich, klar. Die Leute sind hinter dir her, nicht wahr?»

«O nein! Ich bin völlig unbekannt und absolut unschuldig, Herr Doktor!» Dann senkte er die Stimme zu einem Flüstern. «Meine Ängste standen ausschließlich mit den Personen in Zusammenhang, die mit mir geschlafen haben.»

«Sexuelle Phantasien, ja?»

«So etwas hätte ich nie zu denken gewagt, Herr Doktor!»

«Hm, mir geht allmählich auf, was dich hierhergebracht haben könnte.» Der Doktor machte sich ein paar Notizen. «Ja, ja, wir haben uns im Bahnhof ein wenig danebenbenommen.»

«Sie auch?» fragte Ramjut Pillay äußerst überrascht.

Der Arzt lächelte gütig. «Nein, du hast mich falsch verstanden», erklärte er. «Wenn ich ‹wir› sage, meine ich eigentlich ‹du›.»

«Aber wenn –»

«Streite nicht mit dem Doktor», sagte Pfleger Chatterjee und drückte ihn wieder auf ein unangenehm hartes Kissen zurück. «Er ist dazu da, uns zu helfen.»

Uns?

An einem solchen Ort kann man wahrhaftig verrückt werden, dachte Ramjut Pillay.

Kramer wachte auf, wälzte sich herum, starrte an die Zimmerdecke und sah, daß es sich weder um die von Tess Muldoon noch um die der Witwe Fourie handelte. Darüber war er froh. Manchmal, wenn er allein ausging und sich vollaufen ließ, was selten vorkam, tat er am Ende genau das Gegenteil von dem, was er sich in nüchternem Zustand vorgenommen hatte. Doch siehe da, er war allein in seinem eigenen kleinen Zimmer, und es stand ihm frei, ein wenig nachzudenken, ohne daß jemand irgendwelchen Wirbel machte beziehungsweise seinen Körper mit der Objektivität einer Ballettänzerin betrachtete.

Er legte die Hände hinter den Kopf und starrte weiter an die Decke. Er stellte sich die müßige Frage, ob Mickey inzwischen eine Decke in seinem Schlafzimmer hatte, nachdem er vor kurzem von Kwela Village, wo er jahrelang mit seiner Familie in zwei Räumen mit Fußböden aus gestampftem Lehm gehaust hatte, in die neue Bantusiedlung in Hamilton, acht Meilen vor der Stadt, umgezogen war. Dann fiel ihm die durchhängende, stockfleckige erste Zimmerdecke seines Lebens in dem baufälligen Farmhaus im Freistaat ein, wo er geboren war. Geboren am Tag vor Weihnachten, weil sein Vater als Kirchenältester so schockiert war über die Folgen, die eine voraussichtliche Geburt am 25. Dezember haben würde, daß er bei seiner Frau vorzeitig die Wehen einleitete, indem er sie am Abend vorher in einem Eselskarren durchschütteln und ihr dann noch von einem Medizinmann ein widerliches Gebräu einflößen ließ. Diese brutale Methode hatte gewirkt, obwohl der Alte, wie er seinen Kumpanen immer wieder vorgeleiert hatte, den Preis dafür hatte zahlen müssen, indem er so an ein und demselben Tag Vater und Witwer zugleich wurde. Sein zuhörender Junge hingegen hatte den Gedanken nicht loswerden können, daß er dadurch auch zum ...

Kramer sprang aus dem Bett, um diese Gedankenfolge abzubrechen, breitete die Arme weit aus und stellte sich auf die Zehenspitzen. «Ah, schon besser ...», sagte er auf dem Weg zur Dusche zu sich selbst und fühlte sich ganz anders als am Vortag, wo ihm die Decke auf den Kopf gefallen war.

Beim Betreten des Badezimmers hatte er sofort wieder Marie Louise Zuidmeyer vor Augen, wie er sie zuletzt gesehen hatte, mit Strydoms Fischgrätstichen entlang der Körpermitte, nachdem ihre Eingeweide und das ganze Zeug wieder in sie hineingestopft worden waren. Eine schwere Frau, gewiß, aber klein dabei und, was das Gewicht betraf, Kilogramm für Kilogramm, wahrscheinlich nicht schwerer als er.

Das verlockte ihn dazu, im Bad ein paar Experimente durchzuführen. Zuerst probierte er aus, wie glatt der Wannenboden in trockenem Zustand war, und merkte, daß seine Fußsohlen daran festhafteten. Dann ließ er etwas Wasser aus dem Brausegerät, das seine Vermieterin zum Haarespülen benutzte, hineinsprühen und probierte es noch einmal. Kaum ein Unterschied. Als nächstes ließ er ein Stück Seife in die Wanne fallen und stellte sich darauf. Wenn er genau zielte, glitt ihm sofort der Fuß aus, aber wenn er einfach nur wie zufällig darauf trat, glitschte meistens nur die Seife unter seinem Fuß weg. Also war, wie er am Ende feststellte, das Ausrutschen auf Seife beim Duschen kein normaler Unfall, sondern ein *außergewöhnlicher* Unfall – etwas, was durch reinen Zufall vielleicht ein einziges Mal in hundert Jahren vorkam.

Arme Marie Louise Zuidmeyer, die nach kaum 54 Jahren schon von diesem unwahrscheinlichen Schicksal ereilt worden war. Und erst die Ärmsten, deren Los nicht besser gewesen war, denn den Gerüchten zufolge hatte es sich samt und sonders um ziemlich junge Männer gehandelt.

Während er neben der Wanne hockte, fragte sich Kramer, auf welche andere Weise Mrs. Zuidmeyer – wenn sie nicht gepackt und zu Fall gebracht worden war – das Gleichgewicht verloren haben mochte. Dann kam ihm eine Idee. Wie nun, wenn die Seife von der letzten Person, die die Dusche benutzt hatte, auf dem Wannenboden liegengelassen worden war? Dadurch hätte ein kaum sichtbarer glatter *Film* entstehen können, auf den sie an irgendeiner Stelle hätte treten können, und schon wäre sie umgefallen. Ganz angetan von dieser Theorie, machte er die Probe aufs Exempel, schmierte Shampoo auf den Wannenboden und trat hinein, ohne hinzuschauen. Beinahe wäre er schwer gestürzt.

«Bingo!» sagte er im stillen zu sich selbst und griff zum Wasserhahn, um sich ein Bad einlaufen zu lassen. «Das erklärt auch, warum ich dort keine Seife entdecken konnte. Wenn nämlich die Dusche noch stundenlang gelaufen ist, ist das, was noch übrig war, vollständig aufgelöst und weggespült worden.»

Aber seine Hand hielt mitten in der Bewegung inne, und dann kratzte er sich, statt den Hahn zu bedienen, hinter dem Ohr. Mrs. Zuidmeyer – und daran war nicht zu deuteln – war eine Frau gewesen, die gern lange badete, genau wie er. Dann war es eigentlich einleuchtend, daß sie erst unter die Dusche gegangen war, als das Wasser heiß herauslief; er kannte wahrhaftig kaum Leute, die schon unter die Dusche traten, solange es noch kalt aus dem Brausekopf sprühte.

Welche Wirkung hatte es in diesem Fall auf den glitschigen Film, den ein Stück schmelzende Seife zurückließ, wenn das Wasser beispielsweise eine Minute lang lief? Er bediente sich erneut der Haarbrause seiner Vermieterin und stellte fest, daß das Shampoo auf dem Grund der Wanne in Sekundenschnelle aufgelöst und damit entschärft wurde.

«Nicht gerade schlau», murmelte er und drehte endlich den Heißwasserhahn auf.

Ein dumpfes Geräusch erklang im Rohrsystem, und nachdem das Wasser kurze Zeit gelaufen war, gab es wieder ein Geräusch, und der Hahn spuckte etwa ein halbes Glas rostbraunes Wasser aus, ehe es wieder normal weiterlief. Als die Wanne voll war und Kramer ausgestreckt darin lag, waren die meisten Rostpartikel längst zu Boden gesunken und nicht mehr zu sehen, nur einer hatte sich auf seine Brust verirrt, wo er ihn zuerst fälschlicherweise für ein kleines Stückchen Schorf hielt, das er bis dahin noch nicht entdeckt hatte. Er tippte leicht mit dem Finger darauf, studierte es genau und schnippte es an die Wand.

Dann kam ihm wieder eine Idee, diesmal mit solcher Gewalt, daß er beim Aufsetzen eine kleine Flutwelle auslöste und die Seifenschale versenkte. «Wo ist das verfluchte Brauseteil?» sagte er, während er den Boden neben der Wanne nach dem Gerät abtastete. «Wie wär's, wenn wir da einen guten Schuß Shampoo hineintun, der auch dann noch mit herausläuft, wenn das Wasser heiß ist?» Er schraubte den Kopf auseinander, quetschte den Rest seines Shampoos hinein und ließ die Wanne leerlaufen, um das Experiment ausführen zu können. Es war nur ein halber Erfolg. Das Shampoo kam eine Minute oder sogar länger mit aus den Düsen, aber durch das Mischen mit Wasser bedeckte es den Wannenboden mit einem hübschen Seifenblasenteppich, der überhaupt nicht rutschig war. Außerdem würde jeder, der nicht extrem kurzsichtig war, diese Schaumblasen sofort sehen, sich wundern und vorsichtig sein.

«Bleiben Sie noch lange da drin, Mr. Kramer?» rief sein Hauswirt besorgt und klopfte an die Badezimmertür. «Meine Frau sitzt wie auf glühenden Kohlen. Es scheint, daß wir das Richtige gefunden haben.»

«Noch höchstens zwei Minuten», versicherte Kramer ihm und schnappte sich ein Handtuch.

Schließlich hatten die Leute seit Jahren schon dieses Badezimmer als Labor benutzt und folglich ältere Rechte daran. Sie hatten sogar Extraregale eingebaut für die riesige Kollektion von Abführmitteln, Laxativen und anderen Darmreinigungsmitteln, mit denen sie endlos in verschiedenen Zusammensetzungen und mit kleiner oder gar keiner Wirkung herumexperimentierten und dabei Stunden auf ihrer Testbank in der Ecke verbrachten. «Meiner Meinung nach könnten sie», hatte Kramer einmal der Witwe Fourie gegenüber geäußert, «wenn sie nur eine Gruppe Gleichgesinnter in Kalifornien oder einer ähnlichen Weltgegend finden würden, eine ‹Stuhl-Gang› begründen.»

Wieder in seinem Zimmer angekommen, trocknete er sich fertig ab und nahm dann ein sauberes Hemd, saubere Socken und frische Unterwäsche aus einem der drei Pappkartons neben seiner Bettcouch. In dem zweiten Karton waren seine Steuerformulare, die Autoversicherungspapiere und andere persönliche Dokumente, während der dritte für besondere Einkäufe reserviert war, wie etwa Reservegläser Instantkaffee. Seinen Anzug hatte er ordentlich über den einen Stuhl gelegt, den er in dem ansonsten unmöblierten Zimmer duldete, und seine Schuhe, die vom Hausboy geputzt worden waren, standen vor der Zimmertür parat. Im Nu war er angekleidet, war sich mit dem Kamm durchs Haar gefahren und schon unterwegs, während er sich noch mit einem batteriebetriebenen Rasierapparat rasierte.

Das Experiment mit dem Shampoo im Brausekopf mochte zwar nicht richtig funktioniert haben, aber trotzdem hatte er das ziemlich sichere Gefühl, der Lösung des Rätsels näher gekommen zu sein. So nahe immerhin, daß er sich als erstes einen Besuch im Haus von Willem Martinus Zuidmeyer vornahm.

Die heutigen Pfeifenreiniger haben ebenso wie gewisse Leutenants vom CID, die ich aufzählen könnte, einfach nicht mehr das *Rückgrat*, das sie in meinen Jugendjahren noch hatten, sinnierte Colonel Muller, während er sich damit abmühte, eine Verstopfung in seiner neuen Bruyèrepfeife zu beheben.

«Aber Colonel, ich konnte doch kaum die ganze Nacht persönlich weitersuchen», sagte Jones gerade weinerlich. «Ich habe den Steckbrief ausstellen lassen, ich habe alle in erhöhte Alarmbereitschaft versetzt, und ich habe eine detaillierte Personenbeschreibung durchgegeben. Was hätte ich denn noch tun sollen? Es ist ja nicht meine Schuld – auch Gagonks nicht –, daß niemand etwas gemeldet hat.»

«Sie hätten die Nacht hindurch weitermachen sollen, wie Sie schon sagten – Tromp hätte das gemacht.»

«Ha! Wissen Sie, wo er vergangene Nacht war? In der Albert-Bar –»

«Jones, das geht Sie nichts an. Ich dachte, ich hätte Ihnen sehr deutlich zu verstehen gegeben, daß ich etwas brauche, was ich heute der Presse anbieten kann, daß *ich es dringlichst brauche* aus Gründen, die Sie ebenfalls nichts angehen. Wenn Sie diesen Postboten verhaftet hätten und er uns –»

«Warum verraten wir den Zeitungen nicht einfach die Sache mit dem Degen, Colonel?»

Der Pfeifenreiniger verklemmte sich und wurde krumm. «Gott im Himmel, jetzt ist meine Geduld aber bald zu Ende, Jones ...»

«Daß es ein Degen war, wäre doch eine echte Sensation, Sir!»

«Genau, Sie blöder Idiot! Und dann ständen wir ziemlich dumm da. Oder haben Sie vielleicht vergessen, daß alles, was wir von diesem Degen haben, dessen Spitze ist? Was wäre, wenn es sich bei dem Ding bloß um einen langen Dolch handelte? Oder –»

«Ich kann wirklich nicht einsehen, was es uns schaden könnte, wenn wir nur –»

«Können Sie nicht? *Riesige* Schlagzeilen wie: ‹Südafrikanische Polizei kann Mordwaffe nicht finden› oder: ‹Autorin laut Polizei *möglicherweise* mit Degen erstochen›. Ist das etwa die Art von Presse, die wir von der SAP uns wünschen? Wie der Brigadekommandeur sagt, ist es ein Geschenk des Himmels – und Sie wissen ja, daß er ein sehr religiöser Mensch ist und meint, was er sagt –, endlich einmal die Gelegenheit zu haben, aller Welt zu beweisen, daß wir keine inkompetenten Idioten sind, die sich nur auf das Abknallen von Kaffern verstehen, wie wir für gewöhnlich im Ausland dargestellt werden. Im Gegenteil, jetzt haben wir die Chance, eine durch und durch professionelle, eindrucksvolle Ermittlung direkt unter den Augen der Medien durchzuführen, den Schuldigen zu finden, ihm einen fairen Prozeß zu machen und dem Kerl schließlich am Galgen das Genick zu brechen. Verstehen Sie's jetzt?»

Jones errötete, was sich unangenehm ausnahm – als würde man mit ansehen, wie eine Leiche beim Einbalsamieren wieder Farbe bekommt. «Äh, ja, Colonel, tut mir leid. Ich wollte nur ...»

«Wenn Sie natürlich heute mit der Tatwaffe aufwarten können», fügte Colonel Muller zum Spaß hinzu, da er es endlich geschafft hatte, den Pfropfen im Mundstück seiner Pfeife zu durchstoßen, «würde ich meinen Unmut möglicherweise vergessen.»

«Sir? Aber ich dachte doch, Jaaps Mannschaft hätte Woodhollow und Umgebung von oben bis unten durchsucht!»

Colonel Muller seufzte und warf den abgenutzten Pfeifenreiniger in den Papierkorb. «Ein Scherz, Jones, nur ein kleiner Scherz ... Sie können mich ruhig einen sentimentalen alten Narren nennen, aber ich hatte doch auf ein Lächeln Ihrerseits gehofft. Ist denn wenigstens sonst irgend etwas von unserem kurzen Gespräch zu Ihnen durchgedrungen? Wissen Sie, was Sie jetzt tun sollen?»

«Ich werde nicht ruhen, bis ich diesen Kuli geschnappt habe, Sir!»

«Danke, Jones», sagte Colonel Muller.

Zuidmeyer saß auf dem Garagenfußboden und starrte stumpf den Stapel *Popular Mechanics* an. Es dauerte zwei oder drei Sekunden, bis er registrierte, daß Kramer ihm gerade einen guten Morgen gewünscht hatte, und etwa genauso lange, bis er sich umgedreht hatte und ihn anschaute. Sein Gesicht wirkte abgespannt, sein schmaler, borstiger Schnurrbart sah jetzt aus wie angeklebt, und die panische Angst war noch immer nicht aus seinen Augen gewichen – vielmehr schien er von neuen Schreckgespenstern heimgesucht worden zu sein.

«Mein Sohn ist weg», sagte er.

«Wie meinen Sie, Sir?»

«Weg. Ich bin gestern abend kurz Zigaretten holen gewesen, und als ich wiederkam, war der Junge weg.»

«Hat er irgend etwas mitgenommen? Kleidung, Geld – sonst etwas?»

«Das kann ich nicht genau sagen.»

«Haben Sie in sein Zimmer geschaut?»

«Durch die Tür hineingespäht, ja, aber ...»

«Dann haben Sie sicher nichts dagegen, wenn ich mal ins Haus gehe, Sir, oder?»

Zuidmeyer winkte teilnahmslos in die betreffende Richtung. «Nur zu, junger Mann. Das Zimmer des Jungen ist das kleine nach hinten hinaus. Meinen Sie, daß der Hund zurückgebracht wird?»

«Hund, Sir?»

«Der gestern weggelaufen ist. Er war noch jung.»

Kramer zuckte die Achseln.

«Deshalb bin ich hier draußen und halte die Augen offen.»

Entweder bist du sehr clever, Willem Martinus Zuidmeyer, dachte Kramer, während er den Weg zur Haustür einschlug, oder deine Seele ist kränker, als allgemein angenommen wird. Nannte er den Hund ebensowenig beim Namen wie seinen Sohn? Hatte er sich die Welt immer drei Schritt vom Leibe gehalten?

Im Haus sah es wüst aus. So war es ärgerlicherweise immer, wenn ein Todesfall als Unfall behandelt wurde: Dann wurden keine der üblichen Sicherheitsvorkehrungen getroffen, um den Ort des Geschehens vor Veränderungen zu schützen. Einer oder sogar beide Zuidmeyers hatten überall im Wohnbereich leere Bierdosen und Zigarettenstummel herumliegen lassen, allerdings nie zwei gesellig nebeneinander. Das Badezimmer, an das sich, getrennt davon, eine Toilette anschloß, sah hingegen aus, als wäre seit der Entfernung der Leiche niemand mehr darin gewesen, und die Borsten der Zahnbürsten über dem Waschbecken fühlten sich knochentrocken an.

Doch zuerst inspizierte Kramer das kleine Hinterzimmer. Das war immerhin so aufgeräumt wie eine Kabine in einem Raumschiff. Bis auf ein paar ausgesuchte Gegenstände auf dem Schreibtisch unter dem Fenster – einen Globus, ein Gerät, von dem fünf

Metallkugeln an dünnen Drähten herabhingen, und einen Quarzwecker – war anscheinend alles in den schicken Anbauschränken an den Wänden verstaut und außer Sicht. Selbst das Bett, das eigentlich mehr wie eine Koje aussah, war ein Teil dieser Einbaulandschaft; an seinem Sockel waren lauter Schalter, mit denen offenbar alles, vom Licht bis hin zu einer verborgenen Stereoanlage, bedient werden konnte. Schublade um Schublade glitt lautlos heraus und offenbarte ihren ordentlichen Inhalt. Keine von denen, die Wäsche enthielten, sah aus, als sei sie in aller Eile durchwühlt worden, und es war auch nicht zu erkennen, ob etwas fehlte. Als Kramer sich dem letzten Schrankfach oben zuwandte und die matt beschichteten, hellblauen Türen zur Seite schob, stieß er, wie er halb erwartet hatte, auf Reihen über Reihen von Science-fiction-Romanen, fast alles Paperbacks. Interessant, dieser Gegensatz zwischen dem Vater und dem Sohn, der offenbar auf seine Weise ‹ausgestiegen› war, indem er sich in vollkommen andere Welten flüchtete.

Dann sah Kramer die Nachricht, die mit blauem Filzstift auf den mannshohen Spiegel gekritzelt war, der an der Rückseite der Zimmertür hing.

SCHAU DICH MAL GUT AN, PAPA
(falls die Cops mich suchen:
Ich bin bei Marlene)

Nachdem dieses Rätsel also gelöst war, prüfte Kramer nach, ob Zuidmeyer nicht inzwischen ins Haus gekommen war, und ging wieder in das Badezimmer.

Woodhollow lag verlassen da, als Zondi an der Vordertreppe vorfuhr und ausstieg, bis auf zwei Bantupolizisten, die zur Bewachung des Anwesens dort postiert waren. Der Morgen war trüb und grau, der Himmel von schweren Regenwolken verhangen, und die Blumen in dem sorgfältig gepflegten Garten hatten all ihre Leuchtkraft eingebüßt.

«Kommt», sagte er zu Naomi Strides drei Hausangestellten, «ihr steigt auch aus; es gibt nichts, wovor ihr euch fürchten müßtet.»

«*Hau*, aber hier sind böse Geister!» wimmerte Betty Duboza und duckte sich in ihre Ecke des Fords.

Sie hatte sich den ganzen Weg vom Polizeiparkplatz bis hierher in diese Furcht hineingesteigert, und ihr Ehemann Ben Duboza war fast ebenso verängstigt. Es war erstaunlich, daß sie, ein Paar in den Fünfzigern, das die feinen Manieren der Weißen angenommen hatte und ein Englisch mit fast weißem Akzent sprach, sich nicht schämte, sich wie ungebildete Kaffern direkt aus dem Busch zu benehmen.

«Ich sagte ‹kommt›», wiederholte Zondi. «Ihr seid noch nicht aus der Pflicht gegenüber eurer Arbeitgeberin entlassen. Wenn ihr uns helfen könnt, herauszufinden, wer sie ermordet hat, dann –»

«Ich komme», sagte Harry Kani, der stämmige Gärtner, und öffnete die vordere Beifahrertür. «Ich bin Presbyterianer, das schützt mich vor so dummem Aberglauben.»

«Und ich bin Anglikaner!» gab Ben Duboza zurück.

«Gut», sagte Zondi, «dann kommst du also auch mit.»

Der Koch war drauf und dran, die Tür aufzumachen, schüttelte dann jedoch wieder den Kopf.

«Harry, was kennst du vom Innern des Hauses?» fragte Zondi den Gärtner.

«Ich kenne nur die Küche, Sergeant – es ist nicht meine Sache, andere Räume zu betreten. Ich kenne die Küche, weil ich dort mein Essen hole.»

«Hast du denn nie heimlich von außen in andere Zimmer hineingeschaut? Oder gelauscht, was da gesprochen wurde?»

«Wer, ich, Sergeant? Harry Kani ist der vertrauenswürdigste und –»

«Hör mal, ich war selbst früher Gartenboy, auch Hausboy», sagte Zondi, «tu also nicht so und erzähl mir nichts, was ich nicht glauben kann – klar?»

Der Gärtner grinste und knackte mit den Fingerknöcheln.

Nach sorgfältiger Prüfung schien zweifelsfrei erwiesen zu sein, daß an dem Brausekopf im Bad der Zuidmeyers nicht herumgefingert worden war. Wenn versucht worden wäre, ihn von dem Rohr abzuschrauben, aus dem das gemischte heiße und kalte Wasser kam, hätten die vier Schichten weißer Lackfarbe auf dem Rohranschluß Sprünge aufgewiesen. Aber die Farbe war ziemlich eindeutig intakt – und schon seit langer Zeit.

Wie sonst hätte jemand den Brausekopf mit einer zähflüssigen glitschigen Substanz füllen können?

Er hätte sie mit einer Injektionsnadel einspritzen können, überlegte Kramer. Aber auch diese Theorie fiel bei genauerer Untersuchung in sich zusammen: Die Löcher im Brausekopf waren samt und sonders viel zu klein, um auch nur die allerfeinste Nadel hineinzustechen.

Aber das Gefühl, nah dran zu sein, hielt sich. Etwas *mußte* mit der Dusche geschehen sein, daß Mrs. Zuidmeyer so schwer gestürzt war – es sei denn, außergewöhnliche Unglücksfälle ereigneten sich doch häufiger, als nach der Wahrscheinlichkeitsrechnung zulässig war.

Kramer ließ sich auf alle viere nieder, betrachtete das Porzellanbecken der Dusche genau und tastete die Oberfläche mit den Fingerspitzen ab. Sie war nicht schlüpfriger als der Boden der Wanne im Haus seiner Vermieter. Dann ließ er die Finger über den Rand des Porzellanbeckens gleiten. Hinter dem Plastikvorhang auf der gegenüberliegenden Seite rechts, dort, wo der Vorhang mit einem Haken an der Stange befestigt war, rutschten seine Fingerspitzen etwas schneller. Er zog die Hand wieder hervor, rieb Daumen und Zeigefinger aneinander und bemerkte, daß sie außerordentlich glitschig waren. Das Zeug war offenbar farblos, roch jedoch schwach nach Fichtennadeln.

Als nächstes zog er die Schuhe aus und trat in die leere Wanne. Er hoffte, hinter den Vorhang schauen zu können, ohne ihn berühren zu müssen. Aber er war zu dicht an der gelbgefliesten Außenwand, und er mußte ihn leicht anheben. Da, auf der Außenseite des Duschvorhangs, war ein glänzender Streifen, der genauso roch und aussah. Er befand sich in etwa einem Meter Höhe vom Wannenboden aus. Ein zweiter Spritzer dieses Stoffs war ungefähr auf Brusthöhe, aber nichts noch höher.

«Ah ja, sehr clever ...», murmelte er. «Nur – wie ist es dorthin gekommen? In die enge Lücke vor Wand und Fenster?»

Er stellte sich auf die Zehenspitzen und warf einen Blick auf das Fensterbrett unter dem Oberlicht, das einen kleinen Spalt offenstand, um Luft ins Bad zu lassen. Auf dem Fensterbrett war wieder ein kleiner Tropfen von dem Zeug.

Hatte jemand da draußen gestanden und es durch die Ritze hineingequetscht? Nein, denn das hätte bedeutet, daß es außen am Duschvorhang auf der ganzen Länge eine Spur hinterlassen hätte. Außerdem hätte diese Methode kaum sichergestellt, daß genügende Mengen der Flüssigkeit den Wannenboden in der Duschkabine erreichten; dazu hätte man etwas gebraucht, um es direkt dorthin zu leiten.

Nur einen Moment später hatte Kramer deutlich vor Augen, wie es gewesen sein mußte. Jemand hatte einen dünnen Plastikschlauch durch den Fensterspalt an der Wand hinter dem Duschvorhang entlang bis hinunter ins Porzellanbecken geschoben. Dann hatte er gewartet, bis Mrs. Zuidmeyer unter die Dusche ging, und das Gleitmittel durch den Schlauch eingeleitet. Sobald das Mittel seine Wirkung getan hatte, hatte er den Schlauch wieder zurückgezogen und dabei zwei Spritzer auf dem Duschvorhang und einen Tropfen auf dem Fensterbrett hinterlassen.

Unsinn, dachte er. Reine Phantasie.

Aber der Gedanke hatte sich schon festgefressen. Er stimmte mit allen sichtbaren Fakten überein. Er war logisch. Er mußte einfach stimmen.

Dann gingen ihm die Feinheiten durch den Kopf, etwa, daß sicher ein durchsichtiger Plastikschlauch verwendet worden war, der noch schwerer zu entdecken gewesen wäre. Wo hatte er schon mal einen solchen Schlauch gesehen? Wurde so was nicht manchmal in Autowerkstätten für Benzinleitungen benutzt? Am Vergaser, so daß man sehen konnte, ob das Benzin auch floß?

Seine erste Reaktion war die, sofort loszugehen und nachzuschauen, was Zuidmeyer an Ersatzteilen in seiner Garage hatte. Er blieb jedoch stehen, um die Situation erst noch einmal gründlich zu durchdenken, und entschloß sich dann, statt dessen zweierlei zu tun. Erstens tupfte er mit einem Stückchen Toilettenpapier eine winzige Probe von der glänzenden Substanz am Duschvorhang ab und steckte sie ein, um sie im Labor untersuchen zu lassen. Zweitens stahl er sich hinten aus dem Haus zur Küchentür hinaus und inspizierte den Bereich unmittelbar unter dem Badezimmerfenster.

Es war ein Blumenbeet, von der Wand aus fast einen Meter breit und mit Tausendschönchen bepflanzt. Bei dieser Beetbreite mußte, falls seine Theorie korrekt war, die Person mit dem Plastikschlauch irgendwann während der Aktion unweigerlich einmal auf das Beet getreten sein. Aber die Oberfläche des Blumenbeets, die überwiegend aus trockenen Erdkrumen bestand, sah unberührt aus.

Kramer hockte sich hin und begann die obersten Erdkrumen abzuheben. Er fand keine Erdschicht darunter, die zertrampelt und dann wieder abgedeckt worden wäre, aber er stieß auf einen merkwürdigen feuchten Fleck auf einem Erdbrocken, den er gerade beiseite legen wollte. Ein Fleck, der entfernt nach Fichtennadeln roch.

Na klar, dachte er, der Schlauch muß von *innen* aus gelegt worden sein, so daß ein Ende draußen herunterbaumelte und vom Rasen vor dem Beet aus leicht zu erreichen war; deshalb gab es keine Fußstapfen in dem Blumenbeet.

Dann drehte er sich um und prüfte, wie exponiert man an dieser Stelle war. Das Grundstück grenzte hinten an einen Holzlagerplatz, der von einem übermannshohen Wellblechzaun eingefaßt war. Zur Linken versperrte der Küchenanbau den dortigen Nachbarn die Sicht. Und von rechts konnten auch keine Nachbarn hereinschauen wegen einer Gitterpergola, die dicht von Passionsblumenranken überwuchert war. Kurz: Jemand, der hier hockte, war von keiner Richtung aus sichtbar, auch nicht vom Badezimmer selbst, dessen kleines hohes Fenster Milchglasscheiben hatte.

Zu Gagonk Mbopas grenzenloser Enttäuschung kamen die beiden Ehebrecher, die das Kapitel eins der *Last Magnolia* so spannend gemacht hatten, im zweiten Kapitel nicht mehr vor, das statt dessen die endlose Beschreibung eines schwachsinnigen Zulus enthielt, der von dem lächerlichen Ehrgeiz besessen war, Parlamentsmitglied zu werden. Dieser Idiot grübelte nicht nur ständig über seinen Job als Gärtner, seinen akademischen Grad und die welken Blüten nach, die er unter dem Magnolienbaum wegfegen mußte, sondern schien zu allem Überfluß auch noch keinerlei Geschlechtsleben zu haben, außer daß er eine merkwürdige Bewunderung für weibliche Ministerpräsidenten hegte.

Deshalb entschied er sich, Kapitel drei gar nicht erst anzufangen, warf die *Letzte Magnolie* in seine Schreibtischschublade und ging hinaus auf den Hof. Der aus dem Gefängnis ausgeliehene Häftling war damit beschäftigt, ein Pflanzloch für den neuen Rosenstock zu graben, der, in einen Riesenbogen braunes Papier gewickelt, daneben lag. Mbopa wollte eben hinüberschlendern und sehen, wie weit er schon gekommen war, als das Telefon klingelte, so daß er eiligst wieder in das Amtszimmer der Bantubeamten zurückmußte.

«Schon irgendwas entdeckt?» fragte Jones.

«Nein, Lieutenant, alles totenstill. Nur ein Anruf von der Stadtpolizei, die anfragte, ob wir den Mann gestern nacht noch gestellt hätten, damit sie nicht ihre Zeit damit verschwenden, nach ihm –»

«Schon gut, schon gut, ich bin im Bilde! Ich bin noch immer hier am Busbahnhof, zwecks doppelter Kontrolle, aber ich bin in etwa zwanzig Minuten zurück, um dich zu einer neuen Fahrt nach Gladstoneville abzuholen. Bis dahin wird der Diensthabende jemanden organisiert haben, der dich am Telefon ablösen kann, okay?»

«Okay, Lieutenant.»

Tims Shabalala kam hereingewatschelt und trieb mit leichten Schlägen seiner kurzen Nashornlederpeitsche auf weitgehend unbekleidete Hinterteile zwei vollkommen aufgelöste Kerlchen vor sich her, die mit Handschellen aneinandergefesselt waren und mehrere Bündel trugen.

«Hör mal zu», sagte Mbopa auf Afrikaans, damit sie ihn nicht verstehen konnten, «ich will heute kein Heulen und Zähneklappern hier drin haben, Shabalala – jedenfalls nicht, solange ich wichtige telefonische Nachrichten entgegennehmen muß.»

«Das denkst du dir so schön, Gagonk! Ich sage dir, dieser Kuli ist längst weit, weit weg, und der Colonel wird dich und deinen Boss morgen nach Namibia versetzen, damit ihr gegen die SWAPO kämpft!»

«Ha! Das wird mit Zondi und seinem Antreiber geschehen! Warte nur, Jones und ich –»

Shabalala lachte unverschämt und sagte auf Zulu zu seinen Gefangenen: «Kommt, ihr Rotznasen! Leert die Bündel aus, damit ich gut sehen kann, was ihr da habt.» Dann wechselte er zurück zu Afrikaans und fügte hinzu: «Du kannst dich beruhigen, großer Elefant, diese beiden haben bereits gestanden, denn ich habe sie auf frischer Tat ertappt. Und wenn ich noch mehr von ihnen wissen wollte, würden sie für eine Brotrinde sonst was erzählen; sie sind so ausgehungert, daß sie entsetzlich aus dem Mund stinken. Riechst du das nicht?»

Das Telefon klingelte, und Mbopa riß den Hörer hoch.

«Gagonk», sagte Colonel Muller, «warum trägt der neue Rosenbusch, den du für mich gekauft hast, keine Blüten?»

«Colonel?»

«Ich habe gerade mal vom Balkon hinuntergeschaut und sehe keine Rosenblüten.»

«Das ist aber richtig so, Colonel. Der Boss vom Gartenhandel hat mir gesagt, man muß sie erst pflanzen und dann abwarten. Sie werden nie verkauft, wenn sie schon blühen, sagt der Boss.»

«Unsinn, Mann! Das war doch der Sinn der Sache mit dem neuen Rosenstock, daß ich zum Tagesbeginn etwas Schönes sehe. Wo hast du das Ding denn gekauft?»

Mbopa suchte den Kassenbon hervor, den er aufgehoben hatte, um den listigen Mistkerl Zondi dazu zu bringen, seine Hälfte davon zu bezahlen, und las den Namen des Händlers, seine Adresse und die Telefonnummer vor.

«Da werde ich mal anrufen», sagte Colonel Muller mit einer Stimme, bei deren Klang Mbopa sich am liebsten geduckt hätte. «Gott im Himmel, man sollte doch denken, daß ich heute schon genug am Hals habe!» Und er schmiß seinen Hörer auf die Gabel.

«He-Bar-Bur ...», sagte Mbopa, sehr erleichtert, daß es vorbei war.

«Ramjut Pillay?» fragte Shabalala.

«Nein, darum ging's nicht; es war der Colonel. Er –»

«Heißt euer indischer Postbote nicht Ramjut Pillay?» unterbrach ihn Shabalala und hob ein zerfleddertes Taschenbuch hoch.

«Warum? Was gibt's denn?»

«Der Name steht in diesem Buch», sagte Shabalala, «und darunter eine Adresse in Gladstoneville.»

Die zwei schwarzen Bengel schraken zurück, als Mbopa mit

einem Sprung durch das Zimmer setzte und es ergriff. «Wo habt ihr das her?» schrie er.

«Es war zusammen mit einem Plastikregenmantel in dieser großen Tasche», sagte Shabalala grinsend.

«Nicht stehlen!» plapperte einer der Bengel, der vielleicht neun und der Ältere von beiden war, drauflos. «Bestimmt, es rumliegen, wir es finden – niemand in der Nähe.»

Shabalala gab dem anderen Balg einen Peitschenschlag über die Schultern, der daraufhin aufkreischte, in Tränen ausbrach und schluchzte: «Bestimmt, ganz bestimmt! Wir große Tasche nicht stehlen! Sie einfach rumliegen!»

«Gib mir mal eben die Peitsche», verlangte Mbopa. «Mach schon, schnell, Shabalala!»

«Das ist nicht nötig; ich glaube ihnen – der andere hat sich gerade in die Hosen gemacht. Warum fragst du nicht, wo die Tasche gefunden wurde, oder muß etwa ein kleiner Beamter vom Einbruch alles für den Herrn Kriminaldetektiv erledigen?»

Mbopa warf ihm einen finsteren Blick zu, beherrschte sich jedoch und stellte die Frage.

«G-g-gestern abend ...», sagte der eine Bengel.

«Nach letzte B-Bu-Bus», stieß sein Gefährte hervor.

«Ich habe gefragt, *wo*, nicht, wann, ihr Ratten! Antwortet, oder ich –»

«Am Bahnhof!»

«Im Park am Bahnhof!»

«Railway Street?»

Sie nickten.

12

«Da sind Sie ja, Sie Halunke», knurrte Kramer, als er endlich in der staatlichen Leichenhalle auf Piet Baksteen stieß. «Das ist schon der dritte Ort, an dem ich Sie suche.»

«Glückspilz!» sagte Baksteen, der allein in Van Rensburgs kleinem Büro stand und nach Brandy roch.

Kramer ginste. Typisch Baksteen, daß er hinter das Geheimnis der abgeschlossenen Schreibtischschublade gekommen war, deren Schlüssel Van Rensburg an einem fettigen Stück Bindfaden um den Hals trug. Und typisch Van Rensburg, sich nicht klarzumachen, daß das Schloß an der Schublade leichter zu knacken war als ein Hühnerbein.

«Was hat Sie denn eigentlich hierhergeführt, Baksteen, außer dem Gratisbrandy?»

«Der verrückte Herr Doktor – eine neue von seinen seltsamen Passionen.»

«Strydom? Doch nicht wieder diese Schnecken?»

«Man muß gerechterweise sagen, daß mit Hilfe jenes Extrakts, sofern er richtig zubereitet wird, zwischen weißem Blut und schwarzem Blut unterschieden werden kann, aber er ...»

«Sollte so etwas lieber den Experten überlassen?»

Baksteen, der selbst so etwas wie ein Experte auf dem Gebiet der biochemischen Analyse war, zuckte freundlich mit den Schultern, wie es die Leute oft taten, wenn die Rede auf Dr. med. Christiaan Strydom kam. «Diesmal stammt die Idee ausschließlich von ihm, und sie hilft uns vielleicht sogar im Labor weiter. Ich will nicht allzu fachlich werden und Sie auch möglichst nicht langweilen, aber die Hypothese lautet –»

«Moment mal, Piet, das ist mir schon zu hoch», sagte Kramer und zog die Zigarettenschachtel hervor, in der seine Laborproben von Acacia Drive 146 steckten. «Außerdem interessiert mich mehr, was Sie aus diesem Zeug für mich herausholen können.»

«Äh, können wir nicht ...?» Baksteen zupfte an seinem kleinen schwarzen Bärtchen und spähte mit leichtem Unbehagen aus den Fenstern, die Van Rensburgs Büro einrahmten. «Ich würde lieber woandershin gehen für den Fall –»

«Oh, Van ist also da? Ich dachte, er sei wegen eines Transports unterwegs.»

«Nein, er ist draußen und beschuldigt Nxumalo, Fleisch im Kühlraum aufzubewahren», sagte Baksteen und setzte sich in Richtung Obduktionsraum in Bewegung.

Kramer folgte der schlaksigen Gestalt dorthin, dann holte er das Stückchen Toilettenpapier heraus, auf dem trotz der Saugkraft des Papiers noch etwas von der Substanz glänzte, die er an dem Duschvorhang gefunden hatte.

«Was ist denn das? Sperma jedenfalls nicht!»

«Das ist immerhin ein Trost», sagte Kramer. «Aber habt ihr Kerle vom Labor eigentlich nichts anderes im Kopf als –»

Baksteen hatte ihm die Probe aus der Hand genommen und schnupperte daran. «Mist. Hier drin sind zu viele andere Gerüche», sagte er. «Ich glaube, wir sollten auch mal nach draußen gehen.»

Sie bekamen gerade noch mit, wie Van Rensburg einem Bantubeamten den Rücken zukehrte, der ein sehr betretenes Gesicht machte, gleich darauf jedoch breit grinste.

«Dieser verdammte Nxumalo», beklagte sich der Leichenhallen-Sergeant, als er zu ihnen gestapft kam, «das ist schon das zweite Mal innerhalb von zwei Wochen, daß ich Ziegenhaar in einer Tiefkühllade gefunden habe.»

«Sind Sie sicher, daß es Ziegenhaar ist?»

«Absolut sicher, Mr. Baksteen, aber er leugnet es natürlich.»

«Geben Sie's mir, dann lasse ich es analysieren.»

«Ja? Das würden Sie für mich tun?»

«Für einen Kollegen tue ich alles, Sergeant.»

Van Rensburg strahlte, dann sagte er spitz mit einem sprechenden Seitenblick auf Kramer: «Sie, Mr. Baksteen, sind das, was ich einen wahren Weißen nenne, ein *echter Gentleman.*»

«Machen Sie bloß kein Aufhebens davon, ja? So, schnuppern wir noch mal hier dran, vielleicht gibt uns der Geruch einen ersten Fingerzeig.»

«Darf ich mitmachen, Mr. Baksteen?» bettelte Van Rensburg. «Ich habe immer ein feines Näschen gehabt.»

«Ja, das ist mir auch schon aufgefallen», sagte Kramer.

«Alles klar, Mr. Baksteen! Das ist DH-136, Sir.»

«DH-136, Van? Ich kann nur einen Fichtennadelduft riechen.»

«Ja, aber einen DH-136-Fichtennadelduft», beharrte Van Rensburg. «Ein Reinigungsmittel, das zugleich desinfiziert – ein wahres Zaubermittel! Sie müssen es doch im Obduktionsraum bemerkt haben.»

Baksteen schaute erst Kramer und dann wieder Van Rensburg an. «Na, vielen Dank auch für den Hinweis – es sind schließlich nur einige Dutzend Reinigungsmittel auf dem Markt, die alle nach Fichtennadeln duften. Und vielleicht handelt es sich nicht einmal –»

«Es ist nicht einfach nur Fichtennadelduft, Mr. Baksteen – ach, ich kann es nicht erklären. Wissen Sie, was? Ich werde es Ihnen beweisen ...» Damit verschwand er im Obduktionsraum, um wenig später schnaufend mit einem großen weißen Plastikkanister zurückzukehren. «So, jetzt riechen Sie mal an diesem Zeug, dann merken Sie, daß es das gleiche ist.»

«Ich bin weg», sagte Kramer, dem die Geduld ausging. «Ich rufe um vier im Labor an wegen der Ergebnisse, ja?»

«Aber Tromp, bei all den Möglichkeiten, die es gibt, ist das wirklich ein bißchen wenig –»

«Dann hören Sie endlich auf, mit diesem Bluthund herumzublödeln, und machen Sie sich an die Arbeit!»

Irgendwo, da war Zondi sicher, mußte der Papierfetzen vom Lieutenant sein, auf dem die Telefonnummer stand, unter der Theo Kennedy zu erreichen war. Er wünschte, er hätte sich die Mühe gemacht und sie sich nach einem kurzen Blick eingeprägt, denn er wollte Naomi Strides Hausangestellte loswerden, und zwar schnell. Die ganze blöde Idee, sie nach Woodhollow zu bringen, hatte sich, wie er im Grunde halb erwartet hatte, als reine Zeitverschwendung erwiesen, dabei hätte er gut etwas anderes tun können. Zum Beispiel herausfinden, warum solches Aufhebens um Ramjut Pillay, den indischen Briefträger, gemacht wurde, wovon ihm gerüchteweise etwas zu Ohren gekommen war, als er heute morgen seinen Dienstwagen geholt hatte. Er war sicher, mit seinem Urteil über den Mann nicht so danebengelegen zu haben, daß er eine verschlagene Verbrechernatur hinter dessen kindlich-unschuldigem Äußeren übersehen hätte.

«Ah!» sagte Zondi und nahm seinen Hut ab.

Der Zettel steckte innen hinter dem Lederband, und gleich darauf hatte er die Nummer schon gewählt und hörte das Amtszeichen.

«Hallo, Vicki Stilgoe am Apparat.»

«Guten Morgen, Madam, hier Sergeant Zondi vom Mord- und Raubdezernat. Ich habe eine Nachricht für Boss Kennedy.»

«So?»

«Können Madam freundlicherweise etwas ausrichten?»

«Madam kann sogar noch mehr ...» Es gab einen Bums, als der Hörer auf eine harte Fläche gelegt wurde, und dann hörte er schwach: «Theo, mein Schatz, die Polizei ist dran; ein Typ, der dir was sagen will. Komm, Mandy, runter von Onkel Theos Schoß!»

«Hallo, womit kann ich dienen?»

Zondi gab wieder seinen Namen an und erklärte ihm dann, daß die Dienerschaft der Toten nach Woodhollow gebracht worden war.

«Das Problem ist, Sir, daß sie jetzt, nachdem wir mit ihnen fertig sind, fragen, was sie tun sollen. Wünscht der Boss, daß sie fortan für ihn arbeiten, oder ist ihr Arbeitsverhältnis mit Woodhollow beendet? Sie machen sich große Sorgen, Sir, und –»

«O Gott, arme Betty und Ben! Und Harry, der Gärtner, ist wahrscheinlich auch da, oder?»

«Ja, Sir.»

«Ach je, am besten komme ich mal eben rüber und schaue, ob ich sie irgendwie beruhigen kann. An all das hatte ich überhaupt noch nicht gedacht, um ehrlich zu sein! Also bis gleich, Sergeant.»

Ein ungewöhnlicher Mann, dachte Zondi, als er den Hörer in Naomi Strides Arbeitszimmer wieder auflegte, der wahrhaftig von Mensch zu Mensch mit einem sprach. Vielleicht hatte auch der Lieutenant selbst mit seinem Urteil gar nicht so unrecht gehabt, als er den Gedanken fallenließ, Kennedy sei verdächtig.

«Sergeant?» sagte Harry Kani, der gerade am Fenster erschien.

«Ist dir etwas aufgefallen?»

«Mir ist etwas *ein*gefallen, Sergeant. Darf ich es dir zeigen?»

«Gut», sagte Jones und hielt an den öffentlichen Grünanlagen der Railway Street, wobei er den halben Bordstein mitnahm, «unter welcher Bank soll Pillays Plastiktüte gelegen haben?»

«Unter der dort neben dem Trinkwasserspender», erwiderte Mbopa und deutete stolz darauf. «Mit dem Schild ‹Nur für Nichtweiße›.»

«Ich kann selber lesen! Und ich weiß auch nicht, warum du so verflucht selbstgefällig klingst: Es war wirklich nichts Besonderes, Shabalala zu fragen, ob du mal die Sachen sehen könntest, die die Negerbälger mitgebracht haben. Ich hatte ohnehin schon eine Überprüfung von Fundstücken sowie Diebesgut organisiert – diese Tüte wäre auf jeden Fall aufgetaucht, wie auch immer.»

Mbopa runzelte die Stirn, ziemlich sicher, daß dieses Argument irgendwo einen Makel hatte. «Hmpff», murmelte er.

«Die Plastiktüte», sagte Jones, «muß also irgendwann in der Zeit zwischen Pillays Flucht aus dem Elternhaus in Gladstoneville und elf Uhr, wenn die Busse nicht mehr fahren, hier deponiert worden sein. Die erste Frage, die wir uns stellen müssen, lautet: Warum?»

«Vielleicht, weil er sie fallen gelassen hat, Lieutenant», meinte Mbopa.

«Sei still, wenn ich nachdenke ...»

Mbopa bemerkte, wie sich drüben an dem alten viktorianischen Musikpavillon in der Mitte des kleinen dreieckigen Parks mit seinem dürftigen Rasen etwas bewegte. Stück für Stück, als gehe ein blutroter Sonnenball hinter der Bühne des Pavillons auf, erschien das Gesicht eines riesenhaften weißen Säufers und spähte argwöhnisch zur Polizei herüber.

«Ich kann nicht glauben, daß er die Tüte fallen gelassen hat, ohne es zu merken», brabbelte Jones vor sich hin. «Darum ist logischerweise anzunehmen, daß er sie weggeworfen hat, um zwei Dinge loszuwerden, an Hand deren man ihn hätte identifizieren können: das Buch und den Regenmantel.»

Der Betrunkene kratzte sich mit einer Hand, die mit einem schmutzigen Taschentuch verbunden war, an der Nase.

«Sitz doch nicht dumm rum!» sagte Jones wütend und stieß Mbopa mit dem Ellbogen in die Rippen. «Zeig wenigstens ein gewisses Interesse, Gott im Himmel! Sag mir zum Beispiel mal, wie jemand so dämlich sein kann, sich in aller Öffentlichkeit Belastungsmaterials zu entledigen!»

«Vielleicht hat Pillay», sagte Mbopa mit einem Kopfnicken in Richtung eines Papierkorbs, der hinter der Bank stand, «seine Tüte darin versteckt in der Hoffnung, sie würde dann von den Straßenfegern entsorgt, und ein Penner hat sie sich geholt, hineingeschaut, den Inhalt nicht brauchen können und sie einfach unter seinem Sitz liegenlassen.»

«Schon möglich», sagte Jones. «Die nächste Frage lautet: Warum hat er ausgerechnet diesen Park ausgewählt, um sein Zeug loszuwerden?»

«Vielleicht», sagte Mbopa, «wollte er nicht im Zug mit Belastungsmaterial angetroffen werden und hat folglich in letzter Minute beschlossen, es in Trekkersburg zurückzulassen.»

«Im Zug? Aber die Bahnpolizei hat bereits in ihrem Dienstbuch unter dem gestrigen Datum nachgesehen und schwört, es sei niemand, auf den Pillays Beschreibung paßte –»

«Mit Verlaub, Lieutenant, im Dienstbuch werden nur Verhaftungen und andere polizeiliche Aktivitäten verzeichnet. Wenn er nun das nötige Fahrgeld hatte, würde *ein* indischer Kuli unter vielen anderen denn auffallen?»

«Aber der Fahrkartenverkäufer für Nichtweiße erinnert sich auch nicht an jemanden, der dieser Beschreibung entsprochen hätte, und ich spreche von dem Typen, der gestern von zwei bis zehn Dienst hatte.»

«Na ja», sagte Mbopa achselzuckend, «dann bleibt alles ein großes Geheimnis, Lieutenant.»

Jones öffnete seine Wagentür. «Ich werde mir das Dienstbuch mal selber anschauen. Du kannst inzwischen durch den Park schlendern, mit den Leuten reden und herauszufinden versuchen, ob irgend jemand hier Pillay gestern gesehen hat.»

Mbopa stieg widerstrebend aus. Durch Grünanlagen zu spazieren und Leute anzuquatschen war noch nie seine Stärke gewesen; die meisten machten sich schon bei seinem Anblick davon, bevor er ein Wort mit ihnen wechseln konnte. In einer weniger verweichlichten Welt würden ein paar Kugeln aus seiner Walther PKK dieses Problem natürlich schnell lösen, aber das waren nun einmal die Kreuze, die ein echter Mann tragen lernen mußte.

«He, du!» brüllte Mbopa und zeigte mit dem Finger auf einen alten Farbigen, der auf eine Bank neben dem Pavillon zutorkelte. «Ich will mit dir plaudern – komm her.»

Der weiße Trunkenbold verschwand, was interessant war, und der alte Farbige sprang, nachdem er sich schwankend umgedreht hatte, um zu sehen, wer ihn da rief, wie ein junges Reh davon und setzte dabei über drei betrunkene Schwarze hinweg, die nebeneinanderhockten.

«Scheißkerl», brummte Mbopa.

Da erschien der Kopf des weißen Penners wieder, gerade so hoch, daß nur die blutunterlaufenen Augen zu sehen waren. Irgend etwas beunruhigt den Idioten, dachte Mbopa und wünschte sich, er könnte hingehen, ihn am Schlafittchen packen und mal hören, was es war.

«Lieutenant, Sir», sagte er, als Jones unverrichteter Dinge mit grimmiger Miene zurückkehrte, «vielleicht sollten Sie mal mit dem Weißen reden, der sich dahinten versteckt. Er benimmt sich sowohl seltsam als auch verdächtig.»

«Unerheblich!»

«Sir?»

«Hast du noch immer nicht herausbekommen, warum wir auf dem Bahnhof keine Spur von ihm finden?» herrschte Jones ihn giftig an und schritt zum Wagen.

«Weil Pillay seinen Namen geändert hat, Boss?»

«Ha! Meinst du, das würde reichen, um mich an der Nase herumzuführen? Nein, du Dummkopf, sondern *weil Pillay gestern gar nicht hier am Bahnhof war*. Die Tüte zurückzulassen war bloß ein Trick, damit wir denken sollten, er sei mit dem Zug irgendwohin gefahren, dabei ist er wahrscheinlich die ganze Zeit über in Trekkersburg und lacht sich hinter unserem Rücken einen Ast!»

Kein schlechter Einfall von Harry Kani, dem Gärtner der verstorbenen Naomi Stride, befand Zondi. Bisher war man immer davon ausgegangen, daß der Mörder vom Jan-Smuts-Weg in das Grundstück eingedrungen war, während er, wie Kani meinte, durchaus auch den Pfad von der Hauptstraße auf der entgegengesetzten Seite den bewaldeten Hang hinauf genommen haben konnte, den die Hausangestellten stets benutzten.

Doch als Zondi daraufhin den Pfad bis zum Zaun am Fuß des Abhangs erkundet und nichts gefunden hatte, war der Nettogewinn wieder nur eine Hypothese. Zur Sicherheit konnten natürlich Autofahrer durch die Presse aufgerufen werden, zu melden, ob sie in der fraglichen Nacht ein Auto dort hatten parken sehen, aber was den unmittelbaren Wert der Sache betraf, war die Ausbeute dieses Vormittags immer noch gleich Null.

Zondi folgte dem Pfad langsam wieder zurück zur hinteren Rasenfläche von Woodhollow und blieb nur einmal stehen, um eine Stelle, die nach einem großen Fußabdruck aussah, noch ein zweites Mal zu untersuchen. Dann war er oben und erfreut, Theo Kennedy mit Kani und den beiden Dubozas, die sichtlich aufgeheitert wirkten, am Swimmingpool stehen zu sehen.

«Sergeant Zondi?» fragte Kennedy und streckte ihm die Hand entgegen, als er näher trat.

Zondi schüttelte die Hand nach Art der Weißen und sagte: «Danke, Sir, daß Sie gekommen sind. Dürfte ich sie Ihnen überlassen und –?»

«Hau, hau hau!»

«Was ist los, Harry?» fragte Kennedy.

«All der Unrat, den die Leute hineingeworfen haben!» sagte Harry anklagend. «Wer macht denn so etwas?»

Zondi warf einen Blick auf die Zigarettenschachteln, Bonbonpapierchen und Ernußtüten, die vor dem Abtransport der Leiche am Dienstag von Zuschauern in Uniform in das Schwimmbecken geworfen worden waren. «Schon gut, Kani, ich werde dafür –»

«Aber die Madam achtet sehr streng auf solche Sachen aus Angst, daß sich der Filter zusetzt! Sehen Sie das da unten?» Und er zeigte auf ein kleines Gitter in einer Ecke auf der tiefen Seite des Beckens, ein paar Meter unterhalb ihres Standplatzes. «Da ist überall Abfall. Und was ist das für ein Gegenstand?»

«Ein Gegenstand?» wiederholte Zondi und hockte sich hin, um besser sehen zu können.

«Er glitzert orange», sagte Kani, «wie ein Edelstein.»

«Ja, jetzt sehe ich ihn auch», stimmte Kennedy zu und hockte sich neben Zondi. «Klemmt zwischen dem zweiten und dritten Stab des Gitters. Sehr eigenartig, nicht wahr? Warum ist er nicht schon früher aufgefallen?»

«Könnte es daran liegen, Sir», sagte Zondi, «daß dies der erste trübe Tag seit Ermittlungsbeginn ist und man deshalb nicht vom widergespiegelten Sonnenlicht geblendet wird?»

«Sie haben recht. Sollen wir nicht mal nachsehen, was es ist?»

«*Hau*, ich kann nicht schwimmen, junger Herr!» sagte Kani. «Ich war noch nie in diesem Wasser.»

Kennedy blickte Zondi an, der ihm gestand: «Ich bin nur als Kind in einem flachen Fluß geschwommen, Sir. Ich kann mich über Wasser halten, aber nicht tauchen!»

«Aber eine andere Möglichkeit daranzukommen, gibt es nicht, oder?» sagte Kennedy und erhob sich. «Also gut, ich habe eine alte Badehose irgendwo im Haus. Wenn die Polizei nichts dagegen einzuwenden hat, gehe ich mal eben rein und ziehe mich um.»

Es dauerte ein paar Sekunden, bis Zondi aufging, welchen Respekt man ihm entgegenbrachte, dann nickte er dankbar, und Kennedy rannte davon.

«Wer ist das?» flüsterte Betty Duboza und neigte den Kopf ein wenig nach links.

Zondi schaute in diese Richtung und sah ein hübsches weißes Kind mit kleinen Grübchen in den Wangen, das über den Rasen auf sie zu kam, gefolgt von einer sehr einfach gekleideten, schüchtern wirkenden Frau mit Kopftuch. «Neue Freunde von eurem jungen Herrn», erklärte er. «Nachbarn von ihm. Aber sag mir doch, Betty Duboza, ob du jetzt genauso die Stirn runzelst, wie deine Madam immer die Stirn zu runzeln pflegte, wenn Boss Kennedy Fremde mit ins Haus brachte.»

Und er wußte gleich, daß er den Nagel auf den Kopf getroffen hatte, denn Ben Duboza grinste von einem Ohr zum andern.

Angesichts der vollkommen unbestimmten Verzögerung an der Zuidmeyer-Front, die Baksteens Untersuchung der Proben vom Duschvorhang mit sich brachte, beschloß Kramer, nicht länger ziellos herumzufahren, sondern lieber den Geschäftsräumen des Afro-Art-Ladens einen Besuch abzustatten. Er war neugierig, wieso Theo Kennedy eigentlich seit kurzem keine Freundin mehr hatte, und Sekretärinnen waren oft eine ebenso gute Informationsquelle wie Hausangestellte, was die Aktivitäten ihrer Herren und Meister betraf.

Afro-Art war der mittlere Laden in einer Reihe kleiner Geschäfte in einer Passage, die von der Trekkersburger Hauptstraße abging. Auf der einen Seite war ein Briefmarkenhändler und auf der anderen ein Fotodiscount, der Regal um Regal voller Fotozubehör aus zweiter Hand zur Schau stellte. Das Schaufenster von Afro-Art war schwarz, bis auf ein ovales Loch in der Mitte, durch das ein Kopf aus Ton zu sehen war, der von einem kleinen Scheinwerfer angestrahlt wurde. Kramer öffnete die Tür, die in goldenen Buchstaben die Aufschrift *Einzel- und Großhandel* trug, und trat in ein angenehmes Dämmerlicht. Hier und da hoben kleine Spotlights ausgewählte Stücke der Töpferkunst hervor, Köpfe aus Ton, Korbwaren aus Schilfgras, Holzschnitzereien und Zulu-Perlenstickereien, während im Halbdunkel des übrigen Ausstellungsraums ein Durcheinander von zahllosen anderen Gegenständen herrschte wie in einer Art Schatzhöhle.

«Wenn Sie auch wieder ein Reporter sind ...»

Als sich seine Augen an das Dämmerlicht gewöhnt hatten, sah Kramer eine junge Brünette am Kassentisch hinten im Laden stehen, die Arme über einem gewichtigen Busen gekreuzt. Es war eine Schande, daß sie auch sonst etwas übergewichtig war.

«Reporter verspeise ich zum Frühstück, gnä' Frau. Tromp Kramer vom CID Trekkersburg.»

«Gott sei Dank!» Sie lächelte, wobei sie perfekte Zähne entblößte, und wechselte höflich zu fließendem Afrikaans über. «Ja, Theo hat mir von Ihnen erzählt – er sagte, Sie wären sehr nett zu ihm gewesen, der arme Kerl. Aber ich muß Ihnen gleich sagen, daß er heute morgen nicht herkommt.»

«Nicht?»

«Er hat mich vorhin angerufen und gesagt, er müßte zum Haus seiner Mutter, um nach dem Personal zu sehen. Offen gestanden bin ich erstaunt, daß er sich so gut hält – er ist ja *so* empfindsam –, aber ich glaube, das kann auch noch der Schock sein. Meine Großmama war auch so, hat Großpapas Begräbnis durchgestanden, ohne nur einmal ihr Spitzentaschentüchlein zu benutzen, und dann, drei Wochen später, ist sie mitten in *Südafrika heute* am Fernseher in Tränen ausgebrochen und heulte und heulte!»

«Tatsächlich?» sagte Kramer und holte seine Lucky Strikes heraus. «Haben Sie was dagegen, wenn ich –?»

«O nein, bitte! Ich weiß nicht, was die ganze Aufregung um das Rauchen soll, wissen Sie; ich persönlich finde es ausgesprochen *männlich*. Aber wo war ich stehengeblieben?»

«Sie erzählten gerade von ihrer Großmama, Miss – äh ...?»

«Winny, Winny Barnes – Sie haben aber schnell bemerkt, daß ich keinen Trauring trage! Ich nehme mal an, das ist so, wenn man bei der Kripo ist und sich darin geübt hat –»

«Ach, ich bin sicher nicht der erste, der checkt, ob die Dame vielleicht noch zu haben ist, oder? Aber wie war das mit Ihrer Großmama?»

«Warten Sie mal, ich hole Ihnen einen Aschenbecher – oh, und wenn ich schon mal dabei bin: Wie wär's mit einer Tasse Kaffee?»

«Ich schmachte danach, Winny, aber nur, wenn es nicht zuviel –»

«Seien Sie nicht albern!» sagte sie mit einem mädchenhaften Lachen und verschwand seitwärts durch einen Perlenvorhang nach hinten, wobei sie die Augen nicht von ihm ließ.

Kramer schaute ihr nach, schüttelte den Kopf und brummte in sich hinein: «Tromp, manchmal solltest du dich wirklich schämen, altes Haus.»

Aber er ließ sich davon nicht über Gebühr beeinflussen; sie kam mit Kaffee, einem Aschenbecher und einer Eau-de-Cologne-Auffrischung zurück und sagte: «Ich hätte Sie erst fragen sollen, ob Sie Milch haben wollen. Theo will sie immer, und da habe ich automatisch ...»

«Mit Milch ist genau richtig, Winny. Nein, kein Zucker, danke.»

«Sie sind süß genug, was?»

«Das behauptet jedenfalls meine alte Ma immer – aber sie ist voreingenommen.»

«Na, ich weiß nicht ...»

Kramer lächelte sie an, und sie kicherte und schlug mit lautem Reibgeräusch von Nylonstrumpfhosen die Beine übereinander. «Wie steht's denn mit Theo», fragte er, «ist er ein Süßer?»

«Zwei Stücke, eins im Tee.»

«Nicht auf den Mund gefallen, was? Wie lange arbeiten Sie schon für ihn?»

«Erst einen Monat, ob Sie's glauben oder nicht, aber ich kenne Theo natürlich länger, er kam immer auf ein Schwätzchen in den Laden meines Vaters – den Fotodiscount –, wenn im Geschäft nichts los war, und so haben wir uns kennengelernt. Da war Liz noch seine Geschäftspartnerin; sie haben Afro-Art wohl zusammen aufgebaut, und ich war nicht die einzige, die gedacht hat, sie würden auch noch heiraten und so, obwohl sie etwas überkandidelt war mit ihrer künstlerischen Art, und manchmal hatten sie furchtbaren Krach, was mein Vater und ich durch die Wand hören konnten. Es war allerdings nie richtig *ernsthafter* Streit, wenn Sie verstehen, was ich meine, so etwas nicht, wenigstens nicht bis vor etwa sechs Wochen. Meist ging es um so Sachen wie zum Beispiel, daß Theo seinen Landrover wie ein Zebra angemalt hat und Liz einen Koller bekam, weil sie meinte, das schade dem ‹Image›, das sie durch die Art und Weise der Ladengestaltung aufzubauen versucht hätte, mit dem Licht und so. Da er den Landrover erst im August angemalt hatte, haben wir gedacht, es handle sich noch um den gleichen Krach, den sie an dem Morgen hatten, als sie rausgestürmt ist, direkt an unserem Fenster vorbei. Theo kam rum, um mit meinem Vater zu sprechen, er war total aufgebracht, und sie haben eine Ewigkeit miteinander geredet, und danach hat sich mein Vater Liz geschnappt, als sie das nächste Mal vorbeiging, und sie hereingeholt. Aber sie war inzwischen – nicht zuletzt durch diese Telefonanrufe, die nicht aufhörten – in einer solchen Verfassung, daß sie weder zuhören noch Theo eine Chance geben konnte. Sie sagte, sie *vertraue* ihm einfach nicht mehr, und das war's dann. Es gab wohl noch zwei heftige Auseinandersetzungen, wobei sie verkündete, sie würde nach Kapstadt gehen als Designerin, und dann kam Theo rüber und fragte mich, ob ich bei ihm aushelfen wolle. Er wußte, daß mein Vater eigentlich nichts Rechtes für mich zu tun hatte, ich bin ein hoffnungsloser Fall in technischen Dingen, einschließlich Kameras, und, ja, seitdem bin ich hier. Übrigens bin ich auch so was wie seine Sekretärin, mache die Buchhaltung, erledige die Zollformalitäten und –»

«Mein Gott, kein Wunder, daß er Sie so in den höchsten Tönen lobt!» sagte Kramer und setzte seine Kaffeetasse ab. «Was waren das denn für Telefonanrufe?»

«Sie hat nie gesagt, wer es war, aber ich wußte immer sofort, wenn –»

«Wollen Sie damit sagen, daß Sie auch welche bekommen haben?»

Winny Barnes nickte, wobei sich ihr Kinn verdoppelte. «Es meldete sich immer eine Frauenstimme, sehr sexy, und fragte: ‹Ist Theo da?› ...»

«Und?»

«Na ja, da gibt's eigentlich kein ‹und›. Theo hat einmal mit ihr gesprochen, das war am Anfang, aber seitdem knallt er immer den Hörer auf die Gabel, und er hat Anweisung gegeben, wer immer rangeht, soll es genauso machen. Das eine Mal, sagt er, hat sie ununterbrochen gesagt, wie sehr sie ihn liebe, obgleich er ihre Stimme noch nie im Leben gehört hatte. Er hat sich eine eigene Theorie zurechtgelegt, daß sie die Sekretärin von irgend jemandem sein müsse und sicher von ihrem Boss, einem alten Schulkameraden vermutlich oder einem Geschäftskonkurrenten, dazu gebracht worden sei – aber Liz machte sich eben ihre eigenen Vorstellungen. Sie fragte meinen Vater, wie sie sicher sein könne, daß Theo nicht in ihrer Abwesenheit mit dieser Frau plaudere, und jedesmal, wenn er eine Reise machte, hat Liz im Hotel angerufen und dort angefragt, ob er ein Doppelzimmer gebucht hätte, was ihm höchst peinlich war. Es kam schließlich so weit, daß sie den Grund für jede seiner Reisen wissen wollte, und dann hat sie ihn einfach sitzenlassen, den armen Jungen.»

«Vor etwa einem Monat?»

«Stimmt. Ich selbst habe Liz nie verstehen können, daß sie so schnell das Schlimmste annahm. Gewiß, niemand würde sie hübsch nennen, sie war flachbrüstig, und eine merkwürdige Nase hatte sie auch, aber das spielte für Theo keine Rolle, man sah, daß er ihr ergeben war – wie John Lennon und Yoko Ono, Sie wissen schon. Nein? Na ja, egal, was ich sagen will, ist, daß sie meiner Meinung nach schön dumm war, und das habe ich ihr auch gesagt. ‹Mit dem hattest du mehr Glück als Verstand, Liz Geldenhuys›, sagte ich, und da fing sie an zu weinen und meinte, sie hätte immer gewußt, daß sie ihn nicht lange halten könnte bei ihrer einfachen Herkunft, die so grundverschieden sei von seiner – ihr Papa ist nur Bulldozerfahrer und *schrecklich* primitiv. O ja, das habe ich am eigenen Leibe erfahren, als er hinterher hier hereinwollte, um dem armen Theo eine ordentliche Tracht Prügel zu geben! Und sie hat immer darauf herumgehackt, wie Theos Mutter sie beide behandelt hätte das einzige Mal, als sie in Woodhollow eingeladen waren, und wie sie rumgemeckert hätte über das, was sie hier im Laden machten, du liebe Güte, sie hat gar nicht wieder aufgehört damit! Mir kam tatsächlich der Gedanke, daß sie es auf einen Bruch der Beziehung anlegte, weil sie es nicht ertragen konnte, abzuwarten, bis er von selbst eintrat. Verstehen Sie, was ich meine?»

«Ja, ich glaube, Sie haben es mir in aller Kürze klargemacht», sagte Kramer und drückte seine Lucky aus. «Übrigens, Winny, wann hat diese geheimnisvolle Dame Theo zum letzten Mal anzurufen versucht?»

«Oh, irgendwann Ende letzter Woche – vielleicht Donnerstag.»

«Und seitdem hat sie nicht mehr angerufen?»

«Das wäre wohl die Höhe! Bestimmt ist dieser Person, wer immer sie ist, bewußt, wie gemein das wäre nach dem, was geschehen ist!»

«Da hört der Spaß auf, meinen Sie? Woran erinnern Sie sich selber denn noch bei den Anrufen, die Sie entgegengenommen haben? Irgendwelche Geräusche im Hintergrund? Schreibmaschinengeklapper? Verkehrslärm?»

Winny Barnes lutschte am Daumen und dachte nach. «Ein-, zweimal habe ich, *glaube* ich, Musik gehört.»

«Was für Musik?»

«Die Melodie? Oh, dazu ging es zu schnell.»

«Nein, Popmusik oder was?»

«Klassische.»

«Oper? Vier Violinen, eine Trommel?»

«Ein großes Orchester wie bei einem Ballett oder sonntags im Radio.»

«Ihre Ohren sind also nicht nur hübsch anzusehen», sagte Kramer augenzwinkernd, während er aufstand und sich zum Gehen anschickte.

«Tromp! ... Äh, soll ich's Ihnen mitteilen, wenn sie wieder anruft?»

«Das könnten Sie, ja?»

«Ach ja, und entschuldigen Sie, falls ich zuviel geredet habe. Das mache ich immer und verderbe damit alles.»

«Ich fand's toll, ehrlich!»

«Wirklich?» fragte sie verwundert und sah dabei aus, als sei ihr Glück – Gott verzeihe ihm – vollkommen.

Die kleine Amanda kreischte entzückt, als Theo mit lautem Platschen vom Grund des Schwimmbeckens wieder an die Oberfläche kam und nach Luft schnappte.

«Ist Onkel Theo nicht *zu lustig*, Mami?» sagte sie und hüpfte auf und nieder. «Wie Danny und Delilah! Los, Onkel Theo, mach das noch mal!»

«Sieht auch ... so aus ... als ... müßte ich das», sagte Kennedy und strampelte im Wasser. «Das verdammte Ding – rührt sich nicht von der Stelle.»

«Danny und Delilah! Danny und Delilah!»

«Sie wissen doch, wer das ist, oder, Sergeant Zondi?» sagte Amandas Mutter, zu ihm gewandt. «Die Stardelphine im Aquarium von Durban. Hoppla, Schatz! Beinahe wärst du reingefallen. Faß auch Sergeant Zondi an der Hand, es ist viel sicherer, wenn wir dich beide festhalten.»

Da seine eigenen Kinder inzwischen fast erwachsen waren, war es lange her, daß Zondi zum letzten Mal eine so kleine Hand in der seinen gehalten hatte, und es fühlte sich gut an. Er erwiderte Mrs. Stilgoes Lächeln und sah zu seinem Erstaunen etwas in ihren Augen, was ein erregendes Prickeln bei ihm auslöste.

«Harry», sagte Kennedy auf Zulu, immer noch paddelnd, «jetzt, wo ich wieder genug Luft habe, wie stehen die Chancen, daß ich das Gitter loskriegen könnte? Läßt es sich abnehmen? Wie ist das Ding konstruiert?»

«Es ist ein tiefes Loch, ungefähr so lang wie ein Bein, mit einer Abflußöffnung auf der einen Seite, die in den Filter und die Pumpe einmündet, junger Herr. Das Gitter ist so darauf befestigt, daß Sie es zuerst nach links schieben müssen, dann leicht anheben und darunterfassen können.»

«Also will ich's mal versuchen, denn an dem glitzernden Ding herumzuzerren bringt nichts.»

«Sieht es tatsächlich wie ein Edelstein aus, Sir?» fragte Zondi auf englisch.

«Sehr.»

«Könnte es nicht etwas von deiner Mutter sein?» bemerkte Mrs. Stilgoe.

«O nein, sie hatte nichts für Schmuck, Edelsteine und so was übrig – sie hätte das *höchst* unmoralisch gefunden.»

«Kaufen Leute denn nicht manchmal Diamanten und dergleichen, wenn sie ins Ausland reisen wollen? Um die Zollbestimmungen zu umgehen, indem sie –»

«Ist ja noch schlimmer!» sagte Kennedy lachend, dann lächelte er traurig. «Du hast sie offensichtlich nicht gekannt, Vicky! Mam hätte einen Anfall bekommen beim bloßen Gedanken an irgendwelche Schmuggelaktivitäten. Das Ding sieht übrigens fast zu groß aus, um echt zu sein, selbst wenn man in Betracht zieht, daß das Wasser vergrößert, es könnte also aus Glas sein, eine riesengroße Glasperle mit geschliffenen Facetten oder so was. Wie dem auch sei, los geht's!»

Während Kennedy tauchte, lachte Amanda und hüpfte auf und nieder, so daß Zondi wieder ihre Mutter ansah. Aber Mrs. Stilgoe hatte nur noch Augen für den Schwimmer, und so schaute er statt dessen das Kind an und fragte sich, ob ihm nicht dadurch der Kopf verdreht wurde, daß er in Gesellschaft von Weißen war, die sich ungemein locker und freundlich verhielten. Wenn er es recht bedachte, war ihm noch nie zuvor – auch nicht, als er Hausdiener war – die Hand eines kleinen weißen Mädchens anvertraut worden, wobei die Sache allerdings ganz anders ausgesehen hatte, wenn es um die Brüder ging.

«Mami, ist dieser Boy wirklich ein guter Boy?» fragte Amanda zweifelnd. «Er starrt mich an.»

«Sergeant Zondi ist *kein* Boy, Amanda! Woher hast du – großer Gott, Excalibur!»

Zondi blickte gerade rechtzeitig hin, um einen Arm aus dem Wasser auftauchen zu sehen, einen Arm mit einem Degen in der Hand.

13

Kramer blieb fast zehn Minuten lang allein im Auto neben der öffentlichen Telefonzelle sitzen, bis er schließlich ausstieg und die Nummer wählte, die ihm die Zentrale gegeben hatte. Er wünschte, es hätte ein Telefonbuch in der Telefonzelle gegeben, so daß er die Nummer hätte nachschlagen können. Der Gedanke bereitete ihm Unbehagen, daß die sechs Zahlen jetzt irgendwo aufgeschrieben waren als bleibende Erinnerung an den miesesten Verdacht, der ihm je gekommen war.

So miese, daß er ihn allein aus einfachem Anstand heraus sofort aus seinem Sinn hätte verbannen müssen.

Er wählte.

Nach mehrmaligem Klingeln wurde am anderen Ende der Leitung der Hörer abgehoben. «Hallo ...»

«Auch hallo.»

«Tromp?»

«Ja.»

«Was war denn gestern abend los?»

«Arbeit bis über die Ohren.»

«Bitte? Bleiben Sie mal dran, ich muß nur eben den Kids sagen, daß sie leiserstellen sollen. Wir sind gerade mitten in –»

«Ich wollte nur sagen, daß es etwas später werden kann, bis ich komme, okay?»

«Ich kann's kaum erwarten, *mon cheri* ...»

Er legte auf, erregt. Er konnte nichts dafür. Als er ihr von Angesicht zu Angesicht gegenübergestanden hatte, hatten ihre bezaubernden grünen Augen und ihre geschmeidig-feste Glattheit alles andere in den Hintergrund treten lassen, aber am Telefon hatte die körperlose Ballettlehrerin Tess Muldoon die erotischste Stimme, die er je gehört hatte.

«Zentrale an Lieutenant Kramer ...»

Und im Hintergrund Musik, Orchestermusik.

«Zentrale an Lieut' Kramer ...»

«Ach, ihr könnt mich mal!» protestierte er, nachdem er wieder im Wagen saß, um lange und ungestört seinen Gedanken nachzuhängen. «Sagt dem Colonel, er –»

«Zentrale an Kramer, dringende Nachricht von Bantusergeant Zondi.»

Er ergriff sein Handmikro und drückte auf den Knopf ‹sprechen›. «Ja, Kramer hier ... laßt mal hören. Over.»

«Nachricht lautet: ‹Mordwaffe gefunden, Woodhollow.›»

Gagonk Mbopa hatte gerade noch Zeit, die Augen zu schließen und sich am Armaturenbrett festzuhalten. Einen Sekundenbruchteil später kam der Wagen von der Straße ab, geriet auf den Bürgersteig und prallte gegen einen Hydranten, um dann auf ein entgegenkommendes Fahrzeug zuzuschleudern. Lautes Hupen ertönte, Bremsen kreischten, dann ein neuerlicher Aufprall, der den Wagen wieder gegen den Hydranten schmetterte. Eine Riesenfontäne Wasser schoß in die Luft.

«Mein Gott», sagte Jones, die Hände am Steuer, den Blick nach vorn gerichtet, «es ist kaum zu glauben!»

Mbopa, der eingequetscht zwischen den Vordersitzen und dem Armaturenbrett kniete, dachte einen entsetzlichen Augenblick lang, er bekäme keine Luft mehr.

«Die beiden Schweinehunde haben es wieder mal geschafft!» sagte Jones. «Den Colonel dazu gebracht, uns auf die Jagd nach irgendeinem verrückten Kuli zu schicken, während sie selbst hinter unserem Rücken ...»

«Du Irrer!» hörte Mbopa jemanden schreien. «Du verfluchter Idiot, du blöder! Hast du gesehen, was du mit meinem Abschleppwagen gemacht hast?»

«Das ist zuviel», sagte Jones. «Einfach zuviel. Bist du auch dieser Meinung, Gagonk?»

«Hmpff.»

«Laut und deutlich, Mann!»

«Könnte mir – uff – der Lieutenant bitte helfen ...?»

«Du Irrer!» brüllte ein stämmiger Automechaniker mit nacktem Oberkörper und trat an das Fenster auf der Fahrerseite. «Welcher Teufel hat dich geritten, so etwas zu tun, he? Einfach plötzlich von der Straße zu fahren ohne Sinn und –» Dann sah er Mbopa auf dem Boden liegen, den Kopf auf Jones' Schoß, die Augen vorquellend. «Jesus H. Christ O'Reilly», japste er.

«Unglaublich», brabbelte Jones vor sich hin. «Gagonk, wir beide müssen fortan neue Wege beschreiten, was?»

Dem bulligen Mechaniker fielen fast die Augen aus dem Kopf, und der Verkehrspolizist, der gleich darauf mit dem Motorrad am Unfallort ankam, wollte zuerst seinen Ohren kaum trauen.

Ein Dutzend Fahrzeuge parkte bereits vor Woodhollow, als Kramer eintraf, dabei hatte er gedacht, gerade einen Geschwindigkeitsrekord zu Lande aufgestellt zu haben mit seiner Fahrt von der Telefonzelle aus quer durch die Stadt. Das ärgerte ihn, und er fragte sich, was für ein Spiel Zondi da trieb, bis ihm klar wurde, daß die Zentrale sich wahrscheinlich verpflichtet gefühlt hatte, Colonel Muller vom Inhalt der Nachricht in Kenntnis zu setzen, bevor sie ihn anfunkten.

«Wo sind sie denn alle?» fragte er den Bantubeamten, der vor der Haustür Wache stand.

«Hinten am Swimmingpool, Boss», sagte Zondi, der im selben Augenblick herauskam. «Ich habe schon auf den Wagen gehorcht.»

«Es hat sich also doch noch ausgezahlt, was, Mickey?» sagte Kramer auf dem Weg durch den Garten. «Oder bist du persönlich verantwortlich dafür, daß das Ding –?»

«Nein, nein, Boss. Es waren der Gärtner und Boss Kennedy.» Und er gab Kramer einen Bericht von den Geschehnissen, die schließlich zur Entdeckung des Degens im Filter des Schwimmbeckens geführt hatten. «Was letztlich wirklich geholfen hat», sagte er, «war wohl, daß die Sonne nicht auf dem Wasser getanzt hat.»

«Ich möchte wetten, daß sie jetzt darauf tanzt», knurrte Kramer und blickte zum Himmel, der rasch wieder strahlend blau wurde. «Wer ist denn hier? Der Colonel?»

Zondi nickte. «Viele, viele Leute. Es ist wie ein großes Picknick, Boss.»

«Hm, eher wie ein verfluchter Zirkus», sagte Kramer, als der hintere Bereich des Gartens ins Gesichtsfeld kam.

Captain Tiens «Tickey» Marais von der Spurensicherung war da und kroch mit roter Nase, weißen Handschuhen und ausgebeulten gelben Hosen über das Sprungbrett, aber er war nicht der einzige Artist. Jaap du Preez wedelte mit seinen langen haarigen Armen herum und markierte vor einer zusammengedrängten Schar von uniformierten Beamten den Affen, während sich dahinter zwei Beamte des Tauchtrupps der Polizei, die in ihren schwarzen Tauchanzügen wie Seelöwen glänzten, im flachen Teil des Beckens einen Wasserball zuköpften. Und auf der rechten Seite schlug die kleine Amanda Stilgoe rad.

«Hallo, Tromp!» sagte Colonel Muller mit dem Elan eines Zirkusdirektors. «Alles in Bewegung hier, was? Ich warte nur noch auf meinen großen Auftritt!»

«Colonel?»

«Vor Presse und Fernsehen über den Degen! Ich habe sie alle herbestellt.»

Kramer zog die Augenbrauen hoch, denn er kannte die kleinen Schwächen von Colonel Muller. «Ohne zu erwähnen, daß wir bisher nur die Tatwaffe gefunden haben, Sir? Das könnte Sie –»

«Nein, nein, ich will nur die Informationen nicht länger *zurückhalten.*»

«Aha», sagte Kramer. «Dann nehme ich mal an, daß kein Zweifel daran besteht –»

«Tiens hat es bereits überprüft, ebenso Piet Baksteen: Die abgebrochene Spitze, die wir in der Leiche gefunden haben, paßt genau zum Rest des Degens.» Colonel Muller senkte die Stimme und fügte noch augenzwinkernd hinzu: «Ihnen ist doch klar, warum ich jetzt die Presse hinzuhole? Und ihr sogar gestatte, Aufnahmen in der Glasveranda und im Arbeitszimmer zu machen? Weil dadurch, mein Freund, ein solcher Wirbel und eine solche Hektik entstehen, daß ...»

«Der Fall Zuidmeyer vor ihrer unerwünschten Neugier verschont bleibt, was, Colonel?» sagte Kramer mit dem unverhüllten Zynismus, der immer in ihm die Oberhand gewann, wenn von Mördern die Rede war.

«Genau, Tromp. Ich bin froh, daß wir in diesem Punkt einer Meinung sind», sagte Colonel Muller vergnügt. «Jetzt sollten Sie vielleicht erst mal mit Piet reden, der irgendwo im Haus ist, und sich den Degen ansehen. Ich persönlich glaube, wir haben dann die besten Aussichten, wenn wir Bilder davon in den Zeitungen und im Fernsehen bringen. Degen sind in diesem Land ziemlich ungebräuchlich, und wenn wir Glück haben, erinnert sich womöglich gleich jemand an diesen speziellen Degen.»

Während sich Kramer auf die Suche nach Piet Baksteen machte, erwog er einen Augenblick lang, zu Theo Kennedy hinüberzugehen und ihn zu fragen, wie es ihm heute ging und ob er jemals Kontakt zu Theresa Mary Muldoon gehabt hatte, der Freundin seiner Mutter. Aber Kennedy schien vollkommen in Amandas Turnübungen vertieft zu sein und sah so glücklich aus, daß er ihn lieber in Ruhe ließ.

Piet Baksteen war in Naomi Strides Arbeitszimmer, wo er gerade den Degen senkrecht über den Kopf hielt und den Blick über die Klinge gleiten ließ, als bereite er sich darauf vor, hinauszutreten und ihn zu verschlucken.

«Na, Piet, haben Sie Ihren früheren Feststellungen noch etwas hinzuzufügen?» fragte Kramer und ließ sich in den bequemen Drehsessel am Schreibtisch fallen. «Oder halten Sie ihn immer noch für eine schlecht gemachte Imitation?»

«Hier, nehmen Sie ihn mal selbst in die Hand, Tromp», sagte Baksteen.

Der Degen hatte eine schmale vierkantige Klinge von ungefähr einem Meter Länge, die sich zur abgebrochenen Spitze hin verjüngte. Der Griff war mit einer dicken Kordel umwunden, die mit Goldfarbe besprüht worden war, außerdem war als Handschutz für den Benutzer ein Stück Holz mit einem Loch in der Mitte daran, das ebenfalls mit Goldfarbe besprüht und rechtwinklig am Ansatz der Klinge angebracht war. Dieses Querteil und das Ende des Griffs waren mit dicken Glasperlen verziert, die angeklebt und ebenfalls von Goldkordel eingefaßt waren.

«Was ist denn das, ein Spieldegen?» fragte Kramer.

«Nicht schlecht», sagte Baksteen und macht eine lobende Geste mit dem Daumen. «‹Spiel› trifft es schon ganz gut.»

«Wie?»

«‹Spiel› nicht im Sinne von Kinderspiel und so was, sondern von Theaterspiel. Geben Sie mal her, ich will Ihnen ein paar Sachen zeigen ... Sehen Sie die Kratzer auf der Klinge und die Kerben im Holz? Das Ding ist gegen einen anderen Degen benutzt worden, womit erwiesen wäre, daß es nicht nur zur Wanddekoration oder ähnlichem hergestellt worden ist. Sehen Sie die Klinge? Sie ist nicht für einen solchen Griff gemacht worden, eher für so einen wie bei den drei Musketieren, mit einem Metallkorb zum Schutz der Finger. Und wenn Sie genau hinschauen, *hier*, können Sie sehen, daß vor dem Umbau vielleicht ein solcher Schutzkorb dran war. Kurz, Tromp, ich glaube, wir haben hier einen Theaterdegen vor uns, der von Vorführung zu Vorführung verändert wird, um die Mühe zu sparen, jedesmal eine neue Klinge herzustellen. Die echte Waffe wäre verflucht teuer, das kann ich Ihnen sagen.»

«Hmmm, die Theorie paßt auch zu Ihren früheren Ergebnissen – Sie wissen schon, daß der Stahl nicht richtig gehärtet wurde ...» Kramer nahm den Degen noch einmal und stand auf, um zu prüfen, wie er in der Hand lag. «He, die Sache hat einen Haken.»

«Und der wäre?»

«Schauspieler würden nie mit blanker Spitze, wie wir sie in Ma Stride gefunden haben, miteinander kämpfen; das Ende wäre stumpf, mit einem Korken drauf oder so etwas.»

Baksteen seufzte und schüttelte den Kopf. «Wenn sich die Leute die Mühe machen würden, meine Berichte zu *lesen*, statt sich auf das zu verlassen, was irgendwelche Hanswürste von sich geben, wüßten Sie inzwischen, daß ich frische Feilenspuren an der Spitze gefunden habe und zu dem Schluß gekommen bin, daß der Degen vor kurzem geschärft worden sein muß –»

«Touché», sagte Kramer und hieb einer welken Blume in einer Vase auf dem Schreibtisch den Kopf ab. «Nun setzen Sie mich noch vollends in Erstaunen, Professor, und sagen Sie mir auf den Bruchteil eines Kilometers genau, woher dieser Degen stammt.»

«Ich – hm – habe da eine verflucht sichere Vermutung.»

«Ach ja?»

«Eigentlich sogar so sicher, daß ich förmlich befürchte, recht zu haben. Ich mißtraue allem, was zu einfach ist.»

«Lassen Sie das getrost meine Sorge sein. Na los, spucken Sie's aus, Mann.»

Aber Baksteen rückte nicht mit der Sprache heraus, sondern nagte an seiner Unterlippe. «Raten Sie mal selbst», sagte er schließlich. «Was hat etwa diese Größe, ist schwarz und blau und in jüngster Zeit überall in Trekkersburg zu sehen?»

«Ein zwergwüchsiger Bankangestellter, über den ständig alle stolpern?»

«Nein, mal im Ernst. Noch zwei Tips: Es ist rechteckig und aus Papier.»

«Überall zu sehen – ah, ein Plakat?»

«Ein Plakat mit Beschriftung und etwas Gezeichnetem ...»

Kramer schloß die Augen und verfluchte Zondi, der nie da war, wenn er ihn brauchte, und dann hatte er plötzlich ein Plakat vor Augen, das er in der Nähe des Parkplatzes in der Ackerman Street gesehen hatte. «Da wird ein Schädel herumgeschwenkt, und zwei Typen fechten miteinander», sagte er. «Oben steht ... ein Wort.»

«Hamlet», sagte Baksteen achselzuckend, «was immer das heißt. Die letzte Shakespeare-Produktion der Universität. Man könnte immerhin mal einen Anfang machen und nachprüfen, ob ihnen was von ihren alten Requisiten fehlt, würde ich sagen.»

«Sie haben recht», sagte Kramer.

Nach dem Mittagessen in der Aufnahmestation, das zumeist auf dem Fußboden, an den Wänden und in den Haaren der anderen Patienten klebte, war Ramjut Pillay noch fester entschlossen, aus der Heilanstalt an der Garrison Road zu entfliehen, bevor sein ziemlich beachtenswerter Verstand irreparabel Schaden nahm. Vielleicht war ihm das anzumerken, denn Pfleger Chatterjee ließ ihn nicht aus den Augen, als er von Gitterfenster zu Gitterfenster ging und die Höhe der Mauern ringsum schätzte.

«Was gibt's denn da draußen Spannendes, Peerswammy?» fragte Pfleger Chatterjee schließlich und stellte sich neben ihn. «Außer dem Himmel ist doch nur wenig zu sehen!»

«Ich habe eine große Vorliebe für den Himmel, Sir.»

«Natürlich, hatte ich ganz vergessen. Du bist ja Fallschirmspringer – war's nicht so?»

Ramjut Pillay krümmte die Zehen ein und bedauerte zutiefst, eine solche Dummheit begangen zu haben. «Ich bin auf jeden Fall jemand, der viel Bewegung in frischer Luft braucht. Wäre es mir gestattet, einen kleinen Spaziergang zu machen?»

«Nein – nicht heute. Nicht, bis darüber entschieden worden ist, auf welche Station du kommst. Möchtest du sonst irgend etwas tun? Etwas Erbauliches lesen vielleicht? Ich habe noch ein *Reader's-Digest*-Heft, das du gern haben kannst.»

Also zog Ramjut Pillay sich auf seine Pritsche zurück und nahm sich als erstes einen Artikel mit der Überschrift «Ich bin Johns Gallenblase» vor. Doch obgleich es ihn brennend interessierte, zu erfahren, wie ein solches Organ zum Sprechen gebracht werden konnte – potz Donner, diese Amis waren einfach genial –, kam er über die erste Seite nicht hinaus, sondern verlor sich wieder in Gedanken.

Zuerst mußte er, sagte er sich, so bald wie möglich als Patient mit geringem Risiko eingestuft werden, was vermutlich bedeuten würde, von diesen vergitterten Fenstern und der schweren Gittertür weg auf eine Station verlegt zu werden, wo sich die Sicherheitsvorkehrungen auf ein vernünftiges Mindestmaß beschränkten.

«Ja, ja», murmelte Ramjut Pillay und nickte vor sich hin. «Wir müssen uns ganz nach der heiter-gelassenen Art des Mahatma in Geduld üben ...»

«Was war denn das?» fragte Pfleger Chatterjee und blickte vom Schaltertisch auf.

«Nichts, Sir, gar nichts! Ich habe nur ein bißchen mit mir selbst geredet.»

«Tust du das oft, Peerswammy?»

«Der Artikel über die Gallenblase ist äußerst belehrend, Pfleger Chatterjee. Haben Sie ihn vielleicht gelesen?»

«Hörst du schon mal Stimmen? In deinem Kopf?»

«Manchmal will ein anderer Teil von mir –»

«Was?»

«Äh, warum fragen Sie, Pfleger Chatterjee?»

Pfleger Chatterjee trug sorgfältig etwas auf einer Karte ein. «Lies ruhig weiter, Peerswammy Lal», sagte er freundlich. «Du brauchst dir keine Sorgen zu machen ...»

«Ich habe gerade ein paar Anrufe erledigt», sagte Kramer, als er aus dem Haus kam und sich zu Zondi am Rand des Swimmingpools gesellte. «Habe um drei einen Termin mit dem zuständigen Mann für englische Literatur.»

«Was soll das, Boss?»

«Ich erklär's dir gleich. Nimm erst mal das hier und halte es für mich.» Er reichte Zondi einen langen, in braunes Papier verpackten Gegenstand. «Das ist die Mordwaffe, klar? Dachte mir, es ist vielleicht taktvoller, sie nicht dabeizuhaben, wenn ich ein paar Worte mit dem jungen Kennedy rede.»

«Aber er ist weg, Lieutenant.»

«Wieso?»

«Er wollte nicht mehr hiersein, wenn die Reporter kommen.»

«Ach ja, natürlich! Daran hätte ich früher denken sollen. Erstaunlich, daß er überhaupt so lange –»

«Nur wegen der Kleinen, wegen Amanda, Boss, die den Tauchern zusehen wollte. Sie bringt Boss Kennedy zum Lachen, und er verwöhnt sie nach Strich und Faden.»

«Ein nettes Kind.» Kramer schaute zu dem Baum hinüber, unter dem sie gesessen hatten. «Wie fandest du denn die Mutter?»

«Sie war sehr freundlich zu mir, Lieutenant. Ich ...» Zondi sah ihn kurz an und wandte die Augen wieder ab.

Kramer warf ihm einen neugierigen Blick zu. «Wirst du unter all der Bräune etwa rot?» fragte er. «Falls ja, ist es das erste Mal, daß ich so was sehe.»

«Nein, nein, Lieutenant. Ich bin nur sehr gut behandelt worden. Haben Sie gehört, daß Gagonk und Jones in einen Verkehrsunfall verwickelt wurden?»

«Was, schon wieder?» sagte Kramer und lachte. «Tödlich?»

«Tut mir leid, aber ich habe schlechte Nachrichten für Sie: Beide leben und –»

«Zondi, Augenblick mal, Mann!» sagte Colonel Muller und kam, eine lange Bambusstange schwenkend, die er irgendwo gefunden hatte, auf sie zu. «Wohin wollen Sie denn mit meinem unschätzbaren Beweisstück? Die Fotografen und Fernsehleute werden jede Minute hier sein!»

Kramer wandte sich mit einem unmutigen Seufzer ab. «Dann muß ich meinen Termin wohl auf halb vier umändern», sagte er.

Jones zuckte zusammen, als er die Fahrertür seines Ersatzwagens aufschließen wollte. «Verdammter Mist», brummte er. «Irgendwas ist mit meinem Handgelenk passiert; es ist ganz steif und tut weh. Was mache ich bloß? Ob ich mir einen Boy beim Einbruch oder sonstwo ausleihe?»

Mbopa, der nun seinerseits zusammenzuckte, wog das Für und Wider dieser Situation ab. Wenn Jones jetzt Tims Shabalala als Fahrer einstellte, mußte er, Joseph, in die Einbruchabteilung, damit die Zahl der Beamten dort konstant blieb. Andererseits haßte er nichts so sehr wie eine schlechte Fahrweise, zu der ihn sein Ruf gegenüber seinem «kleinen rosa Chauffeur» verpflichtete. So oder so würde sein Stolz schwer darunter zu leiden haben.

«Fällt dir nichts ein?» sagte Jones.

Aber sein Stolz, dachte Mbopa weiter, würde wahrscheinlich am meisten leiden, wenn er das Mord- und Raubdezernat verließ. Einmal angenommen, dieser Pillay erwies sich als Schlüsselfigur im Mordfall Naomi Stride – und sein sicheres Gefühl, daß es so war, hatte sich den Tag über immer mehr verstärkt –, dann kämen keine schönen Fotos von ihm in die Zeitungen, die Zsazsa Lady Gatumi ausschneiden konnte. Er brauchte sich nur bildlich vorzustellen, wie sie mit gezückter Schere unglücklich vor einem leeren Einklebebuch saß, um sich zu entscheiden.

«Lieutenant», sagte er so respektvoll, daß ihm fast übel davon wurde, «ich habe gehört, daß Sie vor nicht allzu langer Zeit vom Polizeicollege gekommen sind, wo Ihr Unterricht große Bewunderung erregt hat.»

«Natürlich», sagte Jones, «aber was hat das mit –»

«Verzeihen Sie, Sir, daß ich Sie unterbreche, aber wenn Sie ein so befähigter Lehrer sind und Mbopa Ihnen seine ungeteilte Aufmerksamkeit zusichert, könnte dann nicht sogar *ich* sehr schnell von Ihnen lernen?»

«Ich soll dich noch mal fahren lassen, meinst du?»

«Bitte, Lieutenant.»

Jones maß ihn mit einem langen Blick und überlegte. «Das hat durchaus Hand und Fuß», sagte er schließlich. «Vielleicht ist es besser, dich nicht auszuwechseln. Du riechst zum Beispiel nicht so wie Shabalala. Aber laß dir das, was ich gerade sage, nicht zu Kopf steigen, klar? Du hast bloß außergewöhnliches Glück mit deinen Drüsen! Und ich bräuchte in diesem Fall, wie ich annehmen möchte, keinem anderen Dummkopf alles noch einmal zu erklären, was diesen Pillay betrifft. Zeitverschwendung ist wirklich nicht meine Sache. Ich muß dir allerdings das Versprechen abnehmen ...»

«Jedes, Sir.»

«Daß du am Steuer ohne Frage oder Zögern alles tust, was ich dir sage.»

Mbopa murmelte etwas.

«Lauter, Mann! Raus mit der Sprache!»

«Versprochen, Lieutenant», sagt Mbopa und fing die Wagenschlüssel auf. «Erster Halt: das Hauptpostamt?»

Erst als er auf der Rückbank Platz genommen hatte, fragte Jones: «Habe ich gesagt, daß wir zum Hauptpostamt fahren?»

Mbopa schüttelte den Kopf. «Mir ist da ein Gedanke gekommen, Lieutenant. Erinnern Sie sich noch daran, wie wir gestern da waren? Da kam ein anderer indischer Briefträger ins Büro des Chefs und erzählte uns, Pillay sei mit einem Fahrrad in die Stadt gefahren.»

«Ja, ja, Mann, ich erinnere mich! Was tut das zur Sache?»

«Wir haben viel Zeit damit vergeudet, ihn in der Stadt zu suchen, Sir. Und was ist geschehen, während wir die Zeit verschwendet haben?»

«Ich bin derjenige, der die Fragen stellt», sagte Jones listig.

«Dann hier meine Antwort, Lieutenant. Während wir unterwegs waren, hatte Pillay Gelegenheit, nach Hause zurückzukehren, sein Geld zu holen und über den Berg zu entkommen. Kurz: Der andere indische Postbote muß Pillays Komplize sein, einer, der all seine Geheimnisse kennt, vielleicht sogar sein derzeitiges Versteck.»

Stille trat ein, während Jones das alles in sich aufnahm. «Hm, ganz gut», meinte er schließlich. «Das könnte stimmen, aber weißt du den Namen des anderen Kulis?»

«Ich könnte den Mann wiedererkennen, Lieutenant.»

«Was trödelst du dann noch herum, Gagonk? Herrgott, Mann, steck den Schlüssel ins Schloß, dreh ihn und leg den ersten Gang ein – ich habe ihn mir immer dadurch gemerkt, daß er am nächsten beim Aschenbecher ist.»

Kramer wartete außer Sichtweite drinnen im Haus, bis die Fotografen und Fernsehteams mit dem Degen fertig waren und Zondi ihn endlich zu ihm zurückbrachte. Während er sorgsam das Packpapier wieder darumwickelte, erläuterte er Zondi Piet Baksteens Theorie, daß die Waffe von der Universität stammen könnte. Dann reichte er Zondi einen Zettel.

«Siehst du die Namen da, Zondi?»

«‹Miss Theresa Muldoon, auch Tess genannt›», las Zondi vor. «‹Miss Liz Geldenhuys, Kennedys ehemalige Mitarbeiterin› ...»

«Was ich jetzt möchte, ist, daß du dir Betty, das Hausmädchen, noch einmal vornimmst. Zeig ihr diese Namen und frag sie nach allem, was ihr noch in Erinnerung ist. Mich interessiert besonders, ob Ma Stride und die Muldoon je in ihrer Gegenwart über Liz Geldenhuys gesprochen und was sie gesagt haben. Außerdem ist Liz Geldenhuys einmal in diesem Haus zu Besuch gewesen, was nicht allzu positiv verlief. Finde auch darüber mehr heraus, wenn möglich. Okay?»

«Versuchen kann ich's, Boss, aber ...» Zondi zuckte die Achseln.

«Ja, tut mir leid, es ist eine ziemlich lästige Arbeit, aber unter Umständen erinnert sie sich leichter, wenn du ihr etwas Konkretes vorhältst. Wir treffen uns um fünf im Büro, ja?»

Ein paar Männer in Weiß kamen in den Krankensaal und nahmen alle außer Ramjut Pillay mit. Sehr erleichtert darüber, sprang er von seiner Pritsche und eilte zur Toilette in der hintersten Ecke des Raums, kurz davor, zu platzen nach fast zwanzig entsetzlichen Stunden, in denen er sich nicht zu gehen getraut hatte. Dann kam er zurück, um einen äußerst gandhihaften Artikel mit der Überschrift «Mit seinem Gewissen leben» im *Reader's-Digest*-Heft zu lesen, bei dem er für einige Zeit alles um sich herum vergaß.

Der große weiße Arzt kam vorbei, gefolgt von einer Schar junger Leute, die deutlich sichtbar Stethoskope trugen, und sprach leise mit Pfleger Chatterjee. Zweimal ließ er das Wort «Wahn» fallen und einmal das Wort «Fallschirmspringer», was bei den jungen Leuten Heiterkeit erregte. Einer von ihnen sagte: «Wer hätte je schon einmal von einem Nichtweißen gehört, daß er springt? Er *muß* schizo sein.» Ramjut Pillay hatte keine Ahnung, was das bedeutete, aber für ihn war im Augenblick die Wirkung, die der Artikel aus dem *Reader's-Digest*-Heft auf ihn hatte, wichtiger.

«Sei nicht gekränkt, Peerswammy», sagte Pfleger Chatterjee, der zu ihm herübergekommen war, als der Doktor und seine jungen Freunde gegangen waren. «Du bist noch immer hier bei mir, weil der Herr Doktor nicht einfach aus dem Stegreif über deinen Fall entscheiden kann. Er sagt, es seien viele ungewöhnliche Elemente daran.»

«Aber wie lange dauert es noch, bis ich ...?»

«Zwei, drei Tage?»

«Und dann bin ich geheilt? Und darf gehen?»

«Es wird notwendig sein, dich erst noch eine Weile unter Beobachtung zu stellen, ehe – äh – wir darüber entscheiden können», sagte Pfleger Chatterjee. «Du mußt dich wohl mit dem Gedanken abfinden, mindestens einen Monat hinter unseren Pforten zu bleiben, Peerswammy.»

«Einen ganzen Monat!»

«Lies einfach weiter», sagte Pfleger Chatterjee munter und nahm seinen Platz am Schaltertisch wieder ein. «Dann vergeht die Zeit viel schneller!»

Bestimmt nicht, dachte Ramjut Pillay. Dadurch wird die Sache bloß viel, viel schlimmer. Die ersten zwei Seiten von «Mit seinem Gewissen leben» hatten schon ausgereicht, daß ihn beim bloßen Gedanken an all die verruchten Taten, die er begangen hatte, ein Zittern überkam. Dabei waren sie ihm seinerzeit eigentlich gar nicht so schlimm vorgekommen, aber da er inzwischen den Fragebogen, der zu dem Artikel gehörte, teilweise ausgefüllt hatte, hatten sie ihre wahren monströsen Ausmaße angenommen.

Da wurde unter *Schritt 1* empfohlen: *Rufen Sie sich Ihre schlimmsten Missetaten ins Gedächtnis zurück, und unternehmen Sie nach Möglichkeit etwas zu deren Wiedergutmachung. Wie Sie wahrscheinlich feststellen werden, handelt es sich um etwas, was einen anderen betrifft.*

Einen anderen Menschen? Etwa Peerswammy Lal? Nein, rechtfertigte sich Ramjut Pillay, er hat es voll und ganz verdient, daß einmal gnadenlos und unbarmherzig die Wahrheit über ihn gesagt wird. Den kleinen Mann mit Brille, dem das Tomatengesicht nachgejagt war? Nein, den auch nicht, denn er hätte nicht so unverschämt starren sollen. Mistering Jarman, weil er seine Post mitgenommen hatte? Nein, die Post gehörte ihm ja im Grunde gar nicht, das konnte also kaum in Betracht kommen. Wen gab es denn sonst noch?

Plötzlich überkamen ihn so heftige Gewissensbisse, daß er beinahe aufgeschrien hätte. Direkt vor sich, vor seinem geistigen Auge, sah er die nackte, schutzlose Gestalt der Schriftstellerin liegen. Naomi Stride, der gegenüber er sich auf die verabscheuungswürdigste Weise benommen hatte, indem er ohne seine Dienststiefel in ihre Glasveranda eingedrungen war.

«Du teuflischer, teuflischer Schurke», geißelte sich Ramjut Pillay im stillen. «Wie kannst du das überhaupt je wiedergutmachen! Tot und begraben, tot und begraben ...»

Indem du dafür sorgst, daß ihr Tod gerächt wird, du Narr, sagte der andere Teil von Ramjut Pillay, der die letzte Stunde über ganz still geblieben war, sich jetzt jedoch mit seiner kühlen Logik, wenn auch etwas widerstrebend zu Wort meldete.

«Und wie mache ich das, mein Lieber?» höhnte er.

«Der Brief, du Narr – der Brief! Du weißt, daß er etliche Hinweise enthält, die der CID dringend braucht, um die richtige Richtung einzuschlagen und keiner falschen Spur zu folgen! Sieh zu, daß sie ihn bekommen.»

«Aber ja, natürlich!»

Ramjut Pillay merkte auf einmal, daß er laut dachte, und warf einen Blick auf Pfleger Chatterjee. Zum Glück war der gute Mann jedoch zu sehr damit beschäftigt, an einem kleinen Tonbandgerät herumzufummeln, um etwas mitbekommen zu haben.

Betty Duboza war in den eigenen vier Wänden eine ganz andere, obwohl das Haus, das auf einer Seite versteckt hinter einer Hibiskushecke lag, einen wesentlichen Bestandteil von Woodhollow bildete. Mit Ernst und Anmut goß sie Tee durch ein silbernes Sieb, den sie Zondi und ihrem Mann servierte, ohne daß dabei die Tassen im mindesten geklirrt hätten. Auch die andere Hand, in der sie einen Teller mit kleinen Keksen hielt, zitterte kein bißchen.

«Ja, ich erinnere mich noch an den Abend, an dem der junge Herr Miss Geldenhuys zum Essen mitbrachte», sagte sie. «Die Madam war darüber nicht glücklich.»

«Die Madam nannte sie immer nur ‹Miss Geldenhuys›, nie anders», fügte Ben Duboza hinzu und blinzelte Zondi bedeutungsvoll zu.

Seine Frau ignorierte ihn. «Ihre Tischmanieren waren unserer Meinung nach» – Betty Duboza schauderte es – «Tischmanieren, die wir in Woodhollow nicht gewohnt sind. Sie hat nicht *einmal* ihre Fingerschale benutzt, und beim Fleischgang hat sie ihr Messer wie einen *Bleistift* gehalten, du liebe Güte! Es war furchtbar peinlich.»

«Hast du es auch peinlich gefunden?» fragte Zondi Ben Duboza.

«*Hau*, ich habe die kleine Missus gar nicht gesehen, Sergeant. Ich arbeite ja als Chefboy in der Küche.»

«Nein, es waren nur die Madam und ich dabei», fuhr Betty Duboza fort und machte es sich auf einem mit Samt bezogenen Sessel bequem, der zur außergewöhnlich feinen Einrichtung des Zimmers gehörte. «Wir mochten auch kaum unseren Ohren trauen, wie sie sprach. Sie sagte nie ‹bitte?›, sondern ‹was?› und fing fast jeden Satz mit ‹ach› an. Theo bemühte sich, über all die Peinlichkeiten hinwegzugehen, denn er war völlig vernarrt in dieses seltsame Geschöpf, aber mit fortschreitendem Abend brachte auch er kaum noch ein Lächeln zustande. Es war uns natürlich ein absolutes Rätsel, was ihn an ihr *anzog*, denn sie hatte eine schreckliche Figur und ein mehr als gewöhnliches Gesicht. Letztlich muß es ihr Talent als Schaufensterdekorateurin gewesen sein, das er für sich nutzte, aber im Grunde hat sie auf ihre Art eindeutig *ihn* ausgenutzt. Mit Gabel und Löffel hatte sie erst gegen Ende des Essens gelernt umzugehen. Unseres Erachtens *stimmte* ihr Verhältnis einfach nicht, und je schneller Schluß war, um so besser. Ja, auch für das Mädchen, denn er hätte sie irgendwann mit klaren Augen gesehen, sobald die Verliebtheit nachließ, und sie sitzenlassen. Möchtest du noch einen Schluck Tee?»

Zondi war in Gedanken versunken und reagierte eine Sekunde zu spät. «Nein, nein, danke, Mrs. Duboza», sagte er. «Und Miss Muldoon? Du hast gesagt, du würdest sie auch kennen.»

«Die süße kleine Tess – manchmal ein bißchen verrückt, aber sehr erfrischend», gab Betty Duboza mit einem raschen, angedeuteten Nicken zu. «Du noch einen Schluck, Ben?»

Zondi fiel auf, daß die Frau während der langen Vernehmung am Vorabend nicht ein einziges Mal in dieser merkwürdigen Art genickt hatte. Ein sehr bestimmtes Nicken, das von einer Persönlichkeit zeugte, die ihrer selbst vollkommen sicher ist und nach ihren eigenen Vorstellungen lebt, ohne sich darum zu scheren, daß sie andere damit vielleicht brüskiert. Ein Nicken, das nicht zu Betty Duboza gehörte, sondern ursprünglich von jemand anderem stammen mußte.

«Wo war ich stehengeblieben?» fragte sie und setzte die Teekanne wieder ab.

«Weib, sprich Zulu», sagte Ben Duboza leise, der inzwischen den Eindruck machte, als sei ihm nicht mehr sehr wohl in seiner Haut. «Es ist nicht nötig, plötzlich Englisch zu sprechen, wo Sergeant Zondi doch die ganze Zeit so höflich war, mit uns in unserer Muttersprache zu reden!»

«Tess», fuhr seine Frau auf englisch fort, «war entsetzt, als sie hörte, wie Theo nach allen Seiten hin seine Seele verkaufte. Sie kam gleich am nächsten Tag hierher, und die Madam hat sich stundenlang mit ihr über dieses Problem unterhalten. Aber wenn man nicht gerade in aller Öffentlichkeit eingreifen wollte, war nicht viel zu machen. Tess sagte, ihrer Meinung nach würde sich das Problem bestimmt bald von selber lösen, und so war es Gott sei Dank auch. Das Mädchen war offenbar total hysterisch, es hat dem armen Theo irgendwann alle möglichen Machenschaften vorgeworfen und ... Na ja, gottlob haben sie sich getrennt, und dann war's vorbei. Das letzte Mal, als Tess über Nacht hier war, konnten wir sogar schon ein bißchen darüber lachen.»

«*Du* warst nicht dabei, als sie ein bißchen darüber gelacht haben», sagte Ben Duboza und stellte seinen Tee neben sich auf dem Fußboden ab, was ihm sofort einen tadelnden Blick eintrug. «Du hast den beiden Madams lediglich nach dem Essen den Kaffee am Swimmingpool serviert.»

«Ich habe gelacht, als ich wieder in die Küche kam – oder nicht?»

«Das weiß ich nicht mehr», brummte er.

«Doch, habe ich.» Wieder kam das rasche, angedeutete Nikken, und dazu verschränkte sie ihre dicken Hände so, wie es nur einer Frau mit zarten Handgelenken einfallen würde. «Ich hoffe, ich habe dir ein wenig weiterhelfen können, mein Lieber. Sonst fällt mir im Augenblick nichts mehr ein.»

«Herzlichen Dank», sagte Zondi, erhob sich und stellte seine Tasse auf ihr Tablett.

Der Koch begleitete ihn höflich bis zur Hibiskushecke, wo er wieder den Kopf schüttelte und auf Zulu murmelte: «Böse, böse Geister ...»

«Kopf hoch, mein Freund!» sagte Zondi, ebenfalls auf Zulu. «Immerhin hat Boss Kennedy euch zugesagt, daß ihr eure Arbeitsstellen behalten könnt, und bald wird er selbst in Woodhollow sein, und dann wird hier ein ganz anderer Geist einziehen.»

«*Hau!* Als sie noch lebte, erschien das alles gar nicht so schlimm, aber jetzt? Weißt du, mit wem du gerade gesprochen hast, Sergeant?»

«Natürlich», erwiderte Zondi. «Mit der Toten.»

14

Die Universitätsgebäude waren ein einziges wirres Durcheinander und lagen weit verstreut zwischen viel zu vielen Bäumen an einem Hang hoch oben über Trekkersburg. Kein Wunder, daß die Lokalpresse immer wieder von enttäuschenden Leistungen bei den Erstsemestern berichtet, dachte Kramer; die armen Schweine brauchten wahrscheinlich die ersten sechs Monate, um ihre Vorlesungssäle zu finden.

Er machte deshalb gar nicht erst den Versuch, die anglistische Fakultät zu finden, sondern steuerte direkt auf das alte Hauptgebäude mit Uhrenturm und Kuppel zu und setzte sich davor, bis er das Gesicht eines unbedeutenden Systemkritikers von einem Foto der Sicherheitspolizei wiedererkannte. Jetzt brauchte er nur noch einen Finger leicht zu heben, und der betreffende Student ließ nach einem kurzen Blick auf die Funkantenne hinten auf dem Wagen fast seine Bücher fallen und eilte herbei.

«Lieber Murks als Marx», sagte Kramer und freute sich an seinem Wortspiel. «Wo finde ich einen Typen namens Doc Wilson?»

«Den Vizedekan der Anglistik-Fakultät?»

«Genau den. Können Sie mich hinbringen?»

«Aber Sie sind doch ...»

«Von der Polizei – also nicht wegrennen, ja?»

Der Student sah aus wie jemand, der am liebsten den Kragen hochgeschlagen hätte, damit Freunde ihn bloß nicht erkennen konnten, aber da er so dumm gewesen war, an diesem Morgen nur in T-Shirt und Jeans loszuziehen, ging er mit federnden Schritten so schnell er konnte, was Kramer nur recht war. Der hatte inzwischen ein ebensolches Mißtrauen gegen einfache Lösungen entwickelt wie Piet Baksteen und wollte die Ermittlungen an der Universität so schnell wie möglich abhaken.

Der Student ging ihm voraus in ein modernes Gebäude, das mehr Glas als Beton aufwies, und bog in einen Gang mit langem grauem Läufer und numerierten Türen auf der rechten Seite ein. Er deutete auf die dritte Tür und blieb stehen.

«Er müßte da drin sein», sagte er und war sehr blaß.

«Gut», sagte Kramer. «Ach ja, falls Sie Schreie hören, liegt es hieran.»

Ein Blick auf das braune Päckchen, das Kramer mit der linken Hand schwang, genügte. Weg war der Student, noch eine Schattierung blasser, während Kramer nach kurzem Klopfen an der Tür mit dem Schild *Dr. W. B. Wilson* lächelnd eintrat. Die Leichtgläubigkeit von Studenten und besonders Systemkritikern erheiterte ihn immer wieder.

Das Zimmer war in einer Hinsicht leer. In anderer hingegen war zu bezweifeln, ob jemand noch mehr Bücher in die Regale, noch mehr Papierstapel in alle möglichen Ecken und noch mehr Zigarrenstummel in die Aschenbecher, die überall herumstanden, hätte stopfen können. Der Zimmerschmuck bestand aus einem Ölgemälde von einer nackten Frau, die lilarot war – der Kopf war so schlecht gezeichnet, daß auch daran ihre Rasse nicht zu erkennen und folglich kaum einzuschätzen war, ob Wilsons Bewunderung für sie gesetzlich ganz einwandfrei war –, und einem menschlichen Schädel minus Unterkiefer auf einer Ecke des vollgehäuften Schreibtischs. Die Wand hinter diesem Schreibtisch, an dem ein Sessel stand, der eher wie ein hölzerner Thron aussah, bestand fast ganz aus Schiebefenstern.

Kramer bahnte sich einen Weg durch eine Gruppe von unordentlich herumstehenden Stühlen zum Fenster und schaute hinaus. Ein etwa vierzigjähriger Mann mit teigigem Gesicht, das lange ergrauende Haar hinter die Ohren gestrichen, mit altmodischer Großvaterbrille und einer Zigarre im dünnlippigen, geschwungenen Mund, aalte sich mit einem Buch, das er hochkant auf seine schmucke Weste gestellt hatte, in einem Liegestuhl.

«Dr. Wilson? Lieutenant Kramer, der CID-Beamte; ich hatte Sie vorhin angerufen.»

«Was? Ah! Hupsa!» sagte der Vizedekan der Anglistik-Fakultät und bemühte sich, auf die Füße zu kommen.

«Bleiben Sie ruhig, wo Sie sind, Sir, wenn Sie wollen; ich kann gern nach draußen kommen.»

«‹Das nicht; mir scheint als Sohne zu viel Sonne . . .›»

«Ganz wie Sie wünschen, Sir», sagte Kramer und wunderte sich, warum Wilson ihn so ansah, als erwartete er Beifallklatschen.

«Akt I, 2. Auftritt», sagte Wilson. «Ich bin wie berauscht davon.»

«Ja, es ist oft besser, einen Hut zu tragen», sagte Kramer und trat wieder in das Büro zurück. «Dabei war es heute früh noch bedeckt.»

«Also, nehmen Sie Platz.»

Kramer sah keinen. Darum nahm er, während Wilson sich auf seinem Thron niederließ, den Totenschädel von der Schreibtischecke und setzte sich dorthin, seiner alten Gewohnheit im Büro des Colonels folgend.

«‹Ach, armer Yorick›», sagte Wilson und wies auf den Schädel.

«Muß eine schwere Prüfung gewesen sein», sagte Kramer, der auch Quatsch zusammenreden konnte, wenn der Anlaß es erforderte. «Und Familie Yorick hat nichts dagegen, daß Sie ihn hier liegen haben?»

Wilson warf den Kopf zurück und gab ein Geräusch von sich wie ein Esel, der gerade kastriert wird. «Exzellent!» sagte er. «Superb! Das muß ich mir merken!»

Kramer legte den Schädel beiseite und zog den Degen aus seiner braunen Papierhülle. «Was ich mir wirklich wünschen würde, Sir», sagte er, «wäre, daß Sie sich zu erinnern versuchen, ob Sie diese Waffe schon einmal gesehen haben. Möchten Sie sie mal in die Hand nehmen?» Und er reichte sie ihm mit dem Griff zuerst.

«‹Ich kann einen Kirchturm von einem Laternenpfahl unterscheiden ...›»

«Tatsächlich, Sir?»

Es klang allerdings nicht so, als ob er beeindruckt war. Als nächstes würde Wilson bestimmt damit prahlen, daß er Arsch und Ellbogen unterscheiden könnte. Ein großes Kind war er, wie er da auf seinem Thron herumwackelte und mit stolzem Blick in den egozentrischen kleinen Äuglein komische Dinge sagte in der Erwartung, daß ihn die Erwachsenen lobten, weil er doch so klug war.

«Großer Gott», sagte Wilson leise. «Woher haben Sie das?»

«Warum, Sir?»

«Es gehört Laertes.»

«Wem? Einem Ihrer Studenten?»

Wilson blickte auf. «Diesen Degen haben wir in unserer letzten *Hamlet*-Aufführung gebraucht», sagte er. «Die Glasperlen daran hat meine Frau in der Kramkiste ihrer Mutter aufgetrieben. Ich hatte keine Ahnung, daß er verschwunden war, nicht die mindeste. Das könnte ernst werden.»

«Ist es, Sir, ist es», sagte Kramer, erfreut darüber, daß der Mann sich endlich seinem Alter gemäß benahm.

«Sie haben am Telefon nicht gesagt, wo Sie ihn gefunden haben.»

Unter den gegebenen Umständen und in Anbetracht des akademischen Rahmens gestattete Kramer sich eine gewisse dichterische Freiheit. «Als wir ihn fanden, stak er in der Seite von Naomi Stride, Sir.»

«Naomi Stride!» Wilson hätte das gute Stück beinahe fallen lassen, ehe er etliche Schattierungen weißer wurde und schluckte. Dann streckte er den Degen von sich, sah ihn an und sagte ganz leise: «‹Nur reden will ich Dolche, keine brauchen ...›»

«Sie mochten die Dame also nicht?» fragte Kramer.

«Das war auch wieder *Hamlet*, verzeihen Sie. Sie kennen das Schauspiel sicher. Wissen Sie, worum es im *Hamlet* geht?»

«Wenn ich raten darf, muß es sich um ein Dorf handeln, Sir. Ist ein *Hamlet* nicht ein kleines –»

«Ein *Dorf*, sagen Sie? Wie originell! Das Leben als Mikrokosmos?»

Kramer sah ihn nur an, ziemlich sicher, daß sie beide Englisch sprachen, an einem Ort, der sogar eigens der englischen Sprache gewidmet war, und doch hatte er wieder das verwirrende Gefühl, daß sie einander nicht richtig verstanden. Irgendwie hatte er jedoch ins Schwarze getroffen mit seiner Äußerung, daß Wilson Naomi Stride nicht gemocht hatte, und deshalb versuchte er es noch einmal mit einer Variation zu diesem Thema. Und wenn er sich an Fragen hielt, auf die mit «ja» oder «nein» geantwortet werden mußte, konnte nicht viel schiefgehen.

«Sie kannten Naomi Stride, Sir?»

«Ja und nein.»

«Sir», sagte Kramer mit einem Seufzer und nahm den Degen wieder an sich, «bitte erklären Sie mir das.»

«Ja, ich kannte Naomi Stride, die Schriftstellerin, so wie ich

Jane Austen kenne, weil ich ihre Bücher gelesen und studiert habe. Und nein, die Person – wie war gleich ihr richtiger Familienname?»

«Kennedy.»

«Die Person Mrs. Kennedy kannte ich nicht, außer daß ich sie bei einigen Anlässen im gleichen Raum gesehen habe und einmal auf dem gleichen Podium aufgetreten bin wie sie.»

«Und warum das, Sir? War sie nicht eine weltberühmte Autorin, die direkt vor Ihrer Haustür lebte? Wäre es nicht von Interesse für Sie gewesen, sie kennenzulernen und, statt nur in der Theorie, praktisch zu erfahren, wie sie sich ihre Bücher aus den Fingern saugte?»

Wilson lächelte andeutungsweise, dann suchte er nach Streichhölzern, um seine Zigarre wieder anzuzünden. «Einmal abgesehen von dem akademischen Gesichtspunkt, den Sie angesprochen haben, der eindeutig nach einer Definition dessen verlangt, was man unter Literaturkritik versteht, und –»

«Sir, könnten wir nicht ein für allemal davon absehen?» fragte Kramer.

«Wenn Sie wollen», sagte Wilson und wedelte die Rauchwolke um sich herum mit der Hand auseinander. «Ihre Frage lautete, warum ich die Frau nicht kennenlernen wollte. Die Antwort, Lieutenant, lautet, daß *sie mich* nicht kennenlernen wollte. Ich fürchte, manches von meiner Kritik, die ich besonders an ihren jüngeren Werken geübt habe, hat ihr nicht gerade gefallen.»

«Sie war stocksauer auf Sie, meinen Sie? Was mochten Sie denn nicht an ihren jüngeren Werken?»

«‹Die Dame, wie mich dünkt, gelobt zu viel ...›»

«Ja, da würden die Sicherheitsbehörden Ihnen beipflichten, aber –»

«Nein, nein, es ist der Anflug von *Feminismus*, der sich überall bemerkbar macht, und eine ohnehin ziemlich humorlose –»

«Sir», sagte Kramer, «dieser Degen. Deswegen bin ich hier. Haben Sie eine Ahnung, warum er nicht mehr da ist, wo Sie ihn vermuteten?»

Wilson stand auf. «Gehen wir mal rüber und stellen ein paar Ermittlungen an», sagte er.

Endlich klingt es mal so, dachte Kramer, als ob er meine Sprache spricht.

Zondi kehrte zum Hauptquartier des CID zurück und wußte nichts Rechtes mit sich anzufangen. Er hatte zwar während seines kurzen Besuches bei den Dubozas ein paar brauchbare Informationen erhalten, war aber ratlos, was er anderes damit beginnen sollte, als sie in seinem Gedächtnis zu speichern, bis der Lieutenant auftauchte.

Also ging er ins Büro der Bantubeamten hinüber, um von Tims Shabalala weitere erfreuliche Einzelheiten über Gagonks und Jones' Unfall zu erfahren. Tims war nicht da, dafür jedoch Wilfred Mkosi, der auf seiner Gitarre klimperte.

«Und da war Hündchen Gagonk auf den Knien, die Schnauze treu auf seines Herren Schoß», sang Mkosi. «Doch weh und ach, es war nicht einer tot, nur wurde der Verkehrsbeamte rot. Was machten sie da bloß? Was machten sie?»

Zondi legte die Hand auf die Gitarrensaiten. «Was *haben* sie denn nun gemacht?» fragte er. «Was ist das für ein Unsinn, den ich gehört habe, daß sie diesen Ramjut Pillay für einen Hauptverdächtigen halten?»

Mkosi stellte seine Gitarre ab und drehte sich eine Zigarette. «Ich habe Gagonk heute noch nicht gesehen, Mickey, kann dir also nichts Neues berichten. Ich weiß nur, daß sie überall herumgerast sind und ihn gesucht haben.»

«Aber warum?»

«Gestern ist der Postbote von zu Hause weggerannt, nachdem er die ganze Nacht in seinem Zimmer mysteriöse Dinge getrieben hat. Er hat all sein Geld mitgenommen und ist verschwunden.»

«Und weiter?»

«Gagonk sagt, es hätten sich viele Spuren im Schlafzimmer des Mannes gefunden, die darauf hinwiesen, daß der Mann höchst kriminell veranlagt ist. Er sagt, er hätte viele, viele Verkleidungen.»

«*Verkleidungen?* Und sie hatten keinerlei Anhaltspunkte, wohin er verschwunden ist?»

«Gestern nacht nicht, aber sie haben eine Personenbeschreibung an alle Polizeistationen durchgegeben, an die Bahnpolizei, die städtischen Beamten und so weiter. Willst du sie sehen?»

«Aber sicher. Ich kann mir nicht vorstellen, daß der arme Tropf noch nicht geschnappt worden ist.»

«Ich glaube, du findest einen Durchschlag von dem Telex in der Ablage auf Gagonks Schreibtisch», sagte Mkosi und leckte an dem Zigarettenpapier.

Zondi fand den Durchschlag gleich zuoberst. Er las nur die ersten zwei Zeilen und fing gleich an zu lachen.

«Was ist denn so lustig daran, Mickey?» fragte Mkosi und faltete seine langen dünnen Beine unter sich zusammen. «Ich habe gar keine typisch Gagonkschen Rechtschreibfehler bemerkt ...»

Zondi hielt das Blatt hoch und sagte, zu ihm gewandt: «Woher haben sie bloß diese komische Beschreibung? Woher? Pillay ist mindestens vierzig, und es wird überhaupt nicht erwähnt, daß er eine Brille trägt und welcher Art sie ist. Aber das ist noch gar nichts im Vergleich mit Größe und Gewicht! 1,76 Meter und 81 Kilo! Das klingt nach einem richtigen Muskelprotz, dabei kann er von Glück sagen, wenn er nur halb soviel wiegt, und außerdem ist er höchstens –»

«Die Zahlen sind alle falsch?» japste Mkosi, jetzt ebenfalls belustigt.

«Falsch?» sagte Zondi, dem plötzlich einfiel, daß er beinahe eine goldene Gelegenheit vertan hätte, ein paar alte Scharten auszuwetzen. «O nein, mein Freund, tu so, als hätte ich nie so was gesagt.»

«Du hast nie so was gesagt», sagte Wilfred Mkosi beglückt und nahm sich wieder seine Gitarre. «Und falls doch – wie schade, daß ich gerade mein neues Lied zu laut gesungen habe, um etwas zu verstehen ...»

Kramer mußte sich fast zusammenfalten, um unter die Bühne im großen Saal der Universität zu passen. Wilson kroch vor ihm her und schob Weidenkörbe mit Kostümen und Teekisten mit Requisiten aus dem Weg, bis er schließlich bei einer alten Abfalltonne aus Plastik ankam, in der einige Bühnenwaffen mit der Spitze nach unten standen.

«Wie Sie sehen, Lieutenant, ist es eine Mordsarbeit daranzukommen.»

«Ja, aber ich sehe auch, daß der Stauraum unter der Bühne nicht abgeschlossen ist, nicht einmal verriegelt, auf der Tür steht ‹Theaterclub-Requisiten›, und die Saaltür war ebenfalls weit offen.»

«Ja, aber wer denkt denn daran, daß jemand –»

«Arbeiten hier auf dem Gelände keine Bantus? Was ist, wenn einer wütend wird auf seinen Boss und hierherkommt, um sich eine –»

«So sind unsere Afrikaner nicht!» sagte Wilson empört.

«Oh, sie haben also alle einen akademischen Grad?»

«Offen gestanden halte ich diesen Punkt für irrelevant.»

«Sie haben recht», sagte Kramer und sah sich die anderen Degen in der Abfalltonne an. «Wir haben bereits festgestellt, daß jeder hier hereinkann, um sich nach Herzenslust zu bedienen, wobei er ausgezeichnete Chancen hat, unbemerkt zu bleiben.»

«Äh, das Hauptgebäude *ist* aber nach Anbruch der Dunkelheit abgeschlossen.»

«Immer?»

«Nur dann nicht, wenn eine Veranstaltung hier im großen Saal oder in einem der Nebenräume stattfindet.»

«Und wie oft ist das?»

«Während des Semesters?»

«Das Theaterstück wird doch seit Semesterbeginn aufgeführt, oder?»

«Zumindest jeden zweiten Abend», sagte Wilson lahm.

Kramer zog einen Degen heraus, der am Griff einen Korb zum Schutz der Hand hatte. «Warum hat La-dingsda nicht diesen hier benutzt?»

«Laertes? Zufällig hat er sogar mit dem da geprobt, aber unser Kostümbildner wollte etwas Prächtigeres ...»

«Und wer hat die Mordwaffe zusammengebastelt?»

«Äh, ich selbst – aus einem anderen Florett, das etwas ramponiert war. Ich glaube, als Regisseur muß man immer flexibel sein und alles –»

«Deshalb kennen Sie also das ganze Ding vorwärts und rückwärts und haben es immer noch im Kopf?»

«‹Das sind nur wirblichte und irre Worte ...› Ich bin, wie ich zuvor schon gestanden habe, wie berauscht, besessen davon – außerdem ist *Hamlet* dieses Jahr ein Prüfungsthema, und Shakespeare ist mein Spezialfach.»

«Wie prüfen Sie denn jemanden beim Zuschauen?»

«Oh, man muß das Stück nicht unbedingt anschauen, sondern es lesen, lesen und noch mal lesen.»

«Aber zum Lesen gibt es doch Bücher. Ich dachte, die Idee bei einem Schauspiel wäre die, dazusitzen und zuzuschauen ...»

«Die *Idee* dabei ist – aber betrachten wir mal den Hergang in groben Zügen. Ein Sohn, der entdeckt, daß sein Vater ermordet wurde, damit seine Mutter seinen Onkel heiraten –»

«Ist es eine Kriminalgeschichte?»

Wilson mußte lachen. «Nun ja, in gewisser Weise – auch ein bißchen eine Gespenstergeschichte, wenn Sie so wollen, und darüber hinaus eine traurige Liebesgeschichte, denn Hamlets Freundin wird in den Wahnsinn getrieben, so daß er sie verliert.»

«‹O Gott!›» sagte Kramer.

Die weißgekleideten Männer brachten einen schielenden alten Hindu herein, der versucht hatte, das Feuerlaufen zu simulieren, eine Zeremonie, die jeden Karfreitag im Tempel an der Harber Street abgehalten wurde. Er hatte einen Fuß in den Curry und den anderen in den Reis auf dem Elektroherd seiner Schwiegertochter gestellt und sich dabei die Füße verbrannt. Er schrie und zeterte laut, aber nicht, weil er Schmerzen litt – er leugnete ab, etwas gefühlt zu haben –, sondern weil er wütend darüber war, mitten in einer spirituellen Übung unterbrochen worden zu sein.

Doch Ramjut Pillay nahm seine Anwesenheit kaum wahr. Er rang mit seinem Gewissen, das ihn schwer bedrückte und von ihm verlangte, eine Möglichkeit zu finden, wie er den anonymen Brief auf dem billigen, linierten blauen Papier unverzüglich in die Hände des CID bringen könnte. Für jemanden, der hinter Gitter und zwischen hohen Wänden eingeschlossen war, natürlich eine Unmöglichkeit. Einen Augenblick lang spielte er mit dem Gedanken, zu Pfleger Chatterjee zu gehen und ihm ohne große Umschweife zu erzählen, daß er sich einer ebensolchen geistigen Gesundeit erfreue wie sein Nachbar und nur *gesagt* hätte, er sei Fallschirmspringer, um aus einer gewissen Zwangslage herauszukommen. Das Problem war, daß Pfleger Chatterjee ohne Zweifel mehr über diese gewisse Zwangslage würde wissen wollen, bevor er ihn gehen ließ, und das konnte noch betrüblichere Komplikationen nach sich ziehen.

Wenn ich doch nur an dem angebotenen Telepathiekurs teilgenommen hätte, dachte Ramjut Pillay reuevoll, dann könnte ich jetzt durch die Gitterstäbe hindurch eine Gedankenverbindung zu dem netten, verständnisvollen Herrn, Sergeant Zondi, herstellen und ihm sagen, wo der Brief zu finden ist. Er war sicher, daß Sergeant Zondi so entzückt darüber wäre, bei der Suche nach dem Mörder auf die richtige Spur gebracht zu werden, daß er für seine Entlassung aus der Heilanstalt an der Garrison Road sorgen würde, ohne daß Fragen gestellt würden. Aber da er es dummerweise unterlassen hatte, diesen Kurs zu machen, wie er es seinerzeit auch unterlassen hatte, den Kurs in Selbsthypnose zu belegen, bevor ihm ein Zahn gezogen wurde, konnte er nur sich selbst die Schuld an diesem unnötigen Elend geben.

Ramjut Pillay fuhr mit einem Ruck auf seiner Pritsche hoch, von Freude über eine herrliche Eingebung erfüllt, zu der nur ein so beachtenswerter Verstand wie seiner fähig war. Es mußte der Gedanke an die Korrespondenzkurse gewesen sein, der dieses Wunder bewirkt hatte, denn ihm wurde plötzlich klar, daß *es doch eine Möglichkeit gab*, wie er seine Gedanken durch jene Gitterstäbe nach draußen schicken konnte, ohne sie begleiten zu müssen. Er würde Sergeant Zondi eine Skizze schicken, auf der der Ort des aufschlußreichen Briefes, das Loch am Fuß des Baumes, verzeichnet war, und ein paar Zeilen über dessen Bedeutsamkeit beilegen. Vielleicht ein paar *anonyme* Zeilen? Ja, noch besser! Später, wenn der Mörder gefaßt und die Polizei ihm, Ramjut Pillay, wohlgesinnt war, konnte er ja die Identität des Schreibers offenbaren, aber in der Zwischenzeit würde er sicherheitshalber da bleiben, wo er war, mit einem wunderbar reinen Gewissen, das eines – durfte er das denken? – Mahatmas würdig war.

Er sprang von seinem Bett und tastete nach einem Stift. Er hatte jedoch keinen Stift, ebenso wie er übersehen hatte, daß er weder Papier noch einen Umschlag, noch eine Briefmarke hatte. Dann geh mal rüber und schau nach, ob Pfleger Chatterjee das Gewünschte in der Schublade seines Schreibtisches hat, flüsterte ihm der andere Teil seiner selbst ein. Geh schnell, solange er noch mit dem zeternden alten Narren in der Ecke beschäftigt ist.

Ramjut Pillay huschte zu dem Schreibtisch hinüber, dann zögerte er. Was würde diese Diebestat seinem Gewissen antun? Hör mal, murrte der andere Teil seiner selbst, ich habe langsam genug von deinen feigen Skrupeln.

«Peerswammy?»

«Pfleger Chatterjee! Ich habe Sie gar nicht –»

«Kann ich etwas für dich tun? Hast du einen Wunsch?»

«Ich – äh – habe mich irgendwie gefragt – äh –, ob es mir wohl gestattet wäre, vorausgesetzt, daß es keine Umstände macht ... Ich würde gern einen Brief schreiben.»

«Aber natürlich, einen Brief», sagte Pfleger Chatterjee mit freundlichem Lächeln, als hätte er eine solche Bitte schon halb erwartet. «Ich habe allerdings nur das einfache Papier, das im Schreibwarenladen des Krankenhauses erhältlich ist, aber das kannst du gern haben. Auch einen Umschlag?»

«Vielen, vielen Dank», sagte Ramjut Pillay.

Und riß den Mund auf, als Pfleger Chatterjee ihm einen Block billiges, liniertes blaues Schreibpapier gab.

«‹Ist dies schon Tollheit, hat es doch Methode.›»

«Sie nehmen mir das Wort aus dem Mund», sagte Kramer, während er mit Wilson über das Universitätsgelände zur Anglistik-Fakultät zurückging. «Trotzdem können wir nicht einfach davon ausgehen, daß ein Zusammenhang zwischen dem Mord und diesem Hamlet besteht.»

«Haben Sie nicht gesagt, Naomi Strides Mann wäre tot, und sie –»

«Ja, aber es gibt keine Anhaltspunkte dafür, daß sie sich mit irgendeinem Onkel eingelassen hätte, worüber ihr Sohn stinksauer gewesen wäre.»

«Was wissen Sie denn über die näheren Todesumstände des Ehemannes?»

«Ein Herzchirurg, der einen Herzinfarkt erlitten hat.»

«Was für eine poetische Ironie!»

Kramer runzelte die Stirn, denn er konnte sich nicht erinnern, etwas gesagt zu haben, was sich gereimt hätte, aber er hatte sich inzwischen an Wilsons Art gewöhnt und ging einfach darüber hinweg.

«Nein, die Tollheit besteht eigentlich darin, daß der Kerl einen Degen benutzt hat, der so leicht aufzufinden war.»

«Und wenn der Täter nun *wirklich* verrückt ist und ihm die Folgen gleichgültig sind?»

«Hmm, das wäre zu überlegen, aber nur unter Vorbehalt. Wer hatte denn im Spiel den Degen?»

«Murray James war Laertes – einen netteren, harmloseren Jungen können Sie nicht finden.»

«Könnte er Naomi Stride gekannt haben?»

«Das bezweifle ich stark! Außerdem liegt er seit der letzten Aufführung im Krankenhaus. Hat sich auf der Party danach das Bein gebrochen, der arme Kerl.»

Sie betraten das Fakultätsgebäude und gingen wieder in Wilsons Büro. Ein dunkelhaariger Mann mit flammenden braunen Augen und kräftigem Bart stand am Fenster und rauchte Pfeife.

«Ah, Aaron», sagte Wilson und blieb abrupt stehen. «Sind Sie wegen der Essays gekommen?»

«Allerdings, da haben Sie verflucht recht. Ich lasse mir doch nicht nachsagen, ich würde zu gute Zensuren geben, wenn ich die Dummköpfe in Wahrheit etwas habe *lehren* können. Und das ist mehr, als ...»

«Hat das – äh – nicht ein wenig Zeit bis später? Ich habe gerade Besuch.»

«Das sehe ich. Wer ist das denn?»

«Sagen wir, gegen halb fünf?»

«Ein Fechtmeister?» sagte der Mann und lächelte unangenehm, als er sich an Kramer mit dem Degen vorbeidrängte. «Oder Ihr neuer Leibwächter, Wilson? Sehr gescheit von Ihnen, denn wenn ich wiederkomme, werden Sie einen brauchen!»

«Aaron, wir wollen doch nicht –»

«Übrigens habe ich Ihren Aufsatz über J. M. Coetzee gelesen. Alles Quatsch.»

Die Tür knallte zu.

Wilson setzte sich wieder auf seinen Thron und nahm Haltung an. «‹Von so betörter Furcht ist Schuld erfüllt!› Das war Aaron Sariff – ich habe Sie nicht miteinander bekannt gemacht, da der Mann schon paranoid genug ist, auch ohne daß ich ihm sage, daß Sie Kriminalbeamter sind. Sie haben sicher schon vom ewigen Juden gehört, der von allen nur verfolgt wird.»

«Mh-hm.»

«Nun, das ist der Jude, der gemeint ist – Sie haben ihn gerade kennengelernt!»

Und Wilson gab wieder etwas von sich, was sich nach einem kastrierten Esel anhörte, während Kramer sich eine Lucky Strike anzündete.

Wenn er nicht das bestimmte Gefühl gehabt hätte, daß dieser Mann ihm nützlich sein konnte, hätte er sich längst blitzartig davongemacht.

Da ihm nichts anderes einfiel, wo er die Spur des verschwundenen Postboten aufnehmen sollte, war Zondi nach Gladstoneville gefahren.

Zu seinem Pech war er dort, wo die Dreckstraße begann, auf einen Verkehrsunfall gestoßen, so daß er hatte anhalten und Hilfe leisten müssen, bis der Rettungswagen gekommen war.

Aber jetzt war er, mit blutbespritztem Anzug und ohne Krawatte, die zum Abbinden nötig gewesen war, wieder unterwegs. Er hätte nicht gedacht, daß er je eine junge indische Schönheit in den Armen halten würde, und schon gar nicht, daß sie darin sterben würde.

An Ramjut Pillays Haus war keine Hausnummer, und er mußte zweimal nach dem Weg fragen, bis er es am Fuß eines niedrigen, mit Akazien bewachsenen Berges fand. Eine grimmig dreinblikkende alte Frau mit einem leuchtenden Klecks Scharlachrot zwischen den Augenbrauen saß in einem Rohrstuhl auf der schiefen Veranda. Sie starrte ihn wütend an, als er aus dem Auto stieg, und griff nach einer Fliegenklatsche.

«Polizei, Mama.»

«Keine Mannsleute hier, keine Männer», sagte sie mit zitternder Stimme.

«Wo sind denn die Mannsleute, Mama?»

«Mein Sohn ist fortgerannt, und mein armer alter Mann sucht ihn.»

«Und wo sucht er ihn?»

Sie machte eine Bewegung mit ihrer Fliegenklatsche, die den größten Teil der südlichen Hemisphäre umfaßte.

«Viel zu schwierig, Mama», sagte Zondi. «Ich sehe mich bloß mal im Haus um, damit ich meinem Boss sagen kann, daß ich hier war, und dann lasse ich Sie wieder in Frieden.»

«Frieden? Wie könnte», sagte sie wehklagend und erschlug

geschickt eine Fliege, «die Mutter von Ramjut Pillay je Frieden finden?»

Das Telefon klingelte; Kramer war überrascht, als Dr. Wilson ihm mit den Worten «Für Sie, Lieutenant – Baksteen, glaube ich» den Hörer übergab.

«Kramer hier.»

«Tromp, ich bin's, Piet, ich rufe vom Labor aus an. Ich dachte mir, daß ich Sie dort antreffen würde, und die Vermittlung –»

«Piet, Ihre Vermutung war richtig. Der Degen stammt von hier. Aber warten Sie nächstes Mal, bis ich mich mit Ihnen in Verbindung setze. Ich stecke mitten in –»

«Ich hatte recht? Großer Gott, dann kann ich bestimmt heute nacht nicht schlafen! Aber ich rufe nicht wegen des Degens an. Ich dachte nur, Sie brauchten die Ergebnisse der Proben mit dem Fichtennadelduft schnell, die Sie mir heute morgen in der Leichenhalle gegeben haben, und es ist schon nach vier.»

Kramer brauchte einen Augenblick, um sich zu besinnen. «Ach ja, der Zuid ... das Zeug, von dem Sie so erfreut waren, daß es kein Samen war?»

«Ob Sie's glauben oder nicht, Tromp, Van Rensburg lag goldrichtig – es *ist* DH-136, das Reinigungsmittel, von dem er sprach. Ich mußte mit irgendwas anfangen, und es ist nichts anderes als das. Außerdem habe ich mich mit dem Hersteller in Verbindung gesetzt, und man hat mir versichert, daß sonst kein Reinigungsmittel mit ebendiesen Inhaltsstoffen auf dem Markt ist, da das Zeug patentiert ist.»

«Da bin ich platt! Der Hersteller, wer ist das?»

«Bunchan & Lane-Großhandel. Sehr hilfreiche, nette Leute. Und da ich nun einmal dabei war, dachte ich mir, ich könnte auch gleich nach den Vertriebsdetails fragen. Sie sagen, daß DH-136 nicht im normalen Einzelhandel erhältlich ist und sie die einzige Lieferfirma in Natal sind.»

«Ist es so giftig, daß es nicht an jedermann verkauft wird?»

«O nein, nichts dergleichen, Tromp. Es bestand einfach keine Nachfrage. DH-136 wirkt biologisch und ist für einen speziellen, vorrangig gewerblichen Gebrauch bestimmt, in erster Linie zur Desinfektion und Reinigung von Bereichen, wo viel Blut fließt. Blut ist ein komischer Saft; es ist nicht gerade leicht –»

«*Gewerblichen* Gebrauch, sagen Sie? Was zum Beispiel?»

«Das Übliche», sagte Baksteen und klang, als wundere ihn die Frage ein wenig. «Zur Reinigung von Metzgereien, Schlachthäusern, Hühner–»

«Im städtischen Schlachthof?»

«Zum Beispiel. He, nun sagen Sie bloß nicht, das stände in Zusammenhang mit etwas, was Sie schon wissen! Und ich dachte, ich hätte Sie wirklich mal überrascht!»

Zondi saß mit gekreuzten Beinen auf der Roßhaarmatratze in Ramjut Pillays Anbau und betrachtete einen Federhalter, der mit einer Flasche Zitronensaft zusammen hinter einem Sparren gesteckt hatte. Seine erste Vermutung war die gewesen, daß der Saft als eine Art Medizin und der Federhalter zum Umrühren gedient hatte. Aber warum war die Feder in den Zitronensaft getunkt worden, wenn es das andere Ende genausogut getan hätte? Unzweifelhaft mußte die Feder jetzt erst abgespült werden, ehe sie wieder mit Tinte benutzt werden konnte.

Oder hatte Pillay etwas mit Zitronensaft geschrieben? Nein, das war absurd, denn die Flüssigkeit hinterließ keine sichtbaren Spuren.

Nachdem er Flasche und Federhalter beiseite gelegt hatte, sah Zondi sich das Durcheinander an, das Mbopa und Jones auf dem Fußboden angerichtet hatten, und dann die stattliche Reihe von Uniformen in der Ecke. Verkleidungen! Die meisten hätten Pillay nie im Leben gepaßt, außer vielleicht die Pfadfinderuniform. Es stimmte ihn ein wenig traurig, als er bemerkte, daß die anderen offenbar alle zu den schrecklichen Kursen paßten, die der arme Tropf belegt hatte, ohne daß ihm aufgefallen wäre, daß die Unterschrift von Dr. Gideon de Bruin, dem Direktor des Easiway Colleges, nicht zweimal die gleiche Handschrift aufwies.

Dann fiel Zondis Blick auf ein Briefmarkenalbum, das zwischen Superman-Comics klemmte, und er zog es heraus. Er blätterte bis zu der Seite, die die Überschrift *Großbritannien* trug, und fand dort eine sehr neu aussehende Marke. Er sprang auf. Doch als er Pillays Vergrößerungsglas zu Hilfe nahm, um sich den Poststempel anzuschauen, stellte er fest, daß die Briefmarke bereits vor sechs Monaten in London entwertet worden war. Ein Blatt Papier rutschte aus dem Album heraus, während er es zurückschob, aber es war leer und wohl kaum von Interesse.

«Moment mal!» murmelte Zondi in sich hinein und roch an dem leeren Blatt Papier. «So was Verrücktes! Zitrone!»

Er setzte das Vergrößerungsglas an und fand feine Kratzspuren, wie eine Feder sie zurücklassen würde, konnte allerdings nichts wirklich Geschriebenes entziffern. Vielleicht kann Baksteen etwas Licht in dieses Dunkel bringen, dachte er, steckte das Blatt ein und ging mit doppeltem Eifer auf die Suche, wobei ihn weniger der Gestank der Roßhaarmatratze störte als vielmehr die Fliegen, die sich immer wieder auf seine blutbefleckte Kleidung setzten.

«Für die nur ein Klacks», sagte Wilson und zündete sich eine neue Zigarre an.

«Was?» Kramer, der in Gedanken verloren gewesen war, was er mit der DH-136-Information anfangen sollte, wandte den Blick vom Fenster ab. «Oh, entschuldigen Sie.»

«Das war sicher einer Ihrer Experten von der Gerichtsmedizin, was? Faszinierend, wie diese Leute noch über das Grab hinaus Geheimnisse entschlüsseln können. ‹Verhüllte Tote schrien und wimmerten!› – genauso. Hat er Ihnen bisher viele Anhaltspunkte liefern können?»

«Ein paar, die allerdings noch nicht alle einen Sinn ergeben.»

«Wie zum Beispiel?»

«Irgendwelches Zeug, das um die Leiche herumgestreut worden ist und den Mörder noch unheimlicher und besessener erscheinen läßt, als es der Degen schon getan hat.»

«Wie spannend!»

Kramer sah ihn an, bemerkte, daß er sich wieder seinem Alter entsprechend benahm, und kam zu dem Schluß, daß es nichts schaden würde, den Mann noch mehr ins Vertrauen zu ziehen, denn das konnte später, falls tatsächlich eine Verbindung zu *Hamlet* nachgewiesen wurde, durchaus von Nutzen sein. «Unter uns, Sir, um Naomi Stride sind Vergißmeinnicht und ein Kraut namens – ach, irgendein Frauenname ...»

«Rosmarin?»

«Schnell geraten!»

«Ich gestehe, daß ich Ihnen in Gedanken wohl schon vorausgeeilt bin, Lieutenant, als ich das Wort ‹Vergißmeinnicht› hörte.» Und er hatte wieder die glänzenden Augen des Theatermannes. «Gestatten Sie mir ein letztes Zitat?»

«Ja, nur zu ...»

«‹Da ist Rosmarin, das ist zum Andenken› und ‹da ist Vergißmeinnicht, das ist für die Treue› – *Hamlet*, IV. Akt, 5. Szene, gesprochen von, wie ich vielleicht hinzufügen sollte, Ophelia.»

«Wem?»

«Der Freundin.»

15

Zondi rannte in sein neues Haus und zog sich dabei aus. Er rollte den blutbespritzten Anzug zusammen, warf ihn im Schlafzimmer in eine Ecke und zog sich das Hemd vom Rücken.

«Frau!» rief er, während er den Kleiderschrank öffnete. «Wo ist mein anderer Anzug? Der alte mit den silbernen Nadelstreifen?»

Aber Miriam war anscheinend ausgegangen, obwohl die Haustür nicht abgeschlossen war. Seit sie nach Hamilton gezogen waren, pflegte sie soziale Kontakte in bisher nicht dagewesenem Maße und war immer wieder zu einem Schwätzchen bei irgendwelchen Nachbarn verschwunden. Sie rechtfertigte sich natürlich damit, daß sie nun, da die Zwillinge groß und auch die anderen Kinder schon älter waren, nicht mehr dauernd in der Küche am Bügelbrett stehen und auf Abruf für alle dasein mußte.

«Wo ist er bloß? Wo?» murmelte Zondi, während er ihre gemeinsame spärliche Garderobe auf der Messingstange hin und her schob, daß die Drahtkleiderbügel quietschten. «Wenn sie ihn verkauft hat, gibt es großen, großen Ärger ...»

Aber laut Funkspruch vom Lieutenant sollte er so schnell wie möglich zum CID-Hauptquartier kommen, alles andere mußte also warten. Er schnappte sich sein einziges Ersatzpaar Hosen und sein braunes Sportjackett, nahm das oberste saubere weiße Hemd vom Dreierstapel und zog sich in seiner Ungeduld, wieder auf die Straße zu kommen, gleich hinter der Haustür um.

Nach dem Klang der Nachricht zu urteilen, war endlich so etwas wie ein Durchbruch erzielt worden.

Kramer hielt auf dem Weg zum CID-Hauptquartier bei Bunchan & Lane an, dem Großhandel. Wie Piet Baksteen gesagt hatte, waren die Leute dort sehr hilfsbereit und freundlich. Ja, sie lieferten DH-136 ganz sicher auch an den städtischen Schlachthof in der Lawrence Street. Sie zeigten ihm die Rechnungen.

Er fuhr weiter in der Absicht, noch den Colonel zu sprechen, bevor er Zondi in den neusten Stand der Dinge einweihte, besann sich dann jedoch anders. Er konnte nicht vorsichtig genug sein, wenn er Schlüsse zog. Er machte eine Linkskehre und parkte vor der staatlichen Leichenhalle.

Noch während er die Fliegentür aufzog und mit einem Knall die Tür aufstieß, rief er schon: «Van?» Ein lauter Schrei ertönte im Kühlraum, und als er dort hineinsah, lehnte Van Rensburg an der Wand, die Hand aufs Herz gedrückt.

«Tun Sie das bitte nie wieder, Lieutenant!» sagte er flehend, sichtlich erschüttert. «Das halten meine Nerven nicht aus!»

«Ihre Nerven? Teufel auch, Sie haben noch nie erwähnt, daß Sie Nerven haben, Mann.»

«Inzwischen habe ich aber welche, Sir, und es macht mir auch nichts aus, Ihnen zu sagen, daß sie bald hin sind. Wissen Sie, was in meinem Kühlschrank los ist? Was ich da drinhabe?»

Kramer spähte in das dunkle, stinkende Fach und schüttelte den Kopf. «Nein, weiß ich nicht – interessiert mich im Augenblick auch nicht. Ich möchte wissen, was Sie mir noch über DH-136 sagen können.»

«Ah, ja», sagte Van Rensburg, und seine Miene hellte sich auf. «Sie wissen also, daß ich auf Anhieb recht hatte?» Er kam aus dem Kühlraum und sagte zu Nxumalo: «Hau mal mit einem Knüppel gegen die Schubladen, vielleicht wird er dadurch verscheucht, ja?»

Nxumalo gehorchte grinsend.

«Eigentlich», sagte Kramer und ging in den Autopsieraum, weil der Lärm nicht auszuhalten war, «will ich nur wissen, ob DH-136 unter den Füßen glitschig ist.»

«Glitschig? Hoho!»

«Sehr?»

«So glitschig, Lieutenant», sagte Van Rensburg und machte etwas, was wie die Pirouette eines Nilpferdes beim Eistanz aussah, «daß die Firma einen bei jeder Lieferung davor warnt! O ja, man muß sehr, sehr vorsichtig sein mit dem Zeug, wie ich Nxumalo immer wieder sage.»

«Aha, also –»

«Natürlich kann man weniger vernünftige Menschen, als ich es bin, nicht davon abhalten, Dummheiten damit zu machen», fuhr Van Rensburg fort, der sich jetzt richtig für das Thema erwärmte. «Am ersten April vorigen Jahres zum Beispiel hat irgendein junger Idiot im Schlachthof DH-136 auf die Rampe geschüttet, über die die Rinder von den Viehtransportern zu dem Mann getrieben werden, der ihnen den Kopfschuß verpaßt. Es war das reine Chaos, als all die armen blöden Rindviecher auf dem Arsch wieder runterrutschten und die Fahrer fast zu Tode trampelten, und nicht wenige sind durchgegangen. Der Typ, der es mir erzählt hat, sagte, auf der Lawrence Street hätte es ausgesehen wie beim Rodeo!»

«Wer war es denn, der diesen Einfall mit dem DH-136 hatte?»

«Ach, einer von den jungen Büroangestellten.»

«Ist er noch da?»

«O nein! Er ist so schnell gefeuert worden, daß er schon auf dem Weg nach Hause war, ehe die ersten Rindviecher ins Gras gebissen haben!»

«Danke», sagte Kramer und wandte sich zum Gehen. «Übrigens, zu welchem Ergebnis ist Piet Baksteen denn nun bei dem Ziegenhaar gekommen? Hat Nxumalo Sie angelogen?»

Van Rensburgs Gesicht wurde augenblicklich lang, und seine Augen blickten wieder tief bekümmert. «Hm, wohl nicht, Lieutenant, Nxumalo kann sicherlich nicht verantwortlich gemacht werden für das, was Mr. Baksteen gefunden hat, auf gar keinen Fall.»

«Was war es denn?»

Van Rensburg warf einen kurzen Blick über die Schulter und flüsterte: «Giraffenhaare, Lieutenant ...»

«Giraffen?» Kramer fing an zu grinsen. «Wie in Dreiteufelsnamen konnten denn *Giraffenhaare* in Ihren Kühlschrank kommen?»

«Schscht, nicht so laut, Sir! Genau diese Frage habe ich Mr. Baksteen gestellt, und wissen Sie, welche Antwort er mir gegeben hat? ‹Van›, sagte er, ‹die einzige wissenschaftliche Erklärung, die ich für dieses Phänomen anzubieten habe, ist die, daß Sie sich da einen Poltergeist eingefangen haben.›»

Pfleger Chatterjee blieb neben Ramjut Pillays Pritsche stehen, so daß der in aller Eile ein Blatt billiges, liniertes blaues Papier unter seinem Kissen verschwinden ließ. «Was ist denn, Peerswammy?» sagte Pfleger Chatterjee und nahm den Briefblock zur Hand. «Noch kein Wörtchen geschrieben?»

«‹Man sollte sich immer erst selbst fassen›», sagte Ramjut Pillay in Erinnerung an einen zentralen Gedanken, über den er einen Morgen lang nachgesonnen hatte, «‹ehe man einen Brief verfaßt› – ein Rat, den ich für mein Teil höchst hilfreich finde.»

«Du schiebst es doch nicht mehr zu lange auf, oder? Meine Schicht dauert nur zwölf Stunden, ich bin also um sieben weg, und dann tritt Pfleger Mooljum seinen Dienst an.»

«Nein, nein, meine Fassung ist fast fertig! Ich bin Ihnen äußerst dankbar für Ihre Mithilfe!»

«Es war mir ein Vergnügen, Peerswammy! Oje, ein neuer Patient ...»

Er hastete davon, und Ramjut Pillay zog den versteckten Bogen Papier hervor, drehte ihn richtig herum und machte sich wieder an die Arbeit. Wie mußte er lachen – ganz leise natürlich! –, als er die Frucht seiner letzten und großartigsten Eingebung vor sich sah! Das Werk eines wahrhaften Genies!

Vergessen waren die Pläne, Sergeant Zondi eine Skizze zu schicken. Vergessen war der Gedanke, direkt mit ihm in Kontakt zu treten, was geheißen hätte, zuzugeben, daß er an jenem schicksalhaften Tag mit einiger Post durchgebrannt war.

Nein, was er jetzt machte, würde nur eins bewirken: Es würde dem CID noch einmal die Möglichkeit geben, die in Woodhollow ankommende Post zu öffnen und darunter den betreffenden anonymen Drohbrief zu finden, auf dem gleichen Papier und wortgetreu geschrieben.

Oder fast wortgetreu.

Du meine Güte, dachte Ramjut Pillay, ich muß das Ding doch zigmal gelesen haben in jener Marternacht, und trotzdem fällt mir der Name nicht mehr ein, der mit *Riche* anfing. Er stand vor *Akt II, Szene 2* und dem Satz *‹Die Feder ist mächtiger als das Schwert›*. Wie wär's mit *Richelieu*? Nein, das sah immer noch nicht richtig aus. Aber zumindest war *JUHde* wie im Original geschrieben.

«Und dann habe ich», sagte Kramer und veränderte die Lage seiner Füße auf dem Schreibtisch, «für diesen Dr. Wilson die Zeile in den normalen Anführungen aufgeschrieben, die am Ende der letzten Seite von Naomi Stride stand. Du weißt schon, dieses ‹zwei Komma zwei›, das uns so rätselhaft war.»

Zondi nickte und kritzelte „II, 2!" auf ein Berichtformular.

«Er hat nicht mit der Wimper gezuckt, Mann! Hatte sofort die Antwort parat! Bei einem Theaterstück bedeutet es ‹II. Akt, 2. Szene›.»

«*Hau!* Und hat dieser Dr. Wilson Ihnen den Grund nennen können, warum der Mörder diesen Hinweis aufgeschrieben hat, Boss? War damit das Motiv klar?»

Kramer holte sein Notizbuch hervor und schlug es da auf, wo sein letzter Einkaufsbon vom Supermarkt als Lesezeichen lag. «Wilson sagt, die ganze Szene sei in den letzten Worten Hamlets zusammengefaßt: ‹Das Schauspiel sei die Schlinge, in die den König sein Gewissen bringe.›»

«Und?»

«Hamlet hegt anscheinend den Verdacht, daß der König der Kerl war, der seinen Pa umgebracht hat, deshalb läßt er ein Schauspiel über einen Mord aufführen, damit der König rot anläuft, furzt und sich ungewollt verrät. ‹He, Moment mal›, habe ich zu diesem Wilson gesagt, ‹denken Sie daran, daß eine Dame im wirklichen Leben und nicht etwa ein König umgebracht worden ist. Wie paßt das zusammen?› – ‹Ach, kein Problem›, sagt er, ‹die Dame – Hamlets Mama – war ebenfalls schuldig.› Dann haben wir uns richtig in die Haare gekriegt, weil ich nicht einsehen konnte, inwiefern darin auch nur annähernd ein Motiv für den Fall Stride zu erkennen wäre. Am Ende hat er gesagt, er wolle darüber nachdenken. Er hat mir ein Textbuch gegeben, in dem wir in der Zwischenzeit alles selbst nachlesen können, aber ich neige doch noch immer zu der Theorie ‹verrücktes Fräulein›.»

«Sie meinen Miss Liz Geldenhuys? Aber Boss, wenn –»

«Hör erst mal zu, Mickey. Eins wissen wir jetzt immerhin sicher, was den Mörder betrifft: Es ist jemand, der das Schauspiel *Hamlet* kennt – einverstanden?»

«Einverstanden, Boss.»

«Wir haben außerdem Grund zu der Annahme, daß diese Person weiblichen Geschlechts ist, denn es waren die Worte einer Frau, die der Mörder mit Vergißmeinnicht und Rosmarin symbolisieren wollte. Eine junge Frau, der ‹Treue› und ‹Andenken› schwer zu schaffen machen, die die Liebe ihres Lebens verloren hat, okay? Jemand, der so verbittert ist, daß selbst die Benutzung eines Degens –»

«Aber wodurch würde sich ihre Verbitterung gegen –»

«Warte doch mal, bis ich fertig bin, ja? Wir haben Beweise für die Annahme, daß Liz Geldenhuys eine solche Frau ist. Sie ist von der Toten schlecht behandelt worden. Naomi Stride fand sie unpassend für ihren Sohn und hat sich vielleicht sogar mit Tess Muldoon, der Lady mit der erotischen Stimme, zusammengetan, um sie und den jungen Kennedy auseinanderzubringen. Nehmen wir einfach mal an, Liz Geldenhuys hätte das, nachdem sie Afro-Arts den Rücken gekehrt hat, irgendwie herausgefunden – hätte sie dann nicht mehr als einen Grund, auf Rache zu sinnen? Und nehmen wir außerdem noch an, daß sie zuerst etliche Briefe an Mama Stride geschrieben hat auf dem billigen blauen Papier, das Leute ihres Schlags benutzen würden, die Mama Stride jedoch einfach ignoriert und nie beantwortet hat. Das könnte sie vollends brüskiert haben, Mickey. Und noch eins, denk dran, daß Liz Geldenhuys an dem betreffenden Abend mit Theo im Haus war, also die Chance hatte, sich die Räumlichkeiten anzusehen und einzuprägen.»

«Kommt die junge Frau, die verrückt wird, auch im II. Akt, 2. Szene vor, Lieutenant?»

«Klar, Mann – aber lies es doch selbst nach, wenn du willst.» Kramer warf ihm das abgegriffene Textbuch des Schauspiels zu. «Sie heißt O-sowieso. Ophelia?»

Zondi schlug das Büchlein auf. «Ist das ganze Schauspiel ein einziges Gedicht?» fragte er. «Die Zeilen sind alle so kurz …»

«Nein, nein, das liegt wohl eher an dem schlechten Druck damals. Wie du sehen kannst, standen sie auch mit der Rechtschreibung auf dem Kriegsfuß.»

«*Hau*, es sieht aus wie *Hamlet* von William Gagonk!»

Colonel Muller kam herein. «Daß ihr zwei noch über irgend etwas lachen könnt, wundert mich», sagte er, und Zondi sprang auf. «Tromp, was haben Sie da Piet Baksteen erzählt – daß der Degen von der Universität ist?»

«Colonel, ich wollte gerade zu Ihnen, Sir», sagte Kramer und stand ebenfalls auf. «Ich wollte nur erst Zondi mit dem Fahrrad losschicken, um ein paar dringende Sachen zu erledigen, die jetzt anliegen. Wie kommen denn Jones und Mbopa voran? Haben sie Ramjut Pillay endlich?»

Die Miene des Colonels verfinsterte sich. «Fangen Sie bloß nicht von –» Dann fiel sein Blick auf Zondi, und er sagte: «Gut, dann geben Sie Ihre Befehle, und in genau zwei Minuten erwarte ich Sie in meinem Büro.»

«Wie lauten denn Ihre Befehle, Boss?» fragte Zondi, sobald er weg war.

«Mickey, du weißt doch jetzt, worum es geht, ja?»

«Ich glaube schon, Lieutenant. Zuoberst auf unserer Liste steht: Miss Geldenhuys auftreiben. Und dann müssen wir –»

«All das braucht dich im Augenblick nicht zu kümmern.»

«Boss?»

«Ich setze dich jetzt auf den Fall Zuidmeyer an.»

«Hau!»

«Inoffiziell natürlich, mein Sohn. In diesem Fall wissen wir inzwischen sicher, daß die Dame zu Fall gebracht wurde und dadurch starb. Wer sich das ausgedacht hat, ist eine andere Sache, aber zumindest können wir meines Erachtens davon ausgehen, daß es einer von zwei bekannten Verdächtigen war, Vater oder Sohn. Im Augenblick steht der Sohn wegen Dr. Strydoms Gutachten über die Prellungen stärker unter Verdacht, aber wir müssen nach allen Seiten offen bleiben und –»

«Beweisen, daß es der Vater war, weil wir das glauben, Boss?»

Kramer schlug ihm den Hut vom Kopf, fing ihn aber auf, ehe er zu Boden fiel. «He, Kaffer, paß bloß auf!» sagte er augenzwinkernd. «Hier sind zwei Aufträge für dich. Fertig?»

Erst als Ramjut Pillay seine meisterhafte Kopie des anonymen Drohbriefes an Naomi Stride zusammengefaltet, in den Umschlag gesteckt und diesen zugeklebt hatte, ging ihm etwas auf, bei dem es ihm ganz übel wurde.

Da saß Pfleger Chatterjee, in die Lektüre der Abendzeitung vertieft, auf deren Titelblatt die Schlagzeile stand: NAOMI STRIDE MIT DEGEN GETÖTET, und er, Ramjut Pillay, war dabei, einen Brief an sie zu adressieren! Noch dazu einen Brief, den er Pfleger

Chatterjee aushändigen mußte, wenn er wollte, daß er befördert wurde.

Wir haben einen schrecklichen Schnitzer gemacht, dachte Ramjut Pillay. Aber du weißt doch, sprach der andere Teil seiner selbst zu ihm, daß Naomi Stride nicht ihr einziger Name war, was kaum jemand weiß.

«Euphrates!» rief Ramjut Pillay aus.

«Gesundheit!» murmelte Pfleger Chatterjee, ganz versunken in den Mordfall.

Mrs. Kennedy, schrieb Ramjut Pillay in Druckbuchstaben auf den billigen blauen Umschlag und wünschte, die Gummierung der Umschlagklappe hätte einen besseren Geschmack. Dann zögerte er und warf noch einmal einen Blick auf Pfleger Chatterjees Zeitung.

Woodhollow in Bildern – siehe Innenseite, lautete eine andere Überschrift in Rot.

Und nun, fragte sich Ramjut Pillay, was machen wir nun, wo Woodhollow vermutlich eine der bekanntesten Adressen im Lande ist? Und von einem so scharfsinnigen Bürschchen wie Pfleger Chatterjee sofort erkannt werden würde?

Daraufhin übernahm der andere Teil seiner selbst die Führung und schrieb *Jan-Smuts-Weg 30, Morningside, Trekkersburg* auf den Umschlag – die richtige Adresse, die kaum jemand kannte.

«Fertig», sagte Ramjut Pillay.

Danach war nur noch ein Augenblick schlimm für ihn, als er nämlich an Pfleger Chatterjees Schreibtisch ankam und das Datum auf der Zeitung sah. Das brachte ihm in Erinnerung, daß der anonyme Drohbrief jetzt *Tage* später in Woodhollow ankommen würde, statt nur Stunden nach dem Hinscheiden der Schriftstellerin. Der andere Teil seiner selbst argumentierte jedoch, daß, da schon der erste Brief verspätet war, auch der zweite Brief zu spät eintreffen durfte.

«Hast du deinen Brief fertig?» sagte Pfleger Chatterjee freundlich, ohne von seiner Zeitung aufzublicken. «Leg ihn einfach in meine Schublade, Peerswammy, so ist's gut. Nun sag mal, warum bringt jemand diese arme Frau ausgerechnet mit einem so unsterilen Ding wie einem alten Degen um?»

«Äh-hm», sagte Ramjut Pillay, für den die dramatische Enthüllung der Zeitung, einmal ohne falsche Bescheidenheit betrachtet, nun wirklich nichts Überraschendes hatte.

In weiter, weiter Ferne konnte Mbopa Stimmen von Menschen hören, die lange Worte sprachen, und dann meinte er wie durch wallenden weißen Nebel die Hand Zsazsa Lady Gatumis zu erkennen, die nach ihm griff. Sie legte ihm diese Hand ganz kurz auf die Stirn und nicht dahin, wohin sie sie normalerweise legte, was ihn verwunderte. Er langte nach ihrem Gesäß, wurde aber zurückgestoßen.

«Immerhin ein Lebenszeichen, Schwester», bemerkte ein Weißer.

«Ist ja wie ein Schrank gebaut», sagte ein anderer. «Hat offenbar das halbe Lenkrad mitgenommen auf dem Weg durch die Windschutzscheibe. Er wurde gefunden, wie er auf der Straße saß, *tüt-tüt* machte und das Lenkrad hin und her drehte.»

«Die Geschichte habe ich etwas anders gehört», sagte die erste Stimme und wurde immer schwächer. «Die Mannschaft des Rettungswagens hat gesagt, er hätte auf dem Kopf von seinem Boss gesessen und *tüt-tüt* gemacht, dabei die Nase des armen Kerls als Hupe benutzt und gesagt: ‹Wohin denn *jetzt*, du blöder Schakal?›»

Der Colonel starrte tieftraurig das übel zerkaute Mundstück seiner neuen Bruyèrepfeife an. «Kaum zu glauben, daß ich sie erst letzten Dienstag gekauft habe», sagte er. «So ein furchtbarer Streß und jetzt ... und jetzt ... Nun, Sie haben es ja selbst gehört, Tromp, zwei CID-Fahrzeuge an einem Tag Totalschaden und in Jones mußten sie literweise Blut pumpen.»

«Ach was, denken Sie doch an die hübsche Ruhepause, die das für ihn bedeutet, Colonel, schließlich braucht er heute abend nicht mehr in seinem großen Mantel raus auf den bloßen Verdacht hin, daß irgendeine Puppe ihr Fenster offengelassen hat.»

«Tromp», sagte Colonel Muller verständnislos, «was sind das für Andeutungen?»

«Fragen Sie Ihre Gattin, Sir – wir haben beim letzten Polizeiball darüber gesprochen. Aber was hatten Sie davor gesagt ...?»

«Ich sagte – hm. Ach ja, Jones hat noch im Rettungswagen um Stift und Papier gebeten und etwas aufgeschrieben, was wie ein

Name aussieht. Hier, sehen Sie selbst. Könnte sich lohnen, da nachzuforschen; er hat es offensichtlich für wichtig gehalten.»

Perswami Lall, stand da.

Kramer dachte kurz nach und kam zu dem Schluß, daß er diesen besonderen Schwachsinn am schnellsten dadurch aus der Welt schaffte, daß er ihn in die Tasche steckte. «Fein, Sir», sagte er, «und wie beurteilen Sie das, was Zondi und ich heute herausgefunden haben?»

«Es ist – äh – nicht so leicht zu *koordinieren*, Tromp.»

«Möchten Sie erst noch mehr Informationen haben, Sir?»

«Ich bitte darum.»

«Dann will ich gleich los, ja? Ich –»

«Wie finden Sie übrigens dieses Bild?» fragte der Colonel und zeigte auf ein Foto unter der Titelzeile *Die Polizeitaucher nach ihrem Degenfund*. «Ich sehe ganz gut aus, nicht wahr?»

«Sie leisten großartige Öffentlichkeitsarbeit, Sir.»

«Apropos Öffentlichkeit, gibt's was Neues an der Zuidmeyer-Front?»

«Nein, Colonel, nichts, was erwähnenswert wäre», sagte Kramer, der sich entschlossen hatte, erst nach erfolgter Verhaftung darüber zu reden, wenn es zu spät war, ihn zurückzupfeifen. «Meines Erachtens stehen sie beide noch unter Schock, so daß sie wahrscheinlich Unsinn reden, und deshalb habe ich die weitere Vernehmung auf morgen verschoben. Es braucht ja nur einer von beiden seine Geschichte zu ändern, und schon ist es nur noch ein Unfall.»

Colonel Muller sah sehr erfreut aus und sagte, während er seine Pfeife schwenkte: «Aber was ist dann mit Dr. Strydoms Angaben bezüglich der Prellungen?»

«Er war keineswegs hundertprozentig sicher, Colonel.»

«Ja, das stimmt. Wie ich gehört habe, hat er Dias nach Durban geschickt, um eine zweite Meinung einzuholen. Na schön, und Sie sind jetzt hinter dieser Liz Geldenhuys her?»

«Sobald ich heraushabe, wo ich sie finde, Colonel.»

«Dann los, Mann, hier ist das Telefon – rufen Sie Ihre dicke Freundin bei Afro-Arts an; es ist immerhin möglich, daß sie noch im Laden ist, auch wenn es schon nach fünf ist.»

Kramer wählte und wartete.

«Afro Arts, wir schließen allerdings gerade. Könnten Sie bitte morgen vormittag noch einmal anrufen?»

«Äh, der CID hier. Winny Barnes, ist sie noch da?»

«Das gefällt mir!» sagte sie und wechselte zu Afrikaans.

«Ach, Sie sind es selbst, ja? Hören Sie, Winny, haben Sie eine Ahnung, wo ich Liz Geldenhuys erreichen kann?»

«Ja, ich habe irgendwo zwischen ihrem Steuerkram, den ich noch abschicken muß, eine Adresse. Momentchen ... Hier: Sweethaven Avenue 24, das ist in der Nähe der Aluminiumfabrik und des Drive-ins. Kann ich sonst noch was für Sie tun, Tromp?»

«Nein, im Augenblick nicht. Haben Sie vielen Dank, und bis bald, ja?»

Der Colonel beobachtete, wie er den Hörer auflegte. «Was gibt's denn, Tromp? Was finden Sie so komisch? Sie haben doch die Adresse, was brauchen Sie sonst noch?»

«Nichts finde ich komisch, Colonel; und wie Sie selbst sagen, kann ich jetzt gehen, also gehe ich. Danke für Ihre Hilfe, Sir.»

Damit habe ich den alten Mistkerl heute abend schon zweimal angelogen, dachte Kramer, als er die Treppe hinunterging. Einmal, was die Zuidmeyers betraf, und dann, als ein belustigter Ausdruck über sein Gesicht gehuscht sein mußte. So körperlos am Telefon, hatte er gerade entdeckt, hatte auch die übergewichtige Winny Barnes eine sehr erotische Stimme, solange sie Englisch sprach.

Zondi bog links ab in die Lawrence Street und fuhr langsam am städtischen Schlachthof vorbei. Die Anlage war vor zwei oder drei Jahren neu aufgebaut worden, sah aber auch nicht einladender aus als ihre Vorgängerin aus rotem Backstein. Das Schlachthaus selbst hatte keine richtigen Fenster, nur schmale Oberlichter sehr hoch oben, und der einzige Zugang schien das riesige Tor am Ende der Laderampe zu sein, das jetzt geschlossen war. Drei gewaltige Viehtransporter standen im Hof, der rundum von einem neuen Maschendrahtzaun eingefaßt war, aber der Parkplatz vor dem kleinen Büroanbau war leer. Dann kam hinten auf der anderen Seite ein weiterer Eingang zum Schlachthaus in Sicht. Eine Art Kran ragte dort oben hervor, mit einem Flaschenzug ausgestattet, und darunter war eine Ladebucht. Zondi nahm von der Straße aus den Sandweg darauf zu. Ihn interessierte das halbe Dutzend Abfalltonnen, das selbst zu dieser Tagesstunde noch von Fliegen umschwärmt wurde und von vollgepackten schwarzen Müllsäcken aus Plastik umgeben war.

Es stank unerträglich. Er hörte auf, durch die Nase zu atmen, und stieg aus. Hinter der Reihe von Müllsäcken fand er vier fast leere DH-136-Kanister, die am Griff locker mit einem Stück Schnur zusammengebunden waren. Er knotete sie los und kippte die Reste des Inhalts in eine alte Konservendose. Die Flüssigkeit war zäh und klebrig, aber es dauerte nicht lange, und er hatte eine Tasse voll zusammen. Mehr als genug, befand er, um den Boden eines Duschbeckens zu einer tödlichen Gefahr zu machen.

«Was beweist uns das nun, Lieutenant?» sagte er zu sich selbst.

Einfach nur, daß jemand, der ein wenig DH-136 haben wollte, nicht unbedingt im Schlachthof arbeiten mußte. Jedenfalls nicht, solange der Müllplatz jedem zugänglich war, der sich von einer Straße aus dorthin wagte, die nach fünf Uhr normalerweise vollkommen verlassen dalag.

Es wurde rasch dunkler, und der Mann mit dem Kopf unter der Motorhaube seines verbeulten Buick benutzte ein Feuerzeug, um noch etwas sehen zu können.

«Suchst du ein Benzinleck?» fragte Kramer. «Es heißt, daß diese Methode die sicherste ist.»

Der Mann sah sich finster um, dann riß er die wäßrigen Augen weit auf.

«Mein Gott, wenn das nicht der große Zugräuber in Person ist!» sagte Kramer und zog sich die Hosen hoch. «Wie geht's denn, Bippy? Schläfst du immer noch wie ein Murmeltier?»

Das trug ihm wieder einen finsteren Blick ein. Bippy Unwin hatte vor einigen Jahren den nächtlichen Postzug nach Johannesburg geentert, den Wächter mit vorgehaltener Waffe gezwungen, einen Haufen versiegelter Canvassäcke aus dem Waggon zu werfen, während der Zug langsam den Steilhang nach Trekkersburg erklomm, und war dann in die Nacht hinein hinterhergesprungen. Von da an war alles schiefgegangen für Bippy Unwin. Er brach sich das Nasenbein an einem Baumstumpf und beim Aufprall das Fußgelenk. Er war auf der Eisenbahnstrecke zurückgehumpelt und hatte dabei so laut geschnauft, daß ihm zwei Hütejungen gefolgt waren, die auf der Suche nach einem kranken Kalb gewesen waren. Dann hatte er eine Entdeckung machen müssen, die bewies, daß Reisen wirklich den Horizont erweitert. Da er noch nie zuvor mit einem Nachtzug irgendwohin gefahren war, hatte Bippy Unwin nicht gewußt, daß die Südafrikanische Eisenbahn ihre großen Canvassäcke aus aufgerolltem Bettzeug mit Bleisiegeln davor schützte, daß sie unbefugt benutzt wurden.

«Dind Die blot hier, um einen Mann tu quälen?» fragte Bippy, dessen Nase sich nie wieder davon erholt hatte.

«Ach was, Bippy – ganz und gar nicht, ehrlich! Ich wollte nur jemanden drüben in Nr. 24 sprechen. Sieht nicht so aus, als wären sie zu Hause, wie ich sehe, alle Fenster zu.»

«Die dind weg.»

«Ach ja?»

«Letten Damdag. Geldenhuyd hat alle tur Farm ded Bruderd mitgedommen. Der Tochter ging ed nicht do gut.»

«Liz? Sie ist auch mitgefahren?»

Bippy Unwin nickte.

«Wie weit ist es denn bis zur Farm des Bruders?»

«Weit ich dicht, liegt in der Nähe von Dundee.»

«Ah, die sind also noch in Natal? Du weißt nicht zufällig, wie die Farm heißt?»

«Dope.»

«Recht hast du», sagte Kramer, «wie immer.»

Die zweite der beiden Nachforschungen für den Lieutenant erwies sich als ziemlich schwierig. «Finde heraus, Mickey», hatte Kramer gesagt, «wo die Freundin von Jannie Zuidmeyer wohnt. Sie heißt Marlene.»

Damit war nicht viel anzufangen, und erschwert wurde die Angelegenheit noch durch die Tatsache, daß Zondi nicht die geringste Ahnung hatte, wie die beiden aussahen.

Er riskierte eine Fahrt den Acacia Drive entlang, wohl wissend, wieviel Argwohn ein Schwarzer am Steuer eines Wagens in einer solchen Gegend erregen würde, sah aber niemanden im näheren Umkreis des Zuidmeyer-Bungalows und schon gar nicht Jannie und Marlene beim Dämmerschoppen vor dem Haus, wie ihm einen Augenblick lang vorgeschwebt hatte.

Immerhin fiel sein Blick auf etwas, was ihm Mut machte. Hinter dem glänzenden roten Datsun in der Einfahrt von Acacia Drive 146 war ein Motorroller geparkt, und nach der unnötigen Anzahl von Rückspiegeln, die vom Lenker abstanden, zu urteilen, gehörte er einem jungen Mann. Das hieß, daß Jannie Zuidmeyer entweder zu Hause war oder gerade jemanden in Gehweite besuchte. Junge Weiße gingen nach seinen Erfahrungen nie zu Fuß, wenn sie dazu länger als fünf Minuten brauchten, außer auf einem Rugbyplatz, da konnten sie stundenlang herumrennen.

Jannie Zuidmeyers Verbleib ließ sich natürlich telefonisch feststellen, und wenn Zondi sich auf wenige Worte in kehligem Afrikaans beschränkte, konnte ihm das seines Erachtens auch gelingen. Bei mehr als ein paar Worten würde ihm allerdings Major Zuidmeyer, der kein Dummkopf war, in welchem Ruf er sonst auch stehen mochte, im Umsehen auf die Schliche kommen.

Zondi entfernte sich deshalb ein wenig aus der Gegend, fand eine Telefonzelle in der Nähe einer kurzen Ladenzeile und wählte die Nummer der Zuidmeyers. Das Telefon klingelte und klingelte. Er ließ den Blick über eine Mauer voll alter Plakate schweifen, bis ihm ein verblaßtes blaues Plakat mit schwarzer Schrift ins Auge fiel. HAMLET stand darauf und etwas tiefer noch alle möglichen Einzelheiten, darunter auch der Name dessen, der die Hauptrolle gespielt hatte, *Aaron Sariff*. Die letzte Aufführung war vor drei Wochen gewesen, wie Zondi bemerkte.

«Hallo?» sagte ein betrunkene Stimme.

«Jannie?»

«Der ist bei Marlene.»

«Wo?»

«Bei Marlene! Marlene Thomas! Das bist bestimmt wieder du, Adrian. Habe ich dir nicht gesagt, du sollst ‹wo bitte, *Herr Major*› sagen? Das nächste Mal bist du höflich, sonst lege ich gleich wieder auf, verstanden?»

Und schon machte es «klick», aber Zondi hatte mehr erfahren, als er gehofft hatte, und obendrein noch einen Begriff vom traurigen Gemütszustand des Mannes bekommen.

Zweimal, während er sich durch den Test «Wie groß ist Ihr Wortschatz?» in der *Reader's-Digest*-Ausgabe von Pfleger Chatterjee gearbeitet hatte, war Ramjut Pillay schwer in Versuchung geraten, heimlich einen Blick auf die richtigen Antworten zu werfen. Aber er hatte diesem Drang mannhaft widerstanden, weil er wußte, daß dadurch jener kostbarste Geisteszustand gefährdet wurde, den ein Mensch je erreichen konnte – ein vollkommen lauteres Gewissen. Sein Gewissen war nun seit fast zwei Stunden rein, und er konnte schon etwas von der beachtenswerten Aura spüren, die andere bald bei ihm entdecken würden, so daß sie den Wunsch hätten, zu ihm zu kommen und zu seinen Füßen zu sitzen.

Pfleger Chatterjee sah über die Schulter zu ihm herüber. «Du meine Güte», sagte er bewundernd, «du bist aber mutig, daß du dich an solche kniffligen Sachen heranwagst. Meine eigenen Englischkenntnisse würden dafür nie ausreichen. Hast du eine besondere Ausbildung erhalten?»

«Eine ganze Reihe davon», gestand Ramjut Pillay. «Sie können mich alles fragen, von Algebra, Teil eins, bis Zoologie, Teil zwei.»

«Auch englische Literatur?»

«Ich habe die Werke von Dr. Watson über den großen Sir Sherlock Holmes sorgfältig gelesen sowie eine Menge von Mr. Michael Spillane, und zudem befasse ich mich täglich mit der Oxford-Ausgabe der gesammelten Aphorismen und Sprüche auf der Suche nach einem zentralen –»

«Aha», sagte Pfleger Chatterjee und verschwand.

Wie unhöflich, dachte Ramjut Pillay, doch dann fiel ihm ein, daß vielleicht ein neuer Patient angekommen war, und er blickte besorgt auf, ob es nicht jemand Lautes oder Furchteinflößendes war. Zu seiner gelinden Überraschung befand sich der große Arzt in dem langen weißen Kittel wieder auf der Station, der Dr. Klaps hieß, wie er gehört hatte. Er saß am Schreibtisch, wo er mit lebhaftem Interesse etwas las.

«Bemerkenswert, höchst bemerkenswert», hörte Ramjut Pillay ihn eben leise zu Pfleger Chatterjee sagen. «Das bestätigt mich vollkommen in meinem Urteil. Auf den ersten Blick erweckt es natürlich den Eindruck, als stamme es von einem kompletten Analphabeten. All diese Blockbuchstaben am falschen Platz, die

Rechtschreibung, die Grammatik – oder vielmehr der Mangel daran. Aber wie ich sofort gesagt habe, als ich es zu Gesicht bekam, sind feste Gewohnheiten nur schwer auszurotten, obwohl sie oft unbemerkt bleiben! Oder glauben Sie, es war sein Bildungsdünkel, der ihn gezwungen hat, die genaue Quelle des Zitats ‹Die Feder ist mächtiger als das Schwert› anzugeben? Die meisten Leute würden es wahrscheinlich fälschlich der Bibel oder Shakespeare zuschreiben, er jedoch kann es – unbewußt, wie man annehmen möchte – einfach nicht über sich bringen, zu diesen gezählt zu werden. Er macht ein kleines Zugeständnis an seinen vorgetäuschten Analphabetismus, nehme ich an, indem er die Quellenangabe vor das Zitat stellt, statt dahinter. Aber die geistlose Arroganz, die unter den weniger bedeutenden Intellektuellen der Universität und ihresgleichen so verbreitet ist, wird doch deutlich. Auslöser für diese Geschichte dürfte wohl die Schlagzeile ‹Mit Degen getötet› in der Zeitung auf ihrem Schreibtisch sein, meinen Sie nicht auch?»

«Ganz meine Meinung, Herr Doktor», sagte Pfleger Chatterjee.

«Wir können Gott dafür danken, Chatterjee. Wäre mir dieses Schreiben einfach ausgehändigt worden, ohne daß ich eine Ahnung gehabt hätte, woher es stammte, hätte ich sofort die Polizei verständigt. Es steckt voller Wahnvorstellungen, und was die Idee betrifft, die durch das Schwert in dem Zitat repräsentiert wird, befürchte ich stark, daß der Versuch gemacht werden könnte, sie in die Tat umzusetzen. Wirklich beunruhigend finde ich jedoch, daß sehr zu bezweifeln ist, ob ich die Polizei überhaupt auf die richtige Spur gewiesen hätte. Jedenfalls hätte ich nicht auf einen – äh – wie soll ich sagen ... Angehörigen Ihrer Rasse getippt.»

«Was hätten Sie denn sonst geraten, Herr Doktor?» fragte Pfleger Chatterjee. «Ich meine, wen hätten Sie der Polizei zu überprüfen vorgeschlagen?»

«Einen Intellektuellen, der mit größerer Wahrscheinlichkeit mit einer Bildungseinrichtung in Verbindung steht, jemanden, der bereits paranoide Tendenzen erkennen läßt – eine Person semitischer Herkunft, wenn ich das sagen darf. Die Schreibweise von ‹Jude› ist sicher auch dem Ungebildetsten unter uns bekannt, aber diese Kenntnis so vehement zu verleugnen, hingegen keinerlei Schwierigkeiten mit einem so komplexen Wort wie ‹Richelieu› zu haben ist nach meiner Einschätzung *zuviel verleugnet.* Habe ich Sie jetzt überfordert?»

«O nein, nein, nicht im mindesten, Herr Doktor! Sie sagen, daß der Mann vorgibt, nichts zu wissen, und dabei hofft, daß niemand *ihn* verdächtigt, genau das zu sein, wovon er nichts weiß.»

«Exakt. Sie sind ein kluger Kopf, Chatterjee; versäumen Sie nie eine Gelegenheit, davon Gebrauch zu machen! Aber zurück zu den eher profanen Dingen, die anliegen. Wie ich diesen Notizen entnehme, tippen Sie im Grunde, gestützt auf die Stimmen usw., auf paranoide Schizophrenie. Haben Sie dem noch etwas hinzuzufügen?»

Ramjut Pillay konnte die Augen nicht von ihnen wenden, er hörte jedes Wort mit an, das gesprochen wurde, war jedoch so außer sich, daß er weder einen Finger bewegen noch etwas sagen, noch mit den Augen blinzeln konnte.

«Großer Gott, Chatterjee, sehen Sie nur! Jetzt verfallen wir anscheinend in Katatonie!»

16

Es war Punkt sieben Uhr, als Kramer bei den Azalea Mansions eintraf, neben dem Landrover mit Zebrastreifen parkte, der Theo Kennedy gehörte, und den Klopfer an dessen Haustür betätigte. Er sah auf die Uhr, während er darauf wartete, daß aufgemacht wurde, und fragte sich, wie Zondi wohl vorankam. Seine eigenen Bemühungen waren fruchtlos geblieben. Er hatte jedes Haus in der Sweethaven Avenue abgeklappert und gefragt, ob jemand wüßte, wo die Familie Geldenhuys von Nr. 24 hingefahren sei, war aber nicht klüger geworden.

Er wollte sich gerade von einer weiteren Tür abwenden und es statt dessen bei den Stilgoes versuchen, als Theo Kennedy sie öffnete, offensichtlich erfreut, ihn zu sehen.

«Tut mir leid, daß Sie warten mußten», sagte er, «aber ich bin erst ans Schlafzimmerfenster gegangen, um nachzuschauen, wer da ist. Kommen Sie herein, Vicki wird sich bestimmt ebenso –»

«Ach, ich habe bloß eine kurze Frage, die ich Ihnen auch hier draußen stellen kann.»

«Nicht doch, Tromp», sagte Theo Kennedy, warf einen Blick über die Schulter und senkte die Stimme, ehe er hinzufügte: «Wissen Sie, ich habe Ihnen viel zu danken. Ohne Vicki – und Amanda – hätte ich die letzten paar Tage kaum überstanden.»

«Dazu sind Nachbarn schließlich da, oder nicht? Wahrscheinlich hätten sie jedem –»

«Nein, nein, ich bin wirklich dankbar. Vicki war wunderbar, hat mich sogar ermutigt, mich mal richtig auszuheulen, als es nötig war, und das hat auch etwas genützt.»

Kramer hoffte für ihn, daß es nicht nur beim Ausweinen in den Armen einer willigen Frau geblieben war. Dem Tod, das hatte er immer wieder festgestellt, begegnete man am besten mit seinem Gegenteil, mit dem Akt, der Leben schuf. Sicher, auch dabei wurde ein kleiner Tod gestorben, aber erst nach einer freudigen

Bestätigung dessen, was Lebendigsein bedeuten konnte – oder was Empfinden in tiefster Seele bedeutete, wenngleich er diese Seite der Dinge im allgemeinen lieber der Witwe Fourie überließ, während er sich eine Lucky ansteckte.

«Nein, sonst ist nichts passiert – noch nicht», sagte Kennedy lächelnd, der ihm etwas am Gesicht abgelesen haben mußte. «Vicki hält mich auf Abstand; sie sagt, ich sei noch zu verletzlich. Es hätte ja Zeit.»

«Ach ja? So ist das also?»

«Es ist – na ja, ich denke nicht mehr darüber nach. Ich bin einfach nur froh, daß es so ist, wie es ist. Und wenn wir uns irren, wird die Sache ein Ende haben, bevor jemand zu Schaden kommt.»

Amanda wird das nicht so sehen, dachte Kramer, während er Kennedy ins Wohnzimmer folgte. Dieser jungen Dame zuliebe solltet ihr vorsichtig sein.

«Hallo, hallo», sagte Vicki Stilgoe, «aber wir haben uns ja vorhin erst am Swimmingpool gesehen. Hatten Sie viel zu tun?»

«Ich kam mir vor wie ein Ochse mit Feuer unterm Hintern», sagte Kramer und bemerkte mit einiger Erleichterung, daß sie anscheinend nur Augen für Kennedy hatte. «Ich wollte noch zu Ihnen rüberkommen, um zu fragen, wie's geht. Aber Sie waren schon weg, bevor der Zirkus richtig losging.»

Sie lachte. «Theo, habe ich es nicht genauso beschrieben? Dieser unglaubliche Colonel, der die Taucher immer wieder antreten ließ, damit du im Hintergrund bleiben konntest!»

«Und damit wir nicht so dumm ausschauten», setzte Kramer ihr auseinander. «Die Beamten hätten eigentlich jeden Zentimeter des Anwesens absuchen müssen. Aber wie Zondi –»

«Was für ein netter, feinfühliger Mensch! Amanda war ganz hingerissen.»

«O ja, er hat mir einige Male das Leben gerettet.»

«Wieviel?» fragte Kennedy und klopfte einladend gegen eine Scotchflasche in seiner Hand.

«Einen Humpen voll – oder meinen Sie, wie viele Male Zondi abgedrückt hat?»

Kennedy lachte und goß einen Doppelten ein. «Sie weichen aus.»

«Nein. Neunmal.»

«Großer Gott, er hat neun Menschen getötet?» sagte Vicki Stilgoe.

«Es waren neun Gelegenheiten, hätte ich sagen sollen, denn manchmal war es gleich ein ganzer Haufen Mistkerle. Also, wenn Sie unbedingt die Zahl der Köpfe wissen wollen – etwa fünfzehn.»

«Fünfzehn?»

«Ihnen ist doch klar, was das heißt, nicht wahr, Tromp?» sagte Kennedy und reichte ihm den Scotch. «Es gibt ein altes Sprichwort, wonach man, wenn man jemandem das Leben rettet, bis zu dessen Ende für ihn verantwortlich ist. Was mich betrifft, ich hätte keine Lust, dafür verantwortlich zu sein, was Sie –»

«Im Grunde sind Mickey und ich quitt. Bei mir sind's auch etwa fünfzehn.»

«Das macht *dreißig*», sagte Vicki Stilgoe und starrte ihn an. «Dreißig Menschen – fast ein Bus voll! – von Ihnen beiden.»

«Natürlich die nicht mitgerechnet, die uns nicht überrascht haben, Mrs. Stilgoe.»

«Bloß nicht noch mehr! *Sie* überraschen mich auf jeden Fall, Tromp – aber sagen Sie doch bitte ‹Vicki›.» Sie stand auf und war schon am Getränkeschrank, ehe Kennedy eingreifen und ihr zuvorkommen konnte. «Sei nicht albern, Theo; ich hasse es, mich als hilflose Frau zu fühlen!»

«*Ich* hätte nichts dagegen, mich als –»

«So, so! Dann muß ich wohl einen Polizisten zu Hilfe rufen!»

Aber der hörte nur halb zu. Auch ihn hatten seine Enthüllungen überrascht, und er fragte sich, was um Himmels willen in ihn gefahren sein mochte. Nicht einmal mit Zondi hatte er je Bilanz gezogen, und er hatte sich gerade noch bremsen können, nicht auch noch die Zahl derer zu nennen, die sie an den Galgen gebracht hatten. Dann bemerkte er, daß sich Vicki Stilgoe, als sie wieder Platz nahm, einen guten Meter weiter weg setzte als vorher, und er mußte lächeln. Sein Instinkt hatte offenbar dafür gesorgt, daß er keinen heißen Blick mehr auf sich zog, jetzt nicht und auch in Zukunft nicht, wenn dadurch etwas Gutes für einen netten Menschen wie Theo Kennedy ruiniert werden konnte.

«Handelt es sich nur um einen Höflichkeitsbesuch?» fragte sie etwas steif, aber bemüht, freundlich zu klingen.

Kramer nahm einen Schluck von seinem Drink. «Ich will Ihnen erst einmal erzählen, was ich heute nachmittag an der Universität in Erfahrung gebracht habe.»

«Ist Lieutenant Kramer immer noch nicht zurück?» fragte Colonel Muller, der, Sekunden nachdem Zondi das Textbuch von *Hamlet* unter einen Aktenordner geschoben hatte, ins Büro trat. «Kommen Sie, ich will Ihnen etwas zeigen.»

Zondi folgte ihm auf den Hof hinaus.

«Da», sagte der Colonel mit ausgestrecktem Finger. «Was ist das da an dem neuen Rosenstock?»

«Eine gelbe Rose, Colonel?»

«Richtig, eine Rose! Und Gagonk Mbopa besaß die Frechheit, mir weismachen zu wollen, man könnte keine knospende Rose kaufen. Es hat mir heute viel Mühe gemacht, sie umzutauschen, sagen Sie ihm das bitte, wenn Sie ihn im Krankenhaus besuchen.»

«Im Krankenhaus, Colonel?»

«Er hatte einen Verkehrsunfall, ist aber wohl mit Prellungen und einer Gehirnerschütterung davongekommen. Lieutenant Jones hat es schlimmer getroffen – überall blutige Wunden.»

«*Hau*, welch ein Jammer!»

«Ein Jammer, wahrhaftig!» stimmte Colonel Muller ihm zu. «Wo soll ich zwei neue Fahrzeuge herbekommen? Sie wachsen schließlich nicht auf Bäumen, oder? Und schon gar nicht an Rosenstöcken!»

Zondi lachte über den Witz, dann nutzte er den günstigen Stimmungswechsel und wagte eine Frage zu stellen, die ihm auf der Seele brannte. «Colonel», sagte er, «können Sie mir rein informationshalber sagen, was für ein Name ‹Rosenkranz› ist, Sir?»

«Rosenkranz? Rosenkranz? Wie kommen Sie denn darauf?»

«Der Name steht in einem Buch, das ich gerade lese, Sir.»

«Also, wenn es ‹Rosen› mit einem angeberischen ‹Kranz› dahinter ist, kann es meines Erachtens nur ein jüdischer Name sein.»

Kennedy schüttelte heftig den Kopf, als wollte er damit Klarheit in seine Gedanken bringen. «Rosmarin und Vergißmeinnicht, der Degen des Laertes – da komme ich nicht mehr mit! Und was genau hat das mit ‹Akt II, Szene 2› zu tun?»

«Ich habe Dr. Wilson darauf angesetzt, da er *Hamlet*-Experte ist.»

«Jetzt kann ich auch nicht mehr folgen», sagte Vicki Stilgoe. «Warum gerade *Hamlet*?»

«Ah, ich weiß, was du meinst», sagte Kennedy. «Es könnte sich natürlich auf jedes Schauspiel mit einem zweiten Akt und einer zweiten Szene beziehen.»

«Ja, aber da alles übrige aus *Hamlet* ist, liegt die Vermutung nahe ...», sagte Kramer.

«Nicht unbedingt», sagte Vicki Stilgoe. «Wer immer es auch ist, es scheint jemand zu sein mit einer – ja, einer literarischen Ader, wie man so sagt, und das könnte bedeuten, daß der Hinweis auf ein anderes ... Haben Sie wirklich keinen weiteren Anhaltspunkt, um das festzustellen?»

Kramer zuckte die Achseln. «Bisher noch nichts. Wir hätten vielleicht mehr erfahren können, wenn Theos Mama ein paar Briefe aufgehoben hätte, die sie in jüngster Zeit erhalten hat, aber sie hat sie alle verbrannt.»

«Oh, was denn für Briefe?»

«Wir wissen nur, daß sie auf billigem, liniertem blauem Papier geschrieben waren, Vicki. Tess Muldoon hat vorvorigen Samstag gesehen, wie sie einen gelesen hat und danach ein wenig bekümmert wirkte. Leider hat Theos Ma ihr nicht erzählt, was drinstand.»

«Ha, das wundert mich nicht», sagte Kennedy.

Kramer wandte sich zu ihm. «Wieso? Ich dachte, Tess und Ihre Ma wären ein Herz und eine Seele gewesen?» Dann kam ihm seine Theorie von einem Komplott in den Sinn, derzufolge Liz Geldenhuys durch eine Frau mit einer erotischen Stimme ausgeschaltet worden war, und er setzte nicht ganz wahrheitsgetreu hinzu: «Ich habe durch Tess den Eindruck gewonnen, daß sie Geheimnisse miteinander hatten und alles getan hätten, sich gegenseitig zu helfen.»

Kennedy warf den Kopf zurück und lachte. «Geheimnisse vielleicht, aber das andere paßt nicht zu Tess!»

«Bitte?»

«Tess Muldoon ist ein Mensch, der sich nie in die Probleme von jemand anderem verwickeln ließe, das kann ich Ihnen versichern,

Tromp. Sie ist wie eine geschmeidige Katze mit grünen Augen: schön anzuschauen, angenehm zu streicheln, wie ich mir vorstellen könnte, aber sie fährt die Krallen aus, wenn Menschen mehr von ihr verlangen. Meine Mutter hat oft gesagt, sie hätte sich gern einmal bei Tess ausgesprochen, aber das wäre so gewesen, sagte sie, als würde man seine Siamkatze nach einem Kleenex fragen.»

Vicki Stilgoe lachte, und Kramer, der Zeit zum Nachdenken brauchte, sagte: «Ich wußte gar nicht, daß Ihre Ma manchmal zu Scherzen aufgelegt war! Es heißt, ihre Bücher seien alle sehr ernst.»

Kennedy nickte. «Darüber haben wir uns auch gestritten – es hat einige ihrer besten Werke verdorben. Da hat sie zum Beispiel ihre ganze Kunst auf eine Szene in einem Bantuwohnheim verwandt und dabei völlig vergessen, daß die Leute nur deshalb nicht in die totale Raserei verfallen sind, weil sie noch etwas gefunden haben, worüber sie lachen konnten. Mich hat die Lektüre vollkommen fertiggemacht, und ich wußte nicht, weshalb. Dann ging mir auf, was verkehrt war. Mams Kommentar dazu war: ‹Dir ist wohl nicht klar, daß ich *weine*, wenn ich so was schreibe, Theo.› Sie hat eine Menge in sich aufgestaut.»

«Als es um Liz Geldenhuys ging, hat Ihre Mam allerdings nicht gerade damit zurückgehalten, was sie von deren Tischmanieren und dem ‹Ach› hielt, mit dem die junge Dame jeden Satz anfing.»

«Mam hat nichts dergleichen zu ihr gesagt!» Kennedy wurde ganz blaß. «Wie um Himmels –? Ah ja, klar, wieder mal Tess! Damit hat das Miststück endgültig bei mir verspielt!»

«Nicht Tess, eine andere Quelle», sagte Kramer. «Aber wo wir gerade beim Thema sind – meinen Sie, der Bruch Ihrer Beziehung könnte irgend etwas damit zu tun haben, daß ...?»

«Hören Sie, Tromp, ich weiß, daß ich im Augenblick ein bißchen empfindlich bin, was meine Mam betrifft, aber ich glaube doch, mich mit Fug und Recht über das ärgern zu können, was Sie da andeuten. Sie konnte privat sehr spitz sein, wie in ihren Büchern, aber sie war kein Mensch, der jemanden wie Liz verletzt hätte. Außerdem hat meine Mutter sich nie direkt in mein Leben eingemischt, wie sehr sie vielleicht auch –»

«Tut mir ja leid, Theo, aber ich muß meine Arbeit tun, ja? Und Sie können doch nicht abstreiten, Mann, daß sich *irgend jemand* vor kurzem in Ihr Leben eingemischt hat. Ich spreche von den Anrufen mit ‹erotischer Stimme›.»

«Herrgott, Sie kehren ja wirklich das Unterste zuoberst! Was hat das denn mit all dem anderen zu tun?»

«Diese Anrufe, Theo, können Sie mir sagen, ob ...?»

«Hören Sie, ich habe die Stimme von diesem Luder, einen Tag bevor Liz auf und davon ist, zum letzten Mal gehört, was sollte also für ein Zusammenhang ...?»

«Winny Barnes sagt, der letzte sei erst vorige Woche gekommen.»

«Ja, und da war ich weg. Seit Winny für mich arbeitet, war ich immer weg, wenn sie angerufen hat. Ich weiß immer noch nicht, worauf, zum Teufel, Sie hinauswollen, Tromp!»

Aber Kramer sah plötzlich etwas vor seinem inneren Auge. Er sah Winny Barnes, die den Telefonhörer im langweiligen Fotoladen ihres Vaters abhob und eine Reihe von Anrufen tätigte. Er sah Winny, die als Verkäuferin bei Theo Kennedy anfing, einem Mann, den sie offenkundig vergötterte, und er konnte förmlich sehen, wie sie vor dem Schaufenster eines Juweliergeschäfts stehenblieb, weil ihr Blick auf Trauringe gefallen war.

«Wenn ich mal eben unterbrechen dürfte», sagte Vicki Stilgoe. «Zeit für einen kurzen Besuch nebenan.»

Pfleger Chatterjee war anständigerweise nach Dienstschluß noch geblieben, um Ramjut Pillay zu beschwichtigen und weil von seiner Ablösung, Pfleger Mooljum, kaum erwartet werden konnte, daß er den Frieden allein wiederherstellen würde. Aber Ramjut Pillay war nicht in der Verfassung, jemandes Anständigkeit zu würdigen, und wäre es der Teufel in Person gewesen.

Seit er seine Stimme und die Fähigkeit, sich zu bewegen, wiedererlangt hatte, prangerte er die Heilanstalt an der Garrison Road als eine Institution voller Betrüger und abscheulicher Schurken an, wobei er entblößt auf dem Schrank der Station herumtänzelte. Nichts brachte ihn zur Vernunft. Nichts brachte ihn dazu, von dem Schrank herunterzuklettern, und die übrigen Patienten erregten sich allmählich über Gebühr.

«Hör doch, Peerswammy, bitte sei so freundlich und zieh deine Schlafanzughosen wieder an und dann –»

«Ho, ho, der große Dr. Klaps ist also wieder da!»

«Bitte nenn mich nicht immer –»

«Er soll uns zeigen, inwiefern wir jüdisch sind!» forderte Ramjut Pillay.

«Peerswammy, du hast da etwas mißverstanden. Wenn wir sagen –»

«Wir haben *nichts* mißverstanden. Schauen Sie nur hin, Dr. Klaps, und Sie werden sehen, daß er keineswegs beschnitten ist!»

Pfleger Chatterjee trat einen Schritt näher. «Aber es hat doch auch niemand gesagt, daß du Jude wärst, Peerswammy Lal, alter Freund! Was du gehört –»

«Es hat auch niemand gesagt», äffte Ramjut Pillay ihn böse nach, «daß dies hier ein Ort ist, an dem man keinem ehrlichen Gesicht trauen kann! Wenn ein Brief zugeklebt ist, heißt das –»

«Du hättest ihn nicht zukleben dürfen, Peerswammy, das ist ganz und gar gegen die Anstaltsvorschriften. Wir müssen alle Briefe lesen, bevor sie von hier abgehen, um sicherzustellen, daß nichts Beleidigendes –»

«Potz Donner, Sie können sich glücklich preisen, daß ich dem Mahatma so nacheifere! Sonst würde ich solche Betrüger wie Sie – ach, wieder betrogen! Weh dir, Ramjut Pillay!»

Männer in Weiß kamen aus dem Nichts auf ihn zugesprungen und überrumpelten ihn, ohne daß er sich wehren konnte, so sehr hatte er sich darauf konzentriert, den treulosen Pfleger Chatterjee zurechtzuweisen.

«Ramjut Pillay?» hörte er Dr. Klaps noch sagen. «Was geht hier vor? Pillay, Pillay, Pillay ... irgendwo klingelt es da bei mir. Gibt es nicht irgendeinen Aufruf von der Polizei, der auch an uns gerichtet ist?»

«Ich habe keinen gesehen, Herr Doktor», sagte Pfleger Chatterjee. «Sie vielleicht, Mooljum?»

«Typisch für diese Anstalt», knurrte Dr. Klaps. «Ich warte auch noch immer darauf, daß die Medikamentenlisten wieder auftauchen. Nun ja, falls nichts weiter passiert, schlage ich vor, daß wir ihn uns morgen vormittag noch einmal vorknöpfen, wenn das Beruhigungsmittel seine Wirkung getan hat. Und dann sollten wir uns möglicherweise mit den Behörden in Verbindung setzen. Ich möchte doch gern wissen, wer diese Mrs. Kennedy sein könnte.»

Nein, nein, *nein*! flehte Ramjut Pillay.

Aber er brachte nur noch ein Augenzwinkern zustande, denn er war wieder unfähig, sich zu rühren oder etwas zu äußern, diesmal, weil er geknebelt und dann rücksichtslos in eine Zwangsjacke gesteckt worden war.

Kramer bemerkte, daß er über Theo Kennedys Stereoanlage ein ganzes Regalfach mit Naomi Strides Büchern gab. Das Brett darüber war bis auf einen Straßenatlas, ein Wörterbuch und ein paar dekorative afrikanische Gegenstände fast leer.

«Vicki kommt gleich wieder», sagte Kennedy, als er in das Wohnzimmer zurückkehrte. «Das war Amanda. Bruce paßt auf sie auf, aber sie schläft nicht ein, wenn sie keinen Gutenachtkuß bekommt.»

«Und Sie werden in das Zubettgehritual jetzt mit einbezogen, was?»

Kennedy nickte. «Ich hatte ja schon erwähnt, daß Mandy und ich schon längere Zeit befreundet sind. Haben Sie Kinder?»

«Dafür habe ich den falschen Job.»

«Meinen Sie?»

«Sind Sie je auf der Beerdigung eines Polizeibeamten gewesen? Da werden am Ende Schüsse abgefeuert.»

«Als Salut?»

«Mh-hm. Sie sollten nur sehen, wie die Kinder dabei zusammenfahren.»

Kennedy starrte ihn an, dann wandte er sich langsam ab und ging zur Whiskyflasche. Er goß sich noch einen Scotch ein, tat auch in Vickis Glas noch einen Schuß und setzte sich wieder Kramer gegenüber hin. Er bot ihm die Erdnüsse an.

«Nein, danke, Theo, ich habe alles, was ich brauche.»

«Ich habe nachgedacht», sagte Kennedy. «Habe zwei und zwei zusammengezählt. Das, was dabei herausgekommen ist, kann ich einfach nicht glauben, deshalb will ich Sie lieber fragen, ob ich recht habe. Sind Sie dabei, so etwas wie eine Theorie aufzustellen, daß Liz Geldenhuys in den – in das, was geschehen ist, verwickelt ist? Das wäre absolut verrückt!»

«Sie verstehen nicht, daß sie ein Motiv gehabt haben könnte?»

«Weil sie meiner Ma die Schuld an unserer Trennung gegeben hat? Oder, falls meine schlimmsten Überlegungen zutreffen, weil sie sie hinter den bewußten Anrufen im Laden vermutet hat?»

«Schauen Sie, Theo, ich habe mich davon überzeugt, daß Ihre Mam nichts damit zu tun hatte, aber Liz Geldenhuys könnte doch geglaubt haben –»

«Hören Sie auf! Bitte hören Sie jetzt auf. Sie kennen Liz nicht, Sie haben sie nicht einmal gesehen, sonst wäre Ihnen klar, wie lächerlich der bloße Gedanke ist.»

«Dann sollte ich sie mir besser mal vornehmen, was?»

«Unter welchem Vorwand?»

«Oh, wegen irgendwelcher Informationen über Ihre Mutter, die ihr vielleicht einfallen und die für unsere Ermittlungen relevant sein könnten. Ich würde ihr erzählen, daß wir alle aufsuchen, die Ihre Mutter kannten, was sogar stimmt.»

Kennedy nahm einen Schluck von seinem Scotch. «Gut», sagte er. «Dann würde ich vorschlagen, daß Sie es so bald wie möglich tun. Sie wissen doch, wo sie wohnt?»

«Ja, auf der Sweethaven Avenue, nur ist sie zur Zeit irgendwo in der Nähe von Dundee.»

«Ach ja, in Mooikop bei ihrem Onkel. Sie hat mich ein paarmal dorthin mitgenommen.»

«Schön», sagte Kramer, «dann will ich mal –»

«Endlich», sagte Vicki Stilgoe mit einem mütterlichen Stoßseufzer, als sie sich wieder zu ihnen gesellte. «An manchen Abenden könnte ich die kleine Miss erwürgen, aber jetzt schläft sie. Oh, Entschuldigung, störe ich etwa?»

«Sei nicht albern», sagte Kennedy und stand auf, um ihr ihren Drink zu bringen. «Ich habe Tromp gerade dazu gebracht, sich eine fixe Idee aus dem Kopf zu schlagen.»

«Was ich bei dem Ganzen nicht verstehe ...», hob sie an.

«Lassen Sie mal hören», sagte Kramer. «Manchmal hilft es weiter, wenn ein Außenstehender seine Meinung abgibt, und weibliche Intuition liegt oft gar nicht so falsch.»

Vicki Stilgoe lächelte ihn an, obgleich ihren Augen immer noch anzusehen war, daß er ihr angst machte, und ließ sich auf dem Sofa nieder. «Was mich irritiert, ist, warum soviel Zeit an das

Privat- oder, wenn Sie so wollen, Familienleben von Theos Mutter gewendet wird. Sicher ist das alles doch in erster Linie passiert, weil sie eine berühmte Schriftstellerin ist.»

«Dafür liegen bis jetzt noch keinerlei Beweise vor, Vicki.»

«Nein?»

«Jeder hätte zur Universität gehen und den Degen unter der Bühne hervorziehen können. Und zweitens –»

«Na, hören Sie», sagte sie. «Was ist denn mit den Symbolen Rosmarin und Vergißmeinnicht, die auf Belesenheit schließen lassen? Mit dem Verweis auf Akt II, Szene 2? Sind das etwa keine Hinweise auf ein Motiv oder wie Sie das nennen, das irgendwie mit dem Schreiben in Zusammenhang steht?»

Aber Kramer, der schon öfter in der Vergangenheit mit seinen fixen Ideen ins Schwarze getroffen hatte, bedankte sich bei den beiden nur für ihre Gastfreundschaft und machte sich, mit Liz Geldenhuys' derzeitiger Adresse bewaffnet, wieder auf den Weg.

Zondi nahm den Hörer ab. «Büro Lieutenant Kramer. Ja, Dr. Wilson, bleiben Sie einen Moment dran? Der Lieutenant ist eben hereingekommen.» Dann deckte er die Sprechmuschel mit der Hand ab und sagte: «Hatten Sie Glück, Boss?»

Kramer nickte. «Und du?»

«Beide Male. Der Vater hätte sich jede Menge DH-136, die er brauchte, vom Müllplatz des Schlachthofes holen können, und die Adresse und Telefonnummer von Marlene Thomas liegen hier auf Ihrem Schreibtisch.»

«Aber wo ist mein Tee?»

Zondi grinste und reichte ihm den Telefonhörer.

«Haben Sie etwas für mich, Sir?»

«Ah, Lieutenant! ‹Getroffen, offenbar getroffen!›»

«So?»

«Aber bevor ich auf Akt II, Szene 2 zu sprechen komme», sagte Wilson glucksend vor Vergnügen, «habe ich noch etwas Vertrauliches für Sie.»

«Nur zu, solange es kein unsittlicher Antrag ist.»

Wiehernde Eselsgeräusche. «Superb! Das muß ich mir merken! Aber was ich Ihnen sagen wollte: Einer meiner Mitarbeiter hat mir erzählt, daß Naomi Stride am ersten Abend im Publikum saß.

Außerdem hat mich ein anderer Mitarbeiter, der ebenfalls nicht namentlich genannt werden will, davon unterrichtet, daß Aaron Sariff – Sie haben ihn kurz kennengelernt, erinnern Sie sich? – ein Theaterstück aus seiner Feder an die Stride geschickt hat zur Beurteilung und nicht besonders angetan war von ihrer Antwort. Und noch ein anderer Kollege –»

«Teufel auch, Sie waren aber fleißig, was?»

«‹Wie einzle Späher nicht, nein, in Geschwadern›, oder nicht?»

«Ja, und was hat dieser andere gesagt?»

«Aaron Sariff hat offenbar von einem Studenten erfahren, wer Sie sind, und einen Heidenspektakel darum gemacht; er behauptet, es wäre überall Geheimpolizei, sie würde die Universität auf den Kopf stellen und die demokratische Freiheit bedrohen. Dann wollte er von mir wissen, ob Sie eigentlich einen Durchsuchungsbefehl hatten, um einen Blick unter die Bühne zu werfen. Allgemeine Heiterkeit!»

«Ich weiß nicht recht, warum Sie mir das alles erzählen, Sir.»

«Nein? Ich dachte, es würde Sie interessieren – und daß die Stride am ersten Abend hier war, stellt doch immerhin eine engere Verbindung zu dem Schauspiel her, oder nicht?»

«Ja und nein», sagte Kramer und hatte seinen Spaß daran. «Nach allem, was ich über sie gelesen habe, hat Naomi Stride hier in der Gegend alle Künste gefördert. Dazu gehört wohl auch, sich Aufführungen von Theaterstücken anzuschauen, meinen Sie nicht? Können Sie jetzt bitte auf Akt II, Szene 2 zurückkommen?»

«Ah ja, natürlich.» Papiergeraschel war zu hören. «Ich habe Stunden damit verbracht, über die mögliche Bedeutung der Szenen innerhalb des Auftritts nachzugrübeln. Ihrer Idee vom ‹verrückten Mädchen› versetzt das allerdings einen gelinden Stoß. Ophelia ist nämlich zu diesem Zeitpunkt klar bei Verstand – Hamlet ist derjenige, der hier den Schwachsinnigen mimt. Ach ja, und da Sie auf die Bedeutung von Vergißmeinnicht und Rosmarin angespielt haben, möchte ich darauf hinweisen, daß immer die Gefahr einer zu wörtlichen Auslegung besteht. Wenn Ophelia von ‹Treue› und ‹Andenken› spricht, hält das einen Mann nicht unbedingt davon ab, diese Worte in seinem Sinn zu verstehen. ‹Zeig nicht ... den steilen Dornenweg zum Himmel andern› – das könnten Sie selbst gesagt haben, nicht wahr, dabei sind es auch wieder Ophelias Worte! Und so ...»

«Und so?» drängte Kramer und kritzelte eine Springbohne auf seinen Notizblock.

«Zitate über Zitate, aber nichts, was richtig paßt – kein böser Onkel usw., nichts, in das man die Zähne schlagen könnte. Es ist dann so weit gekommen, daß ich Zeile für Zeile durchgegangen bin, ohne den Zusammenhang zu beachten, und nur nach etwas gesucht habe, was einen unmittelbaren, unbestreitbaren Bezug aufwies. Ich war entsetzt.»

«Entsetzt, Sir?»

«Am Boden zerstört bei dem Gedanken, daß ich die eine, wirklich treffende Zeile gleich zu Beginn beinahe übersehen hätte. Die Zeile, die es sein *muß* – sie springt einem förmlich in die Augen.»

«Ja, nur weiter, Sir – ich schreibe mit.»

«Hier ist sie, Lieutenant: ‹... daß viele, die Degen tragen, sich vor Gänsekielen fürchten›.»

«Und?»

«Wieso ‹und›? *Da steht es doch* ... Degen, Lieutenant! Naomi Stride ist mit einem Degen umgebracht worden! Sehen Sie, das korrekte Wort, kein eher schwammiges Wort wie ‹Schwert› oder ‹Säbel› oder –»

«Verstehe, Sir, aber was haben Gänsefedern mit alldem zu tun?»

«Gänse*kiele*, Lieutenant. Haben Sie noch nie etwas von Schreibfedern gehört? Du liebe Güte, das müssen Sie doch! Selbst heute ist die Feder noch ein überzeugendes Symbol für den Schriftsteller, diese Zeile bedeutet also –»

«Daß die Feder ein üblerer Gauner ist als das Schwert, Sir?» sagte Kramer und zuckte zusammen, als sich dem Chor ein weiterer Esel zugesellte.

«Sie nehmen mir die Worte aus dem Mund, Lieutenant! ‹Unter der Herrschaft wahrer großer Männer ist die Feder mächtiger als das Schwert› – Edward Bulwer-Lytton, ich hab's gerade nachgeschlagen. Und – es ist kaum zu glauben! – durch irgendeinen außergewöhnlichen Zufall kommen diese Zeilen in Akt II, Szene 2 seines *Richelieu* vor!»

Es trat eine Pause ein, die Kramer das Gefühl gab, er müsse jetzt eigentlich klatschen, aber statt dessen steckte er der Springbohne auf seinem Notizblock eine dicke Zigarre in den Mund.

«Sie erkennen doch den Unterschied zwischen den beiden Zitaten, nicht wahr?» sagte Wilson, und das Geräusch eines aufflammenden Streichholzes war zu hören. ‹Viele, die Degen tragen› läßt sofort an die Schauspieler denken und ‹Gänsekiele› an –»

«Den Theaterkritiker der *Trekkersburg Gazette*?» fragte Kramer. «Sehen Sie, Dr. Wilson, sosehr ich Ihre Bemühungen auch zu würdigen weiß, fehlt immer noch der Hinweis auf ein Motiv, meinen Sie nicht auch?»

«Ist es nicht ein wenig übereilt, das zu sagen?»

«Ja, vielleicht», brummte Kramer. «Wissen Sie, was? Ich werde darüber schlafen – einverstanden?»

«Worüber schlafen, Boss!» fragte Zondi und reichte ihm seinen Tee, als er den Hörer auflegte.

«Über den verfluchten Akt II, Szene 2.»

«*Hau*, eine sehr kluge Szene, Lieutenant! Dieser Boss Hamlet –»

«Nicht auch noch du, bitte! Gib uns –»

«Aber ich habe da eine Zeile gefunden, Boss, die Mrs. Stride über Liz Geldenhuys gesagt haben könnte.»

Kramer nahm erst einmal ein Schlückchen Tee. «Ja? Und wie lautet sie?»

«‹Prinz Hamlet ist ein Fürst, zu hoch für dich›, Boss – das sagt der Vater zu der jungen Ophelia, damit sie nicht auf den Gedanken kommt, ihn zu heiraten. Und wissen Sie, was, Boss? Im letzten Buch von Mrs. Stride war auch eine solche Geschichte. Ein Universitätsprofessor und seine Tochter –»

«Mickey, es reicht!» protestierte Kramer. «Es dreht sich sowieso schon alles in meinem Kopf, verflucht noch mal. Ich will einfach keinen verdammten Hinweis und keine phantastische Theorie oder sonstwas mehr hören, kapiert? Wenn es nicht einfach und klar ist, *will ich nichts davon wissen.*»

Zondi nickte, ging wieder zu seinem Tisch zurück und legte einen Zettel in den *Hamlet*, bevor er das Büchlein in die Jackentasche steckte. Er begann, Bleistifte zu spitzen.

«Hmm, das dürfte doch einfach und klar genug sein», murmelte Kramer und griff nach dem Zettel, auf dem die Adresse von

Marlene Thomas stand. «Dein Tee ist auch fürchterlich, wir können also ruhig losfahren, ja?»

Im Licht seiner Taschenlampe, die dank neuer Batterien hell leuchtete, suchte Zondi weiter einen Weg durch die äußerst seltsame, quälende Geschichte, wobei er viele Abschnitte einfach überspringen mußte. Andere Teile waren nicht schwieriger als die Bibel, die er bei Schulabschluß von den Nonnen der Missionsschule bekommen hatte und aus der er Worte wie «Metze» oder «Pfuhl» kannte, da er sie vor langer, langer Zeit einmal in einem Wörterbuch nachgeschlagen hatte. Noch dazu hatte die komplizierte Art und Weise, wie die Leute sich begrüßten, etwas vage Zuluhaftes, und es machte ihm Spaß, fehlende Verben einzusetzen wie bei «ich soll nach England».

Nach England reisen? Segeln? Fahren?

Er blickte auf. Aber es war nicht der Lieutenant, der auf die Vorderveranda des kleinen Bungalows hinausgetreten war. Wahrscheinlich handelte es sich um Mr. Thomas, Marlenes Vater. Der Mann zündete sich eine Zigarette an, sah auf seine Uhr und ging auf und ab, wobei er gelegentlich stehenblieb, um vor einem schwach erleuchteten Fenster zu lauschen.

Nach weiteren zehn Minuten *Hamlet*-Lektüre merkte Zondi, wie seine Konzentration nachließ. Es war auch wirklich zu schwer. Er übersprang große Teile und las nur noch die kurzen Zeilen. Er brummte etwas. Diese Zeilen hatten oft einen starken, befriedigenden Sinn: «Zur Grausamkeit zwingt bloße Liebe mich ...» Wie gut er das verstand! Dann fiel ihm jäh ein, daß eine der alten Nonnen einmal genau diese Worte zu ihm gesagt hatte, als er seine Hausaufgaben nicht gemacht hatte und deshalb mit dem Rohrstock geschlagen wurde. Es entstand eine Brücke über die Jahre hinweg, die zu beschreiten er sich fürchtete.

Von der Veranda her hörte er Schritte. Der Mann war wieder hineingegangen. Eine Minute später kam der Lieutenant heraus. Sein Gang war langsam und traurig.

Zondi schob den *Hamlet* wieder in die Jackentasche und ließ den Motor an. Er hatte Geschmack daran gefunden, nach den bewußten schlichten Zeilen zu suchen, und wenn die Nacht nicht zu lang wurde, würde er weitersuchen.

Kramer seufzte und holte seine Luckys hervor, zündete zwei an und steckte Zondi, der schon fuhr, eine in den Mund. «Ja, Mikkey», sagte er, «es muß schrecklich sein, zu wissen, daß man die Todesursache seiner eigenen Mutter war.»

«Boss?» Zondi warf ihm einen Blick zu. «War Jannie da? Hat er ...?»

«Ich habe nur mit seiner Freundin Marlene gesprochen», sagte Kramer und sah sie wieder vor sich, wie sie zusammengekauert auf einem schäbigen Wohnzimmersofa saß, die Augen dick geschwollen vom Weinen. Kein hübsches Mädchen, aber jemand, den man gern in den Arm nahm, ein schlichtes Gemüt. «Jannie hat fast ohne Punkt und Komma auf sie eingeredet. Wie sehr er seinen Vater haßt, wie furchtbar seine Mutter immer leiden mußte, wenn der Vater wieder mal ‹Pech› gehabt hatte, weil er es an ihr ausließ, wenn ihm seine Vorgesetzten einen Verweis erteilten. Marlene verstand allerdings nicht, warum Jannie ihr hundertmal erzählte, daß sein Vater die Mutter zu Fall gebracht hätte, obwohl er gleich danach zu ihr gekommen war und gesagt hatte: ‹ O Gott, Marlene – es war ein Unfall, ein schrecklicher Unfall.› Und wenn er sehr verstört war und vor sich hin weinte, ist ihm danach noch dreimal das Wort ‹Unfall› herausgerutscht. Marlene hat es nicht zugegeben, aber mir war trotzdem klar, was ihr so zusetzte. Nehmen wir mal an, Jannie kommt angerannt und sagt: ‹O Gott, Marlene, ein Unfall, ein schrecklicher Unfall.› Gut, dann hat er nichts damit zu tun. Aber wenn er sagt: ‹Es war ein schrecklicher Unfall› –»

«Schon kapiert, Lieutenant. *Hau*, Sie meinen, er hat seine Mutter aus Versehen getötet?»

«Du kannst es nicht wissen, Zondi, weil ich dir nicht alle Einzelheiten erzählt habe, aber wenn ich es mir genau überlege, habe ich die ganze Zeit gewußt, daß Zuidmeyer morgens immer als erster das Badezimmer benutzt hat. Und ausgerechnet dieses Mal verzieht er sich finster in die Garage, statt ins Bad zu gehen, und an seiner Stelle benutzt seine Frau die Dusche. Eine Dusche, die, wie ich es sehe, Jannie lebensgefährlich präpariert hat, bevor er mit dem Hund spazierenging. Er kommt zurück und erwartet, seinen Papa tot aufzufinden, aber wer liegt da im Badezimmer?»

«Ist der Lieutenant sicher, daß –»

«Bisher paßt alles zu den Fakten, und wenn ich erst ein Wörtchen mit ihm gewechselt habe, denke ich, daß sich alles noch klarer zusammenfügt.»

Zondi drosselte die Geschwindigkeit. «Entschuldigung, ich habe nicht mitgedacht, Boss – wollten Sie jetzt im Acacia Drive mit Jannie reden?»

«Er war bei Marlene, im Gästezimmer, völlig fertig. Ich – ach, morgen, Mickey, morgen. Er ist alt genug für den Seiltanz, noch eine Nacht mit der kleinen Marlene kann also nichts –»

Wie zur Bekräftigung dieser Ansicht drückte Zondi aufs Gas.

«Ein Gutes hat die Sache aber doch, Mickey!»

«Was denn, Lieutenant?»

«Zuidmeyers Gesicht, wenn ich's ihm erzähle.»

17

In dieser Nacht träumte Zondi sehr wenig. Er schlief so tief, daß er beim Aufwachen am nächsten Morgen nicht recht wußte, wo er war. Jahrelang waren über ihm splittrige Sparren und gewellte Asbestdachplatten gewesen, auf allen vier Seiten unverputzte rote Ziegelwände, und von dem feuchten Fußboden aus gestampftem Lehm hatten seine nackten Füße morgens im Winter geschmerzt. Aber jetzt, als er da allein in dem großen Bett lag, das Miriam und er früher mit zweien ihrer Kinder geteilt hatten, war es wie in einer sauberen weißgetünchten Kiste mit flachem Deckel, und wenn er sich umdrehte, sah er einen warmen grünen Teppich. Den hatte ihm die Witwe Fourie geschickt, als er mit seiner Familie von Kwela Village nach Hamilton umgezogen war. Sie hatte sich noch entschuldigt, weil er an einigen Stellen etwas alt und verschlissen war, aber Miriam, die nie zuvor einen Teppich besessen hatte, war zu Tränen gerührt gewesen.

«Frau!» rief Zondi und setzte sich im Bett auf. «Frau, wieviel Uhr ist es?»

Miriam steckte den Kopf zur Schlafzimmertür herein. «Es ist noch früh», sagte sie. «Ich bügle gerade deinen Anzug, du kannst also noch ein paar Minuten liegenbleiben, bis er fertig ist. Wieso hattest du es gestern so eilig, daß du ihn einfach in die Ecke geschmissen hast? Und von wem war das Blut?»

«Oh, nur ein Verkehrsunfall – und dann mußte ich schnell etwas für den Lieutenant erledigen.»

Miriam verschwand wieder, und bald hörte er sie zum dumpfen Geräusch ihres Bügeleisens vor sich hin summen. Er betrachtete wieder den Teppich und mußte lächeln, als er daran dachte, wie seine Frau in Kwela Village Linien in den gestampften Lehm geritzt hatte, um Holzdielen vorzutäuschen. Miriam Zondi war eine wahre Superhausfrau, und es war für ihn das Schönste im Leben, daß sie jetzt ein Haus hatte, auf das sie stolz sein konnte.

Zugegeben, es gab nur drei Zimmer, eins mehr als vorher, einen Zementfußboden und immer noch kein Badezimmer oder eine separate Küche, aber zumindest hatte die Toilette draußen eine ordentliche Tür statt solcher Holzklappen wie in Kwela Village, und alles sah neu aus, da es gerade erst zusammengebaut worden war. Wer wußte schon? Vielleicht hatten sie in ein paar Jahren sogar Strom, und dann konnten manche anderen Geschenke der Witwe Fourie – das gebrauchte Dampfbügeleisen zum Beispiel – auch endlich Verwendung finden. Er gab sich Tagträumen hin. Stellte sich Dinge vor, die er in der Zwischenzeit anschaffen konnte. Etwa einen kleinen Schwarzweißfernseher, wie ihn die Leute von nebenan besaßen und mit einer 12-Volt-Autobatterie betrieben. Nein, ein Petroleumkühlschrank würde Miriam besser gefallen. Es würde wieder ein heißer Tag werden.

«*Hau!*» hörte er sie überrascht ausrufen.

«Was ist los, Frau?»

«Komm! Komm mal schnell und sieh dir das an! Ob du jetzt böse wirst?»

Zondi sprang aus dem Bett und ging ins Wohnzimmer. Sein Anzug, gesäubert und gebügelt, hing ordentlich auf einer Stuhllehne. Auf Miriams Bügelbrett lag ein Blatt Papier.

«Das habe ich in deiner Jackentasche gefunden», sagte sie. «Ich dachte, du wolltest vielleicht einen Brief darauf schreiben, und da habe ich es gebügelt, um die Knitter zu glätten. Und dann war auf einmal diese Schrift da! Wie durch Zauberei! Hexerei!» Sie schauderte.

«Laß mal sehen», sagte Zondi, legte den Arm um sie und schaute es sich an.

Tatsächlich war das, was vorher wie ein leeres Blatt Papier ausgesehen hatte, jetzt mit blaßbraunen Schriftzügen bedeckt, und die Überschrift lautete: *Streng geheime Gedanken bezüglich des äußerst unzeitigen Hinscheidens der verstorbenen Naomi Stride (Pseudonym)*

«Kannst du etwas damit anfangen?» fragte Miriam und stellte ihr Bügeleisen auf den Herd zurück, damit es sich wieder aufheizen konnte.

Die Witwe Fourie brachte Kramer das Badefrühstück, wie sie es nannte. Die Doughnuts wanderten in die Seifenschale und das

Ingwerbier ins Zahnputzglas. Dann stellte sie sich vor den Spiegel und zog kräftig eine Bürste durch ihren dicken blonden Haarschopf, um alle Knötchen auszukämmen. Er beobachtete sie gern dabei, denn ihre schweren Brüste begannen durch das Bürsten leicht zu pendeln, als befänden sie sich aus eigenem Antrieb in langsamer Bewegung.

«Das wird wieder ein heißer Tag», nuschelte sie, die Haarspange zwischen den Zähnen. «Andernfalls wäre der Spiegel beschlagen. Ich weiß nicht, wie du dieses Wasser erträgst, in dem ein Koch Eier kochen könnte!»

«Du bist also hinter mein kleines Geheimnis gekommen was?» sagte er und griff nach dem Zahnputzglas. «Aber ich will dir was sagen – es ist erheblich billiger und auch weniger peinlich als eine Sterilisation.»

Die Witwe Fourie lächelte und sah ihn an. «Der Schlaf hat dir gutgetan», sagte sie. «Bist du von einem Alptraum aufgewacht?»

«Davon, daß du mich geschüttelt hast, mein Mädchen, versuch also nicht, dir ein Alibi zurechtzulegen.»

«Du warst schon fast auf den Beinen, Trompie. Ich habe dich noch nie so verstört gesehen. Worum ging's denn in dem Traum?»

«Ach, um irgendeine Gerichtssache.»

«Ich wollte es erraten, aber du hast immer bloß gesagt: ‹Der Vater war's, der Vater, nicht der Sohn!› und hast nach deiner Mama geschrien.»

«Ach, Quatsch», sagte Kramer und tauchte unter.

Die Witwe Fourie trat zurück, um dem überschwappenden Wasser zu entgehen, und befestigte die Spange wieder im Haar. Die Seife im Wasser begann Kramer in den Augen zu brennen, deshalb setzte er sich wieder auf, wischte sich die Hand an einem Handtuch ab und nahm ein Doughnut.

«Ma!» ertönte eine Stimme im Flur.

«Ein Königreich für ein Leben ohne Kinder ...», murmelte die Witwe Fourie gut gelaunt. «Was ist denn, Piet?»

«Ma, Onkel Trompies Büro ist am Telefon!»

«Ich geh ran», sagte sie und entriegelte die Tür. «Paß auf, daß du nicht wieder Marmelade auf den Schwamm kleckerst, ja?

Letztes Mal hat Suikie gedacht, sie hätte ihre erste Periode bekommen.»

Kramer legte sich zurück und hielt nach seinen Zehen Ausschau. Sie tauchten auf und starrten zurück, die Nägel so ausdruckslos wie die Gesichter bei einer polizeilichen Gegenüberstellung. Der eine, den er sich gestoßen hatte, hatte dabei natürlich keine Chance, da er häßlich blauschwarz geworden war. Ihm fiel der Nagel ein, der an Naomi Strides linkem Fuß gefehlt hatte, und er ballte die Fäuste. Sie war, wie Tess Muldoon gesagt hatte, bei all ihren Fehlern eine gute Frau gewesen. Tess Muldoon mit dem größten Gewürzregal, das er je gesehen hatte. Rosmarin.

«Ach, das war bloß Mickey», sagte die Witwe Fourie bei ihrer Rückkehr ins Badezimmer, den Mund voll Toastbrot. «Er muß für Piet wieder eine kleine Vorstellung in Stimmenimitation gegeben haben. Macht er schon lange solche Tricks am Telefon? Das ist doch neu, oder?»

«Er ruft aber normalerweise nie hier an. Was wollte er denn?»

«Er sagt, er ist in fünfzehn Minuten hier, um dich abzuholen, Tromp. Er hat ein Blatt Papier, das ein entscheidendes Licht auf die Stride-Sache wirft.»

«Ach ja? Dann verriegelst du besser die Tür noch einmal.»

«Warum denn das?»

«Du hast doch gesagt, der Schlaf hätte mir gutgetan, oder? Fünfzehn Minuten reichen gerade für ein weiteres Schläfchen.»

Pfleger Chatterjee entfernte den Knebel und begann, Ramjut Pillay die Zwangsjacke auszuziehen. «Guten Morgen, Peerswammy», sagte er. «Was für ein herrlicher Morgen! Darf ich annehmen, daß jetzt alles vergeben und vergessen ist?»

«Vergessen?» sagte Ramjut Pillay hoffnungsvoll, noch immer benommen von einer Spritze ins Gesäß.

«Ich denke schon», sagte Pfleger Chatterjee. «Selbst dein merkwürdiger Hinweis auf einen gewissen Ramjut Pillay.»

«Ah, gut, gut. Das ist nämlich ein schrecklicher Mensch.»

«Du kennst ihn also?»

Irgend etwas warnte Ramjut Pillay, daß er auf Dinge zu sprechen kam, an die nicht zu rühren er beschlossen hatte, aber seine euphorische Stimmung, die ohne Zweifel einem vollkommen reinen Gewissen entsprang, veranlaßte ihn zu der Äußerung: «Oh, nur sehr flüchtig.»

«Ein stattlicher Bursche, stämmig gebaut, groß, 31 Jahre alt?»

«Genau, ganz genau.»

«Ein Briefträger?»

«Er ...» Ramjut Pillay brach ab.

«Warum sagst du nicht ja oder nein? Was verschweigst du?»

«Es ist wirklich ein herrlicher Morgen, Pfleger Chatterjee. Dabei fällt mir ein Morgen ein, an dem mein zentraler –»

«Dann muß wohl doch die Polizei mit dir sprechen», sagte Pfleger Chatterjee. «Ich habe dem Doktor zwar bereits gesagt, dazu bestehe keine Veranlassung, aber vielleicht bist du im Besitz von Hintergrundinformationen und kannst ihnen bei ihren Bemühungen helfen.»

Eher unter- als hintergründig, dachte der andere, wahrhaft vergeistigte Teil von Ramjut Pillay.

Zondi hielt einen Kilometer vom Haus der Witwe Fourie entfernt auf der Straße an und reichte Kramer das Blatt Papier, das Miriam gebügelt hatte. «Das habe ich im Zimmer des indischen Postboten draußen in Gladstoneville gefunden, Boss.»

«Dann wollen wir's mal lesen.»

«Lieutenant, ich sollte vielleicht erklären –»

«Komische Tinte, nicht? Was ist das? Verdünntes Blut?»

«Zitronensaft, aber das spielt keine Rolle, Boss – sehen Sie nur, was er schreibt.»

Kramer überflog die Zeilen:

Streng geheime Gedanken bezüglich des äußerst unzeitigen Hinscheidens der verstorbenen Naomi Stride (Pseudonym)

1) Mörderischer Stoß von links
2) Mörder ungebildeter Mensch
3) Warnung vor dem Verhängnis nicht angekommen
4) Verstorbene Person jüdisch
5)

Kramer runzelte die Stirn. «Was siehst du, was ich nicht sehe, Mickey? In meinen Augen ist das vollkommener Unsinn. Oder sagen wir, es ist nur das, was er selbst gesehen, gelesen oder sich aus den Fingern gesogen hat.»

«Der Lieutenant hat weitgehend recht, es ist Unsinn», sagte Zondi. «Aber als ich es gelesen habe, fiel mir ein, daß wir etwas außer acht gelassen haben, was die Sache sehr vereinfachen könnte.» Und er zeigte auf die Überschrift.

«Verstehe ich immer noch nicht ...»

«Die Worte ‹äußerst unzeitig›, Boss.»

«Na und?»

«Das bedeutet normalerweise ‹zu früh›, Boss.»

«Ja, das weiß ich – stimmt ja auch. Sie war noch recht jung.»

«Das habe ich auch gedacht, als ich es zum ersten Mal gelesen habe, Lieutenant», fuhr Zondi fort. «Doch als ich es noch einmal las für den Fall, etwas übersehen zu haben, kam mir bei diesen Worten der Gedanke, daß Mrs. Stride eigentlich *zu spät* gestorben ist.»

«Kaffer, drück dich etwas klarer aus, ja?»

«Ich meine, sie ist hier in Südafrika gestorben, als sie längst in England hätte sein müssen.»

Kramer holte seine Lucky Strikes heraus. «Himmel, jetzt begreife ich langsam, worauf zu hinauswillst. Deine Frage müßte also lauten: Wer wußte, daß sie noch hier war?»

Zondi nickte und ließ sich Feuer geben.

«Genau das habe ich gleich am ersten Tag Theo Kennedy gefragt, Mickey, aber dann mußten wir so viele Theorien und Hinweise verfolgen, daß ich diesen Punkt ganz vergessen habe.»

«Vielleicht hat jemand genau darauf gehofft, Boss. Vielleicht gibt es deshalb so viele Fingerzeige.»

«Ach was», sagt Kramer und schüttelte den Kopf. «So viele waren es doch gar nicht, und in Vergessenheit geraten ist es in erster Linie deshalb, weil ...» Er schlug mit der Faust auf das Armaturenbrett. «Alle Wetter, es lag an unserer Methode! Von Anfang an haben wir nichts anderes getan, als das Motiv zu suchen. Warum, haben wir immer wieder gefragt, warum ist diese nette Frau ermordet worden? Es fing mit Jones' Scheißtheorie an, sie wäre ihres Geldes wegen umgebracht worden. Wir finden den

Degen und die Verbindung zu *Hamlet* und fragen trotzdem weiter, warum. Ich komme auf Liz Geldenhuys und glaube diesmal zu wissen, warum, aber nicht einmal da habe ich mir die einzig richtige Frage gestellt: *wie?* Ich muß allmählich –»

«‹Wie›, haben Sie sich doch bei Mrs. Zuidmeyer gefragt, Boss», stellte Zondi klar und ließ den Motor an.

Kramer lachte bitter auf. «Wer beginnt bei einem Mord in der Familie schon mit dem ‹Warum›? Wir alle könnten Millionen langweilige Motive nennen. Aber wenn es sich um eine weltberühmte Person handelt, geraten wir ins Schwimmen, was? Herrgott noch mal, bei Naomi Stride kann die Antwort nicht langweilig ausfallen, sagen wir uns, und so wird das ‹Warum› überwichtig – so etwa läuft es.»

«So etwa», pflichtete Zondi ihm mit einem Nicken bei. «Und wohin jetzt, Boss?»

«Zurück zum verfluchten Anfang, mein Sohn.»

Colonel Muller, dem Koordinator, wurde ein Anruf zugeleitet. «Ja, Doktor, wir sind noch immer an Ramjut Pillays Verbleib interessiert, sehr interessiert sogar.»

«Ich hoffe, ich verschwende nicht Ihre Zeit, aber ich habe einen Patienten in der Aufnahmestation, der meint, ihn zu kennen.»

«Ist er auch Inder?»

«Ja. Ungefähr vierzig, behauptet, Fallschirmspringer zu sein.»

«O weh!» Colonel Muller lachte und mußte seine Pfeife auffangen. «Ist er durch den Schornstein gekommen?»

«Ich wollte Ihnen nur klarmachen, wie es um ihn steht, Colonel», sagte der Arzt kühl. «Eine Geisteskrankheit ist kaum etwas, worüber man spaßen sollte, und –»

«Ach, tut mir leid, ja? Aber wenn er in einer solchen Verfassung ist, wird er uns kaum etwas nützen können. Hat er Ihnen irgendwelche Informationen über diesen Pillay geliefert?»

«Bisher nicht, außer, daß er ihn offenbar kennt.»

«Hm. Ich sage Ihnen, was ich machen werde. Wenn Sie mir Ihre Nummer und den Namen sagen, mache ich gleich eine Aktennotiz.»

«45300. Und er heißt P-E-E-R-S-W-A-M-M-Y L-A-L.»

«Habe ich. Vielen Dank für Ihre Hilfe, ja? Wiederhören ...»

Komisch, dachte Colonel Muller, der Name kommt mir irgendwie bekannt vor.

Zondi bog hinter dem Landrover mit den Zebrastreifen ein und hielt. Die Parkbucht daneben war heute morgen durch einen grauen Ford Pickup besetzt. Theo Kennedy stand davor, Amanda auf den Schultern, und sprach mit einem großen, schlaksigen Mann. Dabei mußte er gegen einen Transistorrecorder anschreien, aus dem ein Hit von Simon and Garfunkel dröhnte.

«Das muß Bruce, der Onkel von Amanda, sein», sagte Kramer, dem aufgefallen war, daß der Mann die gleiche Haarfarbe und das gleiche Kinn hatte.

«Ist jünger, nicht wahr, Boss?»

«Vielleicht ein paar Jahre», sagte Kramer und öffnete seine Tür. «Wenn wir Glück haben, dauert's bei uns nicht so lange!»

«Tromp!» sagte Kennedy, und Amanda begrüßte ihn auch. «Wie ist es mit Liz gelaufen? Ich wollte Sie gerade anrufen. Oh, entschuldigen Sie, das ist Vickis Bruder, Bruce Newbury – Tromp Kramer.»

«Freut mich, Sie kennenzulernen – ich gebe Ihnen aber lieber nicht die Hand», sagte Bruce Newbury und zeigte ihm seine ölverschmierte Rechte. «Ich habe eben noch daruntergelegen und die Getriebedichtungen überprüft.»

«Sind sie hin?»

«Total. Soviel zu meinem freien Tag. Ich wollte eigentlich angeln gehen.»

«Wie gesagt, nimm doch den Landrover», bot Kennedy an.

«Nein, du brauchst ihn vielleicht, und außerdem muß ich die Kiste wieder hinkriegen; sonst fehlt mir wirklich etwas.»

«Könnte Bruce mal Amanda übernehmen?» fragte Kramer. «Weil ich nämlich –»

«Bruce hat zu tun, aber sie kann sich solange mit Zondi unterhalten», sagte Kennedy und setzte Amanda ab. «Ja, Amanda? Sei ein liebes Mädchen!» Und schon rannte sie los.

Kramer folgte Kennedy in seine Wohnung und in die Küche.

«Kaffee, Tromp?»

«Im Augenblick nichts, aber lassen Sie sich nicht abhalten. Ich habe die Sache mit Liz Geldenhuys gar nicht weiterverfolgt.»

«Nicht?» sagte Kennedy und stellte vier Bechertassen hin. «Lag es daran, daß Vicki und ich Sie in eine verheißungsvollere Richtung gelenkt haben mit den literarischen Zusammenhängen und so?»

«Nein, mir ist aufgegangen, was für ein verfluchter Idiot ich bin, Mann. Wer immer Ihrer Ma das angetan hat, muß jemand gewesen sein, der wußte, daß sie in der Nacht von Montag auf Dienstag noch zu Hause war.»

«Klar.»

«Und ich habe Sie nie gebeten, alle aufzulisten, die es gewußt haben können.»

«Puh! Aber ...»

«Aber was, Theo?»

«Wo soll man da anfangen? Das Reisebüro wußte, daß sie ihre Pläne geändert hatte, die Sicherheitspolizei, wahrscheinlich auch der Milchmann, ganz zu schweigen von ihren Freunden. Nein, warten Sie mal ...»

«Ja?» sagte Kramer und stöpselte den elektrischen Wasserkessel ein.

«Ich erinnere mich jetzt, daß ich gelacht habe, als sie letzten Samstag hier war und mir erzählt hat, daß sie nur einer Handvoll Freunde gesagt hätte, daß sie ihre Reise nach London verschoben hatte – sie neigte sonst gar nicht zur Heimlichtuerei. Wer sie anrufen wollte, mußte also einen Code benutzen und erst dreimal vorher anläuten. Ach ja, deshalb hat sie auch Betty und Ben wie geplant nach Hause geschickt, damit niemand im Haus an die Tür gehen konnte. Sie sagte, es sei eine Fügung des Himmels, endlich ungestört arbeiten zu können, besonders, da sie gerade ihre ‹Schreibhemmung› überwunden hatte und das Beste daraus machen wollte. Können Sie sich vorstellen, daß mir all das vollkommen entfallen war? Nur weil Sie jetzt gefragt haben –»

«Das ist der Schock, Mann. Kommt es Ihnen nicht immer noch so vor, als lebten Sie in einer Traumwelt?»

Kennedy nickte und löffelte schnellöslichen Kaffee in die vier Tassen. «Es ist alles etwas unwirklich. Aber wie lautet *Ihre* Entschuldigung?»

«Bitte?»

«Sie haben den Kessel nicht eingeschaltet.»

Sie lachten und Kramer legte den Kippschalter um. «Sie haben mich da auf etwas gebracht», brummte er. «Ich habe ständig über die bewußten blauen Drohbriefe nachgegrübelt, die Ihre Ma erhalten hat. Gut, ich könnte recht gehabt haben, sie hat Drohungen bekommen, aber dabei habe ich übersehen, daß die Sache mit den blauen Briefen *erledigt sein mußte* für sie, wenn sie ganz allein im Haus blieb, ohne Angestellte und ohne Freundesbesuch, und sei es auch nur die paar Tage.»

«Mit anderen Worten: Die blauen Briefe waren eine falsche Fährte, der Sie bereitwillig gefolgt sind?»

«Mh-hm, und eine große Zeitverschwendung.»

Kennedy nahm die Milch aus dem Kühlschrank und blieb einen Moment stehen, um aus dem Fenster zu Vicki Stilgoe und ihrem Bruder zu schauen, die miteinander plauderten. Aber er sah sie womöglich gar nicht; in seinen Augen lag ein entrückter Blick. «Es sei denn», sagte er leise, «Mam hätte sich geirrt, als sie dachte, die Sache mit den blauen Briefen sei erledigt. Sie wissen, was ich meine – irgendein gefährlicher Irrer, der eingesperrt war, aber wieder freigekommen ist.»

«Hm, sehr unwahrscheinlich», meinte Kramer und merkte, wie er aus reiner Gewohnheit verstohlen einen Blick auf einen gerade geöffneten Brief mit der Mietrechnung warf. Peinlich berührt, daß Kennedy es vielleicht mitbekommen hatte, fügte er hinzu: «He, wir sind ein bißchen vom Thema abgeschweift. Wir sprachen davon, wer gewußt hat, daß ihre Ma noch zu Hause war. Können Sie mir die Namen aufschreiben?»

«Ich kann's versuchen.» Kennedy nahm den Küchennotizblock und Kramers Kugelschreiber. Er wollte eben zu schreiben beginnen, als er innehielt und sich hinter dem Ohr kratzte. «Irgend etwas ist daran unlogisch», sagte er.

«Inwiefern?»

«Vollkommen unlogisch. Geben Sie mir eine Minute zum Nachdenken, vielleicht komme ich drauf.»

Amanda spielte mit dem Funkmikrofon und quietschte jedesmal vor Entzücken, wenn die Zentrale eine Meldung durchgab. «Boy», sagte sie, wenn Funkstille eintrat, «Boy, bring es zum Reden – sonst sag ich's der Missus.»

«Wir dürfen nicht hineinsprechen, Amanda; es ist nur für Lieutenant Kramer.»

«Den Mann, der da sitzt?»

«Ja, das ist der Lieutenant.»

«Mami mag ihn nicht.»

«Wie kommt denn das?»

«Mami sagt, er ist schrecklich und erschießt Leute.»

«Er erschießt nur ganz schlechte Leute.»

«Onkel Bruce ist schlecht, aber nur manchmal. Bring's doch zum Reden!»

«Es spricht bald wieder.»

«Darf Onkel Theo hineinsprechen?»

«Nein, Boss Kennedy ist ja kein Polizist.»

«Er ist nett, und Mami sagt auch, er ist ein netter Mann.»

«Und was sagt Onkel Bruce?»

«Daß Theo ein alter Schlappschwanz ist.»

«Zentrale an Lieutenant Kramer ...»

Zondi nahm das Mikrofon zur Hand. «Bantu-Sergeant Zondi im Auftrag von Lieutenant Kramer, Ende.»

«Gib's mal her! Gib her, Boy!»

«Zentrale. Nachricht lautet: ‹Verdächtiger Peerswammy Lal in Heilanstalt an der Garrison Road, sofort vernehmen, Colonel Muller.› Ende.»

«Gimma! Gimma! Gimma! *Onkel Bruuce!*»

«Verstanden, Zentrale. Over und aus.»

«Hör mal, was erlaubst du dir eigentlich?» sagte der Onkel, der an Zondis offener Tür erschien. Dann wandte er dem Kind den Blick zu und lächelte. «Amanda, ich rede mit dir. Du wirst lästig, das sehe ich, also gehst du am besten rein zu Mami.»

«Dieser Boy hat mich geschubst! Hau ihn, Onkel Bruce! Hau ihn!»

«Amanda, du bekommst gleich einen Klaps!»

«Ist schon gut, Boss. Die Kleine ist –»

«Sie führt sich schon den ganzen Morgen so auf, das kann ich Ihnen sagen! Tut mir leid.»

Zondi sah zu, wie Amanda weggezerrt wurde und dabei um sich trat und schrie, wie es nur ein vollkommen verzogenes Kind tut, außer sich vor Wut. Dann merkte er, daß es ihn immer noch fröstelte von dem Ausdruck, den Bruce Stilgoe in den Augen gehabt hatte, als er ans Auto getreten war.

Vicki Stilgoe kam in Kennedys Küche. «Theo», schimpfte sie, «du hättest Amanda nicht dem armen Sergeant Zondi aufbürden sollen – Sie entschuldigen sich doch für mich bei ihm, nicht wahr, Tromp? Sie ist heute morgen ein richtiges kleines Biest, und das seit dem Aufstehen.»

«Zu mir war sie zuckersüß», sagte Kramer. «Hier, das ist Ihrer, Vicki.»

«Wunderbar. Danke», sagte sie und nahm ihre Tasse. «Ist die da für Bruce? Ich bringe sie ihm raus.»

Kennedy sah ihr mit leichter Besorgnis im Gesicht nach. «Ich glaube, sie hat sich wieder mit Bruce gestritten», vertraute er Kramer leise an. «Sie sind sich nicht besonders ähnlich, und sie kann es kaum erwarten, daß er endlich in eine eigene Wohnung zieht. Er ist jetzt fast sechs Wochen hier, um wieder Fuß zu fassen. Ist von Simbabwe hergekommen, als –»

«Sie sprachen gerade von etwas anderem», unterbrach Kramer ihn, der zuviel Häusliches nicht ertragen konnte.

«Ja, mir war da etwas eingefallen», sagte Kennedy und hob seine Tasse. «Es ist folgendes: Wenn meine Mutter nur wenige Leute wissen lassen wollte, daß sie ihre Reise verschoben hatte, dann wäre es einleuchtend, daß sie ihnen auch gesagt hat, wer die anderen waren, die es wußten. Ich bin sicher, sie hat sie gebeten, niemandem sonst davon zu erzählen.»

«Ja, einverstanden.»

«Dann handelt es sich also um eine kleine Gruppe von Leuten – höchstens drei oder vier –, von denen einer beschließt, einen Mord zu begehen und sich dieses Wissen zunutze zu machen. Aber in diesem Fall hätte es nicht lange gedauert, bis die anderen erkannt hätten, daß es einer sein *mußte*. Und dann hätten sie – oder die Polizei – schnell herausgefunden, wer es war, indem sie auf der Liste einen nach dem anderen abgehakt hätten.»

«Teufel auch, Sie haben recht», sagte Kramer und wünschte, dieses Gespräch mit Kennedy schon früher geführt zu haben. «Folglich kann es keiner von den Leuten gewesen sein, denen sie es gesagt hat, denn der oder die Betreffende hätte das damit verbundene Risiko richtig eingeschätzt. Wer also würde das Risiko *nicht* sehen?»

Kennedy zuckte die Achseln. «Logischerweise nur jemand, dem gar kein Risiko bewußt war. Zum Beispiel jemand, der nicht wußte, daß sie über ihren verlängerten Aufenthalt Stillschweigen bewahrt hat.»

«Endlich kommen wir weiter!» sagte Kramer und zündete sich eine Lucky Strike an. «Ein Außenstehender, der sie sah, als sie eigentlich schon weg sein sollte?»

«Er muß Glück gehabt haben. Sie hat gesagt, sie wäre nicht aus dem Haus gegangen, außer um mich am Samstag morgen zu besuchen, und da ist sie direkt hierher – und wieder zurück – gefahren. Das weiß ich, weil sie mich noch einmal angerufen hat. Sie hatte etwas auf der Liste von Sachen vergessen, die ich erledigen sollte.»

«Gut, aber irgendwie ist sie ihm unter die Augen gekommen, er wußte, daß sie noch da war, daß sie bis spät in die Nacht hinein zu arbeiten pflegte und das Haus ungesichert war –»

«Aber genau das ist der Punkt», unterbrach ihn Kennedy. «Sie hat eigentlich nur über Mitternacht hinaus gearbeitet, wenn es unbedingt sein mußte, wenn sie sich eine Art Deadline gesetzt hatte. Doch sie hatte ja wegen ihrer Schreibhemmung wochenlang gar nichts zu Papier gebracht. Wie sollte also ein Außenstehender das alles austüfteln?»

«Ich nehme mal an, daß ihre Reise nach England diese Woche so eine Deadline war, ja?»

«Aber woher sollte ein Außenstehender das wissen? Himmel, selbst *ich* wußte es nicht, bis sie herkam und mir sagte, sie hätte vor, die verbleibende Zeit als Geschenk des Himmels zu betrachten und bis zur allerletzten Minute an ihrem Buch zu arbeiten.»

«Haben Sie es vielleicht jemandem erzählt?» fragte Kramer und dachte zu spät daran, daß er nicht ganz so schonungslos hätte sein sollen.

Kennedy fuhr zusammen. «Nein, ganz bestimmt nicht. Im Normalfall rede ich nie über meine Mutter oder ihre Arbeit. Das einzige Mal, daß ich überhaupt über die Sache gesprochen habe – außer jetzt –, war Samstag morgen mit ihr hier draußen an meinem Landrover.»

«Wer war dabei?»

«Niemand. Bruce hatte mit mir zusammen herumgebastelt, war jedoch hineingegangen, um Heftpflaster zu holen, bevor Mam eintraf. Dann kam Vicki kurz herausgeschossen, um Amanda zu rufen und Bruces Radio auszuschalten, und danach waren wir ganz allein. Dabei kam dann das Gespräch auf die Nachtarbeit. Ich weiß noch, daß ich froh war, mit ihr allein zu sein, weil es zwischen meiner Mutter und mir immer auf einen Streit hinauslief, wobei – na ja, wobei dann auch schon mal Kraftausdrücke fielen. Ich war der Auslöser, weil ich gesagt habe, sie übertreibe es und würde als schlotterndes Wrack in London eintreffen. Jetzt wünschte ich, ich hätte noch Gelegenheit gehabt, Mam Vicki vorzustellen, aber wir waren erst in dem Stadium, wo man sich nur ‹hallo› sagte und ... tja.»

«Ja, so ist das Leben, was?»

«Oder der Tod», sagte Kennedy leise.

«Theo, Sie dürfen sich nicht so hineinsteigern», warnte Kramer. «Aber um da weiterzumachen, wo wir aufgehört haben: Wenn niemand draußen auf dem Parkplatz war außer Ihrer Ma und Ihnen, wie sah's dann über Ihnen aus?»

«Ich kann Ihnen nicht ganz folgen, tut mir leid ...»

«Es läuft doch unmittelbar über diesem Fenster ein Balkon am Haus entlang, oder? Von dem aus die Leute oben zu ihren Wohnungen gelangen?»

«Oh, jetzt verstehe ich. Sie meinen, daß uns jemand von da oben belauscht haben könnte?»

«Richtig. Können Sie sich erinnern, jemanden gesehen zu haben?»

«Nein, ich glaube nicht. Sie können sich natürlich hinter die Brüstung geduckt haben, aber das klingt ein bißchen melodramatisch.»

«Trotzdem, wer wohnt denn da oben?»

«Keine Ahnung. In diesen Wohnungen herrscht ein ständiges Kommen und Gehen; es sind oft nur Übergangsstationen. Wir hatten dort Bauarbeiter, Intellektuelle, Bohemiens aller Art, Studenten, Jungverheiratete, Geschiedene – Gott, ist Ihnen klar, was ich da gerade gesagt habe?»

Kramer nickte. «Kennen Sie einige der Studenten namentlich?»

«Nein, aber Vicki vielleicht. Ansonsten könnten wir auch –»

«Theo, überlassen Sie das ausschließlich mir, ja?» sagte Kramer und brach auf. «Erzählen Sie bitte vorerst niemandem etwas davon. Ich will nicht, daß etwas schiefläuft, nur weil ein Verdächtiger meint, angestarrt zu werden – ist das in Ihrem Sinne?»

«Ganz und gar, Tromp. Mir ist es nur lieb, wenn die anderen nicht hineingezogen werden.»

Sie gingen nach draußen, wo Zondi auf sie zukam.

«Ja, Mickey, was gibt's?»

«Ein Funkspruch vom Colonel, Sir. Er will, daß wir einen Verdächtigen, einen gewissen Peerswammy Lal, aus der Heilanstalt an der Garrison Road abholen, im Zusammenhang mit Ramjut Pillay. Die Sache ist inzwischen dringend – ein Brief auf blauem Papier.»

«Ein Brief auf blauem Papier», sagte Kennedy und stockte, so daß Vicki Stilgoe schützend zu ihm trat.

«Ach, vergessen Sie's», sagte Kramer. «Hat nichts mit diesem Fall zu tun, das verspreche ich Ihnen.»

«Aber bestimmt ...», hob Vicki Stilgoe an.

«Sie kennen den Beamten nicht, der dahintersteckt, Vicki, sonst würden Sie sich meiner Meinung anschließen. Dann also vielleicht bis später.»

«Aber Boss», flüsterte Zondi auf dem Weg zum Wagen, «die Dame hat recht. Ein blauer Brief und ein Postbote, der –»

«Scheiß auf Ramjut Pillbox, Mickey, ich bin gerade selbst auf eine verflucht gute Spur gestoßen, die –»

«Lieutenant, diesen Fehler haben Sie schon mal gemacht, und da sind wir in große, große –»

«Was willst du, he? Mit Gagonk tauschen?»

«Hmpff», machte Zondi und warf ihm die Autoschlüssel zu.

18

Das Mundstück von Colonel Mullers neuer Bruyèrepfeife lief Gefahr, abgebissen zu werden. «Was zum Teufel soll das heißen?» brüllte er den Mann von der Zentrale an und schaffte es gerade noch rechtzeitig, die Pfeife zwischen den Zähnen vorzuziehen. «Lieutenant Kramer hat sich immer noch nicht gemeldet? Damit ist der Befehl nun schon *dreimal* rausgegangen!»

«Ja, Colonel, ich weiß», sagte der Funkbeamte und stand neben seinem Schreibtisch stramm. «Zweimal hat sein Bantu die Nachricht entgegengenommen, aber seitdem herrscht Funkstille.»

«Wie oft haben Sie es denn probiert?»

«Alle zwei Minuten, Colonel.»

«Das glaube ich Ihnen nicht, Hedge!»

«Aber es ist die reine Wahrheit, Colonel – sehen Sie doch in mein Dienstbuch!»

«Warum kommt dann keine Antwort?»

«Vielleicht sind sie nicht im Wagen, Colonel.»

«Aber zwei Funksprüche sind ja schon durchgekommen!»

Hedge zuckte die Achseln. «Vielleicht haben sie einen Unfall gehabt, Sir. Das kommt ja beim CID –»

Der Pfeifenstiel bohrte sich ihm tief in den Bauch. «Hedge», zischte der Colonel, «Sie sind ein komischer Typ, ein echter Komödiant. Betrachten Sie sich fortan als versetzt nach Namibia.»

«Großer Gott, Colonel, ich habe doch nur –»

«Ich habe gehört, daß die Lage dort sehr ernst ist, sie brauchen also dringend einen Witzbold, Hedge. Ja, erzählen Sie Ihre Witze ruhig der SWAPO, mal sehen, ob die mehr lachen als ich!»

Colonel Muller drehte sich auf dem Absatz herum, stapfte aus dem Zimmer, packte Tims Shabalala am Arm und befahl ihm, gleich zur Heilanstalt an der Garrison Road zu fahren und Peerswammy Lal zur sofortigen Vernehmung herzubringen.

«*Hau*, mit Freuden, Colonel», sagte Shabalala und schob sich die Schlaufe der Nashornlederpeitsche, die er immer bei sich trug, über das dicke Handgelenk.

Eigentümer der Azalea Mansions waren, wie Kramer bei seinem Blick auf Theo Kennedys Mietrechnung gesehen hatte, A. K. Coates & Sohn, deren Büroräume in einem neuen Gebäude gegenüber dem Städtischen Krankenhaus von Trekkersburg lagen. Als wollten sie dessen Flair von nüchterner, klinischer Effizienz noch übertrumpfen, hatten sich Coates & Sohn für weiße Wände, grüne Gummifliesen, Einrichtungsgegenstände aus Metall, eine unfreundliche Empfangsdame und einen Stapel von Zeitschriften entschieden, die fast so alt waren wie in einem Wartezimmer.

«Nein, Mr. Coates senior empfängt niemanden ohne Voranmeldung», sagte die Empfangsdame, während sie in einem Brautmodenkatalog blätterte.

«Ist wohl behindert, wie? Und geht an Krücken?»

«Nett», murmelte die Empfangsdame und hielt bei der farbigen Abbildung eines Honeymoon-Nachthemdes inne.

«Aber wo hat er bloß den Sack, den er Ihnen über den Kopf ziehen müßte, Gnädigste?»

Jetzt blickte sie zum ersten Mal auf. «*Was* haben Sie gesagt?»

«Mr. Coates.»

«Na schön, Sie wollen's ja nicht anders ...» Sie beugte sich über die Telefonanlage und drückte auf einen Knopf. «Mr. Coates, hier ist ein sehr aufdringlicher Mann. Ich glaube, ich brauche Ihren Beistand.»

«Sehen Sie», sagte Kramer, als die Tür mit dem Schild *A. K. Coates Sr.* aufgerissen wurde und ein stattlicher Mann herausgestürmt kam, «es wirkt immer.»

Zondi hatte beschlossen, sich möglichst weit vom Auto fernzuhalten, auf jeden Fall außer Hörweite des Funkgeräts. Er überquerte die Straße und blieb stehen, um die Blumen auf einem Stand zu betrachten, der vor dem Eingang zum Krankenhaus aufgebaut war. Der Blumenhändler beachtete ihn nicht; das städtische Krankenhaus von Trekkersburg nahm keine Bantupatienten auf, so daß gleich klar war, daß er kein Kunde sein konnte.

Auf das Innere des Gebäudes neugierig, ging Zondi kurz zum

Wagen zurück, um einen der großen braunen Umschläge von der Ablage am Heckfenster zu nehmen, und ging dann am Blumenhändler vorbei in die klimatisierte Eingangshalle. Sofort versperrte ihm ein schwarzer Hospitalwächter in Khakiuniform den Weg.

«Boten durch die Seitentür, Bruder», sagte er.

Zondi drehte den Umschlag um und wies auf den Aufdruck. «SAP», sagte er. «Wichtige Dokumente, die ich persönlich abliefern muß.»

«An wen?»

«Lieutenant Jones.»

«Kannst du dich ausweisen?»

Zondi schlug seine Jacke auf, so daß der Wächter einen flüchtigen Blick auf die Walther PPK im Schulterhalfter und das Messer in seinem Hosenbund werfen konnte.

«*Hau*, Bruder, ich weiß nicht, was ich machen soll. Kommst du mal mit?»

Sie gingen zu der großen Empfangstheke hinüber, wo fünf weiße Frauen in rüdem Ton Fragen beantworteten. Ab und zu kamen unbeholfen und ängstlich wirkende schwarze Verkaufsfahrer von draußen herein, traten hastig an die Theke heran, legten in Zellophan verpackte Blumensträuße am hinteren Ende ab und entfernten sich schleunigst wieder. Schließlich kam eine der Weißen zu dem Wächter.

«Was willst du?»

«Hier ist ein Polizist, Madam. Er hat da wichtige Papiere für seinen Boss. Er sagt, er muß sie ihm persönlich übergeben.»

«Quatsch. Wir können ihn nicht überall herumlaufen lassen, wo die Damen nur Morgenröcke anhaben. Sag ihm, er soll den Namen von seinem Boss draufschreiben, und dann werden wir dafür sorgen, daß er die Papiere bekommt – hier geht nichts verloren. Los jetzt.»

Daraufhin sagte der Wächter auf Zulu: «Bitte entschuldige die Grobheit dieser ungebildeten Person, Bruder. Kannst du es so machen, wie sie sagt?»

Zondi adressierte den leeren Umschlag, der ihm sogleich aus der Hand gerissen wurde. Er wollte eben gehen, als ihm eine Idee kam, und er sagte zu dem Wächter: «Bruder, es gibt noch etwas für Lieutenant Jones. Wenn ich es in zehn Minuten herbringe, gibst du es dann für mich am Empfang ab?»

Mr. Coates senior war ein Mann, der gern über Rugby sprach, und da dieser Sport bei der Polizei so wichtig genommen wurde, daß das Rugbytraining während der Dienststunden durchgeführt wurde, erwartete er natürlich, daß auch Kramer gern über Rugby redete.

«Lassen Sie mich mal raten, in welcher Position Sie gespielt haben», sagte er und verschränkte zwei riesige haarige Pranken hinter seinem blanken Glatzkopf.

«Flügel», sagte Kramer, um weiteren Diskussionen einen Riegel vorzuschieben, denn er hatte eine Antipathie gegen allen Sport, der nur zum Spaß betrieben wurde. «Aber Sie sagen, Ihr Schwager hat für Rhodesien gegen die Lions gespielt?»

«Richtig – und in dem Spiel die entscheidenden Punkte erzielt, sage ich Ihnen! Ein harter Mann – hart wie Eisen. Die Eingeborenen auf der Farm hatten größte Angst vor ihm, sie haben wie die Sklaven geackert, auch wenn er gar nicht da war. Als sein Induna, der Vorarbeiter, einmal frech geworden ist, hat er den alten Mistkerl gepackt, in die Luft gehoben und dann fallen lassen, genau auf seine Egge. Zum Glück für den Schwarzen hing das Gerät nicht an einem fahrenden Traktor, sonst hätte er sich wirklich ein paar Wunden lecken müssen. Von da an, habe ich gehört, war der Induna fast genauso streng wie mein Schwager und hat seine Jungs richtig hart rangenommen, so daß Denis ohne Probleme die beste Tabakernte im gesamten Kreis eingeholt hat. Das war natürlich schon vor einigen Jahren, ehe Rhodesien Simbabwe wurde und das ganze Land zusammen –»

«Die Aufstellung der Mieter, Mr. Coates», sagte die Empfangsdame, die eben hereingekommen war, und funkelte Kramer wütend an, während sie die Liste überreichte. «Mr. Jeffery sagt, sie sei auf dem neuesten Stand, und ob er sie bitte zurückhaben könnte, wenn Sie sie nicht mehr brauchen.»

Coates bedachte sie mit einem lüsternen Blick, woraufhin der selbstgefällige Ausdruck in ihr Gesicht zurückkehrte, und wenig später schloß sich die Tür wieder hinter ihr. Dann schob Coates einen Computerausdruck über den Schreibtisch.

«Bedienen Sie sich bitte», sagte er. «Und beachten Sie Jeffery gar nicht; er ist ein richtiges altes Waschweib, hat noch nie in seinem Leben einen Paß zugespielt. Wenn Sie sie behalten möchten, behalten Sie sie; ich kann mir immer eine neue ausdrucken lassen.»

Kramer, ein wenig abgelenkt durch den Gedanken, daß er froh sein konnte, auch nie einen Paß zugespielt zu haben, denn es klang sehr nach einer echten Strapaze, überflog kurz die Spaltenüberschriften. Wohnungsnummer, Name, Familienstand, Beruf, Einkommen, Kaution, Miete, Bewohnerzahl, Mietdauer, Gebühren, Rückstände, ggf. Garagennummer. Mehr hätte er sich nicht wünschen können.

«Es sind doch ein paar Studenten dabei, wie ich gesagt habe, nicht wahr?» sagte Coates und erhob sich hinter seinem Schreibtisch, um einen Golfschlag auszuführen. «Wohlgemerkt, ich habe genaue Vorstellungen davon, was die jungen Leute von der Universität betrifft. Ich nehme nur Sportsleute – Studenten der Forst- oder Landwirtschaft, Chemie ... Ich will ganz bestimmt nicht haufenweise Künstlertypen mit langen Haaren und mädchenhaftem Teint auf meinem Gelände herumlaufen haben, die Gott weiß was rauchen und gemischtrassige Orgien feiern. Wenn sie ‹Kunst› oder ‹Englisch› sagen, sind sie raus. Selbst ‹Geschichte› kann Schwierigkeiten machen.»

«Ja, es sind Studenten dabei, einige wenige», murmelte Kramer, ziemlich enttäuscht, «und alle weiblich.»

«Aber jede treibt Sport!»

«Sofa-Rugby, was?»

Coates lachte meckernd. «Würde mich nicht überraschen! Dabei fällt mir ein, wie ich nach einem Spiel gegen East Griqualand –»

«Moment mal, Sir», sagte Kramer, dem gerade etwas aufgefallen war. «Eine Ihrer Mieterinnen scheint gar keine Miete zu bezahlen, hat keinen Beruf, kein Einkommen, hat keine Kaution hinterlegt – nur der Name steht da.»

«Ah. Ja, ich weiß, wen Sie meinen», sagte Coates und sah plötzlich etwas gequält und peinlich berührt aus. «Aber für die kann ich mich persönlich verbürgen. Es ist so etwas wie eine Privatangelegenheit.»

Kramer zog eine Augenbraue hoch, während er sich gleichzeitig auszumalen versuchte, wie sich dieser Riesenhaufen schlapp gewordener Muskeln auf die zierliche Vicki Stilgoe herabließ, die mit geschlossenen Augen dalag und an die Miete dachte. Aber während sich ihm sonst immer der Magen umdrehte bei Gedanken dieser Art, wollte ihm diesmal die Vorstellung nicht recht gelingen.

«Nichts dergleichen!» rief Coates und nahm hastig wieder die würdevolle Haltung ein, die ihm sein großer lederner Drehsessel verlieh. «Die Tochter von Denis.»

«Dem Burschen, der für Rhodesien gespielt hat?»

«Denis Newbury, ganz recht – der verstorbene Ehemann der Schwester meiner Frau. Und die ist natürlich auch schon tot, die Schwester meiner Frau. Sind alle von irgendwelchen Schweinehunden abgeschlachtet worden. Nur Vicki und die kleine Amanda sind heil rausgekommen. Der Induna, von dem ich Ihnen erzählt habe, hat sie irgendwie in den Regenwassertank oben auf dem Dach befördert, bevor die Terroristen sich an Denis und dem jungen Gary – Vickis Ehemann, dem Farmmanager – vorbeigekämpft hatten. Da hat sie die Polizei am nächsten Tag gefunden, Vicki immer noch bis zum Hals im Wasser, und der tote Induna trieb neben ihr – Denis hatte ihn da oben erspäht und ihm eine Kugel zwischen die Augen verpaßt, natürlich in der Meinung, er hecke etwas aus –, und, na ja, das war's dann. Ein schrecklicher Anblick muß es gewesen sein. All die verfluchten Tabakschuppen qualmten, ganz nach Terroristenmanier.»

«Was war denn mit Bruce, wenn Sie sagen, nur die zwei –»

«Er war bei den Selous Scouts, hat gegen die Terroristen im Norden gekämpft. Woher kennen Sie denn seinen Namen?»

«Ach, ich kenne ihn und Vicki, Mr. Coates. Sie sind ja Nachbarn von –»

«Ja, sicher! Von dem armen Kerl, dem Kennedy – ein kleiner Softie, aber er hat Geschäftssinn. Wie kommt er denn damit klar?»

«Gar nicht so schlecht im Grunde. Hm, Vicki ist also Ihre –»

«Ich weiß, was Sie jetzt denken», sagte Coates herausfordernd und fingerte an seiner goldenen Krawattennadel herum. «Sie wundern sich, warum sie nicht mehr bei uns, bei Madge und den

Mädchen, in Riverbend wohnt? Wahrscheinlich hat sie Ihnen schon was vorgejammert, daß sie ‹rausgeworfen› worden wäre und dergleichen, wie sie es bei unseren Bekannten gemacht hat, sogar bei einigen aus dem Country Club, wo Madge Bridge spielt, so daß sie beinahe nicht mehr hingehen konnte.»

Kramer zuckte die Achseln. «Ach was, sie hat nur irgend etwas von Verwandten erwähnt, denen sie vollkommen egal ist», improvisierte er rasch, «und ich gebe zu, daß ich den Eindruck hatte, es müsse sich um wirklich beschissene Typen handeln. Aber da ich jetzt die näheren Umstände kenne, kann ich eigentlich –»

«Beschissene Typen? *Wir?*» explodierte Coates und nahm die Farbe des Trikots an, das er beim Spiel gegen East Griqualand getragen haben mußte. «Jetzt reicht's aber wirklich! Wenn es nicht wegen des Kindes wäre, würde ich die Schlampe gleich morgen mit dem Arsch mitten auf die Straße setzen! ‹Nähere Umstände›, sagen Sie – Sie können sich nicht vorstellen, was wir durchgemacht haben im ersten Jahr, als sie bei uns lebte. O ja, ein ganzes Jahr, und wissen Sie, wie viele Hausangestellte wir verloren haben? Fünf! Madge wußte bald gar nicht mehr, wie sie neue auftreiben und anlernen sollte, und das nur, weil das verwöhnte kleine Luder sie so fertigmachte, daß sie einfach ihre Mütze nahmen und gingen. Als Rugbyspieler hatte Denis meine ganze Bewunderung, das ist gar keine Frage, aber seine Tochter muß er mit Samthandschuhen angepackt haben, daß man es sich nicht vorstellen kann. Madge sagte, es läge vielleicht daran, daß die Terroristen ihre ganze Familie und ihren Mann umgebracht haben, daß sie so mit dem Personal umsprang, aber wie hat sie sich denn gegenüber Sheryl und Jacky verhalten? Wie ihre Diener hat sie sie behandelt, unsere Töchter! Sie hat ihnen ständig befohlen, etwas für sie zu holen, dies und das zu tun und auf Amanda aufzupassen, weil sie lesen wollte. Lesen, das war alles, was sie getan hat, an unserem Swimmingpool herumliegen, Schokolade in sich hineinstopfen und dumme Bemerkungen machen, denn wenn Sheryl zwei Stückchen Schokolade ißt, nimmt sie gleich vier Pfund zu. Nie ein nettes Wort für meine Töchter, wenn sie sich schick angezogen hatten, um tanzen zu gehen! Und waren mal junge Männer im Haus, hat sie sie sofort mit Beschlag belegt. Ich weiß noch, daß Jacky einmal weinend zu mir kam und sagte: ‹Daddy, das ist unfair! Vicki hat den Arm um Tony gelegt, dabei bin *ich* mit ihm verlobt!› Meine Töchter sind nur wenig jünger als sie, müssen Sie wissen.»

Kramer nickte und stellte sich vor, daß sie beide eine Figur hatten wie Rugbyspieler. «Es wundert mich allerdings, Mr. Coates, daß Sie nicht den Versuch gemacht haben, sie unter die Haube zu bringen! Dann wären Sie sie los gewesen und –»

«Himmelherrgott, was glauben Sie denn, was wir alles probiert haben! Es war schließlich zwei Jahre her, daß Gary gestorben war ...»

«Ach, sie ist nicht direkt von Simbabwe hierhergekommen?»

«Nein, sie ist erst noch bei Freunden geblieben – Gary hatte keine Familie – und hat gewartet, bis Bruce von der Regierung eine Entschädigung für die Farm bekommen hat. Denis hatte testamentarisch verfügt, daß die Farm an beide Kinder gehen sollte, wissen Sie, wodurch eigentlich für beide sehr gut gesorgt gewesen wäre. Ich kann Ihnen das ganze Hin und Her nicht genau erklären, aber die Schweine haben nie einen Pfennig bezahlt, keinen roten Heller. Mugabes Rotte hatte natürlich das Anwesen übernommen, es war als Kooperative oder so einen Quatsch an Eingeborene übergeben worden, damit sie es runterwirtschafteten und ruinierten. Na ja, ich nehme mal an, Vickis Freunde haben gemacht, daß sie rauskamen, und da hat sie angefragt, ob sie zu uns kommen dürfte, da wir ihre einzigen Verwandten waren. Bruce blieb noch, um für sein Recht zu kämpfen. Aber Sie wissen ja selbst, welchen Ruf sich die Scouts mit dem erworben haben, was sie jedem Terroristen antaten, den sie fanden, und so hatte er keine Chance. Er mußte am Ende aufgeben, und ich habe ihm eine Stelle in einer Schuhfabrik hier in der Stadt besorgt. Es ist ein Skandal, was in Simbabwe in Sachen Entschädigung läuft: Einige bekommen etwas, andere gucken in den Mond. Aber wo waren wir stehengeblieben ...?»

«Sie wollten sie unter die Haube bringen.»

«Ein Ding der Unmöglichkeit bei ihrer Einstellung. Keiner war ihr gut genug. Ich weiß nicht, wie oft Madge, ganz freundlich, versteht sich, darauf hingewiesen hat, daß eine Frau mit einem Kind nicht so leicht einen neuen Ehemann findet und daß sie ihre Ansprüche lieber etwas herunterschrauben sollte. Einmal, ein einziges Mal, haben wir gedacht, wir hätten's geschafft. Mit einem geschiedenen Mann, gutsituiert, gebildet, Bücher- und Theaternarr wie sie, einem Kerl, dem seine eigenen Kinder sehr fehlten und der wirklich alles daransetzte, Amanda für sich einzunehmen. Aber nein, die kleine Dame hat den Mund verzogen, wann immer er sich näherte, und das war's dann auch! Statt Vicki hat Amanda die Wahl getroffen! Madge hat auch darüber ein Wörtchen mit ihr geredet und sie gewarnt, das Kind sei völlig verzogen. Wissen Sie, was sie meiner Frau geantwortet hat? ‹Mach dir keine Sorgen um uns, Tante Madge. Wenn Amanda und mir der richtige Vater für sie zu Gesicht kommt, werden wir ihn schon für uns gewinnen.› – ‹Dann sollte er besser reich sein!› hat Madge daraufhin gesagt, und sie erwiderte: ‹O ja, darauf achte ich schon.› Das war auch so eine Sache. Vicki hatte mir gesagt, sie bekäme eine Entschädigung für die Farm, und so habe ich ihr Geld geliehen für Kleider, immer wieder und mehr als das Taschengeld, das sie ohnehin bekam. Es reichte nie. Schließlich war ich es, der sie ins Gebet nehmen mußte, und was sie mir entgegnete, verschlug mir den Atem, verdammt noch mal. Sie sagte: ‹Onkel Arthur, ich bin reich geboren, reich aufgewachsen und werde auch reich heiraten – dann bezahle ich dir das bißchen Geld zurück, um das du einen solchen Wirbel machst.› Heiraten? Zu dem Zeitpunkt bestand nicht mehr die kleinste Hoffnung! Ihr Ruf als versnobtes Miststück hatte längst überall die Runde gemacht, und alle Männer machten einen großen Bogen um sie, das kann ich Ihnen flüstern. Obwohl sie, wie ich hinzufügen muß, supersexy war, so unverschämt, wie sie ging und sich gab, daß sogar mein Bruder, der ein frommer Mann ist, drei Abende hintereinander angelaufen kam, als sie bei uns eingetroffen war.»

«Wie sind Sie sie denn schließlich losgeworden?» fragte Kramer, faltete die Liste zusammen und verstaute sie in seiner Jackentasche. «Haben Sie ihr einfach gesagt, Sie hätten die Schnauze voll?»

Coates sah erst seine Telefonanlage an, dann wieder Kramer. «Habe ich Ihr Wort, daß diese Sache unter uns bleibt – daß Sie nichts unternehmen werden?»

«Teufel auch, das wäre doch ganz gegen die Spielregeln, oder nicht, Mr. Coates?»

Der schwarze Sergeant klopfte sich mit dem Griff seiner Nashornlederpeitsche auf die linke Hand und zeigte alle Zeichen von Ungeduld über den Verlauf der Befragung.

«Hören Sie endlich auf, solche Geräusche zu machen, ja?» beschwerte sich der Mann, der eine Pfeife wie Sherlock Holmes hatte. «Sie stören mich bei der Koordination.»

«Entschuldigen Sie, Colonel, aber wenn Sie aus diesem Mann etwas –»

«Hat er nicht genug geredet? Mir schwirrt noch der Kopf! Wie gesagt, geben Sie Ruhe, damit ich mal meine Notizen überfliegen kann.»

Ramjut Pillay war ihm sehr dankbar dafür, daß er sich eingemischt hatte, denn der Anblick und das Geräusch der Peitsche waren eine ernste Prüfung für jemanden, der entschlossen war, ein volles, lückenloses Geständnis abzulegen. Er hatte sich sehr davor gefürchtet, aber nun, da es vorbei war, erschien es ihm, als sei ihm eine schwere Last von den armen Schultern genommen.

«Wissen Sie, was, Shabalala?»

«Was denn, Colonel?»

«Ich weiß nicht, ob wir ein Wort von dem glauben sollen, was uns dieser Irre erzählt hat. Ich habe nämlich gerade beim Postamt angerufen und erfahren, daß dieser Mann hier ein Schwindler sein muß. Ein gewisser Mr. Jarman dort hat gesagt, sie hätten einen Briefträger namens Peerswammy Lal, der mache aber in ebendieser Minute seine Runde.»

«*Hau*, Colonel!»

«Außerdem –»

«Mit untertänigstem Respekt, Sir, das ist doch ein für allemal geklärt – ich bin Ramjut Pillay, nicht Peerswammy Lal!»

«Hören Sie, wie oft sollen wir das eigentlich noch durchkauen? Sie können nicht Ramjut Pillay sein, denn die verfluchte Personenbeschreibung paßt nicht auf Sie!»

«Dann stimmt die Beschreibung nicht, gnädigster Sir. Es gibt eine ganz einfache Möglichkeit, den Beweis dafür anzutreten.»

«Und die wäre?»

«Sie brauchen bloß Sergeant Zondi vorzuführen. Er hegt große Bewunderung für mich und meine vielen akademischen Grade und wird bei seiner Ankunft für mich bürgen.»

«Ach ja, und Sie glauben, es ist leicht, Zondi über den verfluchten Funk zu rufen?» knurrte der Mann, der, wie Ramjut Pillay herausgehört hatte, Colonel Muli hieß.

Noch immer wie betäubt, erzählte Kramer Zondi alles, was er von Arthur Coates erfahren hatte, dem Onkel von Vicki Stilgoe und Bruce Newbury.

«Und da ist noch etwas, Mickey», sagte er. «Nachdem Coates entdeckt hatte, daß sie die Kreditkarten seiner Tochter benutzte und sie sich vom Hals geschafft hatte, indem er sie in den Azalea Mansions unterbrachte, ist sie noch einmal zu ihm gekommen und hat sich bei ihm beschwert. Sie hat gesagt, eine Wohnung im oberen Stockwerk sei zu gefährlich für Amanda, sie wolle deshalb mit den Mietern im Parterre tauschen. Sie hat ihm sogar genau angegeben, welche Wohnung sie meinte – es ist die, in der sie jetzt wohnt –, und dafür gesorgt, daß er die Leute in ihre damalige Wohnung hat umziehen lassen.»

«*Hau*, Boss!» sagte Zondi und ließ das Auto fahren, wohin es wollte. «Sie ist ganz schön unverschämt, die junge Madam! Warum hat Boss Coates getan, was sie von ihm verlangte? Es klingt fast so, als hätte sie ihn mit irgend etwas erpressen können.»

Kramer nickte und zündete zwei Luckys an. «Genau das habe ich auch gedacht, und dann fiel mir ein, daß er gesagt hatte, sie sei ‹supersexy›, und da hatte ich ihn. Er hat ihr ganz offensichtlich mal einen Antrag gemacht, und sie hat ihm eine schwere Abfuhr erteilt. Das hat er natürlich nicht offen zugegeben, aber du liebe Güte, ich dachte wahrhaftig, ich müßte ihm eine Mund-zu-Mund-Beatmung geben.»

«Sehr unfein, Lieutenant», pflichtete Zondi ihm bei, ebenso angeekelt wie er, und nahm es dankbar an, daß ihm die Lucky in den Mund gesteckt wurde. «Und weiter?»

«Kommt jetzt nicht eins zum anderen, he? Vicki wird rausgeschmissen, zieht in die Azalea Mansions, und Amanda lernt im Parterre diesen netten Mann kennen, der draußen oft sein verdammtes ‹Zebbi-Auto› repariert. Vicki hört, wessen Sohn er ist, und beginnt Pläne zu schmieden. Sie zieht eine Etage tiefer neben ihn, übt jedoch Zurückhaltung. Sie weiß, daß das, was ihre Tante gesagt hat, stimmt und sie mit einem Kind nicht unbedingt attraktiv ist, und vielleicht hat sie auch Liz Geldenhuys mal mit Theo zusammen gesehen. Klar, das erste, was sie macht, ist also, Liz auszuschalten. Sie geht in den Laden, taxiert sie –»

«Woher weiß sie denn, daß sie im Laden ist, Boss?»

«Ach, sie muß gelauscht haben, oder Amanda hat Liz gesehen und es ihr erzählt. Der Teil ist nicht so schwierig. Sie probiert das Spielchen mit den Anrufen, wobei ihr ihre ‹supersexy› Stimme zugute kommt, und bald erscheint keine Liz mehr beim Nachbarn, und sie merkt, daß dieses Stück ihres Plans aufgegangen ist. Jetzt darf sie Theo keine Zeit lassen, eine andere Frau fürs Leben zu finden, muß also schnell zu Werke gehen. Ich vermute, daß sie Bruce zu Hilfe ruft, um die Dreckarbeit zu tun – Himmel, du hast bestimmt gehört, was für ein mörderischer Haufen Psychopathen diese Selous Scouts waren –, und zack, zack, bohrt er den Degen in Mama Stride, die gibt den Löffel ab, und der Sohn in seiner Verletztheit ist leichte Beute für Vicki.»

Kramer schlug so heftig mit der Faust auf das Armaturenbrett, daß Zondi ihn mit einem scharfen Blick bedachte.

«*Hau*, was ist –»

«Und wer hat dem Luder den armen Teufel in die Arme getrieben, he? Wer hat es ihr so leicht gemacht, daß sie sich hinter seinem Rücken vor Lachen in die Hose gemacht haben muß?» Kramer schlug wieder auf das Armaturenbrett, diesmal noch fester. «Du weißt ja nicht, wie ich ...»

«Aber wenn diese Theorie stimmt, Boss, hätte sie Theo auch ohne Ihre Mithilfe eingewickelt, einfach dadurch, daß sie das Kind zu ihm schickte oder ihn zum Kaffee einlud, wie es eine Nachbarin unter solchen Umständen macht.»

«Was meinst du mit ‹diese Theorie›? Siehst du etwa nicht, wie alles paßt bis hin zu der Art und Weise, wie sie die scheue Liz Geldenhuys imitiert in der Meinung, scheue, stille Frauen wären Theos Typ? Später natürlich, mit dem Trauring am Finger, hätte sich das wahrscheinlich geändert, aber –»

«Es paßt auch», stimmte Zondi zu, «daß sie mit ihrer Begeisterung für Theater und Bücher sicher wußte, wie sie den *Hamlet*-Trick anwenden konnte, damit es so aussah, als stände jemand von der Universität hinter dem Mord. Ich verstehe allerdings nicht, Boss, warum der Bruder eingewilligt hat, ihr bei –»

«Ach, Mickey, du erstaunst mich!» sagte Kramer und saugte an seinen Fingerknöcheln. «Er war arm wie eine Kirchenmaus, aber wenn er tat, worum ihn seine Schwester bat, dann war sie bald mit einem Millionär verheiratet, Mann! Kennedy konnte ihm den Weg nach oben ebnen, ihn vielleicht als Partner an Afro-Arts beteiligen, falls er das Geschäft weiterhin betreiben wollte – alles mögliche.»

Zondi nahm die vierspurige Schnellstraße aus der Stadt hinaus. «Und so müssen wir», sagte er mit einem tiefen Seufzer, «obwohl es uns sehr schmerzt, zugeben, daß Lieutenant Jones von Anfang an recht hatte. Mrs. Stride wurde ihres Geldes wegen ermordet.»

«Sauknochen! Aber auch wegen ihres Sohnes – er war schließlich ihr Vermächtnis, oder? Bis ins Mark erschüttert, wie in einem bösen Traum befangen, klammert er sich an ein Kind mit großen Grübchen und an dessen Miststück von Mutter, weil er glaubt, Gott wolle sich damit wohl dafür entschuldigen, was –»

«Boss, Boss, Boss», mahnte Zondi ihn leise, «Sie schlagen sich mit einem Stock, der noch gar nicht aus der Erde gesprossen ist.»

«Was müssen wir denn sonst noch herauskriegen? Es ist doch alles so –»

«Wir wissen immer noch nicht, wie Boss Kennedy und seine Mutter belauscht worden sind.»

«Bruce war oben auf dem Balkon.»

«Nein, Boss, Sie haben gesagt, er sei ins Haus gegangen, um Heftpflaster zu holen.»

«Vicki hat die Ohren gespitzt, als sie nach draußen kam, um –»

«Nein, Boss, sie haben erst *danach* vom nächtlichen Arbeiten gesprochen.»

«Dann weiß ich nicht, wie, mein Sohn. Aber ich weiß, wer es war und warum, verflucht noch mal, und ich werde mir die beiden Bastarde schnappen, so oder so – und zwar *schnell.*»

«Schnell wird auch –»

«Der blöde Jones», brummte Kramer und schnippte seine nur halb gerauchte Zigarette aus dem Autofenster. «Das Schlimmste ist, daß ich schon viel früher darauf gekommen wäre, wenn ich meinen Verstand gebraucht hätte. Großer Gott, es hat mich förmlich angestarrt – im wörtlichen Sinne!»

«Boss?»

«Der Blick in ihren Augen, Mickey. Ich habe ihn zweimal zu spüren bekommen, und jedesmal hat mich ein Prickeln bis hinunter zu – du liebe Güte, ein Wahnsinnsblick, sage ich dir. Ich habe bloß den Fehler gemacht, ihn mit einem Flirt zu verwechseln, mit der speziellen Art von lächelnder Augensprache, die einem das Gefühl gibt, der Jäger zu sein und die Frau als Beute betrachten zu können. Hast du einen blassen Schimmer, was ich meine?»

Zondi, der sich unnötig fest auf ein offenes Stück Straße zu konzentrieren schien, nickte andeutungsweise.

«Der Blick bedeutete jedoch, daß ich der Jäger war, mit dem die wirkliche Beute ihr Spiel trieb, indem sie mich im Kreis herumrennen ließ, nur habe ich es nicht gemerkt! Warum lachst du?»

«Ach, nichts, Lieutenant», sagte Zondi. «Aber mal was anderes, Boss, wie wollen Sie die beiden denn so schnell fangen? Es ist alles noch reine Theorie, die erst bewiesen werden muß, bevor eine Verhaftung erfolgen kann.»

«Dann müssen wir uns eben ein schnelles Beweisverfahren ausdenken!»

«Vielleicht habe ich's schon, Boss ...»

«Warum sind wir dann noch ...?»

Zondi grinste. «Schon gut, wir fahren längst in die richtige Richtung. Ist Ihnen nicht aufgefallen, auf welcher Straße wir sind?»

Tims Shabalala hielt vor dem Eingang zum Städtischen Krankenhaus von Trekkersburg an, und Colonel Muller stieg aus, beladen mit einem Bündel sehr verwirrender Notizen, die er sich während der Vernehmung des geistesgestörten Patienten gemacht hatte, der aus verwaltungstechnischen Gründen weiterhin Peerswammy Lal hieß.

Daß er am Empfang warten mußte, bis sich jemand seiner annahm, besserte seine Laune auch nicht gerade, und er gebrauchte ein paar scharfe Worte, als die Frau endlich zu ihm kam und ‹Bitte?› sagte.

Fast unmittelbar danach nahm alles jedoch eine entschiedene Wendung zum Positiven, denn im Umsehen erschien eine sehr hübsche junge Schwester, um ihn zur Station von Lieutenant Jones auf dem sechsten Stock zu begleiten.

«Sagen Sie, wie geht es dem Lieutenant denn heute morgen, Miss?» fragte Colonel Muller sie im Aufzug. «Hat er inzwischen wieder genug Blut?»

«Ich fürchte, er ist noch ein wenig blaß und nicht gerade fröhlich, Colonel.»

«Aber Jones ist immer so. Vielleicht sollten die Ärzte das wissen.»

«Ich werde es weiterleiten. Übrigens dürfen Sie – ich hoffe, Sie nehmen mir diesen Hinweis nicht übel – nicht allzu lange bei ihm bleiben, darauf besteht die Stationsschwester. Sie haben anscheinend eine Menge Sachen dabei, die Sie ihm zeigen wollen.»

«O nein, er braucht das nicht alles durchzugehen. Ich möchte nur von ihm hören, was genau er sich von einem gewissen Peerswammy Lal erhofft hatte. Es kann zu einer Identitätsverwechslung Verdächtiger gekommen sein, und vielleicht müßte ich eigentlich mit einem Mann von der Post sprechen.»

Die Schwester sah auf die Stockwerksanzeige im Aufzug. «Wir sind fast da», sagte sie. «Wenn Sie den Fahrstuhl verlassen haben, finden Sie Lieutenant Jones in einem Seitengang zur Rechten, zweite Tür.»

«Danke, vielen Dank, ja?» sagte Colonel Muller und lüftete galant den Hut, während er rückwärts ausstieg und dabei auf einen Essenswagen prallte.

«Hoppla, beinahe wäre Ihre Pfeife kaputtgegangen!» sagte sie und hob sie für ihn auf. «Sie werden doch nicht rauchen hier drin, nein? Die Stationsschwester ist schrecklich streng in diesen Dingen.»

«Nein, ich verspreche Ihnen, daß ich sie nicht anzünden werde», sagte Colonel Muller. «Nochmals vielen Dank ...»

Dann ging er den Gang bis zur zweiten Tür entlang und spähte hinein. Etwas wie eine ägyptische Mumie drehte den Kopf und sah ihn vom Bett aus an. Colonel Muller mußte an einen miserablen Film denken, den er einmal gesehen und in dem es nur so gewimmelt hatte von kreischenden Frauen und Polizeiinspektoren, die er für kein Geld der Welt in seinem Stab hätte haben wollen.

«Guten Morgen, Jacob. Darf ich reinkommen?»

Jones nickte.

«Schön, daß Sie wach sind», sagte der Colonel und zog sich einen Stuhl ans Bett. «Wie ich gehört habe, ist Mbopa gestern am späten Abend aus dem Peacevale Hospital entlassen worden, was Sie sicher freuen wird. Meine Fragen an Sie brauchen nicht viel Zeit. Das sind aber herrliche weiße Lilien dort! Wer hat die denn geschickt?»

«Meine Ma, Colonel.»

«Ist die Schokolade auch von ihr?»

«Von meiner Vermieterin, Colonel, aber ich darf noch gar keine essen. Möchten Sie ein Stückchen?»

Colonel Muller sah sie an, und ihm fiel ein, was seine Gattin von erwachsenen Männern hielt, die sich die Figur mit zuviel Süßkram verderben, woraufhin er den Kopf schüttelte. Dann fiel ihm ein weiteres Geschenk gleich hinter der Schokolade ins Auge.

«Wie hübsch! Wer hat Ihnen denn die gelbe Rose geschickt?»

«Ist eben erst angekommen, ich war noch nicht wach.»

«Und von wem ist sie?»

«Ich komme nicht ran, Colonel.»

«Aha, dann will ich Ihnen mal die Karte vorlesen – Sekunde.»

Ein Klappern ertönte, und Colonel Mullers neue Pfeife war da, wo das schwarze Kunststoffmundstück an das Bruyèreholz des Stiels stieß, entzweigebrochen.

«Colonel! Was ist denn? Was steht denn da?»

Innen auf der Genesungskarte standen nur zwei Worte: *Love, Gagonk.*

19

Simon and Garfunkel bauten wieder einmal ihre ‹Bridge over troubled Water›, als Zondi den Wagen dicht hinter dem zebragestreiften Landrover vor den Azalea Mansions parkte. Alles, was von Bruce Newbury zu sehen war, waren die Füße, die unter dem grauen Ford Pickup hervorstaken. Sonst war niemand zu entdecken.

«Schon ist das halbe Drehbuch Essig», murmelte Kramer. «Aber sag mir mal, Mickey, was dich eigentlich auf diese verrückte Idee gebracht hat!»

«Akt II, Szene 2, Boss.»

«Ja, verdammt, das habe ich mir gedacht. Fertig?»

«Fast, Lieutenant.» Mit diesen Worten zog Zondi eine Nadel aus seinem Rockaufschlag, ritzte sich mit der Spitze kräftig den linken Handrücken und schlug dann auf den Kratzer, der zurückblieb. «Noch eine Minute, und es sieht sehr, sehr ernst aus ...»

«Hmmm, ein feiner Trick.»

«Vor langer, langer Zeit habe ich drei Monate in der Stadthalle gearbeitet. Jeden Freitagabend fand ein großer Ringwettkampf statt. Die Ringer pflegten eine Nadel ins Handtuch zu stecken und sich vor der letzten Runde die Stirn damit einzuritzen. Die Gegner wußten das und schlugen extra dorthin. Dann trat das Blut aus, und die Zuschauermenge tobte.»

«Sieht schon recht gut aus, Mickey – sollen wir gehen?»

Sie stiegen aus dem Wagen, und Kramer ging zu dem grauen Pickup hinüber. «Bruce, wir sind wieder da. Zondi hat sich die Hand verletzt – hat Vicki Heftpflaster?»

«Einen Augenblick noch ...» Bruce Newbury wand sich unter dem Pickup hervor und warf, im Gegenlicht blinzelnd, einen Blick auf Zondis tropfende Finger. «Äh, ja, gehen Sie einfach rein und fragen Sie sie. Sie ist mit Amanda drinnen und macht das Mittagessen.»

«Na los, Mickey, klopf an, Mann.»

Zondi verließ sie und ging wie befohlen zur Tür.

«Wie hat er das denn geschafft?» fragte Bruce Newbury, stand auf und wischte sich das Abschmierfett von den Händen am Overall ab. «Bei einem Handgemenge?»

«Nein, als er was in meinen Kofferraum legte. Eine Überraschung – können Sie mir helfen?»

«Wenn meine Hände dazu sauber genug sind, ja. Für wen ist es denn?»

«Ach, für Theo, und ich möchte es gerne raushaben, solange er nicht hier draußen ist. Ist er in seiner Wohnung?»

«Ja, er hat sich endlich dazu aufgerafft, das Bestattungsunternehmen anzurufen.»

«Abbott leistet wirklich gute Arbeit – ich werd's ihm sagen. Es wäre schrecklich, wenn er an ein Unternehmen geriete, das seiner Ma Make-up ins Gesicht schmiert. Haben Sie sie mal gesehen? Zum Beispiel letzten Samstag, als sie hier war?»

«Nein, hab sie nie gesehen. Ich hatte mir an dem Tag auch die Hand geschnitten und war drinnen im Badezimmer, um was draufzutun.»

«In der Zeitung vielleicht?»

«Nur auf einem Bild, wo sie noch sehr jung war.»

«Na ja, egal, sie hat jedenfalls nie Lippenstift benutzt, es sähe bestimmt schlimm aus. Können Sie jetzt mal mit anpacken?»

«Nur zu, Mann, gehen Sie voraus.»

Kramer ging also voraus und sah eben noch Zondi in der Stilgoe-Wohnung verschwinden, als er hinter dem Polizeifahrzeug ankam. Er schloß den Kofferraum auf, holte leise tief Luft und ließ den Kofferraumdeckel hochklappen.

«Großer Gott!» rief Bruce Newbury und starrte mit aufgerissenen Augen in den Kofferraum. «Wie ...»

Es war der Kopf von Naomi Stride, mit Locken und allem Drum und Dran, von Kwakona Mtunsi modelliert und schnell mit einer Schicht Tünche versehen, um die Farbe des Tons so zu verändern, daß er mehr wie Gips aussah.

«Wieso bleibt Ihnen da der Mund offenstehen, Bruce?» fragte Kramer. «*Die* Art von Überraschung sollte es nicht sein – nur was Nettes für Theo, das er sich ins Wohnzimmer stellen kann.»

«Aber Sie können doch nicht ernsthaft –»

«Sie wußten aber gleich, wer das ist, nicht wahr? Obwohl sie seit dem Jugendfoto in der Zeitung ziemlich gealtert ist.»

«Was wollen Sie damit –?»

«Scht, seien Sie mal einen Augenblick still», sagte Kramer.

Nur Simon and Garfunkel waren zu hören.

Mit einem Blick auf den Kassettenrecorder fuhr Kramer fort: «Und jetzt weiß ich, wie Sie gelauscht haben. Das Ding da kann nicht nur abspielen, nicht wahr? Sie können so tun, als schalteten Sie es aus, und statt dessen drücken Sie auf ‹Aufnahme›.»

Da rückte Bruce Newbury selbst mit einer Überraschung heraus. «Geben Sie sich ganz natürlich», sagte er und lächelte Kramer über den Lauf einer in einen Öllappen gehüllten .357er Magnum hinweg an. «Gehen Sie in unsere Wohnung. Machen Sie keine Mätzchen.»

«Teufel auch, und ich dachte, ich *wäre* schon ganz natürlich», sagte Kramer und verfluchte sich im stillen, daß er mit dem Kassettengerät im falschen Moment einen Treffer gelandet hatte. «Da hätte ich mir ja das ganze Theater sparen können.»

Zondi spülte sich die Hand unter dem Kaltwasserhahn im Badezimmer der Stilgoeschen Wohnung ab, während Vicki Watte auseinanderzupfte und eine Flasche Jod suchte.

«Sagen Sie», begann sie, «worum ging es letztens bei Ihrem Gespräch mit Amanda in Ihrem Wagen?»

«Sie wollte das Funkgerät benutzen, und ich mußte ihr erklären, daß es kein Spielzeug ist.»

«Oh, nach dem, was sie erzählte, hatte ich den Eindruck, daß Sie sich recht eifrig unterhalten haben. Und Fragen klären mußten.»

Zondi lächelte. «Welches Kind stellt keine Fragen, Madam!»

«Das meine ich nicht.»

«Nein, Madam?»

«Sie sind an Kinder gewöhnt, nicht wahr, Sergeant Zondi? Haben Sie selbst Kinder?»

«Ich habe Zwillinge und –»

«Können Sie gut mit ihnen umgehen? Mit Kindern?»

«Vicki», sagte Bruce Newbury vom Flur her. «Könntest du

Sergeant Zondi bitten, einen Augenblick rauszukommen? Tromp will was von ihm.»

Zondi drehte sofort den Wasserhahn ab und war schon an der Tür.

«Tut mir leid, mein Sohn», sagte Kramer, als er sah, wie sich Zondis Augen weiteten. «Ich glaube, ich habe dem König ein bißchen zu heftig Gewissensbisse verursacht.»

«Maul halten!» bellte Bruce Newbury. «Du, Boy, stellst dich hier vor deinen Boss, und Sie, Kramer, stellen sich dicht hinter ihn. Gut. Wenn einer von Ihnen eine falsche Bewegung macht, brauche ich nur einmal abzudrücken – diese Magnum durchlöchert Sie beide auf einmal. Und jetzt langsam den Flur entlang.»

Kramer und Zondi gehorchten. Vicki Stilgoe erschien erstaunt in der Badezimmertür.

«Bleib da drin, Vicki, bis wir vorbei sind!» sagte ihr Bruder. «Ich will nicht, daß du mit reingezogen wirst.»

«Aber Bruce, was, zum Teufel, ist denn los?»

«Erst mal ins Wohnzimmer mit ihnen. Mach die Wohnungstür zu, damit Kennedy denkt, daß sie uns vernehmen, und nicht stört.»

Kramer sah Vicki durch den Flur gehen und die Tür zudrücken. Sie merkte nicht, daß das Schnappschloß so eingestellt war, daß Kennedy gar keinen Schlüssel brauchte, um hereinzukommen.

«Weiter rückwärts, ganz langsam», sagte der Bruder. «Wo ist Amanda, Vic?»

«Sie spielt in ihrem Zimmer.»

«Schließ es ab.»

Vicki Stilgoe folgte ihnen und drehte in der letzten Tür am Flur den Schlüssel um. Kramer, dauernd angerempelt von Zondi, ging rückwärts ins Wohnzimmer und trat auf einen grünen Teppich. Sein Kopf registrierte die unzusammenhängendsten Details. Er nahm eine geschnitzte afrikanische Figur wahr, ähnlich einer im Schaufenster von Afro-Arts, und ein großes Farbfoto von Amanda in einem vergoldeten Rahmen. Er trat vom Teppich herunter und wieder auf den Parkettfußboden, dann spürte er die Fensterbank im Kreuz und hörte die herabgelassenen Jalousien klappern. Das Zimmer war angenehm kühl und dämmrig.

«Bleiben Sie genau da stehen», befahl Bruce Newbury. «Vicki, mach die Tür zu.» Er nahm den Öllappen von seiner Magnum.

«Aber Bruce», sagte Vicki, während sie die Tür schloß.

«Sie wollten uns holen.»

«Woher weißt du das? Wir sollen sicher –»

«Der Kassettenrecorder und alles. Er hat mich reingelegt – hatte einen Kopf im Auto.»

«Einen *Kopf*? Wessen Kopf?»

«Den von diesem Terroristenflittchen.»

«O Gott, das darf doch nicht wahr sein!»

«Ach was, nur eine Nachbildung, eine Art Büste. Aber er sah so echt aus, daß ich –»

«Du Dummkopf!»

«Warum nennen Sie die Stride so?» fragte Kramer. «Terroristenflittchen?»

«Lesen Sie doch das Scheißbuch!» knurrte Bruce Newbury wütend.

«Welches Buch?»

«Ihres natürlich, die *Wintersonne*, Sie ungebildeter Burenbastard.»

«Kann er nicht; es ist hier verboten», sagte Vicki Stilgoe mit kurzem Lachen.

«Sollte überall verboten werden, die Scheiße. So, Kaffer, du ziehst jetzt deinen Revolver, aber nur mit Daumen und Zeigefinger.»

«*Hau*, ich habe keinen Revolver, Boss! Ich bin nur ein Bantu, und wir –»

«Halt mich doch nicht für blöde, Nigger! Wir wissen, daß du eine Knarre hast; der dumme Hund hinter dir hat das gestern abend ausgeplaudert!»

«Aha, deshalb sind Sie heute so aufgeregt, und deshalb haben Sie die Magnum in Ihren Werkzeugkasten gelegt?» sagte Kramer. «Sie haben recht. Ich hätte die Schnauze –»

«Dann halten Sie sie jetzt, Kaffernlover! Und du, Boy, tust besser, was ich sage, und zwar schnell!»

Zondi schob die Hand in sein Jackett, zog seine Walther PPK hervor und ließ sie vor sich am Finger baumeln.

«Schmeiß sie auf den Boden vor meine Füße.»

Zondi gehorchte, und Bruce Newbury trat sie mit dem Fuß unter das Sofa, ohne ihn auch nur eine Sekunde aus den Augen zu lassen.

«Verflucht, ich habe doch gleich gedacht, daß ich heute morgen beim Anziehen etwas vergessen habe», sagte Kramer. «Ts, ts, ts. Ist es denn zu glauben, daß ich –»

«Lassen Sie das Witzeln, Sie Oberaffe. Sie machen's jetzt genauso, aber treten Sie einen Schritt zur Seite, damit ich Sie beobachten kann.»

Kramer nahm seine Walther PPK heraus und warf sie dem Mann vor die Füße. Sie wurde ebenfalls unter das Sofa getreten.

«Und was jetzt, Bruce?» fragte seine Schwester.

«Wir müssen verschwinden, ganz einfach. Den Kaffer können wir beseitigen, und sein Boss kann uns im eigenen Auto fahren. Dann haben wir eine gute Deckung.»

«Das ist zu riskant. Töte sie lieber beide, und –»

«Nein, das ist unsere beste Chance. Wenn Kennedy uns weggehen sieht, können wir sagen, daß wir –»

«Aber diesem Mistkerl ist doch nicht zu trauen, Bruce! Nicht mal, wenn er eine Magnum im Rücken hat!»

«Ich weiß, was ich tue, Vicki, sei also bitte still, ja?»

Der Mann lügt, dachte Kramer. Die beste Chance zur Flucht hatten sie, wenn er *beide* Polizeibeamte auf die schnelle, leise Art umbrachte, in der er geübt war.

«Boy», sagte Bruce Newbury, «steck die Hände in die Hosentaschen, ganz tief.»

Während Zondi gehorchte, sagte Vicki Stilgoe: «Verdammt, mir ist gerade etwas aufgegangen! Wir hätten es merken müssen, Bruce!»

«Was denn?»

«Daß etwas schiefgeht! Kramer war heute morgen fast eine halbe Stunde mit Theo in der Küche allein, aber Theo hat mir hinterher nicht erzählt, worum es ging. Das war das erste Mal, daß er mir etwas verheimlicht hat.»

«So?» Bruce Newbury zuckte die Achseln. «Zu spät. Los, komm mal rüber an meine Seite und übernimm die Waffe. Halt sie immer so, daß sie auf den Kaffernlover dort zielt. Boy, mach keine Spirenzchen. Beweg dich nach rechts.»

Vicki Stilgoe übernahm die Magnum, und ihr Bruder tat einen Schritt von ihr weg, die Augen auf Zondi gerichtet.

«Diese Dinger können einem einen mächtigen Kick geben!» bemerkte Kramer und nickte in Richtung Waffe.

«Wieso zielt sie wohl auf ...?»

«Ach, Penisneid, gnä' Frau», sagte Kramer.

Aber seine Augen hingen an Bruce Newbury, der langsam auf Zondi zuging. «Boy», sagte Newbury, «setz dich auf das Sofa. Lehn dich schön weit zurück und mach es dir bequem.»

Oder, anders ausgedrückt, runter von den Füßen, damit du weniger Chancen als ein Schneeball in der Hölle hast, dem auszuweichen, was kommt, dachte Kramer. Eine Ablenkung mußte her, koste es, was es wolle.

Kramer trat einen Schritt vor und sagte: «Jetzt hören Sie ...»

«Stopp!» zischte Vicki Stilgoe, und ihr Bruder drehte sich sprungbereit um.

«He, es heißt ‹keine Bewegung›! Ich wollte nur –»

«*Nicht die kleinste Bewegung mehr*, sonst knallt's. Beeil dich, Bruce!»

Ihr Bruder stürzte sich auf Zondi. Der Handkantenschlag auf Zondis Hals wäre tödlich gewesen, aber Zondis rasierklingenscharfes Messer begegnete dem Hieb und schnitt dem Mann zwei Finger ab. Er schrie auf und wirbelte herum, wobei Blut über das Gesicht seiner Schwester spritzte, so daß ihr erster Schuß, den sie fast blind abgab, während Zondi sich niederwarf, Newbury in die Schulter traf und Knochensplitter über das Foto von Amanda regnen ließ. Auch Kramer warf sich nieder, packte den Teppich und zog mit einem heftigen Ruck daran. Vicki verlor das Gleichgewicht und fiel hintenüber, und ihr zweiter Schuß ging im gleichen Moment, in dem ihr Bruder taumelte und auf ihre Beine krachte, in die Zimmerdecke. Kramer stemmte einen Fuß auf ihr linkes Handgelenk, und Zondi kroch, den Anzug übel zugerichtet, auf dem Fußboden hinüber, um sie zu entwaffnen.

«Was um Himmels willen ...», keuchte Theo Kennedy, der gerade ins Zimmer kam, um abrupt stehenzubleiben und mit einer Stimme, die die halbtauben Ohren vor dem Hintergrund eines schreienden Kindes kaum hören konnten, fortzufahren: «Vicki? Das kann ich nicht glauben!»

«Ach», sagte Kramer und überlegte rasch, wie er den armen Kerl möglichst schonend ins Bild setzen konnte, «Zondi und ich haben ihrer Exfreundin hier nur demonstriert, daß wir nicht immer nur Leute erschießen.»

Die Nachricht von den Verhaftungen im Fall Stride erreichte Colonel Muller, als er gerade in der Vernehmung des mutmaßlichen Peerswammy Lal eine Pause eingelegt hatte, um seine morgendliche Post durchzusehen. Eine Sache erschütterte ihn zutiefst.

Es handelte sich um einen alten Zeitungsausschnitt, der ohne Begleitbrief in einem braunen Umschlag steckte. Darin ging es um den angeblichen Selbstmord des dreißigjährigen indischen politischen Gefangenen Ahmed Timol in Johannesburg.

Colonel Muller las noch einmal, was der CID-Chef dem *Rapport* berichtet hatte:

«Timol saß ruhig auf einem Stuhl. Sicherheitsbeamte waren bei ihm. Zwischenzeitlich verließen zwei von ihnen den Raum. Da sprang Timol plötzlich auf und rannte auf die Tür zu. Ein Sicherheitsbeamter sprang auf, lief zur Tür und hielt ihn auf. Daraufhin stürmte der Inder jedoch zum Fenster und sprang hindurch. Niemand hat ihm Angst eingejagt oder ihn berührt, was die Obduktion zeigen wird.»

Dann nahm Colonel Muller sich den Kommentar des stellvertretenden Chefs der Sicherheitskräfte vor, der erklärt hatte, die Fenster auf dem zehnten Stock seien nicht vergittert, da niemand dort eindringen könne.

«Wir, die wir die Kommunisten kennen, wissen, daß sie, wenn sie einen Gewaltakt planen, ihre Leute schwören lassen, lieber Selbstmord zu begehen, als die Namen ihrer Kameraden preiszugeben. Ihnen wird beigebracht, aus dem Fenster zu springen, bevor sie verhört werden.»

Der stellvertretende Chef der Sicherheitskräfte hatte dem noch hinzugefügt:

«Wir bedrohen niemanden und wenden bei niemandem Gewalt an, weswegen wir davon ausgehen, daß niemand vom zehnten Stock zu fliehen

versucht. Es handelte sich um eine normale Vernehmung. Gitterstäbe sind nicht nötig. Nur erfahrene Beamte werden für diese Fälle eingesetzt. Sie sind keine Kinder, und sie halten sich an Recht und Dienstvorschriften.»

Strydom, der Colonel Muller über die Schulter sah und mitlas, bemerkte: «Ich verstehe nicht ganz, warum Sie in einer solchen Verfassung sind, Hans. Was ich Ihnen erzählen wollte, ist eigentlich viel –»

«Sehen Sie denn nicht die Verbindung zu Zuidmeyer, Doc?»

«Zuidmeyer hatte nichts mit der Timol-Affäre zu tun. Wenn Sie sich einmal das Datum dort anschauen, wird Ihnen klar, daß –»

«Ach, nun werden Sie bloß nicht pedantisch, Mann! Ist der zehnte Stock nicht gemeinsamer Nenner genug?»

«Ja, aber –»

«Kein Aber, Mann! Wie kommt es, daß mir dies sozusagen aus heiterem Himmel auf den Schreibtisch flattert? Was bedeutet das? Heißt es, daß jemand vom Fall Zuidmeyer Wind gekriegt hat?»

Strydom sah auf seine Uhr. «Könnte schon sein», sagte er, «obwohl ich für meine Person niemandem gegenüber etwas erwähnt habe, und ich kann mir auch nicht vorstellen, daß jemand anders es getan haben sollte.»

«Was ist denn mit Van Rensburg?»

«Ha, der hat den Kopf voll mit anderen Sachen! Ich mußte ihm gerade ausreden, einen Exorzisten zu bestellen oder vielmehr einen Medizinmann, den Nxumalo empfohlen hat. Haben Sie von dem nicht besonders komischen Streich gehört, den Piet Baksteen ihm gespielt hat?»

«Gott im Himmel, Streiche in einer solchen Zeit? Ich muß Tromp zu fassen kriegen und ihm sagen . . .»

«Deshalb bin ich hier, Colonel. Sagen Sie doch bitte Tromp, daß ich eine zweite Meinung über die Prellungen von Mrs. Zuidmeyer eingeholt habe, und ich hatte allem Anschein nach recht: Die blauen Flecken müssen entstanden sein, als Zuidmeyer versucht hat, sie wiederzubeleben.»

«Folglich hat der Sohn gelogen?» sagte Colonel Muller und griff nach dem Telefon, das zu klingeln begonnen hatte. «Ja, Colonel Muller am Apparat. Tromp? Was haben Sie bloß den ganzen Morgen gemacht, wenn ich fragen darf? Ich habe – *wie bitte?*»

Und er vergaß fürs erste den mysteriösen alten Zeitungsausschnitt. Noch nie hatte er, bombardiert von *Time*, *Newsweek* und *Spiegel*, die vielen Fernsehteams gar nicht zu erwähnen, einen solchen Vormittag erlebt. Und obendrein tat Vicki Stilgoe auch noch alles, um die Freiheit wiederzuerlangen und sich weiter um Amanda kümmern zu können. Sie war bereit, als Kronzeugin gegen ihren Bruder Bruce Newbury auszusagen und der Polizei alles zu erzählen, was sie wissen wollte.

Ganz langsam verschob die Sonne das Gittermuster auf dem Fußboden des Raums, in dem Ramjut Pillay seit Stunden schon darauf wartete, in Ketten weggeschleppt und in einen tiefen, dunklen Kerker geworfen zu werden, wo er seine vielen Sünden wahrhaft bereuen konnte.

«Magst du deine Möhrensuppe nicht?» fragte der schwarze Sergeant, der als Wache bei ihm saß und eine Gitarre stimmte. «Sie ist bestimmt schon fast kalt.»

«Bring Ramjut Pillay nur Wasser und Brot, lieber Kerkermeister», sagte Ramjut Pillay mit zitternder Stimme und kostete seine Schuld ebenso aus, wie der Mahatma sicher seine heilige Erleuchtung genossen haben mußte.

Schuld, das hatte Ramjut Pillay entdeckt, war eine geistige Haltung, mit der er prima zurechtkam, und je mehr er sich seinen Schuldgefühlen hingab, um so stärker wurde er sich seines wahren Selbst bewußt. Der andere Teil seiner selbst war bereits sehr erlahmt in seinen Bemühungen, sich bei all dem Schlagen an die eigene Brust Gehör zu verschaffen.

«Dann werde ich sie mir genehmigen», sagte der schwarze Sergeant und langte nach dem Blechnapf.

Ich bin schuld daran, dachte Ramjut Pillay, daß dieser arme Mann ein noch unglücklicherer Gefangener hinter diesen Gitterstäben ist als ich, denn wenn ich nicht wäre, könnte er den Raum verlassen und sich die Möhrensuppe aufwärmen lassen.

«Igitt», sagte der schwarze Sergeant und spuckte die Möhrensuppe in den Blechnapf zurück. «Da schwimmt eine Fliege drin! Warum hast du mir das nicht gesagt, du gerissenes Miststück?»

«Ich bin der Unwissenheit schuldig!» schluchzte Ramjut Pillay auf und riß sich noch ein Loch in seine Kleidung. «Und ich bin auch schuld am Tod des unglückseligen Insekts, das nicht hätte ertrinken können, wenn ich die Möhrensuppe gegessen hätte! Schlage mich, gib mir einen Hieb über den Kopf, zermalme mir die Knochen mit deinen lieblichen Füßen!»

Aber der schwarze Sergeant lachte nur und sagte: «Jeder fühlt sich in einer Polizeistation schuldig, das ist gut so, aber du brauchst dir wegen der Fliege keine Sorgen zu machen – vielleicht hatte sie einen Herzinfarkt.»

Ramjut Pillay sah ihn an, völlig aus der Fassung gebracht.

«Nein, du brauchst dir erst wirklich Sorgen zu machen», fuhr der schwarze Sergeant fort, «wenn Lieutenant Kramer nach dir schickt. Aber sei jetzt lieber still, denn es hat eine große Verhaftung gegeben heute morgen, und ich muß ein Lied darüber komponieren.» Und mit diesen Worten ergriff er wieder seine Gitarre.

Aber ehe er noch den ersten Ton zupfen konnte, flog die Tür auf, und ein lächelnder Sergeant Zondi mit Blutspritzern auf dem Hemd stand da.

Ich bin weg, sagte der andere Teil von Ramjut Pillay.

Kramer, der mit dem alten Zeitungsausschnitt auf seinem Schreibtisch herumspielte und bemerkte, daß auf der Rückseite Bonbonspuren klebten, schüttelte den Hörer und hielt ihn erneut ans Ohr. «So, jetzt geht's besser; dieses Telefon braucht immer erst ein paar Schläge. Was haben Sie gerade gesagt, Major Zuidmeyer?»

«Ich habe bestätigt, daß ich nie etwas mit Ahmed Timol zu tun hatte – es war nach meiner Zeit. Warum fragen Sie?»

«Ach, der Colonel und ich sprachen gerade davon, wie schwer Sie's hatten, und nun noch zu allem Überfluß die Tragödie mit Ihrer Frau, und der Name des Inders fiel in diesem Zusammenhang, sonst nichts.»

Es trat Stille ein.

«Major, sind Sie noch dran?»

«Gestern abend ...»

«Ja?»

«Na ja, ich gebe zu, daß ich was getankt hatte. Habe in alten

Fotoalben geblättert und mich an die schönen Zeiten mit Marie erinnert, als wir beide noch jung und draußen im Busch stationiert waren. Das einfache Leben, ein paar Kämpfe zwischen rivalisierenden Banden, Viehdiebstähle, ab und zu wurde jemand erstochen, ein paar Brandstiftungen – Heuschober und dergleichen. Dann meine Aufzeichnungen, ich habe eine Menge netter kleiner Artikel von den Gerichtsverhandlungen zu Beginn meiner Dienstzeit beim CID gesammelt. Marie hatte die Zeit, sie weiterzuführen, und ich fand einige Artikel, die ich persönlich nicht aufgenommen hätte. Zwei handelten von ebendiesem Ahmed Timol, und auf der betreffenden Seite war eine Lücke, weil ein Zeitungsausschnitt herausgerissen worden war. Ob der auch von Timol handelte, weiß ich nicht, aber es hat mich befremdet, daß der Name in einem Gespräch wie jetzt auf einmal wieder auftaucht.»

«Ich wußte gar nicht, daß Sie auf dem Land stationiert waren», sagte Kramer und nickte Zondi zu, der gerade mit einem verängstigten kleinen Inder in der Tür erschien. Dann bedeckte er die Sprechmuschel mit der Hand und sagte: «Es dauert nicht lange, Mickey. Setz inzwischen Teewasser auf.»

«O ja, ich habe vier Jahre auf dem Pferderücken verbracht», sagte Zuidmeyer. «Die beste Schulung für einen jungen Mann.»

«Apropos junger Mann, ist Jannie schon zu Hause?»

«Er ist gestern abend gegen elf zurückgekommen. Wir haben nicht miteinander gesprochen, aber ich finde das in Ordnung. Er braucht Zeit, um die ganze Sache zu verarbeiten.»

«Und heute?»

«Merkwurdigerweise hat er eben angerufen. Ich soll um vier zu einem Anwaltsbüro kommen – Grant & Boyd-Smith, wissen Sie, wo das ist?»

«Grant & Boyd-Smith? Nein, Major.»

«Egal, ich kann's mir aus dem Telefonbuch heraussuchen. Er hat gesagt, seine Mutter hätte dort ihr Testament hinterlegt, obwohl ich zum ersten Mal etwas davon höre. Da ich soviel gearbeitet habe, ist ihr Verhältnis über die Jahre natürlich immer enger geworden, und so –»

«Major, entschuldigen Sie, wenn ich unterbreche, aber der Colonel ist gerade hereingekommen und will, daß ich einen Häftling im Fall Stride vernehme.»

«Ja, ich habe im Radio von den Verhaftungen gehört, eine aktuelle Kurzmeldung. Das war ausgezeichnete Arbeit, junger Mann. Aber ich will Sie nicht länger aufhalten, vorerst also auf Wiederhören.»

«Auf Wiederhören, Major.»

«Boss?» fragte Zondi, sobald der Hörer aufgelegt war. «War der Zeitungsausschnitt von dem Sohn?»

Kramer nickte. «Ich bin ziemlich sicher, daß er's war, Mickey. Er ist wohl noch zu jung gewesen damals und wußte nicht, daß sein Papa die Sicherheitskräfte schon verlassen hatte, als die Geschichte mit Timol passierte. Aber frag mich nicht, was er sich davon verspricht, wenn er den Colonel heute morgen in Panik versetzt.» Dann sagte er, zu dem Gefangenen gewandt: «Nun, Ramjet, was machen wir jetzt mit Ihnen?»

Der kleine Inder hob die mit Handschellen gefesselten Hände vor seine verschmierte runde Brille, beugte die krummen Beine in den Knien und hätte sich vor Kramer niedergeworfen, wenn Zondi ihn nicht gleich wieder hochgezogen hätte.

«Benimm dich», sagte Zondi, «du bist hier nicht im Tempel.»

«O mächtiger, rachsüchtiger Lieutenant, machen Sie mit mir, was Sie wollen! Schwer habe ich mich versündigt gegen Postgebaren und Personen, und ich leugne nicht, daß ich zutiefst schuldig bin!»

«Sie haben vollkommen recht, wenn nur ein Viertel von dem wahr ist, was Sie hier sagen», sagte Kramer und klopfte auf Colonel Mullers Notizen. «Aber im Grunde interessiert mich nur, Ramjet, ob dieser blaue Brief in einem Loch unter einem Baum in der Nähe Ihres Hauses versteckt ist.»

«Richtig, ja, in einem Plastikbeutel als Beweisstück Nr. 5!»

«Aha, die weißen Ameisen konnten also nicht darüber herfallen? Das war clever von Ihnen.»

«Ja?» sagte Ramjut Pillay.

«Während du Ramjet geholt hast, Mickey, hatte ich den Colonel am Apparat», sagte Kramer zu Zondi. «Vicki Stilgoe ist gerade dabei, alles zu erklären – auch diesen blauen Brief. Sie sagt, sie hätte nicht begreifen können, warum wir darauf nicht reagierten, weil es danach wirklich so aussah, als wäre ein Jude von der Universität möglicherweise der Mörder von Ma Stride.»

«Er war's aber nicht, Boss, wie hat sie also ...?»

«Ach, Mann, sie ist ja nicht dumm. Nach ihrem Plan hätten wir herausgefunden, daß der Bursche unschuldig ist, und weiter nach dem gesucht, der ihn hereinlegen wollte.»

«Und so weiter, und so weiter, Boss?»

«Genau, bis uns die Sache zum Hals herausgehangen und wir aufgegeben hätten, aber immer gedacht hätten, es müßte irgendein Intellektueller sein, der in einem Buch von Naomi Stride vorkommt.»

«*Hau*, ein guter Plan, Boss!»

«Und er hätte vielleicht auch perfekt funktioniert, wenn unser bebrillter Freund hier nicht dazwischengefunkt hätte. Oh, weißt du übrigens, was mit den anderen blauen Briefen war, die vorher eingegangen sind? Mit denen eine ganze Serie beginnen sollte, wenn alles planmäßig lief?»

«Die Mrs. Stride so verstört haben, daß sie sie nicht mal ihren Freunden gezeigt hat? Waren es Drohbriefe?»

Kramer mußte lachen. «Nein, nur Kritiken an ihren Werken, die wirklich da trafen, wo es weh tat. Es hätte also gar keine Rolle gespielt, *wenn* sie sie ihren Freunden gezeigt hätte – nur hat sie, wie die Stilgoe erwartet hatte –» Das Telefon klingelte. «Ja, Kramer am Apparat. Gut, Colonel, ich bin in zwei Minuten da.»

«*Zwei Minuten* entscheiden über das Schicksal von Ramjut Pillay?» sagte der kleine Inder und fiel wieder auf die Knie.

«Eine Minute», sagte Kramer. «Nimm ihm die Handschellen ab, Mickey.»

«O mächtiger –»

«Hören Sie, Pillay, womöglich schulden wir Ihnen etwas! Aber vor allem eins: Wissen Sie, wieviel verfluchter Papierkram nötig wäre, um Sie wegen Unterschlagung dieser Beweismittel vor Gericht zu bringen? Berichte von der Bahnhofspolizei, der Klapsmühle, von Ärzten, Pflegern, Ihren Arbeitskollegen und Gott weiß wem sonst noch? Gar nicht zu reden von all den Vergehen, die wir Ihnen auf Drängen der Post noch anlasten müßten. Ich schlage deshalb folgendes vor. Wir holen uns das Zeug aus dem Erdloch am Baum und ändern Ihre Geschichte so ab, als hätten Sie es schon am Dienstag Sergeant Zondi gegeben, als er Sie am Jan-Smuts-Weg zum ersten Mal vernommen hat. Kapiert?»

«Aber wenn Sie diese Dokumente besessen hätten, Sir, dann –»

«Was macht das schon aus? Wir haben uns von dem blauen Brief nicht irreführen lassen, sonst nichts, und deshalb sind wir dieser Spur auch nicht gefolgt. Verstehen Sie es jetzt? Können Sie nicht endlich diese schuldbewußte Miene absetzen?»

«Potz Donner, da geht sie hin!» jauchzte Ramjut Pillay.

Vicki Stilgoe behielt jede Bewegung des Colonels im Auge. Das war noch das wenigste, was ihm zu schaffen machte, seit sie sich in seinem Büro aufhielt. Noch nie in seinem Leben war ihm eine Frau begegnet, die so kalt, so beherrscht und so offensichtlich gewissenlos war.

Er griff nach dem Telefon und wählte Kramers Nummer. Er zündete sich noch eine von den Zigaretten an, die er für den Notfall in einer Schublade aufbewahrte, und schnitt eine Grimasse, so dünn und beißend schmeckte sie im Vergleich zu seinem Pfeifentabak. Wer auch immer am Vormittag eine gelbe Rose und eine Genesungskarte gekauft hatte, er war sehr wütend auf ihn. Er wünschte, er wüßte, wer es war, denn das würde dieses Schwein auf jeden Fall eine neue Bruyèrepfeife kosten. Wenn nicht gar Meerschaum.

«Tromp, Tromp, Tromp, geh schon ran, verdammt noch mal!» sagte er im stillen, denn er hatte den Mann vor fünf Minuten noch in seinem Büro erreicht und konnte sich nicht vorstellen, wohin Kramer in so kurzer Zeit hätte entschwinden können.

«Und ich soll hier einfach so rumsitzen?» fragte Vicki Stilgoe.

«Richtig, Sie bleiben einfach da sitzen», sagte Colonel Muller und wählte die Nummer des Bereitschaftsdienstes. «Aber keine Sorge, ich habe keine Fragen mehr an Sie.»

«Nicht eine?»

Er warf einen Blick auf seinen Fragebogen.

«Hat Ihr Bruder Mr. Kennedy veranlaßt, in der Mordnacht seine Zeit in einem Durbaner Hotel totzuschlagen?»

«Ja, wir wollten ihm ein hieb- und stichfestes Alibi verschaffen, damit die Polizei ihn – *und* mich – in Ruhe ließ.»

«Warum haben Sie die Nacht vom vergangenen Montag auf Dienstag gewählt, um Naomi Stride zu töten?»

«Es mußte nach einem Wochenende sein, damit es so aussah, als wäre der Drohbrief so abgeschickt worden, daß er Montag morgen eintraf.»

«Und warum nicht der Montag davor?»

«Da hatte Amanda Geburtstag.»

«Oder der Montag *davor*?»

«Da waren wir noch nicht soweit. Bruce wollte erst noch die Lage vor Ort auskundschaften.»

«Ist Ihnen jetzt klar, daß Sie ihn im Grunde genommen zu spät abgeschickt haben?»

«Das war ein Fehler, den wir nicht voraussehen konnten.»

«Darum sind Sie geschnappt worden.»

«Nein, daran war ein anderer Fehler schuld.»

«Welcher Fehler?»

Sie sah weg und gab keine Antwort.

Colonel Muller probierte es noch einmal mit Kramers Nummer, jedoch wieder ohne Erfolg. Noch eine Minute gestand er ihm zu, dann würde es echte Schwierigkeiten geben.

«Mrs. Stilgoe, welcher ...?»

«Fatale Fehler?»

«Wenn Sie so wollen!»

«Wir haben nicht bedacht, daß ...»

«Was denn?»

«Der Apfel nicht weit vom Stamm fällt ...»

«Sie sprechen in Rätseln, Gnädigste!»

«In Sprichwörtern, Colonel. Wie: Kindermund tut Wahrheit kund.»

«So, ich habe Sie gewarnt!» sagte Colonel Muller. Er wandte sich an die beiden Polizeibeamtinnen, die still in der Ecke saßen. «Lassen Sie sie nicht aus den Augen! Ich gehe noch einmal zum Lieutenant hinunter. Ich kann mir zwar nicht vorstellen, daß ihm noch Fragen einfallen werden, aber er soll auf jeden Fall die Gelegenheit dazu bekommen.»

«Colonel Muller», sagte Vicki Stilgoe und zeigte zum ersten Mal eine Spur von Gefühlsregung, indem sie ihre Hände noch fester zusammendrückte. «Darf ich *Ihnen* eine Frage stellen?»

«Aber machen Sie's kurz, Stilgoe, Sie hören ja, daß ich –»

«Er war es, stimmt's?» sagte sie mit jähem Ungestüm und

spuckte die Worte förmlich aus. «Dieser kleine schwarze Bastard Zondi.»

«Wie?»

«Dem es aufgefallen ist.»

«Schon wieder Rätsel.»

«Daß Amanda immer ‹Boy› sagte, was nun wirklich alles andere als *liberal* klingt, stimmt's? Damit hat sie mein Image versaut, das ich mir mit so viel Mühe –»

«Ach, ich glaube nicht, daß der Durchschnittsbantu überhaupt etwas davon ...»

«Darum hat er gleich, als er meine Tochter mal allein erwischte, die Gelegenheit genutzt und sie über Bruce ausgefragt, unter anderem, was Bruce von Theo hielt – o ja, das habe ich immerhin aus ihr herausbekommen. Aber was hat er sonst noch gefragt?»

Colonel Muller zuckte mit den Schultern. «Ich weiß nichts von dieser Unterhaltung.»

«Lügen Sie mich nicht an! Das hat –»

«Passen Sie auf, daß sie den Stuhl nicht verläßt, ja, Mädels?»

Colonel Muller schloß die Tür hinter sich, warf einen tröstlichen Blick auf seinen Rosenstock unten und ging über den Balkon. Kramers Büro war leer. Ein Paar Handschellen lag auf dem Schreibtisch. Der elektrische Wasserkessel kochte trocken.

Er nahm Kramers Notizblock zur Hand und starrte verwirrt auf das, was darauf gekritzelt stand: *G & B-S / Zimmer 1019 / 1023.*

Zondi hielt das Gaspedal durchgedrückt.

«Fahr zu», drängte Kramer. «Fahr doch, Mann!»

Sie jagten über die rote Ampel, verfehlten einen Bus um Fahrkartenbreite und fuhren mit gellendem Hupen auf der weißen Mittellinie weiter.

«Boss, warum machen wir das?» fragte Zondi, während er wieder eine rote Ampel überfuhr. «Warum haben Sie so plötzlich Grant & Boyd-Smith angerufen? Ich war gerade dabei, Ramjut zu erklären, wo er warten soll, und konnte nicht genau hören –»

«Ein paar gute kapholländische Namen.»

Zondi lachte leise. «Grant & Boyd-Smith? Die sind so englisch, daß –»

«Genau, Mickey. Warum sollte also eine durch und durch kapholländische Frau wie Marie Zuidmeyer ausgerechnet mit ihnen ins Geschäft kommen, wo die Stadt doch nur so wimmelt von Kanzleien mit Namen wie Brandsma und Du Plessis, Van der Merwe und Kros? Ich habe bei ihnen angerufen, um mir ihre Adresse geben zu lassen.»

«Und?»

«Ich habe dir die Adresse doch schon genannt, Chadlington House. Direkt gegenüber von der *Trekkersburg Gazette*, der gerade die halbe Weltpresse per Telefax auf den Pelz rückt.»

«Boss, damit ist meine Frage aber nicht beantwortet.»

«Doch, mein Sohn. Rate mal, wo sich die Geschäftsräume von Grant & Boyd-Smith befinden!»

«Auf welchem Stockwerk?» sagte Zondi und überfuhr erneut eine rote Ampel, während sich hinter ihm zwei Autos verhakten. «*Hau*, doch nicht auf dem –»

«Du hast's erfaßt», sagte Kramer. «Und es ist gerade vier Uhr, die Zeit, zu der Jannie seinen Vater dorthin bestellt hat.»

Dreißig Sekunden später kam Zondi kreischend auf der Straßenseite gegenüber der *Trekkersburg Gazette* zum Stehen, und sie sprangen aus dem Wagen. Das Foyer von Chadlington House war leer, der Fahrstuhl stand offen.

«Herr im Himmel, haben wir ein Glück!» sagte Kramer, als sie in den Aufzug stürmten, bevor sich die Türen wieder schließen konnten. «Drück mal 10 und die Daumen.»

Die Fahrstuhltüren brauchten eine Ewigkeit, um sich zu schließen, aber der Aufzug selbst war schnell. Er stieg mit zunehmender Geschwindigkeit auf, so daß sich Kramers Magen beim Halt hob und gleich wieder senkte. In Anbetracht dessen, was sein Magen gerade sonst noch machte, war das ein Klacks. Mit einem weichen Seufzen schoben sich die Türen auseinander.

«Zimmer 1019 bis –»

«Rechts rum, Lieutenant!» sagte Zondi und schoß los. Kramer holte ihn ein, und gemeinsam rannten sie den breiten Flur entlang zu der Bürosuite mit Glasfront und dem Firmennamen *Grant & Boyd-Smith* in diskreten Goldtönen. Eine grauhaarige Frau saß am Empfang und puderte sich die Nase. Sie mußte schwerhörig sein, denn als sie zur Tür hereinstürmten, zuckte sie so zusammen, daß sie die Gläser ihrer bifokalen Brille einpuderte.

«Großer Gott, was um Himmels –»

«Die Zuidmeyers!» sagte Kramer. «Sagen Sie schnell, wo sind sie?»

Sie war zu verblüfft, um etwas zu begreifen.

«Vater und Sohn! Der 16-Uhr-Termin!»

«Oh, o ja, sie wollten zu Mr. Boyd-Smith. Er hat sich etwas verspätet, wie immer, und ich fürchte, sie sind noch im Wartezimmer. Aber dürfte ich fragen –»

Ein heiserer Schrei ertönte, und danach splitterte Glas.

Kramer hob die Wartezimmertür fast aus den Angeln. Das erste, was er sah, war ein gähnendes Loch im Fenster, und durch das Loch die neonumrandeten Schriftzüge *Trekkersburg Gazette* auf dem Dachfirst gegenüber. Erst als Zondi zu ihm trat, nahm er wahr, daß sich links hinter ihm etwas bewegte. Zuidmeyer kroch auf Händen und Knien rückwärts, die Augen auf das Fenster gerichtet, den Mund sperrangelweit offen.

«Jannie!» sagte er, als er Kramer bemerkte. «Jannie, mein Junge!» Und er deutete mit einem zitternden Finger auf das Fenster.

Entfernte Schreie und das Kreischen von Bremsen drangen von der Straße herauf.

«Schau mal runter, Mickey», sagte Kramer.

Zondi ging ans Fenster, beugte sich hinaus, wurde grau und zog den Kopf mit einem Schaudern wieder zurück.

«Jannie, Jannie, Jannie!» schluchzte Zuidmeyer, kroch in eine Ecke und kauerte sich zusammen. «Kein einziges Wort!»

«Was ist denn …?»

Kramer drehte sich um. Ein geschniegelter Mann mit ergrauten Schläfen, makellos gekleidet und gepflegt, erschien in der Tür. «Mr. Boyd-Smith? Bleiben Sie draußen, dies ist eine Sache der Polizei. Aber ich würde Ihnen gern eine Frage stellen.» Damit hielt er ihm seine Marke hin.

«J-ja, bitte.»

«Liegt bei Ihnen das Testament einer gewissen Marie Louise Zuidmeyer?»

«Wir befassen uns nicht mit Testamenten; wir vertreten ausschließlich –»

«Danke, Sir, ich komme gleich zu Ihnen und erkläre Ihnen die

Sache», sagte Kramer und machte ihm die Tür vor der Nase zu. «Er hat uns alle ausgetrickst.»

Zondi nickte und schaute noch einmal aus dem Fenster. «Es sind schon Fotoreporter da, Boss», sagte er. «Und ein Mann mit Filmkamera da drüben am Fenster.»

«Jannnnniiie ...», heulte Zuidmeyer. «Warum? Warum bloß?»

«Major, ich bin's, Tromp Kramer. Können Sie mir sagen, was hier passiert ist?»

Zuidmeyer kniete und blickte hoch, und in seinen Augen lag kein Entsetzen mehr, sondern ein schreckliches Funkeln glomm darin auf. «Nichts, nichts! Ich bin hereingekommen. Ich ...»

«Weiter, Sir.»

«Ich habe zu dem Jungen gesagt: ‹So, da bin ich. Was soll denn das eigentlich?› Er hat mich angeschaut. Er hat nichts gesagt. Er –»

«Nicht abbrechen, Major!»

«Der Junge hat mich angeschaut. Er hat *kein Wort* gesagt. Ich sagte: ‹Jannie, ich frage dich etwas!› Da fing er an zu lächeln. Hat nur gelächelt! Und dann hat er sich umgedreht, drei große Schritte Anlauf genommen und ist –» Zuidmeyer fiel vornüber und schlug mit den Fäusten auf den Boden. «Warum? Warum, warum, warum? *Warum* nur, um Gottes willen?»

«Es ist ein Jammer, daß Sie allein mit ihm im Zimmer waren und wir uns jetzt nur auf Ihr Wort verlassen können.»

«Was?» sagte Zuidmeyer und kam taumelnd auf die Füße. «Was wollen Sie ...?»

«Wie die gerichtliche Untersuchung Ihrer Frau zeigen wird», sagte Kramer mit einem Seitenblick auf Zondi, «gab es da etwas, was Ihr Junge Ihnen nicht gestehen wollte, Major Zuidmeyer.»

Linda Barnes

«Carlotta Carlyle ist eine großartige Bereicherung der schnell wachsenden Gruppe intelligenter, witziger, verführerischer, tougher, aber dennoch verwundbarer Privatdetektivinnen ...» *The Times*

Carlotta fängt Schlangen
(thriller 2959)

Carlotta jagt den Kojoten
(thriller 3099)

Carlotta spielt den Blues
(thriller 3160)
«Der Roman bezieht seinen Reiz aus einer eigenartigen Mischung zwischen einer spannenden Krimihandlung und der außerordentlich intensiven, in allen Farben des Spektrums schillernden Beschreibung der Popmusik-Szene.» *Radio Bremen*

Zum Dinner eine Leiche *Mit einem Linda-Barnes-Interview*
(thriller 3049)

Marathon des Todes
(thriller 3040)
Jemand will die Wahl von Senator Donagher verhindern und Spraggue einen Mord ...

Blut will Blut
(thriller 3064)
Wer goß Blut in die Bloody Mary, wer enthauptete Puppen und Fledermäuse? Und wer legte den toten Raben ins Büro des Theaterdirektors? Michael Spraggue wird wieder einmal gefordert.

rororo thriller

Im Wunderlich Verlag sind erschienen:

Ein Schnappschuß für Carlotta
Roman
352 Seiten. Gebunden und als rororo thriller 3250

Carlotta geht ins Netz *Roman*
384 Seiten. Gebunden

«Carlotta Carlyle ist eine Frau mit Witz und Ernsthaftigkeit, voller Mitgefühl und Härte, eine Heldin, mit der man mit Vergnügen seine Zeit verbringt.»
New York Times

rororo thriller werden herausgegeben von Bernd Jost. Ein Gesamtverzeichnis der Reihe finden Sie in der *Rowohlt Revue*. Vierteljährlich neu. Kostenlos in Ihrer Buchhandlung.

3025/4

Klugmann / Mathews

«Da werden endlich wieder Geschichten erzählt, die so intelligent und spannend sind, die zum Zittern und Lachen bringen. Allererste Empfehlung: die subtil anarchistischen Polizeikomödien der beiden Hamburger Norbert Klugmann & Peter Mathews.»
Lui

Beule & Co
Beule oder Wie man einen Tresor knackt. Ein Kommissar für alle Fälle. Flieg, Adler Kühn
(thriller 3101)
Die Helden des Autorenduos scheinen auf den ersten Blick wenig perfekt. Sie haben Probleme mit Frauen, mit sich selbst und mit ihrer Kondition. Eigentlich sind sie ganz selten richtige Helden ...

Die Schädiger. Tote Hilfe
Zwei Krimikomödien
(thriller 43275)
«Witzig und spannend» (*Süddeutsche Zeitung*) ist der häufigste Kommentar zu diesen etwas anderen Krimis. Zwei Geschichten um den ewigen Loser Rochus Rose und die Jungs von der alternativen Tankstelle.

Vorübergehend verstorben
Roman
320 Seiten. Gebunden
Wunderlich Verlag und als rororo thriller 43306
(April 98)
Die Männer sind alle Verbrecher, ihr Herz ist ein finsteres Loch... Die Anwältin Luise Rubato fährt lieber in die Grube, als der Moral der Männer zu erliegen.

rororo thriller

Norbert Klugmann
Treibschlag *Ein Fall für den Sportreporter*
(thriller 3238)

Zielschuß *Ein Fall für den Sportreporter*
(thriller 3241)

Doppelfehler *Ein Fall für den Sportreporter*
(thriller 3228)

Schweinebande
(thriller 3175)

«**Norbert Klugmann** legt ein wahnsinniges Tempo vor und ihm fließen mitunter Dialoge aus der Feder, gegen die hochgerühmte amerikanische Kollegen die reinsten Langweiler sind.» *Süddeutscher Rundfunk*

rororo thriller werden herausgegeben von Bernd Jost. Ein Gesamtverzeichnis der Reihe finden Sie in der *Rowohlt Revue*. Vierteljährlich neu. Kostenlos in Ihrer Buchhandlung.

3013/6

Manuel Vázquez Montalbán

«Der originellste Neuzugang, den die Gilde der Detektive in den letzten Jahren erhielt, kommt nicht aus Amerika, sondern aus Spanien. **Manuel Vázquez Montalbáns** Detektiv heißt José Pepe Carvalho und ist in Barcelona zu Hause. Er hat in seiner Jugend der Kommunistischen Partei nahegestanden, dann aber eine ganze Weile für die CIA gearbeitet. Aber immer ist Carvalho ein großer Feinschmecker und vorzüglicher Koch geblieben – und auch anderen leiblichen Genüssen nicht abgeneigt.»
Radio Bremen

Carvalho und der Mord im Zentralkomitee
(thriller 2732)

Carvalho und die tätowierte Leiche
(thriller 2732)

Zweikampf *Drei Carvalho-Stories*
(thriller 2909)

Zur Wahrheit durch Mord *Drei Carvalho-Stories*
(thriller 2930)

Carvalho und der tote Manager
(thriller 3087)

Der Bruder des Todes *Acht Charvalho-Stories*
(thriller 3193)

Verloren im Labyrinth
(thriller 3055)

Ich tötete Kennedy *Eindrücke, Beobachtungen und Erinnerungen eines Leibwächters*
(thriller 2893)

rororo thriller

Krieg um Olympia
(thriller 3166)

Undercover in Madrid *Ein Fall für Pepe Carvalho*
(thriller 43274)
Ein Undercover-Agent zwingt den Privatdetektiv, seine geliebten Ramblas in Barcelona zu verlassen, um sich als Bodyguard eines Finanzhais in Madrid zu verdingen. Obwohl der einen mit einhunderttausend Peseten dotierten Literaturpreis gestiftet hat, befördert ihn eine Portion Strychnin während der Preisverleihung ins Jenseits. Tatort ist ein Madrider Luxushotel, und alle anwesenden Schriftsteller haben in diesem Mordfall ein Motiv.

rororo thriller werden herausgegen von Bernd Jost. Ein Gesamtverzeichnis der Reihe finden Sie in der *Rowohlt Revue*. Vierteljährlich neu. Kostenlos in Ihrer Buchhandlung.

3016/6